頭の中の昏い唄

生島治郎
日下三蔵 編

IKUSHIMA JIRO
KUSAKA SANZO

竹書房文庫

頭の中の昏い唄

目次

PART 1

PART 2

PART 1

香肉（シャンロウ）

日本人は外地の駐在員になって、ほぼ一年もすると、たいがい強烈なホームシックにかかり、内地へ帰りたがるものだそうだが、私はそうではなかった。

ホームシックの最大の原因は、食事と言語によるノイローゼである。駐在員たちは言葉が自由に通じないことによって、自閉的になり、ささいなことに神経をいらだたせるか、あるいは、肉や脂っこい料理にうんざりして、さっぱりした日本食にあこがれるあまり、日夜内地のことばかり考えて仕事が手につかなくなる。

ところが、私の場合は、すでに香港(ホンコン)へ赴任してから一年半以上になるのに、一向にそのきざしはなかった。

それは、私にとって、香港がきわめて性に合った街だったせいかもしれぬ。私は言語について、自分でいうのもおかしいが天性の習得能力がある。もちろん、学者の言うような意味で、言語学に堪能であるということではなく、日常会話をマスターするのに異常な適応能力があるということである。

私がある私立の外語大学の中国語科を卒業していたということも、香港になじみやすかった理由になろう。外語大学では、英会話は必須科目のひとつであったし、中国語を専攻するかぎり、中国語もまた、完全に読み書き話すことができなければ卒業は許されない。

私がこの二つの言語――英語と中国語をマスターしていたことは、香港駐在員としてまことに好都合であった。本社としても、そのことを考慮に入れて、私を香港に派遣したにちがいなかった。

しかし、英語と中国語がわかるからといって、それだけでは、香港の生活になじめるわけではない。

香港でのビジネス――私の場合、それは国産繊維の輸出であったが――はふつう英語がつかわれる。したがって、仕事の面では私の英会話は大いに役にたった。もっとも、香港に居住する中国人たちの英語は、いわゆる香港英語であって、要するに、必要な単語を文法に関係なく並べるだけでもけっこう意は通じる。なにも、私のように外語大学仕こみの英会話を使わなくても、単語さえ知っていれば、二、三ヵ月でけっこう商売できるぐらいの香港英語はマスターできるのだ。

一方、私の中国語の方は、日常生活において、あまり役にはたたなかった。私が習得したのは、北京官話（ペキンかんわ）であり、香港で日常につかわれているのは広東語（カントンご）である。北京語と広東語では、同じ中国語でありながら、発音の仕方がまったくちがう。東北弁の純粋な会話を東京人が全く理解できないというような差ではない。それは、まず、まったく異った言語と考えてしかるべきなのである。

そう、北京語と広東語はそれぞれ別の外国語と考えた方がいい。

こういうわけで、私は当初、まったく香港の人たちがしゃべっている広東語が理解できなかった。ただし、学校では北京官話を教えているから、子供たちには私の北京語が通じるし、一部の人たちにも、なんとか私の意を理解してもらうことはできた。しかし、それでは日常生活を楽しむことなどできるものではない。

そこで、私はあらためて広東語の習得につとめた。中国語の基本はすでに身についているから、あとは発音だけを習得すればいい。それには、私の天性の語感に対する能力がものを言った。

いや、本当のことを言うと、それに加えて、私には実に親切で情のこまやかな広東語の教師がいたのである。

その教師の名は楊明芳といい、二十三歳になる中国美人だった。

彼女は仕事の面では有能な秘書であり、プライベイトな面ではやさしい恋人として私に仕えてくれた。

肌の色がぬけるように白く、しっとりとうるおいを帯び、やや小肥(こぶと)りではあるが、両脚だけはすんなりと細かった。明芳を抱くとき、いつでも、私は自分がその白い肌の中へ溶けこんでしまうような陶酔を感じたものだ。

それに、あのまろみを帯びてつややかに輝く腿(もも)から、ふくらはぎへのゆるやかなカーヴ、さらにはきりっとひきしまった足首への鋭く欲情をそそる線が私を夢中にさせた。

特にぴったり身体(からだ)に合わせてつくったシュスのスリットの深い中国服を着ているときの明芳のうしろ姿はふるいつきたいようだった。すらりとした足の上で豊満な腰がそそるようにゆっくりと左右に揺れている。

もっとも、たいがいの中国女性のうしろ姿は、どれも魅力的だった。ガニマタでずん胴の日本女性とは比較にならない。

前へまわってみれば、必(かな)らずしも、中国女性に分があるとは言えないが……。

いずれにしても、私の妻と明芳とくらべた場合は勝負にならなかった。

私の妻は私とは二歳ちがいの三十八歳であり、年齢的なハンデがあるにしても、どだい女性としての魅力的な素質に関しては、明芳の敵ではなかった。

顔はまあまあではあるが、乳房が小さく、そのくせ肥りすぎて、胸からヒップまでがなんのカーヴも描いてはいなかった。カーヴを描いているといえば、腹が異様にでっぱってきているというくらいである。

両腕の太さは私の脚ぐらいあり、脚の太さときたら、私のウエストにせまろうとしている。

明芳を知ってからは、私は妻に対して嫌悪の情以外のなにものをも感じなくなった。

しかも、妻はホームシックにかかりヒステリイ状態になって、ことあるごとに私にくってかかった。

それは、私が本社に対して、もう一年駐在員として香港滞在を延期してもらうよう要請し、許されたことを知った時に極点に達した。

「あなたはエゴイストだわ」

と妻は金切り声をあげて私を罵倒した。

「あたしがどんなに内地へ帰りたがっているか知っているくせに、自分が居心地がいいものだから、勝手に滞在を延ばしたのね」

「そんなに内地へ帰りたかったら、きみだけ一時帰ってきたらいいじゃないか」

と私は答えた。

「ほんの四時間少々で帰れるんだ。一ヵ月も内地の空気を吸ってきたら、そのいらいらもなおるだろう」

「そうはいかないわ」

妻は冷笑した。

「あたしが帰れば、あなたにとって、そりゃ好都合でしょうよ。なんの気がねなく明芳といちゃつけるんですからね。あたしはあなたと一緒でなければ内地へ帰りません。あんな小娘にあなたを渡してたまるもんですか！」

そのくせ、妻と明芳の間が険悪状態であるというわけではなかった。妻は明芳の案内によっていろいろなところを見物したり、買物を手伝ってもらったりしていた。私とちがって、英語も広東語も覚えようとしない妻にとっては、明芳を利用するのはやむを得ないことかもしれなかった。明芳がいなければ、彼女は一歩も外へ出られず、それこそヒステリイをのべつ爆発させていなければならなかったろう。

明芳にしても、妻が内心では良人(おっと)をうばう敵として自分をみているということは重々察していながら、如才なく、妻の案内役をよろこんで果(はた)していた。

中国の女性はそんな点でも日本女性にくらべて、ずっと忍耐づよく、社交的にしつけられているのかもしれなかった。

彼女はいつでも上司の夫人として、へりくだって妻に仕えていた。

「あの娘もいいところがあるわ」

任期を延ばしたことでいさかいをしてから二、三日後に妻は皮肉な笑みを浮かべて私に言った。

「旦那さまが勝手にそんなことをするのなら、奥さまも当然それに対してなんらかの慰めをみとめてもらうべきだというのよ。そして、これをえらんでくれたわ」

妻は私の眼の前に左手をつきだした。そのくすり指には、翡翠(ひすい)の指輪が光っていた。それは私の一ヵ月の給料の半分は軽く消えてしまいそうな指輪だった。

「いやとはいわせませんよ」

と妻はきめつけた。

「明芳のいうとおりだわ。あなたが勝手なことをする代償にあたしにこれを買ってくれるぐらい当然よ」

私は妻に対して、ほとんど殺意を感じるぐらいの憤りを覚えたが、黙っていた。黙っているより仕方がなかった。文句を言おうものなら、毎日のように妻は私に対していやみを言いつづけるにちがいない。そのわずらわしさから逃れるためなら、それくらいの犠牲はやむを得ないと観念した。

しかし、ますます妻に対して嫌悪の情がはげしくなった私は、そのぶんだけ、明芳にのめりこみ、すっかり彼女のとりこになった。

それを計算したうえで、妻に翡翠の指輪を買ってもらえとそそのかしたとしたら、明芳も大した女である。

私は夜ばかりではなく、真昼間、オフィスで机を並べて仕事をしているときも、明芳に対する欲情で身体が熱くなるのを押えるのに苦労した。

目の前にいる彼女をみているうちに、吸いつくような肌ざわりや、骨の中にバネが入っているのではないかと思われるほどしなやかに反りかえる彼女の歓喜の姿態が生々しくちらついて仕事が手につかないほどだった。

勤務時間が終ると、必らず、私たちは三時間ずつ毎日デイトをした。食事をし、一杯呑み、明芳のアパートで彼女をむさぼるための時間だった。

四十歳の私はそのときだけ二十代の男のように異常なたかぶりを覚えた。

こうして、満足感と心地よい疲労を感じながら九時頃帰宅する。妻には残業やバイヤーの接待だと言いつくろってあったが、妻はてんからそれを信用していないようだった。

彼女は冷笑とともに、私の言いわけを聞き流した。

私もその方が好都合だった。妻になんと思われようとも、私はただ一刻もはやくベッドにもぐりこんでぐっすり眠りたかったのだ。

私の毎日はこういうふうに、明芳との充実した時間と、氷の上にすわっているような妻との応対の時間のくりかえしで過ぎていったのだ。

明芳が私を夢中にさせたのは、肉体的な快楽ばかりではなかった。彼女は私が今まで口にしたことのないようなすばらしい食べものが香港にあることを教えてくれた。

それは観光客が香港名物として案内される中華料理屋やレストランでは決して口にすることのできない種類の食べものだった。

たとえば、小饅頭という、中に豚肉とネギやニラがぎっしりつまっていて、それをうすいメリケン粉の衣でつつみ、さっと油で焼いた肉饅頭があった。これをひどく辛い唐辛子の入ったショウユをちょっとつけて食べるのだが、日本の肉饅頭やギョウザとは比較にならぬほどの微妙な味わいが舌をとろかせた。誰でも材料さえあればすぐつくれそうなものだが、肉とネギやニラのまぜ方にコツがあるのか、あるいは衣のつくり方や油をつかった焼き方に秘訣（ひけつ）があるのか、日本の中華料理屋では絶対に味わうことのできないものだった。

こういう地元の人たちが気軽につまむ安くてうまい食べものの他に、ゲテものに属する料理も彼女は私に教えてくれた。

たとえば、蛇料理の専門店である。これは蛇をえらぶところと、料理をするところと別になっていて、客たちはまず、何種類もの蛇が飼ってあるガラスばりの函（はこ）のところへ行って、自分の好みの蛇を指定する。幾重にもからまりあい、とぐろを巻いてぎっしりと蛇がうごめきあっているガラスの函の中をのぞいただけで、たいがいの日本人なら卒倒しそうになるだろう。

私は元来ゲテものにそれほど抵抗感を覚えない性質（たち）であるうえに、明芳が今まで教えてくれた食べものがどれも今まで味わったことのない無上の美味であったことから、それをみても嫌悪よりも期待感の方がいやまさっていた。

明芳は白いほっそりした指先で自分の分と私の分と一匹ずつ蛇を指さし、蛇屋が函の中からそいつをつかみだすと、平気で受けとり、もう一度よくそれを検分してから、両手にぶらさげ、料理をする方の店へ行って、コックにわたし、どういうふうに料理するか指示した。

コックはまず蛇の頭にちかい部分にちょっと包丁で切れめを入れ、尻尾（しっぽ）の方からぐいとしごくとその切れめから、血となにかどすぐろい内臓がするりとでてきた。それを盃（さかずき）に受け、酒を注（つ）ぎたすと私たちの前に置いた。

「これを一気に呑むのよ」

と明芳が微笑しながらすすめた。

「ちょっと苦いけれど、とても精がつくんです」

彼女自身がそれを一息に呑み干した。蛇の血が唇の端についたのを、舌の先でうまそうになめとってしまう。私は吸血鬼映画の一シーンを思いだした。

私も眼をつぶってそれを呑み干した。たしかに苦かったが、酒で殺してあるので、思ったほど生ぐさくはなかった。蛇酒のあとは、蛇の皮の空揚げと、ピーマンと肉のいためものが出たが、皮の空揚げの方はカリっとしたさっぱりした味で香ばしく、肉の方は鶏の笹身（ささみ）と全く変らなかった。

これらを食べ終ったあとは、気のせいかいつもより精気が身体中にみなぎったような気がしたし、明芳の方も蛇がのりうつったようにいっそう身体がしなやかで、私にしっかりとからみついた。

しかし、彼女が教えてくれた食べもののなかで私を驚喜させた絶品は、なんといっても蟹（かに）であった。ただし、これは香港でとれるものではなく、上海（シャンハイ）でとれたものを生きたまま氷づけにして香港まで送ってくるのである。しかも、いつでもとれるというものではなく、九月の中頃から十一月末までにかぎられている。

はしりの頃の蟹はさすがに高く、一匹千円ぐらいの値がつく。しかし、地元の人たちは眼の色を変えてこの高い蟹にとびつき、他の料理はみむきもせず、ひたすら蟹だけをむさぼり食う。一人で九匹も平らげる人はざらにいるそうだ。

私は最初その話を聞いても、あまり信用しなかった。蟹ならなにも珍らしいことはない。日本でもタラバ蟹やズワイ蟹、毛蟹から沢蟹に至るまで、各種の蟹を食べたことはある。たしかにうまいことはうまいが、一匹千円も払ってむさぼり食うほどのことはないと思っていた。

ところが、この蟹は私の想像を絶した代物であった。

料理は簡単で、この蟹をただゆであげ、むしって食べやすいように包丁を入れて皿に盛って出すだけである。その肉を酢醤油(すじょうゆ)にひたして食べるのだが、私が驚いたのは、肉をひたしたとたん、酢醤油の上にぎらっと油が浮いてきたことだった。

蟹といえば、淡泊なあっさりした味わいのもので、油っこい蟹なんて考えられない。

私はいささか気味のわるい思いをしながら肉を口に運んだ。それは舌の上でとろっととろけた。なんといったらいいかな。そのうまさはたとえようもない。大げさな表現ではなく、舌の細胞という細胞が歓喜にふるえた。それは、今まで私が味わった蟹とはまったく次元のちがった味わいだった。

「うまい」

私は思わずうなった。

「これが蟹だとは思えないな。なにか別の動物の肉みたいだ」

「別の動物の味も入っているかもしれないわよ」

いたずらっぽい微笑をふくんで、明芳が言った。

「これは河蟹で揚子江の河口でとれる種類なの。揚子江にはそれこそさまざまなものが流れただよっていて、蟹は悪食だから、それを選り好みせずに餌にしてしまう。でも、その中で特に好きなのは、死んだ動物の肉だというわ。死んだ動物の中には、人間も入っている。中国には、飢饉の年や戦争のあった年の蟹はおいしいという古い伝えがあるのよ、つまり、そういう年には揚子江にいっぱい死体が浮かぶから……」

私はただよい流れる死体にびっしりとくらいついた蟹の群を想像して、一瞬ぞっとしたが、舌の上でとろけるこの肉の現実のうまさがそんな想像をたちまちぬぐいさり、吐き気どころか、たとえ、これが人間の死体そのものであってもかまうものかというはげしい食欲に動かされ、ひたすらその肉のうまさにうっとりしていた。

肉ばかりではなく、甲羅につまっている脳味噌もこれまた絶品だった。特に雌蟹の甲羅についている朱色をした蟹の子の微妙な甘味は私を有頂天にさせた。

気がついてみると、私はあっという間に五匹の蟹を平らげていた。たしかに、これならば九匹ぐらい苦もなく食べられそうだった。

「こんなうまいものがあるとはな」

と私は溜息を吐いた。

「生きていてつくづくよかったと思わせられる味だよ」

「父から聞いた話だけど、第二次大戦前に上海へ来た日本人で、この蟹の味が忘れられなくなり、とうとう内地へ帰らずに一生を上海で過した人がいるそうよ」

明芳は私が満足したのでうれしそうだった。

「それに老舎の書いた『駱駝祥子』という小説にも、主人公の車夫が汗水たらして働いた一日の稼ぎ全部をこの一匹の蟹のために投げだすというエピソードがでてくるわ」

「その車夫の気持ちわかるな」

と私は言った。

「内地に帰りたくなくなった日本人の気持ちもね。ぼく自身、この香港に永住したくなった」

そう言ってふと気がつき、あわててつけくわえた。

「いや、もちろん、食べもののせいばかりではなく、きみのそばにいたいからでもあるけれど……」

「むりをしなくてもいいわ」

明芳は微笑しながら、指先でやさしく私の頰を撫ぜた。

「あたしはたとえどんな理由であれ、あなたがここにいてくれたらと思っているのよ。そのためにはなんだってするわ。もし、その邪魔をする人間がいたら、その人を殺したってかまわないと思っているのよ」

その言葉はあきらかに妻のことを示しているように思われた。その真剣な声音にゾッとしたものを感じながら、私は内心彼女に同意している自分を意識しないわけにはいかなかった。

「蟹もおいしいけれど、もっとおいしいものがあるのよ」

がらりとうってかわった明るい口調で、明芳は言った。

「あなたにぜひ食べさせてあげたいわ」

「なんだい、それは？」

私は期待をこめて訊ねた。

「この蟹よりうまいものがこの世にあるとは思えないが……」

「狗よ」

と彼女は答えた。

「狗の肉よ」

「狗だって？」

私はびっくりした。

「あのワンワン吠える犬かね？」

「そう」

明芳は大きくうなずいた。

「この香港では、一応英国の統治下にあるから、動物保護法によって犬を屠殺して食べることは禁止されているの。でも、中国人の美食家たちはそれぐらいのことで、むざむざあのおいしい狗肉を食べるのをあきらめられないのね。それで、ひそかに食肉用の犬を飼い、密殺して食べるパーティを開くわけ。秘密を守るために限られた会員だけが招待されるんだけれど、そのパーティには香港でも一流の人たちが集まるわ」

「おどろいたな」

私は呆気にとられた。

「日本でも赤犬がうまいなんてことは言われているが、それでも、それほどの危険をおかして食うほどうまいものとは思えないぜ」

「まあ、だまされたと思って食べてごらんなさい。この蟹を食べたとき以上にびっくりするから」

明芳の顔には一種神秘的な笑みが浮かんでいた。

「犬といっても、その辺にいるのじゃなく、ある特殊な犬をおいしく食べられるように、それは注意ぶかく工夫をこらして飼育するんだから。この狗肉には、独特の香りがあるの。それで、香肉と呼ばれているわ。もちろん、禁止されているから狗肉と呼べないせいもあるけれど。とにかく、近い機会にそのパーティがあるはずなの。あなた、そこへ行ってみる」

「もちろん」

私はすぐにうなずいた。明芳にすすめられた料理にまずいものがあろうはずはない。すでに、そのひそやかなパーティの話と、中国人の美食家たちがそれほどまでにして食べたがっているということを聞いただけで、私の口中にいっぱい唾が湧いてきた。

「ぜひ、ぼくもつれていってもらいたいものだね、明芳」


そのチャンスは十日後に訪れた。

ちょうど日曜日で、妻は土曜日の昼間から明芳に誘われ、海辺へ泊(とま)りがけで遊びに行っていたから、私は久しぶりにのんびりと独(ひと)りで終日読書を楽しんでいた。

明芳から電話がかかってきたのは夜の九時すぎだった。

「例の香肉を食べるパーティが今夜開かれるのよ」

彼女はひそやかな声で言った。

「十時ごろからはじまるわ。すぐ支度をしてちょうだい。二十分後にあたしが車で迎えに行きますから」

「しかし、きみは女房と一緒じゃなかったのかい？」

私はいささか不審に思った。

「まだ女房は帰ってこないんだが、きみだけ先に帰ってきたのか？」

「奥さまは海辺の景色がお気に入りで、もう一泊なさりたいというの」

明芳はくすくす笑った。

「あたし、これは好都合だと思って先に失礼してきたのよ。そうすれば、今夜は気がねなくゆっくりあなたと過せるもの。それとも、あなたは奥さまがいないと気がかりなの？」

「とんでもない」

私は本心から答えた。

「うまいものが食べられて、きみとゆっくり過せるなんて夢みたいだ。女房なんてくそくらえだよ。いそいで支度しよう。待っているよ」

明芳は約束どおり、正確に二十分後に、私のアパートへ迎えに来てくれた。

私はいそいそと彼女の運転する車に乗りこんだ。車は九竜城の方へと向った。そして、城外のちかくにある一軒の家の前で停った。

秘密パーティとは言え、香港の一流人士が集るのだから、どこかのレストランかそれとも個人の邸の中でひらかれるのかと思っていた私の予想は完全に裏切られた。

その家は平屋建てで、ところどころくずれかけた白い土塀に黒い瓦のうす汚い民家だった。

車を降りると、明芳は先に立って、その民家の中へずかずかと入りこんだ。しかし、家の中には灯火も点いていず、人の気配もなかった。彼女は家の中を通りすぎると、裏門を開け、外へ出た。そこは真暗でよくわからなかったが、裏庭というより小さな牧場という感じの広場だった。なにか食物の饐えた臭いと動物の汗や排泄物の臭いがツンと鼻をついた。そこにうごめいている白いもこもこしたものは、羊か山羊らしかった。豚が鼻を鳴らす音や、馬が地面をひっかく音も聞えてくる。まわりには柵がしてあるらしく、その柵のあたりで哀しげに吠える犬の遠吠えが耳に入った。

「暗いから気をつけて」

明芳は私の手をにぎると勝手知った足どりで広場の横の方へ連れていった。そこには木造建てのかなり大きなバラックがあった。

その扉を彼女は短く三度、それから少し間を置いて、また三度、ノックした。

ギイッと重々しい音がして扉が開かれると同時に、ワラと馬の臭いがただよってくる。どうやら、このバラックは馬舎らしかった。

扉の向うに立っていた男は明芳の顔をカンテラの灯（あか）りでたしかめると、うなずいて中へ通るように身ぶりをした。

もうひとつ扉があり、そこを開くと、十坪ほどの土間になっていた。まわりには柵があり、そのうえにまぐさが山と積みあげてあったが、馬の姿はみえなかった。そのかわり、三十人ほどの身なりのいい男女が黙って立っている。

方々の柱にはいくつものカンテラがぶら下がっていて、あたりを照らしていた。といっても、電灯の光ほどの明るさはなく、秘密パーティらしい重苦しさとうしろめたいふんい気と、ひそやかな期待を抱かせる程度にうす暗かった。

中にいる人たちは入ってきた私たちにふりむきもせず、黙りこくったきり円陣をつくっていた。十人ほどがひとつの円陣を形づくり、それが三つの円を土間の上に描いている。

近くにある円陣のひとつに、明芳は私をいざなった。人垣の後ろから円陣の中をのぞきこむと、そこには大きな焜炉がすえられ、その上に鉄鍋がかかっているのがみえた。鉄鍋の中には得体の知れない茶色っぽい汁が充たされ、それがぐつぐつと煮えたっている。

円陣を描いた人たちは異様に熱っぽい眼差しでその汁をみつめているのだった。

白い服をつけた男が私と明芳のそばにやってくると、大ぶりの碗と長い象牙の箸をわたしてくれた。まわりをみまわすと、他の人々も同じような碗と箸をかかえ、飢えきった子供のような表情でしきりに唾を呑みこんでいる。

やがて、コック帽をかぶったおそろしく肥った男が両手に大皿をささげもち、勿体ぶった足どりでゆっくりと鍋のそばに近づいてきた。皿の上には赤黒い肉が山盛りになっている。

それを見ると、まわりの人々の間で嘆声に似たどよめきが起った。

肥ったコックは皿の肉を手づかみで、無造作に鍋の中に投げこんだ。三つの円陣の中の鍋の中に平等に肉を入れる。

十分も経たないうちに、待ちきれないようにまわりの人たちは争って箸を鍋の中につっこみはじめた。

「さあ、いそがないとだめよ」

と明芳がささやいた。

「あっという間に食べられてしまうわ」

彼女はすばやく鍋の中の杓子を他人の手からうばいとると、私の碗の中に汁と肉をたっぷりよそってくれた。

碗を口に近づけると、なにか麝香に似た匂いとローストビーフみたいな香ばしい肉の焦げる匂いが鼻をくすぐった。その匂いを嗅いだだけで、私の舌は期待にうずいた。

たしかに、これは香肉にちがいなかった。

私は熱い肉を夢中で頬ばった。肉はやわらかく、表面によく汁がしみわたり、しかも中の方はまだ生の新鮮さが残っていた。極上のビーフステーキをレアに焼きあげ、その表面にあらゆる香辛料で味つけしたソースをたっぷり塗ったような味だった。

私はあっという間に一滴の汁も残さずそれを平らげた。しかし、驚くべきことに、周囲の人たちの食べ方の早さとすさまじさは私の比ではなかった。二杯めにありついたときには、他の人たちは三杯も四杯もおかわりしている始末だった。

二杯めを食べ終り、三杯めをよそおうとしたときには、もう鍋の中には一片の肉も残ってはいなかった。

すると、例のコックがまたうやうやしく大皿に肉を盛りあげたのを運んできて、それぞれの鍋へ投げこんだ。

私は三杯めにようやくありつけた。碗の中の肉を一口に頬ばったとき、カチリと奥歯にあたるものがあった。なにか丸い石みたいだった。私は舌の先でそれをさぐり、口から出した。それは石ではなく指輪だった。カンテラの灯りでよく見えなかったが、どうやら翡翠の指輪らしい。それもどこかで見覚えがあるような気がした。

しかし、そんなものを詳しく見ている余裕はなかった。早く食べなければ、四杯めを食いそこなってしまう。私はすでに香肉のとりこになり、一匹の餓鬼になっていた。指輪をポケットに押しこむと、三杯めをあわててすすりこみ、他の人の手から杓子をうばうようにして四杯めをよそった。

私が四杯めを食べ終ったとき、またもや鍋の中の肉片はあとかたもなく消え失せてしまっていた。

同時に、例の白衣を着た男が近寄ってきて、鍋を囲んでいた人たちから碗と箸をとりあげていった。

人々は名残り惜しそうに舌うちしたり、溜息をもらしたり、ぶつぶつ言ったりしながら男に碗と箸をわたした。

考えてみると、ここにいる人たちが声を発したのはそれがはじめてだった。それまでは誰もが一語も発さず、ただひたすら香肉をむさぼり食っていたのだ。

私も碗と箸を男に渡しながら、思わず溜息をもらした。

「もう一杯、せめてもう一杯食べたかったな」

「またチャンスがあるわよ」

明芳は微笑した。

「パーティがあるときは必らず連絡してあげるわ」

「そう願いたいな」

私は舌の底に残る香肉の味をなつかしんで夢見心地だった。その状態は、明芳の車に乗って彼女のアパートへ着いてもまだつづいていた。

いや、彼女を抱き、その吸いつくような肌を愛撫しながらも、実をいうと、私の思いは明芳の上にはなく、香肉の味をまさぐっていたのだった。

夜明けになって、私は自分のアパートへ帰った。着がえるとき、ズボンのポケットの中のものをみんな出すと、ハンカチの間から翡翠の指輪が転がりでてきた。

私はそいつをとりあげ、フロアランプの光りに近づけてよくしらべてみた。どうも見覚えのある指輪だ。私がむりに妻に買わされた指輪によく似ている。もっとも、私はそんなものにあまり関心がないから、確実にそうだとは言いきれないが……。

関心がないといえば、妻に対しても同じことだった。

彼女はまだ帰宅していなかったが、それはむしろ私をのびのびした気分にしてくれた。いっそ、永遠に帰ってこなければいいとさえ思った。

（それにしても……）

ベッドに横になりながら、私はぼんやり考えた。

（もし、これが女房の指輪だとしたら、どうして鍋の中に入っていたのだろう）

しかし、指輪が妻のものだと決っているわけじゃなし、それ以上妻のことなど考えるのはおっくうだった。それよりも、私の考えはあのすばらしい香肉の味の方へさまよっていった。それはこの世で私の最愛のものになりそうだった。香肉を夢みながら、私はぐっすりと眠った。

妻は翌日も、その翌日も帰ってこなかった。

さすがに、少し気になって、私は明芳に妻の泊ったホテルを訊きただし、妻を残して帰ってたときの様子も訊いてみた。

「ちょっと言いにくいんだけれど、奥さまはそのホテルである若い男と知りあったのよ」

と明芳は説明した。

「そして、その男がもう一晩泊っていきなさいと誘ったらしいわ。とてもよく日本語のできる中国人だったの。で、あたしも気をきかせて、一足先にひきあげてきたってわけ……」

明芳の説明が真実だとすれば、私はコキュになったということになる。もっとも、そんなことは一向にかまわなかった。その奇特な若者が私から妻をうばい、これから一生面倒をみてくれるのなら、こんなけっこうな話はない。

　まあ、しかし、行方不明になったまま妻を放っておくわけにもいかないから、私はそのホテルに電話して、妻と男がどうなったか調べてみた。

　ホテル側の返事では、その男――呉典義というレストラン経営者ということだが――と妻は日曜日の夕方ホテルをひきはらって、どこかへ車でドライヴに出かけたということだった。

　その後の妻の消息はまったくつかみようがなかった。

　そこで、私は警察に妻の捜査を依頼した。

　係りの林警部は大変親切に事情を聞いてくれたが、呉典義の名を耳にすると、顔色を変えた。

「そいつはちょっとやっかいなことになりましたな」

　深刻そうに眉をひそめて、警部はつぶやいた。

「呉という男は表向きはキムバリイ・ストリートでメイフラワーというレストランを経営していますが、実際は九竜城内の顔役でしてね。麻薬密売、殺し、誘拐、なんでも金になることなら手がけるという噂の男です。もし、奥さんがやつの口車に乗って城内に連れこまれたとしたら、手がかりはつかめないかもしれん。なにしろ、あの城内は一種の治外法権みたいなところで、われわれも容易には手出しができないのです。呉についても、噂はあっても、確証がないので、つかまえることができず、自由に泳がせている始末でしてね……。とにかく、やつを一応しょっぴいて調べてみます。奥さんの行方について吐かせるように努力しますが……」

　と言って、気の毒そうに私をみつめた。

「もし、手がかりがつかめるとしたら、呉があなたの奥さんの身代金を要求してきたときです。そのときには、必らず連絡して下さい。身代金を受けとる現場を押えればやつをぶちこむことができる」

ところが、一週間経っても、その呉という男は身代金を要求してくる気配はなかった。警部からの連絡では、呉をいったんとり調べてみたものの、ホテルから出て市内に入るとすぐ車から降ろしたきり後は知らないと言いはって、なんの手がかりもつかめず、釈放せざるを得なかったということだった。

私の方は、別にそれ以上、妻に対して関心をもたなかった。もちろん、身代金を要求されたところで払う気もなければ、警部に連絡する気もない。

呉の手で、彼女が永遠に消されてしまっても喜ばしくこそあれ、なんの痛痒も感じなかった。これで、誰にも文句を言われずにこの香港で気のすむまでのんびりできるのだ。蟹や香肉やその他のうまい食べものを思う存分楽しみながら……。

それに、私のそばには明芳がついていてくれる。

明芳が——私は妻の形見かもしれぬ翡翠の指輪をみつめながら、なにかひっかかるものを感じた。

この指輪を妻にすすめたのは明芳だった。それから、海辺へ妻を誘ったのも……。

しかも、彼女は妻を置き去りにして、一人で帰ってきた。私に香肉を食べるパーティに連れていったのはその夜のことだ。

パーティのことは二、三日前からわかっていたはずだから、妻を海辺のホテルへ残して呉という男に任せてきたのは予定の行動ではなかったか？

『あたしはたとえどんな理由であれ、あなたがここにいてくれたらと思っているのよ』

という明芳の言葉がありありとよみがえった。

『そのためにはなんだってするわ。もし、その邪魔をする人間がいたら、その人を殺したってかまわないと思っているのよ』

（ひょっとすると、明芳は妻を……）

私ははっとした。

（あのパーティは九竜城のすぐ近くで行われた。呉は九竜城内の顔役で誘拐も殺しもやるという。そして、おれがこの指輪をみつけたのはあのパーティの鍋の中だった）

呉は身代金を要求してこない。

それは誰かがそれにみあうだけの金を呉に払ったからではないか。呉はその誰かの依頼を受けて妻を殺し、その死体を永久に消し去った。

それがどんな方法でかはすぐに私にも想像がついた。

私はぐつぐつ煮えたぎる鍋の中の香肉（シャンロウ）を思いだした。

（あれは、あの肉は……）

その想像は本来なら吐き気をもよおさせるはずだが、私は吐き気どころか、身体中がふるえるほどの食欲を感じてしまった。

あの味、あのうまさ——それはたとえ材料がなんであれ、私がもう一度口にせずにはいられない魅力にみちみちていた。

私はいまなによりも、香肉を愛し、そのとりこになっている自分をまざまざと思い知った。

以来、もう一ヵ月になるが、明芳から例のパーティをひらくという知らせはない。

彼女とは毎日のように逢い、毎晩ベッドを共にして、そのたびにパーティはまだかと訊ねるのだが、彼女はそのうちにという答えしかしてくれない。

私はこのところあの香肉の味を思いだしては、ほとんど眠れなくなってしまった。

そして、奇妙なことだが、明芳を抱くたびに、彼女が女ではなく、ひとつの肉塊——香肉の材料としか眼にうつらなくなってきた。

彼女のひきしまった、やや小肥りの肉、白くみずみずしい肉。妻のあのぶざまに脂肪のつきすぎた肉体ですらあんなにおいしかったのだ。

明芳を材料にしたら、どんなにすばらしい香肉が食べられるだろう。

そう思うと、彼女を抱きながら、私は食欲に身がふるえ、口中にいっぱい唾液が湧いてくるのを押えることができない。

いつか、きっとこのすばらしい材料を……。

PART 1

過去の女

西紀二〇〇〇年は全世界にとっても、久坂不二夫個人にとっても、記念すべき年になった。この年は、二十一世紀への出発点でもあり、各国はきそって、国家的な発明や実験や事業を発表した。特にアメリカの時間旅行機の発明やソ連の金星基地の開発、ドイツ連邦の引力制御装置の発明は、全世界の注目をひいた。ところで、日本での最大のニュースは、自民党の派閥がようやく完全に解消されたことだった。

久坂不二夫はこういう世界的なトピックには、ほとんど関心がなかった。彼が関心を持つ対象といえば、およそ二十一世紀らしからぬこと——というより人類の発生以来、男性が常に関心を持ちつづけてきたこと、すなわち、女だった。ただし、彼の女性に対する関心の度は、なみの男性達とはけたちがいにはげしかったと云えるだろう。

五尺八寸、色浅黒く、ムチのようなしなやかな体軀と、ほりの深い顔立ちに恵まれた彼は、十六歳の初恋から二十五歳の今日まで、三十人の女性を遍歴してきた。一年間に三人の割合いだから世の漁色家とくらべてさほど経験豊富とも云えないが、彼の場合は、相手の女性のすべてをしぼりつくすという定評があった。不二夫に捨てられた女は、ヌケガラになる、そう云われた。

事実、三十人の過去の女のうち、自殺したもの七人、修道院に入ったもの二人、出家して尼になったもの三人、地球を捨てて遊星植民地へ永住したもの八人、転落してストリート・ガールになったもの五人、性転換の手術を受けて男性になったもの四人、最後の一人は、目下ショックのために入院中といった有様なのである。

こういう不二夫を指して、周囲の人々が、ドン・ファンという称号をたてまつったのは、当然のことだろう。しかし、彼と非常に親しい二、三の友人たちは、彼を一種の理想主義者だと思っていた。

ある意味では、彼はたしかに理想主義者だった。自分を完全に満足させてくれる女——それをいつも追い求めてきたのだから。

その女が、どんな地位であれどんな家柄であれ、どんな職業であれ、彼は一向にかまわなかった。女をみかける、そして、その女のどこかに魅力を感じる——それだけで、久坂不二夫の恋人になる資格は生じるのだ。彼はせっせとその女性のもとへ通い、どんな手段を費しても、自分の胸に抱きしめてしまう。そうなると、立場が逆転し、今度はせっせと女が不二夫を追いかけることになる。もちろん、彼の容姿が、こうなることに大いに役立ったことは云うまでもないが、それよりも、たくましい体軀をしているくせに、女の母性本能をくすぐるどこか頼りなげな態度と、すばらしい性のテクニックが最大の武器になった。整形手術が発達して、どの男性を見ても美男揃(ぞろ)いの今日この頃では、恋愛の決めては容姿の美醜よりも好みの問題になっている。

女性の方もそうだった。いずれをみても、その年の流行に合った顔に整形し、スタイルを調整してあるから、自分の女房と他の女との区別はつきにくくなっている。ただ、肌ざわりと背丈と、それから、交り(まじわ)の密度に大きな個人差がみられるだけだった。

久坂不二夫は、その肌ざわりを克明に検討し、交りの密度を比較する——それは、顕微鏡をのぞきこむ生理学者のように、冷静で、入念をきわめた。そして、その結果、彼は自分が抱いている女性の理想像とはほど遠い相手に失望し、あっさり捨てる。十年間、そのくりかえしだった。

ところが、二〇〇〇年一月五日に会ったその女は、不二夫の冷静さをすっかりかき乱してしまったのだ。

夕方だった。

不二夫はいつも会社の帰りに寄るバーのカウンターでブランディをすすっていた。この店は、男性の客よりも、女性の客が多い。勤め帰りのオフィス・ガールたちが、美男で愛想のいいボーイたち目あてに、束の間(ま)の恋のスリルを楽しみに来るのだ。それを、猟銃のような冷たい眼が狙っている。いわば、ここは、彼にとって絶好の猟場だった。

その日は、一時間たっても、ありきたりの顔をした、ありきたりの女しか、彼の前に現われなかった。そんな女を相手にするぐらいなら、家へ帰って日頃からコレクションしてある立体ヌードの写真でも眺めた方がましだ。そう思って、立ち上りかけたときだった。自動開閉の扉が音もなく開き、うすいブルーの照明の中に一人の女を吐きだした。

女はこの寒さだというのに、黒いキラキラ光るドレスを身にまとっただけだった。ぴたりと身体にすいついたそのドレスから、見事な曲線が、あらわにのぞいている。ブルーの照明がむきだしの肩をしっとりと濡らし、肌のきめの細かさをきわだたせていた。

しかし、なによりも不二夫の眼をひいたのは、その顔の魅力だった。それは、流行を追い求めて、個性を殺してしまったありきたりの顔ではなかった。自分の個性を生かし、自分だけの美しさを自信をもって他人に誇示している。そんな感じの顔だった。

あるいは、他人から見れば、その顔はあまりに個性が強く、あまりに驕慢に見えたかもしれない。しかし、不二夫にとっては、それこそ自分が追い求め、探しつづけていた理想の女だった。

彼は、じっとその女をみつめた。すると、その視線を感じたように、女がこちらをふりむき、目ばたきもせず、その黒い瞳でじっと不二夫を見返した。不二夫は、その瞳の中に、自分と共通のものを感じとった。この女はやはり理想の男を求めているのだ。そして、自分が女に選ばれたことも。

言葉はいらなかった。かすかにうなずき合い、そばへ行って手をにぎるだけでよかった。二人は、そのままバーを出て、ホテルへ向かった。

こんな簡単な手つづきでものにできた女など、いつもの不二夫なら、もうそれだけで、鼻についたはずだ。しかし、この女だけは別だった。女は無口だったが、女の身体はおそろしく雄弁だった。肌はマシュマロのようにやわらかく、そのくせ心地よい重量感が掌につたわった。唇はほのかに甘く、その舌は千変万化の刺激を与えた。そして彼女のセックスは、それ自身が別の生きもののように、彼の下で息づいている……。

なによりも不二夫を驚かせたのは、女が不二夫の性感帯をたくみにあやつってみせたことだ。この女は、おれの身体のすみずみまで知っている——そう思いながら、いつもの冷静さに似合わず、彼は喜びのうめきをもらした。

翌朝、二人はホテルの食堂で昨夜の疲れをいやす濃いコーヒーを飲んでいた。女は昨夜のことなど気ぶりも感じさせない冷たい表情で、コーヒーをすすっている。

「今度はいつ会えるだろう？」と不二夫が訊ねた。

「残念だけど一度だけしかおつきあい出来ないのよ」と女は答えた。

「ぼくが気に入らないのか……？」

絶望のあまり、彼の声はふるえた。

「いいえ」女は不二夫をみつめあわれむような翳りを瞳にやどらせた。「理由は云えないわ。でも、あなたはいつかその理由を知ることがあるはずよ」

「じゃあ、せめて名前だけでも教えてくれないか？」

不二夫の必死の願いにもかかわらず、女はチラと笑いを見せたきり、席を立った。

女が去っても、不二夫は楽観していた。いずれは、おれに会いたくなって、あのバーへ戻ってくるだろう——自信たっぷり、彼は毎晩同じ時間にバーへ行った。

しかし、ひと月たってもふた月たっても、あの女は彼の前に現われなかった。あの女にくらべれば、他の女はクズでしかなかった。彼は他の女には眼もくれず、あの女だけを夢みて、ヌケガラのような毎日を過した。

その年も終って二〇〇一年がもう数日にせまった頃、彼は自分が捨てた三十人の女たちと同じ思いを味わっていた。この世にはなんの楽しみもなく、未来は灰色にとざされている。もうどうともなれという気持ちだった。

バーのカウンターにもたれながら、彼はぼんやりと考えこんだ。自殺でもしようか……。

その時、カウンターの隅に置いてあった新聞の見出しが眼に入った。そこには『日本で時間旅行機の生産はじまる』とあり、その横に『被験者に二百万円』とサブがついていた。不二夫は新聞をとりあげた。日本でも時間旅行機の生産が開始され、これに実験的に乗り組む人を求めている。男子、女子とも各五人ずつで、この人たちには前金として百万、実験後には百万円が渡されることになっているが、男性の応募は定数に充ちたものの、女子の応募がなくメーカーは困っているといった記事だった。

バカバカしい、そう思って新聞を投げ捨てようとした不二夫は、ふと手をとめた。

（そうだ。どうせ、この世に未練のない自分だ。いっそのこと、実験台になってやるのも悪くない。死んだってもともとなんだ）

しかし、応募の人員はあと女性だけとなっている。（簡単じゃないか）と不二夫は思った。（前金の百万円で性転換の手術を受けるんだ。今度は女性になってボーイハントに新しい意欲をもやそう……）

自分の生きる可能性を、ようやく見出（みいだ）した思いだった。彼はその新聞をつかむと勢いよく立ちあがった。

一週間後に、彼は希望通り、手術台の上に横たわっていた。

しぶる係員を説得して、完全な女性となって時間旅行機に乗り組むことを条件に、百万円の被験者手当てをせしめてきたのだ。この手術が終れば、時間旅行機メーカーの要望通り、一年前の過去にもどり、二十四時間その世界にとどまって、証拠の品を得たら、また現在にもどってこなければならない。

実験の日は明日である。今日が性転換手術を完了するぎりぎりの日だった。すでに慎重な身体検査の結果、女性ホルモンの注入量も決定され、顔を除いた各所の女性転換は行なわれていた。最後は、顔の整形だけだった。その顔については、不二夫は自分の個性を生かしてくれという要望を、病院に申し入れてある。

「さあ、いいですよ」

　ホウタイをとり終った看護婦が彼にささやいた。手術は完了したのだ。不二夫はそろそろと眼を開いた。

　これで自分は完全に女になった――奇妙なうずきを身体のしんに感じながら看護師のさしだした鏡に眼を向ける。

　とたんに彼はあっと声をあげた。

　鏡には、忘れられないあの女の顔がはっきりと映っていた。

PART 1

蜥蜴（トカゲ）

佳博が美奈に会ったのは、母が死んでちょうど一ヵ月後の夏の最中だった。

その日、母の娘時代から仕えている婆やは母の死のショックと葬式の後始末の疲れから床につき、若い女中もその世話にかかりきりだったので、佳博は誰に気兼ねすることもなく自由に行動できた。

昼食が終り、食堂に誰もいなくなると、佳博は朝から考えていた課題を実行するために足音をしのばせてフレンチ・ウインドウに近づいていった。近づきながら、彼はしきりに自分に云い聞かせていた。

(なんでもないことじゃないか、ただ、庭へ出るだけだ。ノブをまわし、フレンチ・ウインドウを押し開き、テラスへ出る。そして、真直ぐ歩いていけばいいんだ)

しかし、そう考えれば考えるほど、心の隅にわだかまっている得体の知れない恐怖を意識しないではいられなかった。おそるおそる、彼は外をうかがってみた。冷房の利いた食堂の中は、ひんやりとしてうす暗かったが、窓の外は真夏の陽光がきらめいていた。特に直射を受けたテラスは真白に輝き、陽光をまぶしく射返している。その光の氾濫をちらと見ただけで、佳博はもう烈しい眩暈を感じた。フレンチ・ウインドウのノブにかけた手を休め、彼は眼をつぶった。

幼い時から強度の貧血症ですぐに日射病にかかる体質の佳博にとって、この光の氾濫の中に帽子もかぶらずに出てゆくことは、ちょっとした冒険にちがいなかった。光の箭(や)が全身に突き刺さり、そこから血のかわりに冷や汗がにじみだしてくる。彼はその時の不快な感覚をまざまざと思いだした。

（おじいちゃまやおばあちゃまが見つけたら、あわててとめに飛んでくるだろうな）

彼は救いを求めるように、細く蒼白(あおじろ)い頸(くび)を伸ばし、庭の樹立ちの奥に見えるクリーム色の洋館の方を覗(のぞ)き見た。そこは彼の母方の祖父母たちの住居だった。母方とは云え、彼の父は養子だったから、そこが本邸になるのだった。

こんなふうに、佳博がたった一人で庭へ出ようとするところを祖父がみつけたら、その葉巻(シガー)の匂いの強い胸に佳博を抱きすくめ、有無を云わさず邸(やしき)の中へひき入れてしまうだろうし、祖母だったら、佳博の好物のマロン・グラッセを小さなポケットに押しこみながら、こうささやくだろう。

（いい子だね。表(おんも)はダメよ。家の中でお遊び）

しかし、今、本邸は光の氾濫の中でひっそりと静まり返り、誰もそこから出てくる気配はなかった。彼は果てしない光の海の只中(ただなか)に置き去りにされたような孤独と恐怖にうちのめされた。

ノブから手を離し、彼は考えた。このまま暗くひんやりした自分の巣の中へ閉じこもっていようか？

しかし、その時、陽気で残酷な声が彼の耳朶によみがえった。

「なんだい、生っちろい身体だなあ！」

それは佳博より一、二年上級の名も知らない少年の声だった。

一週間ほど前、教室で脳貧血を起し半分意識不明になった佳博は医務室に寝かされていた。診察の途中で電話がかかり、医師がその応対に部屋から出た後、佳博はうすく眼をつぶったまま大人しく半裸のままベッドに横たわっていた。その時、廊下からその声がかかったのである。

声に驚いて佳博は眼を開けた。医務室のドアのそばに少年は立って、真白な歯をきらめかせながら嘲笑っていた。体育の課目に出るためなのか、その少年も半裸だった。しかし、その上半身は佳博と対照的に黒光りするほど陽に灼けていた。少年は無造作な足どりでベッドに近づくと、まるで死んだ蛙でも見るような眼つきで面白そうに佳博を見下ろした。佳博は少年の物怖じのしない態度に気押されて、ただまじまじと少年の半裸を見上げていた。すると、やにわに少年の胸のしなやかな筋肉に淡い翳の走るのが見えた。少年は右腕をすばやくあげると、それを佳博のうすい骨ばった胸にうちおろした。ピシリと激しい音がしたが、痛くはなかった。

ただ、打たれた場所から熱っぽいものが身体の中に注ぎ入れられるように、佳博は感じた。顔をあげて、彼はそこを見た。そこはみるみる赤味を帯び、やがて、少年の手形が浮かびあがった。

佳博は羞恥と恍惚感の入りまじった眼差しで、いつまでもそこをみつめていた。

佳博が自分の肌を陽に灼きたいと願うようになったのは、それからだった。思うさま、この白い肌を陽に灼けば、うすい胸にもあの少年のようなしなやかな栗色の筋肉が萌え出すのではないか……。

願いをかなえるためには、このフレンチ・ウインドウを開かねばならない。佳博は思い切ってノブをまわし、テラスへ出た。テラスの階段はゆるやかな起伏を持つ芝生へと続いている。なるべくテラスから眼をそむけ、その芝生へ視線を向けながら、佳博は小走りに走った。ほんの十メートルほどの距離だったが、それでも心臓は彼のか細い肋をはげしくたたいていた。

芝生のはずれに植えてある大きなヒマラヤ杉の蔭に、動悸を静めるために彼はうずくまった。眼を閉じたり開いたりしていると、眩暈と動悸は少しずつ治まっていった。彼は用心深くそろそろと立ちあがってみた。予期したような脳貧血の症状は起らなかった。眼を見開いて、烈しい陽光に緑を燃えたたせている芝生をしばらくみつめてみたが、なんともなかった。いつもなら、吐き気をもよおす草いきれも今はさほどにも感じられない。

（ぼくは治ったんだ！）

確信に充ちた声音で自分自身に云い聞かせると、佳博はあの少年を真似て無造作にヒマラヤ杉の蔭から芝生の上に足を踏みだした。しかし、彼より先にその足もとをかすめて陽光の中に飛びだしていったものがあった。トカゲだった。鮮やかなピンクとブルウの小粋な筋をこれ見よがしにそよがせながら、流れるように短く刈った芝生の間を縫ってゆくそれは、まるで極彩色の矢羽根をもったインディアンの矢のように見えた。

（畜生！）

その美しい動きに、てひどく侮辱されたように感じて、佳博もいきなり走りだした。トカゲは芝生を横切り向うの池の方へ行こうとしているらしかった。しかしその池はもう水が乾あがって白々とセメントの底を見せている。トカゲはそのふちにたどりつくと、不審そうに小首をかしげてその底をのぞきこんだ。

しばらくじっとしているトカゲの後ろに、佳博はようやく追いついた。高鳴る胸をトカゲに聞きつけられまいと、歯を喰いしばって呼吸を押えながら、佳博はこのトカゲに残忍な復讐をしてやらなければと考えていた。

もし、トカゲが芝生の中に入りこんでしまったら、とてもつかまえられるものではない。池のふちに落ちていたかなり大きな石ころを手にすると、佳博は運動靴の先でトカゲの尻尾をつついた。トカゲはあわてふためいて身をよじろうとし、その拍子に池の底へ転りこんでしまった。そこは白く乾いた砂漠だった。トカゲは何度も足がかりを求めて、その砂漠から逃れようと走りまわったが、そのたびに自らずり落ちるか、佳博の運動靴の先で蹴落されるかして、何度も蒼味を帯びた腹を見せてセメントの底に転落した。

しばらく、トカゲの様子を面白そうに見ていた佳博は急に不快になった。トカゲの腹がなんとなく自分の生白い胸に似ているような気がしてきたのである。眉をしかめると、石を手にしたまま、彼はのろのろと池の底へ降りていった。そして、唇をへの字に曲げると、走りまわり、転げ落ちるトカゲめがけて、石を投げつけはじめた。それは、ほんのわずかなところで何度もトカゲの身体からはずれた。それでも、佳博はあきらめようとはしなかった。

「こん畜生！　こん畜生！」

呪文のようにとなえながら、石を投げつづけた。炎天の最中に自分が眩暈を起して倒れるか、トカゲの血が白いセメントの上に流れるか――どっちかが悲劇的な最期をとげるまで、この行為を止めてはいけない気がしていた。

石は致命的な打撃をトカゲに与えはしなかったが、その手や脚や尻尾にあたり、そのたびに石に得体の知れない液や血がついたが、佳博は石をとりかえようともしなかった。

果てしなく永い残酷な時が流れたような気がした。

トカゲはもう力なく、池の底に腹ばいになり、手足を痙攣させているだけだった。佳博は蒼白な額に汗をしたたらせながら、石をゆっくりとふりあげた。石は正確にトカゲの頭をくだいた。声のない叫びを佳博の耳は捕えた。

石をどけてみると、トカゲの頭は白くはじけた肉とつぶれた骨のかたまりになっていた。しかし、その身体は背中のブルウとピンクの筋をなやましくうごめかせながら、まだ烈しい痙攣をつづけていた。

自分にもっとも親しかった美しいものを失ってしまった時のやるせない感動が佳博の幼い身体を突きぬけていった。彼は大きくあえぎ、しばらく哀しみに充ちた眼差しでトカゲをみつめてから、妙に大人びた溜息をもらした。

「佳博――」

その時、重々しい声が降ってきた。見あげると、父の範之と一人の少女が池のふちに立ってこちらを見下ろしていた。父はトカゲの屍体と蒼ざめた佳博の顔に視線を向けたが、薄い唇をかすかにゆがめただけだった。

「こっちへあがってきなさい」

静かな声音でそう云うと、自分のかたわらに立っている少女に視線を向けた。佳博もその少女を見あげた。濃い栗色の髪を長く肩に垂らしたその少女は彫りの深い顔立ちをしていた。少し上に反りぎみの鼻とぷっくりふくらんだ唇のあたりにまだあどけなさが残っていたが、深い眼窩の底から佳博をみつめている二重まぶたの茶色の眼は、大人びた冷淡な光を放っていた。

佳博は石を捨てると池から這い上り、父の傍に立った。

「この娘は美奈と云ってね、おまえのお姉さまにあたる人だ。これから一緒に暮すんだよ」

父の言葉に佳博はうなずいた。突然あらわれた姉に対して、奇異の念は持たなかった。ずっと以前から、この少女が自分の眼の前に姉として出現する日が決まっていたような気がした。

二人は黙ったまま、しばらくおたがいの顔をみつめ合った。美奈のまたたきもしない強い視線にみつめられると、佳博はあの少年に胸をたたかれた時と同じような羞恥と恍惚感におそわれた。

あどけなさを残す顔にくらべると、美奈の身体はもうすっかり成熟しきった大人のそれだった。盛りあがった胸、たくましすぎるとさえ思える腰――いや、それらは少女はもとより、大人にも見られない日本人離れした見事な充実を見せていた。

佳博は美奈の視線と身体から威圧感を覚え、顔をあからめた。大きすぎる頭、ひょろひょろと長い手足、蒼ざめた顔、うすい胸――自分の負っている肉体的な欠陥を、美奈の視線が容赦なくまさぐっているのが、痛いようにわかった。

「あんた、トカゲなんかを殺して遊ぶのが好きなの？」

いきなり、美奈が訊いた。

佳博はのろのろと視線を池の底のトカゲに向けた。トカゲはもう痙攣してはいなかった。

生きていた時のあのすばらしい光沢が消え、それは乾からびて池の底にこびりついたペンキの染みみたいに見えた。

佳博はかぶりをふった。トカゲはもう自分とは別の美しい存在ではなく、自分と同じようにみじめなつまらないものにすぎなかった。

佳博がかぶりをふるのを見て、美奈は鼻を鳴らした。

「そう。あたしはそんな遊びが好きなのよ」

佳博は驚いて美奈を見あげた。美奈はキラキラ輝く眼で佳博の眼をのぞきこんだ。佳博自身の頭を砕いて遊んでみたいと思っているような眼だった。

佳博の祖父、隅田佳宗(よしむね)は戦後没落した堂上(とうしょう)華族の多い中で、戦前よりもむしろ財をなしたと云われる異色の存在だった。

終戦直後、彼のヴィクトリヤ風の宏荘な邸も、他の華族同様すぐに駐留軍に接収されたのだが、その返還される時期が早く、しかもそれはアメリカのある富豪によって破格の値段で買い受けられた。

佳宗はその金(かね)を資本に不動産のブローカーをはじめた。タケノコ生活もそろそろゆきづまってきた昔の仲間たちの持っている邸や土地を安く買いたたいて手に入れたり、あるいは知り合いのアメリカ人に売り渡す口利きをして手数料をせしめたり、とても華族育ちとは思えない商売人ぶりだった。

しかし、なんと云っても彼のこの商売にあずかって力があったのは、佳宗の妻――佳博にとっては祖母にあたる美津子と、その娘――佳博の母の美栄子の二人だったと云われている。美津子は当時すでに三十八歳だったが、二十歳の娘の美栄子と並んでも姉妹としか見えないほど若く美しかった。彼女はその容姿や、戦前に英国へ遊学した時に得た語学力や、アメリカ人たちの貴族に対する好奇心に充ちた無邪気な尊敬や、その他ありとあらゆる利用できそうなものを武器にして、隅田家の経済的な再興のために雄々しく戦ったのである。娘の美栄子もその有力な武器のひとつにすぎなかった。

二人の美しい日本の貴婦人と近づきになる機会を求めて、その頃在京していた駐留軍の高級将校たちは毎夜のように隅田邸を訪れてきた。彼らは故郷では得られぬ貴婦人の微笑を存分にふるまわれたあげく、その代償として彼女達の華奢な掌になにがしかの利権を落していった。

これらの利権は隅田家に莫大な利益をもたらしたが、同時に、かつての華族仲間の嫉妬と反感をも買う結果になった。斜陽の翳を負った彼らは、せっぱつまって佳宗に土地の処分を頼みこむときだけは、以前と変らぬ慇懃な微笑を忘れなかったが、かげにまわるとひどい噂をふりまいていた。

そのひとつに、美津子も美栄子も米軍司令部の利け者である某大佐の想い者になっているという噂があった。これらのいかがわしい風評はどこからともなく佳宗の耳に入ってきたが、彼は顔色ひとつ変えなかった。

当時の佳宗は、もちろん美津子たちの主催する夜のパーティには一切顔を出さず、彼女たちの手を通じてもたらされる利権を富に変える仕事だけにいそしんでいた。ブローカーというその時代の錬金術師の役割りが彼にはことのほか気に入ったとみえ、黒革のジャンパーに半長靴（はんちょうか）といういでたちで走りまわる佳宗から、かつての華族の匂いを嗅ぎとることは誰もできなかった。

ただ、例の噂がいくらか真実味を帯び、娘の美栄子が誰かの胤（たね）ともわからぬ混血児（あいのこ）を生み落した時にだけ、傲然（ごうぜん）たる貴族の風貌が彼の上によみがえった。彼は母娘の反対をしりぞけ、赤ん坊をただちに里子に出してしまった。その赤ん坊が美奈である。

そして、それだけが隅田家に訪れた具体的な不幸だった。

時代が落ちつくにつれて、駐留軍の利権は次第に効力がうすらぎ、もはや大した利益を隅田家にもたらさなかったが、折からの土地ブームで華族たちから買い漁（あさ）っておいた土地がいずれも急騰（きゅうとう）を示した。佳宗はそれらのいくつかを選んで手離さずにおき、そこへホテルを建てた。

この目算も見事に正鵠（せいこく）を射た。

ホテル業はレジャー・ブームと東京オリンピックのおかげでみるみる軌道に乗り、隅田家の富を全く安定した基盤の上に築きあげてしまった。

しかし、このめざましい成功のために美栄子は痛ましい犠牲者となった。彼女が混血児を生みおとしたという噂は、ようやく勢力をとりもどした上流社会の隅々にまでしみ渡り、隅田家は新興成金にも劣る存在として爪(つま)はじきされたのである。美栄子は三十歳になるまで養子を迎えることができなかった。三十歳になった秋、その莫大な財産につられて一人の男が隅田家へ迷いこんできた。貧乏公卿(くぎょう)の末裔(まつえい)である阿部範之(あべのりゆき)だった。

美栄子と範之はその翌年に佳博を得た。

その時、潤沢な養育費を与えられ、伸び伸びと養家で育てられていた美奈は六歳になっていた。

美奈と会った晩から、佳博は高熱をだして寝こんでしまった。陽盛りの烈しい直射がその原因だった。ひ弱な身体を絶え間なく悪寒が襲い、佳博はしきりにうわ言を云いつづけた。もうろうとした意識の中を頭を砕かれたトカゲが這いまわり、少年の哄笑(こうしょう)が耳をさわがせた。しかし、彼をもっともおびえさせたのは美奈の眼だった。暗黒の意識の中に、美奈の顔だけが浮かびあがり、それは茶色のキラキラ輝く眼で佳博をみつめつづけるのだった。

三日目に熱が下がり、佳博はようやく平安な眠りを得ることができた。昏々(こんこん)と眠りつづけた彼は、その夜半にふと眼覚めた。

力のない声で女中を呼んだが、ベッドのまわりには誰もいなかった。彼は不安のあまり大声を出した。しかし、騒々しい音がふいに部屋の中へ流れこんできて、その声をかき消してしまった。

佳博は口をつぐみ、しばらくその音に耳を傾けた。それは、あの暗い悪夢とはうらはらの陽気なリズムに充ちた音だった。ベッドをすべりおりると、佳博は裸足のまま廊下へ出た。音は彼の部屋の隣から流れてくる。そこは死んだ母の部屋だった。佳博は思わず立ちすくんだ。そのまま廊下に立ってそのリズムに聞き入ってみたが、それは死人の奏でる音楽にふさわしくなかった。思いきって、ドアのノブをまわし、佳博は爪先だちながら部屋の中を覗きこんだ。

かつてそこには、発作を起しがちな美栄子の心臓を刺激しないために、やわらかい灰色の絨毯が敷きつめられてあった。ヴィクトリヤ風の椅子やディヴァンがその上にひっそりとした影を落とし、部屋の隅には古びて飴色の艶がでたマホガニイ製のダブルベッドが置かれていた。佳博の覚えている母は、いつもその上に蒼白い顔をして横たわり、部屋の中はいつでもかすかに消毒薬の匂いがたちこめていた。そこは音のない世界のはずだった。

しかし、今、その部屋には気ちがいじみた色彩があふれていた。絨毯は燃えるような真紅で、その上に玩具のシマウマのように鮮やかな黄と黒のまだらのソファが置いてあった。濃紺の厚いカーテンに、いつも閉ざされていた窓はいっぱいに開け放たれ、吹きこんでくる夜風がレモン色の薄手の布地でつくった新しいカーテンをはためかせている。部屋の隅には、白い革を黄金色の鋲でとめたヘッドボードのついたハリウッド・スタイルの小ぢんまりしたベッドが置かれ、ベビイ・ブルウのベッド・カバーがかかっていた。色とりどりのペナントに飾られた壁の下に白く塗った小型のステレオがあり、そこからヴォリュームいっぱいに開放された音が奔っていた。

部屋の真中で、赤い南国の花をプリントした薄い半袖のブラウスを着て、ほとんど紺に近い濃い紫のフレアスカートをつけた美奈がはげしく身体をくねらせながら踊っていた。

佳博の視線を感じたのか、美奈はいきなり踊りをやめ、覗いている佳博に視線を向けた。茶色の眼に面白そうな輝きが浮かび、彼女はゆっくりと手招きした。魅入られたように、佳博はおずおずとドアを開け、部屋の中へ足をふみ入れた。

「あんたも、踊りなさい」

命令するような口調で美奈は云った。

佳博は後退さりながらかぶりをふった。

「踊るのよ、なんでもないんだから。ただリズムに合わせて身体を動かせばいいのよ」

美奈は佳博の手をとって邪慳にひき寄せた。前にのめり、転びそうになって、佳博はフレアスカートをつかんだ。スカートはかすかにしめりを帯びていた。見あげると、美奈の顔は一面に汗で濡れ、ブラウスの胸にもじっとりと汗が滲みだしていた。汗の匂いにまじって、獣の毛皮に似た匂いが佳博の鼻を打った。それは今まで彼が嗅いだことのない異教的な匂いだった。

ひきずるようにして佳博を立たせると、美奈はリズムに合わせてむちゃくちゃににぎった手をふりまわした。そして、困惑しはにかんでいる佳博の顔を残酷な興味をありありと浮かばせた視線で見守っていた。

しばらくそうした後、美奈はいきなり踊りを止めた。両腕を腰にあて、佳博の前に立ちはだかると、軽蔑し切った口調で云った。

「踊れないの？　意気地なし！」

声と共に彼女の白い手が飛んできて、佳博の頬に鳴った。頬がカッと燃え、涙ぐみそうになるのを佳博は必死にこらえた。

「いいわ、あたし一人で踊るわ」

と美奈は云った。

「あんたはそこで見ているのよ。見ていなければだめよ！」

美奈は再び激しく身体をくねらせて踊りはじめた。汗に濡れたブラウスが盛りあがった乳房をくっきりと浮きだしていた。それは絶えまなく揺れ、動き、新たな汗の染みをつくった。

その烈しい動きと、身体の中心に呼びかけるようなリズムが、次第に佳博を浸しはじめた。熱の冷めたばかりの頭の中へ、それらは再び熱っぽいものを注ぎこみ、陶酔の世界へ誘っていくように思えた。

佳博が眼ばたきもせずにみつめているのを感じると、美奈は唇をゆがめて笑った。彼女は踊りつづけながら、むしりとるようにブラウスを脱ぎすて、ブラジャーをはずした。スカートをとり、パンティも脱ぎすてると、なお烈しいリズムに身をまかせた。

佳博のすぐ眼の前で、小きざみにふるえつづける脂ののったすき透るように白い腹部の上を、汗が絶え間なく流れ落ちてはその下の茶褐色の茂みを濡らしつづけていた。歯をくいしばり、小さなあえぎをもらしながら、それでも美奈は踊りを止めようとはしなかった。

やがて、ふいに音が熄み、沈黙が部屋の中に押し寄せてきた。それは密度の濃い半透明の物質のように佳博の身体をつつみこんだ。佳博は息苦しさを覚え、びくりと身体をふるわせた。

音楽が終ると同時に、美奈の動きも停止した。彼女は深くうなだれ、肩をあえがせながら石像のように立ちつくしていた。栗色の髪が前に落ち、堅く盛りあがった両の乳房をおおっている。時おり、彼女の身体から床にしたたる汗が、大きな染みを絨毯の上に描いた。

五分ほどもそうしていてから、美奈は顔をあげた。上気した頬がバラ色に輝き、唇は赤く燃えていた。ばさりと髪をひとふりすると、彼女は静かに両手を伸ばして佳博に近づいてきた。あっという間に、佳博は彼女の汗に濡れた両腕に抱かれていた。美奈はそのまま彼をベッドへ運び、その上に寝かせた。

佳博は自分のパジャマのボタンが白い指先ではずされてゆくのを感じたが、のしかかるようにしてまともに見すえている美奈の眼に気押されて身動きできなかった。

佳博を裸にすると、美奈は肉のうすい彼のひよわな身体をひしと抱きしめた。佳博は身体をこわばらせた。汗に濡れた美奈の身体は冷たくすべっこかった。そして、あの異教的な匂いが前より強く彼の鼻孔を襲った。

美奈は身を起し、いきなり佳博のか細い両手を自分の両手の下に敷いた。それから、徐々に唇を佳博のそれへと近づけた。佳博は近づいてくる美奈の顔に残酷なうすら笑いが浮かんでいるのに気づいて顔をそむけた。しかし、美奈は容赦なく唇を近づけ、そむけた佳博の唇をとらえた。佳博はこの辱しめから一刻も早く逃れたいと思い、また、この異様な経験がいつまでもつづくことを願った。

「なにをしているんだ？」

突然、部屋の中にもの憂い声がひびきわたり、美奈はしなやかな身のこなしで佳博から飛び退いた。佳博はのろのろと身体を起し、ドアのそばに立っている父の顔を見た。

父の顔はいつもの通り無表情だったが、その眼だけが熱っぽく光っていた。それは佳博の方を見ているのではなかった。怖れ気もなく微笑さえふくんでベッドの横に立っている美奈の裸身に、それは注がれていた。

その翌日の朝、朝食後に範之は書斎へ来るように佳博に命じた。範之がそんなことを命じるのは絶えてないことだった。日頃は、ほとんど自分に関心を持っていないように見える父親である。

昨晩のことで、きっと叱られるのにちがいない——不安の面持ちで佳博は父の顔をふりあおいだが、そこにはいつもと変らぬ表情のとぼしい冷淡な横顔があった。

佳博は父の後ろに従って書斎の扉をくぐった。そこはかつて書庫であった部屋を改造したもので、今でも四方の壁いっぱいに天井まで届くほどしつらえられた本棚には分厚い革表紙の本がぎっしりと並び、にぶい黄金色の文字を光らせていた。

範之は妻が心臓の発作でしばしば寝つくようになってから、ここを書斎に改造させ、妻と離れてここに閉じこもりがちの生活を送っていた。

扉を開けるとせまい踊り場へ出、そこからさらに階段を降りると、ようやく書斎の床に達することができる。書籍をなるべく多く壁面の書棚に収めるために、天井を高くとるよう設計されたこの部屋は半分地下室のような感じで、昼間でも薄暗かった。

かつてはそこにも書棚が並んでいたフロアの中ほどには淡いグリーンの絨毯が敷かれ、その上に古びた大きな書物机と黒革張りの椅子が置いてあった。部屋の隅に洋服簞笥（たんす）がひとつ、それと踊り場のちょうど真下のあたりに置かれてあるソファベッドがこの部屋の調度のすべてだった。

範之は佳博をそのソファにすわらせ、自分は黒革張りの椅子に腰かけると、自嘲のこもった眼差しでまわりを見渡した。

「よく見ておきなさい、佳博」

と彼は云った。まるで成人した息子に話しかけるような口調だった。

「隅田家で本当におれのものといえば、ここにあるこれだけの家具なんだよ。おれは実家からこれだけを持って隅田家へ養子に来た。おれの妻となる隅田家の娘が瑕ものであることは知っていた。はっきり云って、おれはこの家の豊かな経済力がめあてだったのだ。大学で経済学を専攻していたおれは、さらに大学院へも行きたかったし、アメリカへも留学したかった。しかし、おれの実家には金がなかった。華族とは名のみで、戦前から体面を保つのにかつかつの生活を送ってきたのだ。戦後は体面を保つ必要もなかったが、華族に対する風あたりもきびしかった。おれは大学さえ中途でやめなければならないところへ追いこまれた。その時、おまえの祖父が援助の手をさしのべてくれたのだ。その学資によって、おれは無事に大学院を卒業できたが、代償として自分より年上の瑕ものの娘を押しつけられることになった。おまえの祖父はその時、はっきりと約束したのだ。婿になってくれれば、アメリカに留学させてやるし、自由に勉強させてやろうと……」

範之は手を伸ばし、デスクの上のパイプ架けからそのひとつをとりあげると、無意識に磨きはじめた。パイプはどれも、終日ここに閉じこもって所在ないままに範之が磨きつづけたせいか、見事な光沢に輝いていた。佳博はその父の動作を身じろぎもせずみつめていた。父の話すことは、彼にはむずかしくてわからなかったが、その心の暗さはひしひしと伝わってきた。

「しかし、おまえの祖父はなにひとつ約束を果そうとはしなかったのだ」

　パイプを磨く手を休めずに範之は云った。静かだが、その底に苦いもののこもった声音だった。

「彼は経済の実態をおれに見せてやるという名目で、ホテル業を見習わせた。それはおれに向かない仕事だった。一軒のホテルのマネージメントを任されたが見事に失敗した。おまえの祖父はおれの無能をあからさまに面罵した。そんなだらしのないことでは、いくら経済学を勉強しても無駄だといった。無駄な空学問に金は出せないと宣言され、留学も研究も沙汰止みになった。おれはただこの邸の中で飼い殺しにされることになり、瑕ものの娘を相手に種馬の役目を果すことになった」

　範之の頬にかすかに血がのぼり、唇がゆがんだ。

「その期待には、どうやらおれも応えることができた。おまえが生れたのだ。おまえの祖父や祖母はひどく喜び、おまえを可愛がったが、おまえの父であるおれに対する態度は変えなかった。役目のすんだ種馬に余計な飼料を与える必要はないと思っていたのだろう。おれは所詮、他所ものだった。おまえの祖先たちはそういう冷酷な権謀術策をくりかえしながら、永い時代、家系を絶やさずに生きてきたのだ」

範之は遠くをみつめるような眼つきで話しつづけた。

「貴族というものはそういうものだ。他人の血をきらい、自分の血のつながりを求める欲望が強く際限がない。おまえの母が死ぬと、おまえの祖父はおれとの最後の約束をもふみにじる決心をした。おれがこの家にいるかぎり、あの混血の私生児をこの邸に入れないと誓ったのだが、それは結局、ふしだらを犯した娘に対する罰の意味しかなかったのだ。娘が死ぬと、罰の意味はなくなり、おまえの祖父は、かえって、娘にかわる血のつながりの濃いものを手許に置いておきたくなったのだろう。彼は一方的に私生児を邸に迎え入れると通告してきた。それがいやなら、おれが出て行くことを望んでいる口ぶりだった。おれには出て行くべきところはない。承知するより仕方がなかった」

範之は磨きあげ、それをゆっくりとパイプ架けにもどした。

「おれの無能はこの家に飼われているうちに習い性となってしまった。しかし、なにもしない能力にも限度がある。おれはあの猥雑な混血の娘にこの邸でわがもの顔にふるまわれるのは我慢がならない。永い間、ないがしろにされてきた礼を、おれはあの娘にしてやりたいと思っている。おまえをここに呼んだのは、そのことを伝えたかったからだ。隅田の家で、おれが対等に話ができるのはおまえだけだからな」

苦笑しながら口をつぐむと、範之はめんどくさそうに手をふった。

「さあ、用事は終った。遊びに行っておいで……」

そして、庭に面した窓へもの憂い視線を投げた。

ソファから立ちあがろうとした佳博は、その視線が熱っぽいものにかわるのを感じて、父の見ている方向に眼を向けた。書斎が半分地下室のようになっているせいで、窓の上の方に庭の芝生が横切っていた。芝生の上を誰かが歩いてゆく脚がみえる。すらりと伸びた白い脚だった。歩くたびにふくらはぎに筋肉の翳りが走るのを、範之の視線はじっと追いつづけていた。

女中とデパートに買物に行き、ついでに漫画映画を見せてもらって、佳博が邸に帰ってきたのは午後三時をまわった頃だった。邸の中は人気がなく、シンと静まりかえっていた。自分の部屋で着更えをすまし、美奈の部屋をのぞいてみたが、美奈は部屋にいなかった。部屋の様子が昨夜とは少しちがったことに佳博は気づいた。美奈の狂態をさそったあの小さなステレオがなくなっているのだった。

扉を閉め、廊下に出た佳博はそのまま階段を下りて食堂の方へ行こうとした。美奈は庭にいるかもしれないと思ったのだ。美奈に逢ってどうしようというのか――それは自分にもわからなかった。昨夜のうしろめたい陶酔が彼には恐ろしくもあった。

食堂の扉に手をかけながら、彼はふと耳をすませた。昨夜と同じリズムがどこからか伝わってくるような気がしたのだ。その場に立ちつくしたまま、彼はその行方を探った。そのリズムは耳に聞えてくるのではなく、彼の肌に直接ひびいてくるのだった。佳博はそろそろと歩きだした。リズムは父の書斎の方から伝わってくるように思えた。

　書斎の前に立つと、彼は自分の勘が正しかったことを知った。今はもうはっきりした音が扉ごしに聞えてくる。彼はそっとノブをまわした。鍵はかかっていなかった。身体がようやく入るだけ扉を開けると、佳博は中に忍びこんだ。昨夜と同じリズムが彼をとりまき、高い天井にこだましていた。身を低め、踊り場のふちから頭をのぞかせて、佳博は書斎の中をうかがった。書物机の横に白塗りのステレオが置いてあるのが見えたが、父の姿も美奈の姿も見えなかった。壁にしつらえた本棚の上にのりかかり、佳博はなおも下をうかがおうとした。すると、本棚はかすかなきしみをあげてあやうく揺れた。壁に固定した鉄鋲が錆びきって本棚が前に仆れそうになるのだった。いったんはそれで身をひいたが、しばらく考えてから、佳博はもう一度本棚の上に両手をつき、身を乗りだした。本棚は前よりも揺れたが、今度は身をひこうとはしなかった。異様な光景が彼を身動きできないようにしていた。彼の視線は本棚の真下——ソファベッドの上に向けられていた。そこには父と美奈が裸のままからみあっていた。烈しいリズムに合わせるように、二つの身体は重なりあいうごめいている。あおむけの美奈の顔が父の背中のかげからのぞき、キラキラ光る眼が佳博の方に向けられた。見られたかと思ったが、そうではなかった。美奈の眼はもっと遠くにあるものを追い求めているようだった。昨夜と同じように、玉の汗が彼女の額を濡らしている。あの獣くさい匂いが佳博の鼻によみがえった。

汗に濡れた二つの身体の動きはますますはやくなり、小きざみになった。美奈の唇がひらき、小さなあえぎをもらすのが佳博にわかった。美奈はゆっくりと眼を閉じ、眉を寄せた。その恍惚とした表情をみているうちに、佳博は得体の知れない衝動がわき起るのを感じた。自分とは縁のないところで、美奈がそんな表情をすることが彼には耐えられなかった。彼は大きな不安定な頭をかすかにふりながら、身をずらせた。彼の蒼白な額にも汗がにじみだしていた。身をずらせる時にも、本棚は大きくゆらぎ、きしみをあげたが、下の二人は気づかないようだった。

佳博は錆びきってぼろぼろになった鉄鋲を爪の先でつついた。それは面白いほどよくはがれた。彼はふと思いついて立ちあがり、そっと扉からぬけだすと、自分の部屋から小さなドライバーをとってきた。帰ってきた時、まだあのリズムは鳴りひびきつづけていた。下の二人がそれに合わせてどんな姿態を示しているか、佳博にはわかるような気がした。

憎悪をこめて、佳博は小さな手にドライバーをにぎりしめ、鉄鋲をつついた。鉄錆がはがれ、鉄鋲はみるみる細くもろそうになっていった。一本、二本、――五本めの鉄鋲を壁からはなしたとき、本棚はカン高くきしみ、ぐらりと前に揺れた。佳博ははっと身をかたくしたが、そのカン高いきしみも、ステレオの音にかき消されてしまった。もう一本だけ鉄鋲をひきはがすと、佳博はドライバーをすてて、両手で本棚を押しはじめた。本棚は佳博の力でも簡単に揺れたが、それ以上前に倒れようとはしなかった。

「こん畜生、こん畜生！」

　呪文のようにとなえながら、彼は懸命にゆすった。手をはなし、足をつかって、佳博は本棚を押した。すると、いきなり、本棚に加えていた力が抜けるのを感じた。樫材（かしざい）の厚い本棚がはげしいきしみをあげて裂け、その上に並んでいた革装の重い本が次々とこぼれていった。そして、その後を追うように本棚の上部が何冊かの本をのせたまま真下に落下した。

　二つの異（ことな）った悲鳴が床の上からあがった。佳博は身体をかたくして、その声を聞いた。やがて、その悲鳴がおさまると、佳博は踊り場から身をのりだして真下を見た。そこには二つの動かない裸体が散らばった本の間からのぞいていた。あおむけになった美奈の頭に樫材の重い本棚が食い入って、そこから真赤な血が静かに流れ出していくのが見えた。美奈は眼を見開いていたが、その眼からあのキラキラした輝きは失われていた。

　佳博は大きくあえぎ、しばらく哀しみに充ちた眼差しで美奈を眺めてから、妙に大人びた溜息をもらした。そしてその表情は、あの美しいトカゲを殺した時の表情とそっくり同じだった。

PART 1

遺伝

「どうでしょう、母のぐあいは？」

あたしは、前に立って廊下を案内してゆく看護婦の背中に声をかけた。

「そうですね。別にお変りありませんわ」

若い見習い看護婦は、まだすっかりこの職業になれ切っていないらしく、うしろをふりかえると、ちらと気の毒そうな表情を浮かべていった。

「そうですか」

あたしはため息を吐いた。母が精神に異常をきたして、この病院に入ってから、もう三年になる。この病院は私立で、設備はすばらしくいいのだが、とにかくお金がかかる。一流のホテルの一室をずっと借りきっているぐらいのお金がかかるのだ。おかげで父が残してくれた財産も、もうすっかり残り少なくなってしまった。

看護婦は廊下の突きあたりで立ちどまると、扉の鍵を開けた。

「どうぞ。患者さんはいま、お食事を終ったところで、おやすみになっているかもしれませんが」

あたしは、せまい入口を抜けて、病室に入った。右側に浴室とトイレがならび、奥は三坪ほどの明るい個室になっている。片側にベッド、その枕元にはテレビ、そして、そのわきには応接用の三点セット――もし、窓に鉄格子がはまっていなければ、誰が病室だと思うだろう。母自身も、自分がきちがいだなどとは思っていないのだ。

母はベッドに横になっていたが、人が入ってくる気配にうす眼をあけた。

「おや、アキ子かい。よく、きておくれだね」

母はいそいそとベッドから起きだすと、あたしに向かいあって、ソファにすわった。

「お母さん、気分はどうなの？」

あたしが訊くと、母はにこにこ笑いながら、手をふってみせた。

「気分は上々なんだけど、退屈でねえ、あたしはどこもわるくないんだから、早くここから出してもらいたいんだよ。そりゃ、こうして一日のんびりしているなんて結構なご身分だとはおもっているよ。でも、お金だって大変だろうし、これ以上、おまえに迷惑はかけたくないしねえ」

「そんなこと、なんでもないのよ」

あたしは強いて元気そうにいった。

「お母さんは、自分で気がつかないけれど、やっぱり病気なんだから、すっかり治るまでちゃんと養生しなきゃ」

「そうかねえ、どこもわるくないみたいなんだけどねえ」

母はそういいながら、立ちあがるとあたしにお茶を入れてくれた。その手つきも昔のまま、しゃべることもごく普通だし、あたしにむかってほほ笑みかける表情も昔通りの母だった。こうしているかぎり、母の精神に異常があるとは考えられなくなってくる。

あたしは、母の様子があまりにまともなので、恐れていた質問をする気になった。

「それで仔豚ちゃんはどうしているの？」

急須を持っていた母の手がぴたりととまり、急に眼つきが空になった。

「仔豚ちゃんかい。あたしのかわいいかわいい仔豚ちゃんかい。いるじゃないか、ほらそこに。赤いリボンを首にむすんでさ」

母は、少女のようにうわついた金切り声をあげると、しわだらけの指先であたしの足元を指さした。あたしは、思わず自分の足元を見た。しかし、そこにはグリーンの敷物が敷いてあるきりでなにもいなかった。

「おいで、仔豚ちゃん。さあ、ここへ」

母は、空間に向かって手まねきし、自分のひざをたたいた。そして、なにか小さなものがひざにかけあがってきたかのようなそぶりを示し、それをつかまえて、頬ずりしている様子をしてみせた。ほんとうに、仔豚がかわいくて仕様がないように。

先ほどまで、かすかにともっていたあたしの胸の灯が、ふっと消えていった。

あたしは、ソファから立ちあがった。

「お母さん、あたし、ちょっと寄ってみただけなの。もう、帰るわ」

「おや、そうかい」

仔豚を愛撫する手つきをとめると、母は意外そうにいった。

「今日はもっとゆっくりしていってくれるのかと思っていたのに」

「いいえ、ちょっと、急ぐ用事があるもんだから、また、ゆっくりくるわ」

「そうかい、残念だねえ」

そういって立ちあがった母の姿は、どこにもさっきのような異常さは見当らなかった。それが、かえって、あたしにはなさけなかった。

母は、戸口のところまで、あたしを送ってくれた。あたしは、帰ることをブザーで看護婦に連絡した。看護婦が鍵を開けに来てくれる間に、母は心配そうにあたしの顔をじっとみつめた。

「おまえ、顔色がわるいよ。なにか心配ごとでもあるんじゃないかい？」

「大丈夫よ」

あたしは強いて笑ってみせた。

「なんでもないのよ」

ほんとうは、なんでもないどころじゃなかった。母の病気が治らないかぎり、あたしはあの人との結婚をあきらめなければならないだろう。

自分のアパートへ帰ってみると、案の定、あの人は先に来て、扉を入ってすぐのダイニング・キッチンであたしを待っていてくれた。彼はいつものように足を高く組んで、入ってきたあたしの方に、陽光がきらめくような微笑をみせた。

「やあ、お母さんのぐあいはどうだった？」

彼の声が明るかったので、あたしはかえって泣きだしそうになった。

「だめよ。あいかわらずだわ。結局、あたし、あんな母がいたんじゃ、あなたと結婚できないと思うの」

「そんなことはないさ、きっとお母さんだって、よくなるし、もし、今のままだって、ぼくはきみと結婚するつもりなんだから」

彼は、がっしりした手でつつみこむようにあたしの手をにぎった。あたしは、胸がいっぱいになり、たおれこむように、彼のひざにもたれて泣きじゃくった。

「なんだ。そんなに泣かなくてもいいじゃないか。そうしていると、まるで子供みたいなんだな、きみは」

彼の笑いをふくんだバリトンが、あたしの頭の上でひびき、あたたかい手が、やさしくあたしの髪の毛を愛撫していた。

あたしは、とめどもなく涙を流しながら、なぜか、うっとりとした気分にさそわれるのを覚えた。（あたしは、決して決してこの人を離しはしない）

と、その時、入口のブザーが鳴った。

あたしは、いそいで身を起すと、涙をふき、身づくろいをして扉口の方へ行った。

そんなあたしを、彼はほほ笑みながら、じっと見守っている。

扉を開けると、立っていたのは隣室の若夫人だった。彼女は涙のまだすっかりかわいていないあたしの顔をみると、けげんそうな顔をしながらいった。

「さっき、これがとどいたんですけどお留守だったものですから、おあずかりしておいたんです」

彼女はデパートの注文品の包みをさしだした。どうやら、あたしの泣き顔は彼女の好奇心をそそったらしい。あたしが礼をいうのもかまわず、彼女はダイニング・キッチンの中を扉の間から、さしのぞいた。

「あら、さっきからお部屋であなたの声がしていたから、どなたかお客さまかしらと思ってたんですけど、だあれもいらっしゃらないのね」

あたしは、ふりかえって、ダイニング・キッチンを見まわした。やはり彼は、あいかわらず、あたしたちの会話をやさしい微笑を浮かべながら見つめている……。

PART 1

夜歩く者

何軒かの酒場を梯子(はしご)して、時刻はすでに午前二時になっていた。

かなりの量のアルコールが入っているにもかかわらず、二人はすっかり酔いつぶれるというにはほど遠い感じで、ほろ酔い機嫌ではあったが、神経のどこかが冷めきっているのをおたがいに意識しあっていた。

二人――というのは、伊能順一郎と私である。氏と私とは彼が純文学作家であり、私の方は娯楽小説を専門に書いているという差こそあれ、もの書きという意味では同業者にちがいなく、氏が私より十歳近く年輩で文壇関係では押しも押されもせぬ大家であるのにひきかえ、私はまだなんとか食える程度の駆けだしにすぎないのだが、心やさしい氏はそういうことに一向に頓着なく、私に対して同じもの書きという態度で接してくれていた。

だいたい氏はそういう事大主義にはテンから関心がなく、大家巨匠と呼ばれることをバカバカしいことだと悟りきっているふうで、世間のそんな評価に背を向け、自分の思うがままに、かまえることなく、自分のしたいことをしたいようにしながら暮(くら)していこうと思い決めている様子だった。そんな氏の姿勢をマスコミでは、すべてのことを斜に受け流してのほほんと生きている通人と解釈しているらしい。

しかし、私のみたところでは、氏は単なる通人なんかではなく、まあ、怠惰ではあるが、乾いたユーモアの持主であり、繊細な神経とその逆に強靫な神経をも併せ持っていて、しかも、鋭い感性に支えられた性格のきわめて男性的な作家である。通人とかディレッタントとかいう見方はごく表面的な観察にすぎず、そういう作家はたいがいが半可通で、それを喜ぶジャーナリストなども自らを通人でありディレッタントであることを誇りにしている半可通にすぎない。

実際には、こういう半可通たちは自らの趣味に堕したあげく、決してオリジナリティのある作品を創りあげることは不可能なのである。そして、自分のオリジナリティの無さを棚にあげ、読者の無理解や無知に腹を立てるのがオチだ。また、同様に半可通のジャーナリストたちの手にかかると、せっかくの才能をつぶされかねない危険性がある。

伊能順一郎氏は通人でありディレッタントであるふうを装いながら、そんな俗っぽい罠におちることなく、したたかな創造力を駆使して、一見、軟弱にみえるが、その実、よほどタフな神経でなくては耐えきれないこの世の地獄の存在を描いた作品を発表してきた。軟弱と見られるのは、主に、その作品が男女のからまりあいのすさまじい相剋をテーマにしているからであろう。

それらの作品は、とても斜にかまえて受け流すことなどできそうもない世界を生々しく描いてあった。

もちろん、こういう世界を描けるということは、氏が男女の関係についてなみなみならぬ体験を経てきたせいにちがいなく、したがって、男女間の機微についての豊富な知識を持っている。

一方、私はそれほど男女間についての豊富な知識も体験も持ちあわせているわけはないし、私の作品の世界はそのような問題をテーマにする必然性は全くなかった。ポルノまがいの小説は私の得手ではない。ポルノ小説を娯楽小説として書くには独特な才能を必要とするものであって、私にはとてもそんな才能がないことがわかっている上に、どっちかというと、私は小説に書くよりは、体験するだけで満足してしまい、それを作品化することなどしんどい作業に思えてならないのである。

「おまえさんは、一向にベッドシーンを書こうとしないが、いったい、どういうわけなのかねえ」

車を運転しながら、いたずらっぽい目つきでちらっと私の方を見ながら、伊能氏は訊ねた。

「もうそろそろ書いてみてもいいんではないかな。おまえさんも四十歳を迎えたことだし、その年頃からなら、あまり生ぐさくなく書けるはずだせ」

「いや、駄目ですね」

私はニヤニヤしながら答えた。

「ぼくは伊能さんとちがって経験不足だし、第一、才能がないうえにしんどい感じがして仕方がない」

「うむ、しんどいという感じはわからんでもないが、経験不足というのは信用できんな。どうも、おまえさんはあのことについて秘密主義のところがあっていかん。もっとも、おれはおまえさんがちょこまかいろいろやっておるというネタはちゃんとわかっているんだぜ」

「そんな手にはのりませんよ。その点については、まあ自分でもアキれるくらい甲斐性がない。ぼくも今日で不惑の年を迎えたわけだから、かえって大いに惑うことにして、これからせいぜいはげんではみますがね」

その日、私はちょうど満四十歳の誕生日にあたり、それを祝って、伊能氏が御馳走してくれたのである。

「つまり、ぼくは文字どおり中年になったんだし、いよいよヒヒジジイの仲間入りをしようと決心しているんです」

「イヤなことを云いやがるな。おまえさんがヒヒジジイなら、おれはどういうことになる？ま、それはとにかく、ヒヒジジイにならなくとも、おまえさんは今までけっこうヒヒジジイなみのことをしてきたじゃないか」

伊能氏も意味ありげな含み笑いをもらした。

「たとえば、あの志乃のことはどうだい？　ほら、銀座の『ペナルティ』のホステスをやっていた志乃だよ。マンションでガス自殺をした志乃さ。あの娘とおまえさんはわけありだったろう？　どうだ図星じゃないか」

「ああ、志乃ね」

私は二年以前に自殺した彼女のことを思いだした。痩せぎすで、ちょっと病的な感じの蒼白いひよわな娘だったが、うるんだような眼がかえって病的な感じに奇妙な色香を匂わせ、男心をそそる効果をあげていた。たしかに、私は志乃と二、三度交渉があった。しかし、彼女は情がふかく、そのまま関係をつづけているとずるずる骨がらみになりそうな危険を感じたので、私は適当な時期をみはからって、自然と遠ざかった。今になってみると、結局、それが幸いしたようだ。志乃はそれから一年後にある男にホレこみ、その男に捨てられると自殺してしまった。

「もう時効みたいなものだから白状しますがね、あの娘とはほんのいっときつきあっていましたよ。しかし、結局はそれだけの関係だった。もし、ぼくにもっと魅力があったら、彼女の自殺の原因はぼくだということになったのかもしれないが、残念ながらというか、運がいというのか、彼女はそれほどぼくにホレこんではくれなかった」

「おまえさんは、そうあっさり時効だなどと楽観しているがね、なかなかこういうことは時効になってくれないものでね。四十歳にもなると、そういうことがだんだんわかってくるのだよ。死んだと思った女、手の切れたと思った女、過去の女が、ふと生き返り、よみがえって眼の前を通りすぎることがある。三十代にはわからなかったことが、四十代になるとわかってくるのさ。つまり、三十代までは未来ばかりみていて気がつかなかったことが、四十代にさしかかると、未来のことよりも過去のことが気にかかってきて、つい、ふとうしろをふりかえってみるくせがつく」

微笑を消し、ややわざとらしくはあるが、生真面目な口調で伊能氏はつぶやいた。

「おれなんぞ、近頃はそんなことがしょっちゅう起るんだ」

「おどかさないで下さいよ。縁起でもない」

冗談にまぎらして、そう云ったものの、私はなにか一瞬背筋をゾクッとするものが走るのを感じた。

「そういう伊能さんだって、あの志乃とはなにかあったんじゃないですか？　あの娘の病的なところは伊能さん好みだし、彼女はぼくとつきあっている頃に伊能さんのことをよく話題にしてましたよ。あまり、本など読まないタイプなのに、彼女のアパートには伊能さんの著書が置いてあったしね……」

「ふむ、実をいうとそうだったんだ。ちょうど、おまえさんとつきあう直前のことになるかな」

氏はちょっと遠くをみつめるような眼差しをした。

「あの娘は気立てのいい娘だったよ。ちょっと情がふかいのが玉にキズだったがね……。なにか、心のどこかに虚ろな穴があいていていて、その穴を誰か――つまり、男に埋めてもらいたがっていたんだろうな。自殺したところをみると、結局、その穴を埋めてやる男は現われなかったということになる。おれもおまえさんもそういう意味では、あの娘に恨まれてしかるべきかもしれんな。ひょっとすると、化けてでるとすれば、おれやおまえさんの眼の前に現われるぜ」

「現われるとすると、まず、最初は伊能さんの前でしょうな。とにかく、ぼくより先口なんだから」

背筋の寒気をまぎらわそうと、陽気に云った。

「ぼくと伊能さんは彼女を介しての兄弟であるわけだ。だから、お兄様、彼女が幽霊になって現われたら教えて下さいね」

「よろしい、教えてあげましょう」

伊能氏は重々しくうなずいた。

「ただし、幽霊が兄弟の区別をつけて現われるかどうかはわからんぞ。案外、そっちの方へ先に姿をみせるかもしれない」

「イヤだね。まるで落語の『反魂香』じゃないですか。『とり交わせし反魂香、仇にゃ焚いてくだンすな……』なんてことになるんですか」

「『香の切れ目が縁の切れ目』になってくれりゃいいが、香なぞ焚かなくても出てきたひには、切れ目がなくなっちまうぜ」

軽口を交わしているうちに、急に車がエンストを起し、そのままエンジンが停ってしまった。

「こりゃ、おかしいな。ついこの間整備にだしたばかりなんだが……」

伊能氏は何回もエンジンをかけ直してみたが、一向に反応がなかった。

「えらいことになったぞ。しばらく、ここで立往生だ。どうやらバッテリーの調子かなにかがおかしくなったらしい。ガソリンはあるんだから、メカニックの故障だ。こうなると、とてもおれの手に負えない。終夜営業の修理屋に連絡してきてもらうから、おまえさん、ちょっと車のなかで待っていてくれ」

そう云い残して、氏は電話をかけに車から降りていってしまった。

あとに残された私は運転席の隣りにすわりこんだまま煙草を口にくわえ、火を点けながら、ふとあたりをみまわした。そこは、連れこみホテルの玄関から二メートルほど先の道路のわきだった。ホテルのネオンを何気なくみあげ、私はふたたびゾクッと背筋に寒気が走るのを覚え、イヤな予感がした。

そのホテルは、私がはじめて、志乃と関係を持ったホテルだった。

電話をかけに行った伊能氏はなかなか帰ってこなかった。ヒーターのきかなくなった車内は冷えこみがはげしく、車のなかは真暗で、私はなにか異次元の檻のなかへ閉じこめられたような気がした。こうして独りでいると、一分が果てしなく永い時間のように思われる。時刻が時刻なので人通りはほとんどなく、車の外を通りすぎるのはホテルへ入っていくアベックと、ホテルから出てくるアベックばかりだった。

どちらも、なんとなくうしろめたそうで、生ぐさい匂いをつきまとわせ、ひそひそ、そそくさと通りすぎて行く。

煙草を何本も灰にしながら、私はそれらのアベックを観察していた。それ以外に気をまぎらわせるものはなにもなかった。はじめは、どんな男とどんな女との取り合せがそういう関係になっていくのか興味があったが、いかにも垢ぬけない三流の水商売風の女とギトギトした精力をあらわにした若い男の取り合せばかりが目につくので、なんだか興醒めしてきた。

私も志乃をはじめとして、何人かの女とこのホテルを利用したことがあり、内部のつくりや、部屋の間どり、連れこみホテル特有の仕かけなどよく知っていた。もっとも、私がここを利用したのはもう三年ほど以前になるから、いくらか構造がちがっているかもしれないが、多少、新しく改築したところはあってもさほどのちがいはないであろう。

私には、男がこういうホテルへ女を連れこむときの心理や、女の反応、部屋のなかでの経過は充分に心得ているつもりであったが、ひそひそ、そそくさ、ホテルへ入っていき出てくるアベックをみているうちに、自分の過去の姿を眼のあたりにしているようで、だんだんイヤ気がさしてきた。

自分がホテルへ女を連れこむときは、多少うしろめたい感じはあるものの、もっと自然にふるまってきたと思いこんでいたのだが、きっと、現在の私のように第三者の眼で客観的に見れば、彼らと同じく生ぐさい匂いを発していたにちがいない。

（四十代になれば、自分の過去が見えてくるものだ）

伊能氏がついさっき云った言葉が現実になった気がして、私は苦笑をもらした。

それにしても、伊能氏の帰りは遅すぎるようだ。腕時計をライターの明りで照らしてみると、すでに三十分近く経っていた。身体中が冷えきって、足先がしびれたようになっている。私は車から出て、身体を暖めるために、少し動きまわってみようと思い、扉を開けようとした。

その時、車の窓のすぐ横をもう一組のアベックが通りすぎていった。女が窓に近い方を歩き、男はその向う側に寄りそっている。その女の顔がホテルのブルウのネオンに照らされてはっきりと浮びあがった。

大きなうるんだ瞳、ほっそりした顔、蒼白い病的な肌……。

それは、自殺したはずの志乃に間ちがいなかった。

私の身体中の筋肉がこわばり、呼吸がとまった。

（志乃……）

声にならない声で、つぶやいた。その声が聞えたように、女は足を停め、私の方をふり返った。正面から見た女の顔はますます志乃にそっくりだった。

女は私の方をまたたきもせずにみつめ、かすかに笑った。ブルウのネオンの灯り(あか)が彼女の顔をいっそう蒼ざめさせ、この世の者ならぬ印象を与えた。

しかし、それもほんの一瞬のことで、すぐに女は顔をそむけ、静かに窓際から歩き去り、ホテルの入口のなかへ消えていった。女の方に気をとられていたので、男の方をよく見きわめるチャンスはなかった。ただ、男がグレイのコートのえりをたて、長い髪を垂らし、サングラスをかけていることだけ、ちらっとみとめられた。男のうしろ姿は幾分猫背気味であり、身体つきも背の高さも私に似ていたような気がした。

私は三年以前(まえ)に時間が逆行したのではないかという錯覚にとらわれた。

いま歩いていったのは、三年以前の志乃であり、その連れは私ではないのか？　……。

（そんなバカな！）

私は開けかけた扉から手を離し、また力なく、座席に腰をおとして、呆然(ぼうぜん)とフロントグラスをみつめた。しかし、フロントグラスにうつっているのは、あの志乃の顔だけだった。

（これはなにかの間ちがいだ。さっき、志乃の話をしたので、別の女がそう見えただけにちがいない）

必死にそう云い聞かせようとしたが、心の隅では、打ち消しがたく、いま眼のあたりにしたのは志乃だとささやきつづける声がしていた。

『死んだと思った女、手の切れたと思った女、過去の女が、ふと生き返り、よみがえって眼の前を通りすぎることがある』

伊能氏の言葉どおりのことが、いま眼の前で起ったのだ。

（あれは志乃の幽霊だろうか？）

幽霊だとすれば、さほど恐怖は感じなかった。それよりも、自分が四十歳になったとたんに、未来をみつめようとする姿勢を失って、過去をふりかえるようになったという現実の方が私をうちのめした。

（いや、幽霊ではなく、おれは自分の過去の姿を見たのだ。志乃ばかりではなく、おれ自身の過去の姿をも……）

それは吐き気をもよおしそうな嫌悪感を覚えさせた。

もはや、足先までしびれさせたさむ気を感じるどころではなく、そのかわり、得体の知れない悪感が全身に伝わって、身体をふるえさせた。深く暗い窖の底へたった独りとり残された心地だった。中年という名の窖で、ここに落ちこんだら、もう誰も助けてはくれないし、自分ではいあがる術もない。ただ、過去というとっかかりのない、すべすべして鏡みたいな壁がまわりをとり囲んでいるだけである。どこを向いても、その壁には自分の顔が――それも、自分の生ぐさい過去の顔がぼんやりうつっているのが見える。そして、その過去にまつわるさまざまな想い出も……。

（これから、そんなふうにして生きていくのか）

私は冷や汗が額ににじみだすのを感じた。

（中年になるというのは、こんなことなのだろうか？）

無意識のうちに、また煙草をとりだし、火を点けた。ふかぶかと烟（けむり）を吸いこんでみたがなんの味もしなかった。機械的に烟を吸ったり吐きだしたりしているうちに、たちまち一本の煙草は灰になった。私は窓を開け、その吸い殻を火の点いたまま街路に投げすてた。それは小さな火花のように闇の中を飛び、やがてすぐに闇に溶けこんでみえなくなった。私の今までの生活を象徴しているようにみえた。三十代までは火が点いているが、四十代に達すると、そのはかない火も闇のなかに溶けこんでしまう。

と、急に車の扉が開き、ぬっと伊能氏が車のなかへ顔をつっこんだ。

「いや、遅くなってすまん。公衆電話がなかなかみつからなかったうえに、修理屋がずっと話し中で通じなかったんだ。それにまたこの場所を教えるのになかなか骨を折ってなあ。とにかく、この連れこみホテルのネオンを目当てに来いと教えてやったが、なんだか自分がここから出てきたようで気がさしてかなわなかったぜ」

そう云いながら、私の顔をみつめ、眉をひそめた。

「おや、おまえさん、バカに顔色がわるいがなにかあったのか？　土気色で、まるで死人みたいにみえるぞ」

「実をいうと、ぼくも死人の仲間入りをしかけているのかもしれませんね。ついさっき、その死んだはずの人間に逢ったんですから」

　伊能氏の顔をみてホッとしたものの、身体のシンにはやりきれない嫌悪感がまだ残っていた。

「伊能さんがさっき妙なことを云いだすからいけないんですよ。ひょっとすると、あの言葉が暗示になって、ろくでもないものを見てしまったのかもしれない」

「へえ、おれがねえ」

　伊能氏は好奇心にあふれた顔で運転席に腰を下ろし、陽気に問いかけた。

「ところで、その死んだはずの人間というのは誰なんだね？」

「それが志乃なんです。志乃がついさっき男連れであのホテルへ入っていった。この窓のすぐそばを通りかかったのですが、そのとき、ふと立ちどまってぼくの顔を窓ごしにじっとみつめてかすかに笑った……」

　私はあの瞬間を想いだし、首をすくめた。

「それだけなら、まだどうってことはないんですが、その連れというのが、あまり顔はよくみえなかったものの、どうもぼくと背恰好がそっくりで、ぼくには自分の過去の姿をみてしまったとしか思えない」

「ははあ、いよいよおいでなさいましたかね。おれの予言が適中したわけだ」

　さも楽しそうな笑い声をあげ、伊能氏は『反魂香』を十八番にしていた故可楽の声音をつかった。

「『そちゃ女房高尾じゃないか』ではなくて、『そちゃ彼氏の羽鳥じゃないか』とでも云ったか」

「笑いごとじゃありませんよ。あれはたしかに志乃に間ちがいなかった。そして、連れの男は三年以前のぼくだ。女の幽霊だけならとにかく自分の過去の亡霊までみたとなると、やりきれない。さっき、伊能さんは中年になると、自分の過去が見えるとおっしゃってたけど、あれは本当なんですねえ」

「ええ、そりゃ本当ですとも」

笑顔を消し、わざと厳粛な表情をとりつくろって重々しげに氏は答えた。

「小生なぞはしょっちゅう過去の亡霊に悩まされ、ふりまわされている。おまえさんもこれからそうなるんだ。ま、覚悟しておきなさい」

「ふうむ」

気が滅入った私は、ただ溜息を吐くばかりだった。

あまり私が意気銷沈しているので気の毒になったのか、氏は私の肩をたたいて、ふたたび笑い声をあげた。

「こりゃどうも、シャレがキツすぎたかな。実をいうと、いま、おまえさんが見たのは志乃の幽霊でもなければ、自分の過去の亡霊でもない。すべてはおれの仕組んだことなのさ。

ちょっと、おまえさんをからかってみただけだよ」

「え？」

私は呆気にとられて、氏の顔をぽかんとみつめた。

「なんですって？　すべてが伊能さんの仕組んだことだというと……」

「つまり、こういうわけさ」

伊能氏は楽しげに説明してくれた。

「今日はおまえさんの誕生日だ。そこで、ちょっとしたバースディ・プレゼントを思いついたってわけよ。ただ、おまえさんを呑みに連れていったって芸のない話だからね。そんなことぐらいなら、なにも誕生日じゃなくたって、しょっちゅうやっていることだ。やはり、誕生日ともなると――しかも、不惑を迎えた誕生日ともなると、バースディ・プレゼントには趣向をこらさなくてはならん。え、そうだろう？　そこでなにかこう面白いアイデアはないものかと考えているうちに、銀座のバーであの志乃にそっくりのホステスをみつけたんだ。いや、そのバーは出版関係じゃない人に案内してもらったバーでね、おれやおまえさんたちが絶対に顔を出しっこないところなんだ。その娘が隣りに坐ったときは、実のところ、おれもヒエッと叫びたいくらいびっくりしたね。志乃が化けてでたのかと思ったぜ。それほど志乃にそっくりだった。で、おれはこの娘をつかって、おまえさんをびっくりさせてやろうとたちまち考えついた。その趣向をそのホステス——英子というんだが——に話したところ、彼女もすっかり面白がって乗り気になり、今晩の出演を気持よく承諾してくれた」

伊能氏は、今晩店が終ってから、このホテルの近くにあるスナックで自分と待ち合せるように英子に云いふくめた。その趣向に一役買ってもらう手当も、待ち合せのスナックで渡す約束をし、念の入ったことに、伊能氏自身が彼女の連れだと私にわからぬよう、自分用のコートとサングラスも彼女にあずけて、スナックへ持ってきてもらう手配までしたと云う。

こうして、私を誕生祝に呑みに行こうと連れだし、数軒を梯子したあげく、適当な時刻をみはからって、車がエンジン・トラブルを起し立往生した体を装い、このホテルのそばで停った。車の故障を直してもらうという口実で、氏自身は車から降り、私独りを置き去りにし、英子の待っているスナックへ急いだ。英子は約束どおり、すぐそばのスナックで待っていてくれた。

彼女があずかっていたコートを着こみ、えりをたて、サングラスをかけ、顔をかくしてから、おもむろに時間を見はからうと彼女と連れだってホテルの方へ歩きだした。

三十分ばかり私を車のなかに置き去りにしたのは、それぐらい独りぽっちにしておいた方が、私が心細くなり、暗示にかかりやすい心理状態になるであろうと考えた上でのことだというから計算が細かい。

たしかに、私はその計算どおり、寒さはつのり、心細く、すっかりその趣向にはまりこむ心理状態におちいったわけだ。

「なんだ、そうですか」

私は安堵の声をもらし、弱々しい微笑を浮べた。そう説明されても、まだ、あのショックはすっかりぬけきれない気分だった。

「それにしても、ほんとにその英子というホステスは志乃そっくりだったな。あんなに似ている女というのがいるものですかねえ」

「それがいるんだな。この世には、自分とそっくりな人間がもう一人いるという話はよく聞くじゃないか。そういう自分とそっくりな相手をみて、自分のドッペルゲンガーだと思いこんだやつだっているそうだぜ。しかし、あの英子って娘は、若いに似ず、大した役者だよ。この窓のそばで、ちょいと立ちどまり、おまえさんの顔をじいっとみつめて、ニターッと笑ったところなんぞ迫真の演技だったね。おれは、窓のなかのおまえさんの顔色が変り、目玉がとびだしそうになった形相をみて吹きだしそうになるのをこらえるのにどんなに苦労したか」

「どうも、とんだバースディ・プレゼントだったな。伊能さんもわるい趣向を考えだしたもんだ。ぼくの方は、伊能さんの姿をみて、てっきり自分の過去の亡霊だと思いこんだんですから」

「そこがまた、おれの苦心したところでね。推理小説の伏線みたいなもんで、ここまでドライヴしてくる間に、おまえさんがうまくひっかかるよう、いろいろ暗示を与えておいたわけだ。四十歳になると、人間、自分の過去のことばかりちらちら思いだすようになるというような話をね。それをあまり強調しすぎると、趣向の底が割れそうだし、かといって忘れてくれては暗示にも伏線の役にも立ちやしない。そのところの苦心のほど察してくれたまえ。ま、苦心の甲斐あって、志乃の幽霊どころか、おれの姿を自分の過去の亡霊だとおまえさんが思いこんでくれたんだから本望だよ」

ケケッと氏は満足気な笑い声をひびかせた。

「一番心配したのは、おまえさんがわれわれが通りすぎるのを気づかなかった時のことだよ。おまえさんがこっちを見向きもしなかったら、せっかくの趣向が台なしだものな。そうしたら、おまえさんが気づくまで、この車のそばをうろうろしていなければならん。この寒空にそんなことをするのはかなわんぜ。幸い、おまえさんは助平で好奇心が強く、ホテルへ入るアベックをいちいちきょろきょろ見守っていてくれたので、一発でひっかかったってわけだ」

「このホテルのそばで車を停めたのはなにかわけがあるんですか？」

私はうしろめたい思いをかくしながら訊ねてみた。

「志乃とぼくがかつてこのホテルへ入ったことを知っていたわけじゃないんでしょう？」

「はっきりとは知らなかったがね、だいたいそんなところだろうと、アタリはつけていたよ」

氏は声をひそめた。

「実を云うと、おれが志乃と最初にできたのもこのホテルだったからね。おまえさんの場合もきっとこのホテルを利用したにちがいないとふんだのさ。とすれば、暗示にかけるにはもってこいの舞台装置だ」

「なるほどね。で、その英子というホステスはどうしたんです。また、ホテルのなかにいるんですか？」

「バカだね、おまえさんは。彼女が独りでホテルにいるわけがないじゃないか。おまえさんもこの連れこみホテルの構造は知っていると思うが、ここは表口から入っても帰るときは裏口からこっそりぬけられるようになっている。もちろん、裏から入って表から出てもかまわんわけだし、表から入って表から出ようが、裏から入って裏から出ようが、それはお客の勝手だがね。とにかく、おれは英子と表口から入って、そのままずっと裏口からぬけだしたってわけさ。今頃は、彼女、おれのコートとサングラスをあずかったまま、タクシーをひろい、自分のアパートへ帰っている頃だろうよ。さて、今晩の趣向が終ったところで、われわれもお開きということにして帰ろうじゃないか」

氏はエンジンのキイをさしこみ、車をスタートさせようとしたが、一向にエンジンのかかる様子はなかった。

「あれえ、おかしいな。こんなはずはないんだが……。おまえさんをからかった罰が当って、本当にエンジン・トラブルを起しやがったかな」

「案外そんなところかもしれませんね」

今度はニヤニヤするのは私の番だった。

「あまり趣向が凝りすぎていたんで、車までその気になったんじゃないかな」

「おい、冗談じゃないぜ。こんなところで立往生したら、それこそ、今から修理屋をたたき起して来てもらわなくちゃならん。これは厄介なことになったぞ」

氏はやっきになってアクセルを踏み、スタートさせようとするが、エンジンは始動する様子もなく、なんの物音もたてようとしなかった。

「チェッ、仕様がないな。シャレが本当になっちまった。いよいよ、今度こそ修理屋に電話をしに行ってこなくちゃならないようだ。おまえさん、わるいがちょっとここで待っていてくれ」

「とかなんとか云って、また、二番目の趣向があるんじゃないでしょうね。そうそうはひっかかりませんよ」

氏の真剣なあわてふためきぶりに、これは本当のエンジン・トラブルだとわかったが、私はわざとからかった。

「とにかく、どんなバースデイ・プレゼントがあらわれるか楽しみにしていますがね」

「ちがう、ちがう。今度ばかりはシャレや趣向じゃありゃしないんだ。本当に修理屋へ電話をしに行くんだよ」

そう云いながら、氏は扉を開け、車から降り立った。そして、何気なくホテルの入口の方へ視線を向けたとたんに、顔色を変え、その場に立ちすくんだ。

その異様な気配に私も車の窓からホテルの入口をみやった。ホテルからは今しも一組のアベックが出てきて、手を組みながらゆっくりこっちへ歩いてくるところだった。その女の顔を見て、私はふたたび、毛穴がゾクッとするのを感じた。

女は志乃に間ちがいなかった。

（これはどういうことだ）

錯乱しきった頭のなかで、切れ切れの思考がとびかっている。

（この女は英子というホステスなのか？　しかし、伊能さんは、たしか、彼女はもうとっくに自分のアパートへ帰ったといったはずだが……。それとも、彼女はまたホテルへ舞いもどったのか？　とすると、連れの男は？　……）

さらにまた、もっと突飛で怖ろしい考えが脳裡をよぎった。

（あるいは、この女こそ、本当に志乃の幽霊ではないのか？）

そんなことを考えているうちに、そのアベックはゆっくりした足どりで、車の方へ近づいてきて、そのまま立ちどまることもなく、車の傍を通りすぎ、やがて、街路の先の闇の中へ姿を消してしまった。

その間に、私は今度こそ、連れの男の顔をはっきりと見た。男はコートのえりも立てていず、サングラスもかけていないので、その顔をよく見きわめることができた。

「お、おい、今のを見たか？」

アベックが消えてからしばらくして、伊能氏がかすれたふるえ声でつぶやいた。

「あの女は志乃だったぞ。間ちがいなく志乃だ。英子じゃない」

「そうでしたね」

私はうなずいて、土気色になった伊能氏の顔をあおぎみた。

「それに、あの連れの男の顔も、ぼくははっきり見ましたよ」

「おれも見たんだ」

伊能氏はあえぎながら、車によりかかった。

「しかし、おれは自分の眼が信じられない。おまえさんが見た男は誰だったか、云ってみてくれないか？」

「そうですか」

私は重苦しい声で答えた。

「あの男は、伊能さん、あなたでしたよ。少なくとも、あなたにそっくりだった。そう、三、四年以前（まえ）のあなたにそっくりの男でしたね……」

PART 1

「あの……、ぼくだけど……」

と云った心細そうな電話の声には聞き覚えがあった。

「やあ、夕木か」

とわたしはすぐに応じた。

「このところ一向に顔を見せなかったが、どうしていたんだ?」

「うん、それが……」

電話口で気弱そうに眼をしばたたき口ごもっている彼の姿が眼に見えるようだった。

「それが……どうした?」

「うん、ちょっと深刻ななやみごとがあってね、きみに相談しようと思ってるんだが……」

「いいよ。できることなら力になろうじゃないか。今は客も来てないし、すぐこれから家へ来たまえ」

「うん、それが……」

と彼はまた口ごもった。

その口ぶりでわたしはすぐにわかった。彼はわが家のすぐ近くまで来ているのだが、家が見つからなくて電話をしてきたにちがいない。これで彼がわが家を訪問するのは五回目ぐらいになるだろう。そのたびに家がわからなくなるのである。彼の方向音痴は友人の間でも定評があった。「あれで、自分の家へよく帰れるね」と云われるほどのすさまじさなのである。

「いったい、今どこから電話をしているんだ？」

とわたしは訊ねた。

「うん、ちょうど学校の校門の前の煙草屋からだけど……」

「そうか、それじゃ学校の塀に沿って……」

ゆっくり、ていねいに、わたしは道順を教えてやった。なに、教えると云っても、その煙草屋からわが家まではほんの五十メートルしか離れていない。

「わかった、すぐ行くよ」

と答えてから、三十分後に彼はわが家に到着した。

「どうした？　バカに遅かったじゃないか？」

「いやそれが、こっちへ来るのと逆の方向へ行っちまってね」

彼は額の汗をぬぐいながらテレくさそうに笑った。わたしはもう二の句が継げなかった。

アイス・ティーでようやく汗がひいた頃、夕木はぽつぽつとそのなやみを打ちあけはじめた。打ちあけると云っても気弱な男のことだから一気呵成と云うわけにはいかない。口ごもり、眼をしばたたき、畳の上に得体の知れない文字を書き――渇水期の東京都の水道みたいにポツリポツリとしか言葉がでてこないのだ。話が終る頃には、せっかくひいた汗がまた額一面に浮かんでいる始末だった。

こんなわけで、しゃべり終るのに二時間ちかくかかったが、要するに、彼のなやみというのはありふれた恋愛問題だった。彼は同じ社の同じ課に勤務する丸上和子という女子社員ともう二年越しのデイトを続けていて彼女のアパートへ一人で招待されるほどの仲になったのだが、最近、その和子が別の男性社員としばしばデイトをするようになった。

そして、夕木がそれとなく調べたところによると、和子はいつまで待っても夕木がプロポーズしてくれないので業をにやし、他の男性に走りかけているのだと云う。

「実は、まだ手をにぎったこともないくらいだから、ぼくにはプロポーズする勇気なんてとてもないよ」

わたしは夕木の言葉を聞いて呆れかえった。逢ったとたんにすぐ温泉マークへしけこむような若者が多い中で、これは純情すぎると云うべきか、はたまた、だらしがなさすぎると云うべきか……。

「ラヴ・レターを出したらどうなんだ？」

とわたしは訊ねた。

「それが、ぼくは字がすごく下手くそなんで恥ずかしいし……」

夕木は汗をふき、上眼づかいにわたしをみつめる。

「そうか」

わたしは腕を組んだ。その時、ひょいとこの間ある雑誌で読んだ記事のことが頭に浮かんだ。それは人間の念力に関する効用を載せた記事だった。その記事によると、人間は強弱の差こそあれ、誰でも潜在的に念力を備えているると云うのだ。サイコロをふる時にひとつの数を念じてふれば、その数の出ることが多いというのもそうだし、また、念写で神経が異常に冴えている時には、次に出る目の数が予知できるカンが働く場合がある。肉親の死を予感したという経験談が多いのも、その念力の存在を実証していると書いてあった。

「きみは集中力がある方かね？」

いきなり訊ねたので、彼はとまどって眼を白黒させた。

「うん、まあ、わりとひとつことに集中できる性質だ……」

「それじゃあ、あの方法を無駄だと思ってやってみるんだな。案外うまくいくかもしれんぞ」

わたしは、やはりその記事にあった念力を使って他人に通信する方法を彼に伝授することにした。

「きみは現実に彼女と会えば一言も愛の言葉が出なくなってしまう。しかしいくら気弱でも想像の上なら、いくらでも云えるのではないかね？」

「そりゃあ、想像なら……」

どうやら、想像の上でならかなり大胆なふるまいもしたらしく、夕木は顔をあからめた。

「よろしい。それなら、きみの魂だけが彼女のところへ行って愛を打ちあければいいわけだ。まあ、ここへ横になりたまえ」

わたしは彼をその場に横にならせると、眼をつぶらせ、一心に彼女のことを念じさせた。

「いいかね、これからきみは彼女のところへ行く。いや、現実に行くわけではない、きみの心だけが行くんだ。と云って、本当にきみが行って打ち明けたのと同じように、きみの心を彼女の心に通じさせるには、それ相応の手続きが必要なんだよ。つまり、実際に行くのとそっくり同じことを想像の上でやるんだ。きみは立ちあがり、靴をはき、扉を開けてここから出てゆき、通りを歩いていって、駅へ行き、切符を買い、電車に乗り、彼女のアパートの近くの駅で降り……というふうに、実際に彼女と会いに行く手続きをきちんとふんで想像してゆく。そうすれば、一種の念力が働いて、きみの心はきっと彼女に会えるんだ。会ったら、きみは自分の気持ちを伝える。言葉で伝えるよりずっと簡単に通じるはずだよ。やってみるかい？」

眼をつぶったまま、彼はかすかにうなずいた。

そのまま、彼の気持ちを乱すまいとわたしは席をはずし、一時間ほど自分の仕事をしてからまた部屋へもどってみた。彼は以前と同じ姿勢のまま、身じろぎもせず眼をつぶっている。多分必死に彼女と会うまでを順を追って想像しているのだろう。成功してくれるといいが、そう思いながら、そっと立ちあがった時、けたたましく電話のベルが鳴った。彼の意識を乱しては大変だと、わたしはあわてて受話器をとりあげた。

「あの……ぼくだけど……」

聞き覚えのある心細そうな声が受話器からひびいてきた。

「駅の近くまで想像でやってきたんだが、どうしても駅がみつからないんだ……」

PART 1

頭の中の昏い唄

『馬もォ人もォ汗みずくゥだったァ——マル——コロラドのォ太陽はァ——テン——それでェもォ——テン——なお容赦なァくゥ……』

奇妙な節まわしで読みあげる川井老人の声に応じて吉村崇夫は校正刷りの上に眼を走らせていた。

『カギカッコォ——おい——アマダレェ——カギカッコォトジ——改行……とォ彼はァ言ったァ——マルゥ……』

川井のなにかの呪文のような声を聞き赤鉛筆でチェックしているうちに、次第に眼の前の活字がぼやけてくる。あたりの空気が濃密になり、胸をしめつける。吉村は空いている左手で胸を押えた。

『男ォはァふりかえったァ——テン——右手がァ電光のようにィ——テン……』

心臓の音がはっきり掌に伝わってくる。活字が無数の蟻のようにうごめきだし、自分の方に押し寄せてきた。その大群を一本の赤鉛筆でなんとかくいとめようとするがどうにもならない。

どうにもならない。どうにもならない。どうにもならない。ドウニモナラナイ……。

　蟻の大群はついに彼の頭の中に乱入し、脳味噌を食い荒しはじめている。小さな、しかしがっしりした顎が脳味噌に食いこむたびに、チリチリした痛がゆい感覚が頭の中にひろがってゆく。

「やめてくれ！　やめてくれ！」

　大声で叫ぼうと思ったが、声にならなかった。冷汗がにじみだす。彼は奥歯を噛みしめながらふるえだした。

「どうしたんだ、吉村くん」

　普通の声にかえって、川井が怪訝そうに吉村の顔をのぞきこんだ。

　その拍子に発作がぴたっとおさまった。

　蟻どもは吉村の頭からぬけだし、もとどおり活字の姿になって校正刷りの上にきちんと整列している。

「おい、顔色がわるいぞ。きみ、病気なんじゃないか？」

　川井は厚い眼鏡の奥でしょぼしょぼした眼をしばたたき、心から心配そうに吉村の顔をみつめた。

「いや、大丈夫です」

　と吉村は答えた。

「ちょっと貧血を起しただけです」

「このところ、きみは本当に元気がないな。なんだか、ノイローゼみたいだぜ」

川井は耳にはさんだ煙草(たばこ)の吸いさしを口にくわえ火を点(つ)けた。黒い袖カヴァの机にあたる部分がすりきれ、ぴかぴか光っている。短い煙草をはさんだ中指のペンダコを染めた赤インクの色……。

「校正ってやつは神経を使うからねえ」

川井はのんびりと云(い)った。

「この仕事をやりだして三年ぐらい経(た)つと、たいがいノイローゼにかかる。きみもきっとそれだよ」

「そうでしょうか……」

吉村は掌で冷汗をぬぐった。

(そうかもしれない。しかし、そうだとしたら――)

ちらと眼をあげて川井の顔を見あげる。

(そうだとしたら、それはあんたのせいだ。あんたのそのしょぼくれた姿と奇妙な調子で読みあげる声のせいだ)

しかし、そんなことをこの気のいい老人に口に出して云うわけにはいかない。

「さあて、じゃあはじめるか……」

川井は煙草を灰皿に押しつけると、生原稿をとりあげた。

吉村も校正刷りに眼を向けたが、そのとたんに背筋を悪寒が走った。

「待って下さい。しばらく、待って下さい」

悲鳴に似た声をあげると、吉村は校正室からあたふたと逃げだした。

そのままひょろひょろと階段を降り、玄関から表の通りへ出る。真夏の太陽が舗道の敷石をきらめかせていた。

『コロラドのォ太陽はァ――テン――それでェもォ――テン……』

川井の声が頭の中によみがえってくる。吉村は頭をふり、足を速めた。

通りのはずれにパチンコ屋があり、そこからすりきれたレコードの流行歌が通りまであふれだしている。そのざらついた音が頭の中の声を消してくれるような気がして、彼はふとその扉を押し内部(なか)へ入った。

パチンコ屋の中は冷房が効いていて、ひんやりと涼しかった。けたたましく拡大された流行歌にまじってパチンコのはねる音、受皿にあふれる音、穴に入ったカン高い響き……。

案の定、それらの音が頭の中の声を押しつぶしてくれた。吉村はほっとして、店の片隅にある木のベンチに腰を下ろした。煙草をとりだし、火を点ける。

あらゆる音が頭の中で反響し合い、かえってそのシンに真空で音のない世界をつくりあげているような気分だった。彼はその静けさに耳をかたむけたまま、うっとりと何本も煙草を吸いつづけた。

ここにいるかぎり、なんの声も聞かず、なにも考えないでもいいような気がした。

ふと気づくと、あたりはうす暗くなっていた。パチンコ屋の時計は六時を少しまわってい る。彼はこの堅い木のベンチに腰かけたまま、雑音の中の真空の世界に二時間の余もひたり切っていたのだ。

吉村崇夫はのろのろと腰をあげた。

通りへ出て、社の方をうかがうと、社屋の窓灯りはほとんど消えていた。彼は首をうなだれ重い足をひきずりながら社へ帰った。

校正室に残っているのは、部長の浅野だけだった。社長の甥という特権のために、吉村より三つしか年齢のちがわないくせに部長のポストにおさまっている浅野は細面の顔を一層とがらせて吉村を見た。

「きみ、断りもなしに外出しちゃ困るじゃないか」

つっけんどんに云う。

「すみません」

吉村は素直に頭を下げた。

「きみが無断で外出したきり帰らないことが社長にわかって、ぼくまでが監督不行き届きだと叱言をくったぜ。

浅野はさも不満そうに口をとがらせた。

「すみません」

「すみませんじゃないよ。とにかく、これから気をつけてくれ。きみの帰りを社長も待っている。すぐ社長室へ行ってあやまってきたまえ」

「わかりました」

もう一度、自分が機械人形のように頭を下げているのを吉村は不思議に思った。三年前、この社に入りたての自分はそうではなかった。社長との血のつながりを安全ベルトのかわりにしっかり腰に巻きつけ、がみがみ叱言を云う浅野の顔を見るたびに反抗的なポーズをとりたくなったものだ。

しかし、今はそうではない。そんなものはすり切れてしまった。頭を下げ、叱言が頭の上を通り越すのを待つサラリーマンの処世術がすっかり身についている。

彼は校正室を出て、社長室へ向(むか)った。

おずおずと扉をノックすると、野太い声が返ってきた。扉を開け、窓際のデスクのところにいる肥(ふと)ったあから顔と視線が合った。眼を伏せながら、吉村はデスクに歩み寄った。

「無断で外出したそうだな」

黒柳社長はいきなりこう浴びせかけた。

「いったいどういうつもりなんだ？」

吉村はあやまってしまおうと思った。なにも云う必要はない。ただあやまってしまおう。

その方が利口なやり方だ。

彼は口を開いた。と、自分の意図とは全然ちがった言葉が口から流れだした。

「社長、わたしを校正以外の部署へ配置換えしていただけませんか？」

「え？」

黒柳は呆気にとられたように、彼の顔をみつめた。

「なんだね、いきなり？」

「お願いです。これ以上、わたしは校正をつづけていると、気が狂ってしまいそうで……」

「気が狂う？」

黒柳は眉を寄せた。

「どうしたんだ？　なにかあったのか？」

「特にこれといった理由はありません。ただ、そういう気になってくるだけなんですが……」

「理由がなくて配置転換をしろといわれても困るね。きみも知ってのとおり、うちではぎりぎりの人員で仕事をやってるんだから」

たしかに、黒柳の云うとおりだった。黒柳書房は編集部員が六名と校正部員が五名、営業部員が八名という小出版社だ。誰もが一人では重荷なくらいの仕事をかかえて、どうにか月刊誌を一冊と月に四点の単行本を出版している。それはもうネジのすりきれかけた時計みたいなものだ。ひとつの歯車を別の歯車に変えようものなら、機械全体が動かなくなってしまう。

しかし、そういう少人数の出版社だからこそ、校正室にいるかぎり、あの川井老人の呪文のような声から離れるわけにはいかない。

「無理だとはわかっているのですが、そこをなんとか……」

自分の言葉が気弱なつぶやきになってしまうのが吉村にはわかった。

「だめだね」

気むずかしげに黒柳は首をふった。

「きみもやっと仕事に馴れてもらったところだ。今までは、きみ、きみに小遣いをやって仕事を覚えさせてやったようなもんだからね。社としては、これからようやくきみに働いてもらわなくては……」

「そうですか、やっぱり駄目ですか」

「第一、仕事に不満だからと云って無断外出をするような態度がおれは気に入らんね。そういうことをした社員の云うとおりにしていたら、とても社の統制がとれない。きみもその点をよく考えてみたまえ。あまりそういうことが重なると、配置転換どころか社を罷めてもらわねばならんことになるよ……」

（ひとつの歯車を別のところへあてはめるよりも、そんな歯車は捨てて新しい歯車ととりかえた方がいい）

黒柳の肉の中に埋まった小さな眼がそう語りかけていた。

（その方が手数はかかるが安くつく）

黒柳書房には組合がなかった。黒柳のワンマンぶりを怖れて、組合をつくろうという意欲さえ、社員は失ってしまっている。ただひとつの歯車として、とりはずされないように社にしがみつき、決りきった時をきざむだけだ。

吉村は溜息を吐いた。それだけが彼にできるすべてだった。夜間の大学をアルバイトしながら二十七の時にやっと卒業した男に、ここを罷めたからといってもっとましな職場があるわけはない。

黒柳書房は仕事も多かったが、給料だけは他の小出版社よりよかった。

ふいに語調を変えて、黒柳は云った。

「きみももう三十歳になるんだったな」

「ええ」

吉村はうなずきながら、黒柳の顔にひろがるつくりものめいた慈愛の色を不気味に思った。

「もうそろそろ結婚を真剣に考えたらどうだね？　きみがノイローゼ気味なのは独身のせいかもしれんぞ」

「そうでしょうか……」

「そうだよ。女房をもらえば落ち着くものさ。誰か相手はいるかね」

「いえ、今のところは」

吉村は首をふった。

「そうか」

いかにも、そうだろうというふうに黒柳は大きくうなずいた。おまえみたいに気弱で風采のあがらぬ男に恋人なぞいるわけはないといったうなずき方だった。

「よし、じゃ、おれも心がけておいてやろう。とにかく、早く結婚しちまうんだな」

自分の飼犬を交配させる心当りを探るような思案顔で、黒柳はコツコツと机の角をたたいた。

(そうじゃないんだ!)

と吉村は叫びたかった。

(そんなことじゃない……)

しかし、彼はこう答えている自分の声を聞いた。

「よろしくお願いします」

「いいとも、いいお嫁さんを世話するよ」

にやにや笑い、黒柳は大きく手をふった。それが、話は終ったから出て行けという合図だった。

吉村が夕食をすまし都心のはずれにある公団住宅に帰りついたのは八時をまわった頃だった。

た。２ＤＫの部屋に暑苦しくどんよりした空気がわだかまっていた。誰も住んでいない部屋独特の妙にカビくさい匂いを、吉村ははっきり感じとった。

一年前、同居していた母が死んでしまう前までは決してこんなことはなかった。部屋の中にたたずみ、重い空気にしめつけられるのを感じながら、彼は思った。

（やっぱり、結婚した方がいいのだろうか？）

彼はのろのろとテラスの方へ行き、窓を開けテラスへ出て行った。夜風が頬を撫で、団地の窓窓の灯りが彼にまたたきかけた。彼はまぶしそうに眼をしばたたいた。それらは家庭の幸福の象徴のように暖かく華やかに見えた。

（結婚、家庭生活、子供たち……）

彼はその中に身を置いた自分を考えてみた。わるくない想像だった。その想像には身体のシンを甘くしびれさせるなにかがあった。

彼はぼんやりとまたたく灯をみつめた。

『アーカイトリ、コトリ……』

ふいにかん高い子供の声が聞えた。それは聞えたというより、甘くしびれた頭に突き刺さったという感じだった。

彼は耳をそばだてた。

しかし、もうなにも聞えなかった。

首をふり、彼は自分に云い聞かせた。

(頭がどうかしているんだ。今のは幻聴なんだ)

そう思ったとたんに嘲笑うように唄がひびいた。

『ナゼ、ナゼ、アカイ……』

背筋を悪寒が走った。

『馬もォ人もォ汗みずくゥだったァ――マル――コロラドのォ……』

川井老人の声がよみがえってくる。カン高い子供の声は、老人の声とは全然異質のものにもかかわらず、全く同じように彼の神経をささくれだたせた。

『アーカイミヲ、タベタァ……』

子供の声は夜風を截って響きわたった。

彼は両掌でしっかり耳をふさいだ。

(やめろ、やめてくれ!)

しかし、ふさいだ耳の中で子供の声は谺となって響きわたった。

『アーカイトリ、コトリ、ナゼ、ナゼ、アカイ……』

そしてその底に川井老人の呪文に似た声が重なり合って聞えてくる。

『カギカッコォ――おい――アマダレェ……』

チリチリしたむずがゆさが頭の中にひろがるのを感じた。団地の灯がこちらに押しよせ、無数のホタルになって頭の中にしのびこみ、ぞよぞよと翅をそよがせながら飛びまわっている。眼をつぶったが、それは一向に消えなかった。

吉村は眼を開け、両掌を耳から放した。

『アーオイトリ、コトリ、ナゼ、ナゼ、アオイ……』

静かな空気の中に響くその声に耳をかたむけている間に眼が血走り、身体が小きざみにふるえてきた。

声はどうやら屋上から響いてくるらしかった。

テラスから身を乗りだし、彼は怒鳴った。

「うるさいぞ、歌をやめないか!」

一瞬、歌は熄み、あたりに奇妙な静寂がひろがった。団地全体が息をひそめてしまっている――夜風までがはたとやみ、よそよそしい沈黙が彼をとりまく。

世界の終りに似た重々しい永遠の沈黙――そんな大げさな気配さえする。その気配におびえて、彼が顔をひっこめようとした時、カン高い声がからかうようにその沈黙を破った。

『アーオイミヲ、タベタァ……』

なぜかひどい裏切りにあったような気がした。恐怖とも怒りともつかない感情が彼の血を逆流させた。頭をひっこめると、彼はテラスから走りだし、部屋の中を駆けぬけて扉を開けた。

気がついた時には、息をはずませ屋上に立っていた。どういうふうにそこまで駈(か)け上ったかは覚えていない。そんなに広くないはずの屋上だが、今は白々としたコンクリートの端が夜の闇に融(と)けこんで、どこまでも果(はて)しなくつづいているように見える。

あたりを念入りに見まわし、彼はようやく人影をみつけた。それは三つか四つかくらいの少女の後ろ姿だった。少女は屋上の端に張りめぐらされた金網につかまっているらしい。髪を長く垂らし、濃いブドウ色のワンピースのすそから、痛々しいほど細くて白い脚がすんなりとのびている。

少女は彼の気配に気づいたのか、こちらをふりむいた。白く透きとおる肌をしていた。広い額の下で異様に大きな眼がじっと彼をみつめている。その眼の中に吸いこまれるような気がして、眼をそむけようとしたとき、少女が微笑(わら)った。小さなぷっくりした唇が開く。

カン高い調子はずれの歌が唇からこぼれた。

『アーカイトリ、コトリ』

そこでわざとらしく歌をやめ、彼の表情をうかがって、少女はその黒い大きな瞳にありありとあざけりの色を浮かべた。それから、ゆっくりとあとをつづける。

『ナァゼ、ナゼ、アカイ』

たちまち、彼の頭の中にその声が反響しあい、彼を嘔吐(おうと)を感じた。まさぐるように腕を前に出し、少女の方へ近づいていった。少女は逃げようともせず、あざけりの色を消そうともしなかった。自信に充(み)ちて少女は顔をあげ、彼をみつめた。

『アーカイミヲ、タベタァ』

少女のほっそりした頸(くび)に彼は両掌を巻きつけた。自分がなにをしているのかはわからなかった。少女はあらがいもせず、されるままにしていた。ただ、唇だけが歌いつづけようとしていた。

（歌わせるものか）

彼は指に力をこめた。カン高い調子はずれの声は、今度こそ彼の頭の中をズタズタに切り裂き、狂わせてしまうにちがいなかった。自分でもおそろしくなるような力をこめて、彼はぎりぎりと少女の頸をしめつけた。少女の息の絶えるのがはっきりと指先に伝わった。

手を放すと、少女はずるずると金網に背をすべらせ、コンクリートの上に崩おれた。彼はぼんやりそれをみつめた。

少女は眼を見開いたまま死んでいた。唇の端に浮かんだあざけりの色も消えてはいなかった。白いコンクリートの上に横たわった少女の姿は、真昼の太陽の下で見るようにくっきりと彼の眼に灼(や)きついた。少女の足にからみついたブドウ色のワンピースも、その白い咽喉(のど)に浮かんでいる赤い指のあとも、痛いほど眼にしみる。

顔だけみると少女はまだ生きているように見えた。

（しかし、もう歌はうたえないのだ）

その場にしゃがみこみたいほどぐったり疲れていた。夜風がふたたびさわやかに頰にあたるのを心地よく感じながら、彼はポケットから煙草をとりだし、火を点けた。一服ふかしながら、何気なく空を眺めた。夜空にはオレンジ色の半円形の月がかかっていた。それはなにかに食い荒され、血に染んだ脳味噌のように見えた。

煙草がひどく苦く感じられ、彼はそれを下に投げすてた。吸い殻をふみにじり、部屋へもどろうとしかけて、足を停めた。

（いけない。屍体をこのままにしておいては危険だ）

彼はうろうろとあたりを見まわした。

夜風のささやきや団地の無数の灯が、急に彼の罪を責めたてはじめる。

（とりあえず、部屋へ運ばねばならない）

ふるえる手で、彼は少女の屍体を抱きあげた。それは鉛の人形のように、したたかな重さで彼をよろめかせた。

幸い、人影はなかった。部屋へ運ぶ間、誰にもみつからないようにと祈りながら、彼は小走りに屋上から階段へ、階段から自分の部屋へと急いだ。

玄関の扉を閉め、六畳の間に屍体を運びこむと、大きな溜息をひとつ。水を浴びたように汗まみれだったが、それをぬぐっている余裕はなかった。開けてあったテラスの窓を閉め、カーテンを引いてしまう。

真暗(まつくら)になった部屋の中で、屍体の頭だけが生々しくはっきりと浮かびあがる。

吉村はそのそばに腰を落とした。両掌で頭をかかえ、考えをまとめようとするが、どうにもならない。

(どうしたらいいんだ?)

その言葉がいたずらに頭の中を駆けめぐっている。

そんな彼を屍体は見上げていた。ささくれた古畳に、ほっそりした身体つきに不似合いな大きな頭を落(おと)し、黒目がちの眼を見開いて。

その眼はこう語りかけている、

(あたしをこのままにしておくと大変よ。さあ、あたしを抱きあげて。早くどこかへ連れて行って……)

彼は首をふった。

(いやだ。真平(まつぴら)だ)

ほっそりしているくせに少女の屍体がしたたかな重さを持っていることは、もう身にしみてわかっている。そんな屍体をかついで、人眼を避けながら、深夜の街をうろつきまわるのはごめんだ。そんな自分を想像しただけで、額からまた汗が吹きだし、畳の上にしたたり落ちた。

屍体を埋めるところなんかありはしない。それに、運んでいる間にもし他人に見つかったら？

少女の両親の半狂乱の声、刑事たちの鋭い眼、新聞の大見出し――それらが、ちかちかと彼の意識を通りすぎる。

（どうしたらいいんだ？）

彼は腰をあげた。押し入れを開き、その下段の奥から、冬物の衣類をしまいこんでおいた大きな茶箱をひっぱりだした。少女の屍体と茶箱の大きさを見くらべ、これならなんとか収まりそうだと思う。

のろのろした手つきではじめはシャツを畳の上に放りだしていたが、だんだんその手つきが早くなった。なにかが彼を追いたてせきたてている。

（いそげ、それいそげ）

彼は気ちがいのように手当り次第に衣類をつかみ畳の上に放りだした。茶箱がすっかり空になると、少女の屍体を抱きあげ、その中に移した。ひざをほんの少し折りまげねばならなかったが、屍体はうまく収まった。茶箱の内部に張りつめた錫箔の上にゆがんだ彼の顔がうつっている。

いつの間にか少女は大きな眼を閉じていた。自分のベッドで眠っているような無邪気な寝顔になった。

深い溜息を吐き、彼は蓋を閉めた。茶箱を元通り押し入れの中に押しこみ、散らばった衣類を片づけてしまうと、六畳はいつもと変らぬ表情をとりもどした。

どんよりした熱気とカビくさい匂い……。

（なにもなかったんだ）

吉村は自分に云い聞かせた。

（そうじゃないか？　なにも変ったところはありはしない）

たしかに自分をとりまく部屋の中はなにひとつ変ってはいなかった。しかし、自分の内側でなにかが変っていた。彼はその存在をはっきりと感じた。いつもは空虚で頼りない身体のシンに、今はぎっしりとなにかがつまっていた。

翌朝、いつものように八時きっかりに家を出かけようとして、吉村はふと部屋の中を見まわし妙な違和感を覚えた。昨夜、押し入れの屍体を忘れるためにせっせと部屋の中を片づけたおかげで、そこは見ちがえるほど整然としている。

灰皿はきれいに洗われて吸い殻の跡もなく食台の上に置かれてあるし、流しに散らばっていた食器類はきちんと食器棚へ並べられてあった。

しかし、彼の感じた違和感はそのせいではなかった。彼の視線は六畳の方にさまよい、その押し入れの襖を透し、茶箱の中に眠っている少女の屍体を見てしまう。ちょっとひざを折りまげ、無邪気な表情を浮かべて眠っている少女の屍体……。

その屍体が部屋全体をどっしりと充実した感じに変えてしまっている。いや、部屋ばかりではなく、彼自身にもある種のはりつめた緊張感を与えていた。

彼は開きかけた扉を閉め、つかつかと部屋にもどって押し入れを開けた。茶箱をひきだしそっと蓋を開ける。はげしい恐怖とうずくような期待が手をふるわせた。少女の白い顔が見え、同時に石鹼（せっけん）のようなさわやかで鋭い匂いが鼻をついた。手をさしのべてさわってみると、少女の身体はひどく冷たく、そのくせやわらかかった。

（おかしいな）

と彼は思った。

（まだ死後硬直がはじまっていないのかな？）

と同時に、それがあたり前だという気がした。

（これはほんものの屍体じゃないんだ。おれがつくりあげた幻想なんだ）

しかし、幻想にしては掌に伝わる冷たくやわらかい感触は生々しすぎた。

（もし、本当にしめ殺したんだとすると……）

彼の背筋を恐怖が走りぬけた。あわてて蓋を閉め、茶箱を元通りにすると、彼はいそいで部屋から出た。

団地を通りぬけ、バスの停留所へ向う間も恐怖は去らなかった。彼の前を歩いてゆく細いズボンの若い男も、大声でしゃべり合っているオフィス・ガールの二人連れも、背をこごめ、眠そうな眼をしながらむっつり急ぎ足で通りすぎる老サラリーマンも、本当は自分が少女を殺したことを知っているのではないか？

留守の間に、誰かが部屋の中に入りこみ、少女の屍体をみつけだすのではないか？

彼は部屋へ駈けもどりたい衝動にかられた。しかし、彼はそれを押えつけ停留所へと歩きつづけた。その衝動を押えつけることに不思議なスリルと充実感を感じた。こんな感情を今まで味わったことはなかった。いつもの無気力な彼に似合わず、確乎とした足どりで彼は歩いていた。

「いいかね、はじめるぜ」

川井老人がそう声をかけた。

吉村は校正刷りに眼を落とした。活字の群が今にも動きだしそうにひしめきあっている。老人の呪文に似た声がひびきわたると同時にそいつらは蟻の大群となってこっちへ押しよせてくるにちがいない。

彼はその予感におびえた。

『アーカイトリ、コトリ……』

頭の中で少女の声が聞えた。それはカン高い調子はずれの声ではなかった。澄み切った余韻を残し、頭の中で反響し合いながら、不快な予感を洗い流してくれた。

「いいですよ」

と彼は川井老人に云った。

「はじめて下さい」

老人は眼鏡を押しあげ、奇妙な節まわしで読みあげはじめた。

『男はァよろめく足をォふみしめながらァ――テン――小屋にィ近づきィ――テン――中をォ……』

活字はいつまでたっても動きださなかった。彼は赤鉛筆をとりあげると、馴れた手つきで校正をはじめた。

『山をォ登ってくる時はァ――テン――あんなァにあこがれていた谷川の水がァ――テン――眼の前にィ……』

老人の奇妙な節まわしが、今は子守唄のようになつかしく耳にひびいてくる。

二時間ばかり仕事をつづけた後、吉村は社長に呼ばれた。

「昨日の話だがね……」

黒柳は切りだして、机の上に一枚の写真をすべらせた。

「帰ってから家内と相談したら、きみにうってつけの相手がいるという返事だった。家内の従妹(いとこ)の娘なんだが、どうかね？」

「はあ」

吉村は写真をとりあげた。眼鏡をかけた瘦(や)せた女が陰気な顔つきに似合わぬ派手な着物を着て写っていた。三十歳を大分すぎているように見えた。

「結婚に一度失敗はしているが、気だてのわるい娘じゃないよ。それにこの娘をもらってくれれば、わたしときみとは縁つづきになるわけだし……」

今後なにかと好都合なはずだと言外の意味をふくんだ微笑で黒柳は吉村をみつめた。

吉村は静かに写真を置いた。

『ナァゼ、ナゼ、アカイ。アーカイミヲ、タベタ』

少女の声が頭の中にひろがってゆく。

社長の押しつけがましい微笑をその声が追い払った。ここでこの縁談を断ればこれからこの社に居辛くなりそうだということはわかっていた。

(しかし、朱い実を食べるわけにはいかないな)

「申しわけありませんが、わたしは今すぐ結婚する意志はありません」

吉村はきっぱりと云った。

「ほう、どうしてだね？　昨日は結婚してもいいような返事だったが……」

「気が変ったんです」

「なるほど、気が変ったか……」

黒柳は不興気に眉をひそめ、写真を抽斗にしまいこんだ。

「ほんとうはきみ、恋人でもあるんじゃないか？」

そう訊かれて、吉村は少女の透きとおった白い顔を想いだした。

「ええ」

と彼は答えた。

「実は恋人ができたんです」

団地へ入ったとたんに、さわやかな石鹼の匂いがツンと鼻を刺した。それが錯覚だとわかっていながら、吉村はうろたえてあたりを見まわした。

自分の部屋に近づくごとにその匂いは強くなる。急ぎ足で階段を登ると、彼は玄関の扉を開け、すばやく部屋の内部に眼を走らせた。なにも異常はない。誰かが部屋へ入った形跡もみとめられなかった。

用心深く鍵を閉め、おそるおそる六畳の部屋に入っていった。押し入れを開けてみたが、その中も異常はなさそうだった。乱雑に積み重なった夜具や洋服函――それらは雑然としていながら、見慣れたある秩序を保っている。彼はじっと茶箱をみつめ、大きく息を吸った。

石鹼の匂いはいつの間にか消えていた。

彼は茶箱をひきだし、蓋に手をかけながら、自分に訊いてみた。

（屍体は本当にあるのだろうか？）

その答えは自分でもわからなかったが、もし屍体が消えていたら、なぜか自分がひどくがっかりするような気がした。

それは、今日はじめて彼が味わった恐怖やスリルや奇妙な後ろめたい歓びやらをすべて消し去ってしまうことになるのだ。

彼はそっと蓋を持ちあげた。

そのとたんに、今まで消えていた匂いがはげしく鼻孔に突き刺さった。少女はひざを折りまげた姿勢のまま、相変らず眠っていた。彼は手を伸ばし、その頬にさわった。ロウ色の頬は冷たくすべすべしていた。ひそやかで暗い陶酔だった。その感触と石鹸に似た匂いが、彼を甘い陶酔に導いてゆくような気がした。

彼は冷たくすべすべした感触が微妙な戦慄になってざわざわと身体の中を駈けめぐるのを楽しんだ。頭が甘くしびれ、下半身が気だるく、そのくせ一本の神経だけが妙に冴えかえって、その楽しみをむさぼっていた。セックスの歓びに似た恍惚感がしびれた下半身から徐々にたかまってくる。それは異様な恍惚感だった。自分が少女を犯しているのではなく、少女が自分を犯しているような……。

彼は少女を抱きあげ、頬ずりしながら自分のひざの上にのせた。わななく指先でブドウ色のワンピースとピンク色の下着を脱がせる。少女の裸体はガラスの人形のように抱きしめれば粉々になりそうな硬質でもろい感じがした。いっそ抱きしめて粉々にしたいという荒々しい衝動に襲われたが、彼はじっとそれに耐えて少女をみつめた。うすい胸には肋骨のあわい翳が順序よく並んでいる。彼の視線が下腹部のほのかなまろみにうつった時、そこがかすかに動いた。はっとして彼は眼を凝らした。錯覚ではなかった。そこはなおもひくひくとかすかにふるえつづけた。興奮が波のように退いてゆき、彼は身体をこわばらせた。やがて、一匹の蠅がそこから這いだしてきた。なにかに濡れたように黒々と光る大きな蠅だった。蠅は満足気に両肢をこすり合わせ、翅をふるわせた。

彼はその蠅にはげしい憎しみと嫉妬を感じた。しかし少女の美しい裸体の上で蠅をたたきつぶすのは耐えられなかった。彼は指先で蠅をつまもうとした。蠅は小馬鹿にしたように、もう一度両肢をこすり合わせ、彼の指先をすりぬけてあっと云う間に天井の方へ舞い上った。あわててその行方を眼で追ったが、もう蠅の姿は部屋のどこにも見当らなかった。

彼はひざまずき、少女の屍体をしっかりと抱いた。

(これはおれのものだ)

と彼は心の中でつぶやいた。

(おれが絞め殺したんだ)

少女の頸には、今はもう紫色に変った彼の指の痕がはっきりとついている。それが自分の所有物であるなによりの証拠だと彼は思った。その行為によって、彼は少女を世間のあらゆるつながりから断ち切り、自分のものにしたのだ。

考えてみると、それが彼の三十年の人生ではじめて生命がけでやった仕事のかけがえのない報酬のような気がした。

（離すものか）

彼は冷たい少女の頬に自分の頬を押しあてた。

（たとえ、これがおれの幻想の産物でも、離すものか……）

たしかに少女の屍体は彼の幻想の産物かもしれなかった。翌日も、翌々日も——いつまで経っても、団地の中で少女が行方不明になったという記事は新聞に載らなかった。団地の中でも、そういう噂（うわさ）がささやかれている気配はなかった。彼の周囲はいつもの通り平和な日常生活がくりかえされていた。

変りつつあるのは彼自身と、少女の屍体だけだった。屍体はあきらかに腐りはじめていた。しかし、それは世間一般に云われているような腐り方ではなかった。ガスでふくれあがり、醜い姿になることもなく、悪臭を放つこともなかった。ただ、次第にやわらかくなり、身体の各所にうすいピンク色の斑点が浮かんで、そこから溶けてゆくように思えた。そして、そこからますます石鹼の匂いに似た香りが強くたちのぼった。

（いずれ、みんな溶けてしまうのだろうか？）

それが彼を不安に駆りたてた。

（そうなったら、おれはまた元通りのどんよりした単調な生活にもどらなければならない）

今はたった一人で少女をかき抱き、あの異様な陶酔に沈みこむことだけが彼の生き甲斐（がい）

だった。その陶酔のない生活は考えられなかった。

手荒に扱うと、少女の身体がくずれてしまいそうで、彼の愛撫の仕方もやさしく微妙になった。すると、それはやはり微妙なやさしい戦慄となって彼の体内に返ってくるのだった。

その夜も、彼は屍体をまさぐっていた。彼の指はいつもの通り、顔から頸へ、頸から胸へ、それからかすかなまろみを帯びた下腹部へと辿っていった。すると、指先に異様なものを感じた。それは丸っこく柔かでむくむく動いていた。もう一度まさぐると、それは茶箱の底へポトリと落ちた。彼は茶箱の底に視線を向けた。そこには真白な大きなウジが身体をうごめかしていた。あの肥った蠅が産み落としていったものかもしれなかった。憎しみをこめてそいつをつまみあげ、彼は指先に力をいれた。

（畜生め！）

パチンとたしかな手応えがして、ウジは苦もなくつぶれた。おびただしい体液が指先を濡らしている。彼はそれを嗅いでみた。強い腐臭がすると思ったが、やはり石鹼の匂いが鼻を刺しただけだった。

彼はいそいで少女の屍体を茶箱の中へ入れ、元通り押し入れにしまいこんだ。部屋の中は情事の終ったあとのような熱気がこもってむし暑かった。閉め切ったカーテンを開け、窓を開いて、彼はテラスに出た。外は霧雨で、街灯の明りがけむっていた。その下を不恰好なコウモリ傘がよろよろと通っていった。傘をさしているのはよれよれのレインコートを着てうなだれた中年の男だった。

（あいつは自分の屍体を持っていないんだ）

彼は憐みのこもった眼でその男を見送った。

しかし、屍体が溶けてしまえば、彼自身も、その男同様に無気力な姿になるかもしれなかった。彼はおびえた顔つきをして耳をすませた。

押し入れの中でかすかな音がするような気がした。それは少女の屍体が自然に溶けていく音のように思えたし、無数のウジが屍体の内部を食い荒している音のようにも思えた。

彼はいそいで部屋の中へひき返し、押し入れの襖に耳を押しあてた。

『カサカサ、コソコソ……』

霜柱が溶けてゆく気配に似たそのひそやかな音は次第にたかまりはっきり耳に伝わってきた。彼は夢中で押し入れを開け茶箱をひきだした。少女の屍体に耳をあてると、その音はたしかに屍体の中から聞えてきた。

『カサカサ、コソコソ……』

彼は屍体をみつめたまま、呆然と立ちつくした。

（どうすればいいんだ？）

しかし、どうしたらよいかわからなかった。いや、どんなことをしても、いずれ屍体は溶け、消えてしまうにちがいなかった。

彼は一晩中、屍体に耳を押しあてたまま、まんじりともせず明かした。不安にすすり泣く彼の耳もとで、そのひそやかな音は間断なくつづいた。

『カサカサ、コソコソ……』

翌日の夕方、勤めの帰りに彼は地下鉄のベンチにぼんやり腰を下ろしていた。一刻も早くアパートへ帰って、少女の屍体を確かめてみたい衝動と、あのひそやかな音に対する恐怖が彼の頭の中でもつれあっていた。朝からずっと、その二つにはさまれて、彼はもうすっかり疲れ切っていた。あの音を聞きつづけることに耐えられず、勤めには出たものの、仕事は手につかなかった。

ぼんやりした彼の前をサラリーマンの群が流れるように通りすぎてゆく。それはどうも地味な服を身につけ、疲れきった表情を浮かべた灰色の流れだった。

流れの中から一人の男がはみだし、彼の方に近づいてきた。

「吉村じゃないか？」

彼はその男をふりあおいだ。紺の夏服をきちんと着て、髪を七三にわけ、右手に黒いアタッシュ・ケースを下げている。

「ああ、橋中か……」

吉村は無感動につぶやいた。

橋中は高校時代の友人で、吉村のようにまわり道をせずに真直ぐ大学へ進学し、卒業してから一流銀行へ勤めた男だった。

年に一度の同窓会で顔を合わせるぐらいで、吉村とはあまり親しい仲ではなかった。しかし、橋中は妙に親しげに吉村の肩をたたき、ベンチの隣に腰を下ろした。

「疲れたなあ」

橋中はいきなりそう云った。その声には、サラリーマンのエリートらしくないいじめついた響きがあった。

「きみみたいな一流の銀行マンでも疲れるのかね？」

吉村は皮肉に訊いてみた。

「おれなんか、何年たっても下っ端さ。決りきった仕事に追い使われるだけでね」

橋中の自嘲じみた返事が返ってきた。

「その点、きみみたいな出版社へ勤めているジャーナリストは羨ましいよ」

「おれがジャーナリストなものか。ただの校正部員だぜ」

「しかし、少くとも時代を肌で感じることはできるだろう？　おれたちはそうじゃない。ビルという檻の中に閉じこめられて一生飼い殺しにされるだけだ」

橋中は老人くさい手つきでアタッシュ・ケースをのろのろまさぐっていた。

「毎朝七時半に起きて銀行へ行き、札束に囲まれて暮すのはくたびれたよ。おまけに、これから帰って夕飯の支度をしなけりゃならないと思うと……」

「おや？」

彼は橋中の顔を見直した。

「きみはまだ独身か？」

「いや、一度結婚したが、女房に死なれてね……。しかし、もう二度と結婚する気はないね」

「きみのような堅気の勤めだと独身でいるのはまずいんだろう？」

「それはそうだが、ちょっと事情があって、結婚する気になれないんだ」

橋中はまぶしそうな表情をした。

「あるいは、おれは銀行員には向かないのかもしれないな。もっと別の、自分に合った仕事があるような気がするんだ……」

（冗談じゃないぜ）

と吉村は思った。

見たところ、橋中は頭のてっぺんから爪先（つまさき）まで銀行員そのものだった。それ以外の橋中は考えられなかった。

（それでもこの男は銀行員という職業に意欲をすっかり失っているのか？）

「いいこと教えてやろう」

吉村はふいに橋中をからかってやりたくなって声をひそめた。このお堅い銀行員にあのことをぶちまけてやったら、どんな顔をするだろうか？　さりげなく、いたずらめかして……。

「仕事に生き甲斐を失ったらだね、屍体を家に置いておくんだよ。女の子を絞め殺して、自分の部屋にその屍体をかくしておくのさ……」

「ああ」

もの静かな声で橋中はさえぎった。

「あれならぼくもやってみた。しかし、ぼくの殺した屍体はつい昨日、すっかり溶けちまったんだ」

突然、橋中の身体から突き刺すような石鹼の匂いがただよってくるのに吉村は気づいた。

PART 1

ダブル・ショック

「なぜ、ショック療法を受けてみないんだい？」

彼の口調には、はっきりと私をなじるような響きがこもっていた。

「とにかく、良い結果がでるにしろ悪い結果が出るにしろ、きみ自身の気持ちがはっきりするじゃないか。怖がらずにやってみたまえ！」

「しかし、しかし、おれにはどうしても自分が伯父貴を殺したとは思えねえんだ……」

私はもう何遍もくりかえした言葉を、もう一度うめきながら、頭をかきむしった。

「そうさ。そう思うんなら尚さらだぜ。それできみは、きみ自身のアリバイを想いだせるかもしれないんだ」

精神科の医者である彼の声は、私にとって幾分冷静すぎるように思えた。

ところで、それにひきかえ、この私は混乱の極に達していた。あたりまえだ。誰だって自分が伯父殺しの犯人にされかかっていれば、混乱しないわけにはいかないだろう。

私の混乱が始まったのは、その日の朝早くだった。

眼が覚めてみると、私は玄関のたたきの上に長々と寝ていた。あわてて身を起そうとしたとたん、後頭部に鈍痛が走り、私は思わずそこへ手をやった。後頭部は自分の頭とは思えないぐらいふくれあがり、ぬるぬると血さえ流れ出している様子だ。

私はふらふらと立ち上り、階段を登っていった。早く自分の部屋へとじこもって伯父貴に知られぬよう手当てをしようと思ったのだ。どうせ口やかましやの伯父貴のことだ。この傷を見られれば、また酔ってどこからか落ちたのだろうとケンツクをくわされるに決っている。

しかし、その伯父貴も今朝ばかりはケンツクをくわすわけにはいかなそうだった。階段の登り鼻にある伯父貴の書斎の扉が開き、そこから半分身体を乗りだして伯父貴が仆れていたのだ。

伯父貴の首には私の絹のネクタイがくいこんでいる。さすがに私も頭の痛みも忘れて、そのそばへ駈けよってみたが、もう伯父貴の身体は冷たくこわばっていた。書斎の中を見廻すと、内部は別に荒された様子もなかった。ただ、いつもテーブルの横に置いてある金庫の扉が開き、中身がすっかり空になっているのが見える。

「強盗だな」と私はすぐに思った。

昨日の午後、伯父貴が銀行から三百万円の現金を下ろしてこの中へ入れたのを私は知っている。それがそっくりやられたのだ。

ちょうど年末のことで、女中たちも故郷へ帰ったあとだから、伯父貴一人しか邸にはいず、玄関の鍵をかけ忘れたところへ、流しの強盗に入られたのにちがいない。

私はすぐに警察を呼ぼうと受話器をとりあげかけたが、その時後頭部がずきりと痛み、私にあることを想いださせた。

それは、警察では、死体の発見者にまず容疑をかけるという聞きかじりの知識だった。

（そうすると、おれがまず第一の容疑者というわけか）

そう思って、私はニヤリとした。

（しかし、伯父貴の死体はもう硬直しはじめている。ということは殺されたのは昨日の夜半前ぐらいの見当になるだろう。その頃は、おれは邸にはまだ帰らず、外にいたからアリバイが……）

そこまで考えると、私の笑いは唇（くち）もとで凍りついてしまった。その頃に自分がどこにいたのかどうしても想いだせないことに気づいたのだ。とにかく、今朝、玄関のたたきの上で眼を覚ますまで、それ以前約二日ほどの記憶がすっかり消えてしまっている。

ともすれば混乱しそうになる頭をむりに落ちつかせ、順序だてて、想い出せるところから――つまり一昨昨日（さきおととい）の記憶から辿（たど）ってみたが、その記憶の糸は一昨日あたりからぷつりと切れてしまっている。

私はびっしょりと冷汗をかきはじめた。何度やっても想い出せない。あわてればあわてるほど記憶の糸はこんぐらがり、それと同時に自分に不利な材料ばかりが痛む頭の中をかけめぐった。

第一に、伯父貴と私の仲の悪さは有名で、何度も勘当されそうになっていること。第二に、しかし伯父貴の血縁は私一人で、伯父貴が死ねばその莫大な財産はすべて私のものになること。第三に、私が女ぐせがわるく不身持ちで年中金に困っていること。第四に、昨晩は女中がいず、邸に残されたのは伯父貴と私の二人切りであり、しかも、金庫のダイヤルの合わせ番号を知っているのは私だけであること。第五に……。

あとからあとから自分が伯父貴を殺しそうな動機が続々と頭に浮かんでくる。

私は必死にあたりを見まわした。しかし、いくら見まわしても、その強盗はよほど手際の良いやつらしく、なんの手がかりも残していないように見えた。玄関の鍵もこわれていず、金庫もダイヤルを合わせて開け、伯父貴の首にまつわりついているのは私のネクタイ――。こうなると、もちろん、指紋を残すようなドジなまねはしていそうもなかった。

この辺についているのは、伯父貴と私と、それからせいぜい女中の指紋ぐらいだろう。

こういう状況の中へ警察を呼びこんだらどうなるか――それは眼に見えるようだった。警察は強盗事件は私の狂言だと思い、私を伯父殺しの容疑者としてひっぱってゆくにきまっている。

しかも悪いことに、私は後頭部の傷のおかげで肝心な時のアリバイの記憶を失っているのだ。そして、さらにさらに悪いことには、こうなると、本当に私自身が伯父を殺したのかもしれないという疑いが、私の頭の中にじわじわとひろがってきたのだ。

私が親友の精神科医の許へ早速駈けつけたのは、こういうわけだったからである。親友はショック療法で記憶をとりもどし、アリバイを立てろと忠告してくれた。

しかし、私はどうにも気が進まなかった。得体の知れない不安が胸の中にわだかまり、それがしきりにショック療法を受けて記憶をとりもどしてはいけないと、私にささやきつづけている。あるいは、その不安は自分が伯父を殺したのかもしれないという疑いに通じているのかもしれなかった。

ともあれ、ことここに至ってはそれ以外には友人のすすめに従うより方法はなさそうだった。

「いいとも、やってみよう」と私は云った。

ショック療法は意外なほど苦痛ではなかった。ただ、電流が通じて意識を失っている間自分がいかにのたうちあばれたかという証拠に、全身汗みずくになり、身体がぐったりと疲労しているのを私は感じた。

ショックが一段落すると、友人は訊ねた。

「どうだ？　なにか思い出せたかね？」

私はゆっくりと慎重に記憶のひだをさぐった。

「あの晩、おれはY町のサカエ荘というアパートにいた……」と私は云った。「そこの二階の二〇三号室から出て来たのを覚えている……その扉には……草加良子……という名刺がはってあった。しかし、それ以前のこと……その草加良子がどんな女で、おれとどうして過したかは……思い出せない」

「それで充分だ」と彼は張りのある声で云い、私の肩をたたいた。「これからすぐ、ぼくがその女に会って、きみのアリバイを確かめてきてやろう。きみはここで休んでいたまえ」

友人がもどってくるのに、一時間とかからなかった。

「どうだった」と私は訊ねた。「その女に、――草加良子に会えたか？」

友人はじっと私をみつめた。

「草加良子はいたよ。きみの云った通りのところにね……」

彼の顔は妙に蒼白かった。

「しかし、アリバイを証明してはくれなかった……」

彼がそこで言葉を切ったほんのわずかの間に、奔流のように私の記憶がよみがえってきた。いつの間にか私の舌が動き、友人と共にその後の言葉をつづけていた。

「彼女はベッドの中で絞め殺されていたんだ……」

PART 1

殺しあい

あたりは真暗だった。

それも、ただの暗さではない。

眼の前に、自分の手を持っていっても、見えないぐらいの暗さなんだ。

おれは、その真暗な中で、息をするのも用心しながら、じっと腹ばいになって、ほんのちょっとした物音にも耳をすまし、相手の動きに気を配っていた。

けれども、なんの物音も、相手が動く様子も感じとれなかった。

おれの口の中はカラカラに乾き、暑くはないのに、身体中が汗ばんできた。

もう何分ぐらい、こうしたままでいるのだろうか？

おれは時計を持ってないし、持っていたって、このまっ暗けのなかじゃ、そいつを見ることもできやしない。

こうしてじっと腹ばいになっているのは、そんなに永い時間ではないはずだった。

そう、ほんの十分とは経っていないだろう。

でも、こうしていると、それがとてつもなく永い時間に感じられた。

（このままじゃいけない）

とおれは自分に云いきかせた。

(こんなところで、じっとしていたんでは、向うの思うとおりになり、最後はおれの方が殺られてしまう)

おれは眼を大きく見開き、耳をすました。

だが、相変らず、部屋の中はシンと静まりかえり、まるで、黒い布で眼かくしされたみたいに、なにも見えやしなかった。

ただ、おれをねらっている相手の殺気だけがこの部屋のなかにこもっているのは、はっきりわかった。

多分、向うだって、同じ気持ちでいるだろう。

この部屋の隅の方にうずくまり、おれがどこにいるか、どう動きだすかを、じっと待っているにちがいなかった。

そして、どっちかが我慢できなくなり、動いたり物音をたてて、相手に自分のかくれている場所をカンづかれてしまったら、たちまち、弾丸が飛んでくるに決っている。

おれもやつも、おたがいに相手の腕前をようく知っていた。

拳銃を持たせたら、必らず一発で相手を仕とめるガンマンとして、二人とも、同じ組織のなかで働いていたんだ。

組織の仲間たちは、おれたちのうちどっちがすばやく拳銃をぬき、どっちが狙いをはずさないか、賭けをしたがっていたぐらいだった。

ただし、二人とも同じ組織のなかにいるうちは、そんな賭けが行われることは絶対になかった。

やつが組織を裏切る前にはだ。

味方同士が射ちあって、殺しあうことなどあるはずはなく、それは組織にとっても大きな損になるんだから……。

組織にいる間、おれたちは、仲のいい友達だった。二人とも、拳銃をあつかうことが大好きで、ガンマンとしての誇りを持っていたし、その腕をふるって同じぐらいの組織の敵を暗殺してきた。

どっちも、相手が自分より、ガンさばきがうまいかなどということで、自慢しあったり、相手の腕前にやきもちをやいたりするような下らない真似はしなかった。

そんな下らないことにこだわるのは、アマチュアのすることで、プロのガンマンはつねに冷静であらねばならず、よけいなことに神経をつかってはならない。

おれたちは、組織に入るときから、そういうふうに訓練され、腕をみがいてきた。

たしかに、二人とも訓練中に、どっちがはやく拳銃をぬき、どっちが命中率が高いかということをためされたことはある。

その結果は、ほとんど五分五分だった。

強いていえば、おれの方が拳銃のぬき方が早く、やつの方が命中率がよかったかもしれない。

でも、それはほんのわずかの差であり、そのときの気分や身体のぐあいで、どっちが有利になるかわからない。

そういうふうに、おたがいの腕を知りつくしていて、同じように拳銃とそのあつかい方が好きだということから、かえって、おれたちは仲がよくなったのだと思う。

組織の仲間でいる間は、二人はガンマニアとして、仲よく拳銃について話しあい、どういうときに、どういうふうに敵をしとめるかということを語りあったりしたものだ。

あるときは、ボスの命令で、二人が組になり、暗殺の仕事をうけおったこともある。そんな場合、やつは組織のなかの誰よりも信頼できる相棒だった。

やつが一緒にいてくれるというだけで、おれはどれだけ心強く思ったかしれない。

実際、二人とも、危険な仕事についているとき、おれがやつの生命をすくったこともあるし、反対に、やつがおれをすくってくれたこともある。

おたがいに、生命の恩人として、また、同じ死の危険をくぐりぬけた仲間として、誰よりも大切な友人だと思いこんできた。

ところが、いま、おれはその親友をこの手で射殺しなければならない。

やつが組織からぬけだしてしまったからだった。

組織からぬけだしてしまったものは、たとえ、どんな場合でも殺してしまわなければならないということがルールになっていた。

組織について、世間にしゃべられては、困ったことになる。われわれの組織があるということすら、組織外の人間に知られてはならないのだ。

それが世間に知れたら、組織は今までのように活動できなくなるし、組織そのものが破滅してしまうおそれさえあった。

だから、組織をぬけだすということが、組織に対する裏切りになり、裏切り者は殺さねばならない。

そして、やつを殺せるだけの腕を持つガンマンといえば、組織内にはおれぐらいしかいなかった。

おれはボスから、必らずやつを殺すようにというきびしい命令を受けた。

ボスの命令は絶対である。

いくら、組織にいる間は親友だったからといって、ボスの命令にさからうことはできなかった。

強いて、逆らったりすれば、このおれが裏切り者になってしまう。

おれはその命令を黙ってひきうけた。

それから、目立たないように、やつがどこのかくれ家に住んでいるかをつきとめ、まんまとやつの家のなかに忍び入ることに成功した。

そこまではよかったのだが、やつもさすがに用心ぶかく、おれが忍び入ったのを察すると、すばやく、この部屋に逃げこんでしまったのだ。

おれの方も、やつの家のなかに忍びこんで、まともに弾丸をくらうようなヘマはやらかさなかった。

やつがどこへかくれこんだかをカンでさぐりだし、扉を開けるなり、ぱっと身体をふせ、向うが射ってくる弾丸をはずそうとした。意外にも、やつは扉から入ってきたおれに向って射ってこようとはしなかった。

そうすれば、こっちがすかさず相手がどこにいるかをつきとめ、射ち返すことを恐れたのだろう。

おれが伏せたまま、足で扉を閉めると、この部屋は真暗になってしまった。

すぐに、おれは床を這(は)って、場所を移動した。

扉口あたりにまごまごしていたら、絶好の的になってしまう。

だが、この部屋に入りこんだことは、おれにとっては、とても不利だった。

一応、この部屋がどんなふうになっているか、組織の専門家が調べぬいてくれてあり、どこにどんな家具が置いてあり、どれぐらいの広さで、窓の位置はどこかという大ざっぱな知識はおれも頭のなかによううくたたきこんであるが、それでも、ここに住んでいるやつほど、この部屋の様子には詳しくない。

やつはそのことを知っていて、わざとおれをこの部屋に誘いこんだのだろう。

おたがいに、ガンマンとしての腕が五分五分だったら、その場の様子をよく知っている方がずっと勝ちめがある。

おれはその不利な立場を逆転して、なんとか、やつをしとめなければならなかった。

おれはそのチャンスをじっと待った。

おれが、いま、かくれているところはソファのかげだ。

ソファのうしろはバルコニイになっていて、そこに出るためのガラスばりの扉がある。

扉には、ぶあついカーテンがきっちりとひいてあるので、ガラスばりの扉からはなんの光りも入ってこなかった。

もし、このカーテンを少しでも開けることができたら、月の光が射しこんできて、いくらか部屋の様子がわかるかもしれない。

でも、そんな真似はできっこなかった。

おれがカーテンを開ければ、やつにおれがここにいることがわかってしまう。

どうせ、やつはものかげに身をかくしているに決っているから、こっちにはカーテンを開けたところで、すぐにやつの姿はみつかりゃしない。

逆に、おれの居場所を相手に知らせ、向うの思いどおりにこっちを始末できるチャンスを与えることになる。

やっぱり、この真暗な中で、相手のかくれているところをつきとめ、こっちが向うより早く、弾丸をくらわしてやらなければならないらしい。

おれは右掌にぎりしめた拳銃が、掌からにじみだした汗でぬるぬるすべるのを感じた。できることなら、掌の汗をふきとってしまいたかったが、うっかり、そんなことをしている間に、やつがそっとソファのうしろに忍び寄ってきた場合、とっさに、拳銃を発射できなかったらと思うと、拳銃をはなすわけにはいかなかった。

おれはやつの腕前を知っている。

ほんの一秒の油断が、生命とりになりかねないのだ。

さらに、何分間か、おれはそのまま息をひそめ、身動きせずに待った。

だが、なんの変りもない。

いつまでも、こんなふうにしているわけにはいかなかった。

誰かが、いつ、この部屋に入りこんでくるかもしれない。

そんなことになったら、おれはやつを射ち殺せなくなってしまう。そして、組織はそういうおれの失敗を決して許してくれないだろう。

次には、やつのかわりに、おれが組織からつけねらわれるようになるかもしれない。

第一、ガンマンの誇りにかけても、おれはこの仕事に失敗したくはなかった。

（もう、もたもたしてはいられないぞ）

と決心した。

（こうなれば、なんとしてでも、やつをおびきよせ、かくれている場所からひきずりだしてやらなきゃならない）

おれは音のしないよう、そっと身を起し、ソファのかげから、眼だけだして、あたりの様子をうかがった。

なにも見えやしないし、なにも聞えないことに変りはない。

右掌に拳銃をにぎりしめたまま、左手をつかって、片方の靴をぬぎ、そいつを部屋に向って放り投げてみた。

靴は、戸棚の上の置きものか、壁にかかった絵にぶつかったらしく、ガチャンとガラスの割れる音がした。

そっちに向って、やつが拳銃を発射してくれることを願っていたんだが、やつはそんな手にのりはしなかった。

拳銃を発射してくれさえすれば、それで、やつのかくれているところがわかる。

だが、こんな手はテレビの西部劇などで、しょっちゅうつかわれているから、やつほどの油断のならない相手には、通用しっこない。

やつは拳銃を発射するどころか、身動きひとつせず、物音もたてなかった。

　仕方なく、おれはソファのかげから、じりじりと身を乗りだした。

　ソファの背をまたぎ、ソファの上に片脚を置いたとたんに、うっかりよろめいて、ソファの背に身体をぶつけてしまった。ソファがその拍子に、ガタンと大きな音をたてながらひっくりかえった。

（しまった！）

　おれはまた床の絨毯（じゅうたん）の上に投げだされながらも、身体をひねって、拳銃をかまえた。

　これで、やつにおれのいた場所は知れてしまっただろう。

　ただ、幸いなのは、ソファのあたりにいるということだけで、正確なおれの場所は、この真暗ななかでは、やつにだってわかりはしないにちがいない。

　見当をつけて、そっとこっちへ忍び寄ってくるだけだ。

　おれはそれを待ち受けた。

　思ったとおり、やつはこっちへ忍び寄ってきたらしく、そのときにテーブルの向うで、なにかをひっくりかえした物音が聞えた。

　やつもおれと同じ失敗をやらかしたのだ。

　そっと忍びよってくるつもりだったのだろうが、テーブルにつまずいたかなにかして、テーブルの上のものをひっくり返してしまった。

「あいたっ！」

とやつが、思わずうめく声が聞えた。

テーブルに向うずねをぶつけたのかもしれない。

おれは、あやうく、その声の方に向って、引き金をひきかけた。

だが、あやうく、思いとどまった。

これも、おれがつかったのと同じように、やつがおれを誘いだす手かもしれないのだ。

わざと声を出しておいて、そこに自分がいるようなふりをし、すばやく身を伏せ、こっちが拳銃を発射すると、その銃声と銃口から吹きだす炎をたよりに、射ち返してくる。

これも、おれたちが、組織にいた頃、さんざん使いふるしたやり口だ。

おれは引き金をひくかわりに、声のした方へそっと這い進んだ。

ソファをまわり、テーブルの横まで這っていったとき、やつの息づかいが聞えた。

すかさず、そっちに向って拳銃を発射しようとしたとき、やつもこっちがすぐそばにせまっていることに気づいたらしい。

引き金をひくひまもないうちに、やつはおれにとびかかってきた。

これでは、拳銃をつかってはいられない。

おれも、やつの身体を受けとめ、二人は床の上を転げまわった。

真暗ななかで、二人は必死に格闘をつづけた。

おたがいに、拳銃はどこかへすっとんでしまい、素手でたたかうより仕方がなかった。

二人は上になり下になり、その辺を転げまわった。

そのたびに、なにかの家具が倒れたり、ガラスの破れる音がした。

なにしろ、真暗だから、いくら相手を殴りつけようと思っても、見当がつかない。

やつだって同じことだ。

おたがいにしっかり相手を抱きしめ、むちゃくちゃに、蹴とばしたり、殴ったり、体あたりするより仕方がない。

そのうちに、ようやく、おれはやつの身体の上に、馬乗りになった。

やつは暴れたが、がっちり両脚で胴体をしめつけ、やつの頭をかかえこんだ。

「さあ、覚悟をしろよ」

おれは息をはずませながら、そうささやいてやった。

「組織を裏切ったやつはこういうめにあうんだ」

そして、力いっぱい、やつの頭を殴りつけてやった。

やつは悲鳴をあげ、大声で泣き叫んだ。

いくら泣き叫んでも、組織を裏切った男に情けをかける必要はない。

おれはもう一発、やつをぶん殴ろうとした。

そのとき、扉が開き、スイッチがひねられて、部屋の灯りがパッと点いた。

「いったい、なにをしているんです？」

扉口に立っているのは、おれのママだった。そのうしろに、やつのママも立っている。

「二人とも、大人しく遊んでいるって約束だったでしょう。それなのに、喧嘩をするなんてどういうことなの？」

「ちゃんと遊んでいたんだよ」

とおれは、しぶしぶ馬乗りになっていた相手の身体から立ち上った。

「殺し屋ごっこをしていたんだ。ぼくの方がヤッちゃんをもう少しでやっつけるところだったんだがな」

「ママ、ぼくをブッたよ」

やつはだらしなく泣き叫びながら、自分のママの方へ飛んでいって、その腰にすがりついた。

「タイちゃんは、本気でぼくをブッたんだよ」

「なんです、おまえは」

おれのママはヒステリックな声でわめき、おれをにらみつけた。

「ヤッちゃんはおまえより二つ年下なんですよ。小学校の六年生にもなって、こんな遊びしかできないの。おまけに、この応接室をごらんなさい。他のお宅の応接室をめちゃめちゃにしてしまって……」

「だって、仕方がないよ。おたがいに殺すか殺されるかだったんだからな」

おれはふてくさっていった。

「男同士の真剣勝負さ。ヤッちゃんだって、面白がって、やろうやろうって云ったんだもの」

「でも、本気でブつのはひどいよ」

すすり泣きながら、やつは口をとがらせた。

「それに、タイちゃんは、ぼくを組織の裏切り者になれって云いつけたんだ」

「泰一、ママは許しませんからね。家へ帰ったら、パパに云いつけて、きついお仕おきをしてもらいます」

ママは応接室のなかを見わたして、溜息(ためいき)を吐(つ)いた。

「それに、この有様はどうしたこと。大切な置き物やなにかをすっかりこわしてしまったじゃないの」

それから、ママはやつのママにペコペコ頭を下げてあやまりだした。

やつは、あい変らず、自分のママの腰にとりすがって甘ったれてやがる。

おれはやつをにらみつけた。

「おい、裏切り者。今度会ったときは、ただじゃすまさねえぜ」

そうやつに云い終えるか終えないうちに、ママが平手でおれの頬をいやというほどはりとばした。

でも、おれはそんなことはなんでもなかった。
女ってやつは、いくらこんなことを説明したってわかってくれやしない。
これは、男と男の勝負、男同士の殺しあいだったんだ。

PART 1

ヤブイリ

二十世紀を戦争の悲惨さと戦争に対する不安にいろどられた暗い時代だったとすれば、二十一世紀は戦争を回避できた喜びと繁栄の時代であり、二十二世紀はその繁栄のあげく超文化生活に飽きた人々の間に奇妙な復古趣味が流行した時代であった。

たとえば、正月の十六日——ヤブイリの日の動物園は松阪縞の綿入れにじゅばん、小倉の帯に白たびといった小僧姿の奉公人たちでいっぱいだった。

「ヤスどん。待っとくれよ」

おろしたての雪駄に泥がはねたのを気にしてふきとっていた兼吉は、先へ行ってしまった連れを懸命に呼んだ。

しかし、連れの安三はライオンの檻に鼻面をつっこみそうにして、こちらをふり向いてもくれない。

「待ってくれっていってるのにさァ、薄情だなあ、ヤスどん」

ようやく追いついた兼吉は不満そうにそういったものの、自分も檻の中へ眼を向けるとそのままライオンに視線を吸いとられてしまった。

ライオンは褐色のたてがみをひとふりすると、冬の陽差しをあたりにはねかえしながら一声咆哮した。その咆哮に兼吉はびくりと身体をふるわせ思わず後ずさった。

「臆病だなア。カネどんは」

連れの安三は鳥打帽のツバを小生意気に押しあげると鼻の先で笑った。

「こんなものちっともこわかねえじゃねえか」

「だって、ヤスどんはもう何回もここへ来ているけど、おいらははじめてだもの」

「そうか、おめえんとこの主人は業つくばりだから、ひまをくれねえんだな。そこへいくと、おれなんざしょっちゅうここへ遊びに来ているから、もうあきあきだよ」

安三はさも軽蔑したようにライオンの方へ小さな顎をおしやった。

「でえいち、あのライオンだってほんものじゃねえんだぜ。よくできてはいるがロボットなのさ。どんなにおっかなそうな面つきをしてたってタカが知れてら」

「そんなことを云うけど、ヤスどんだってほんものは見たことはねえんだろ」兼吉が云うと、安三はちょっとばかり寂しそうな顔をした。

「そりゃそうだ。奉公人はほんものの動物園へは入れねえもんな。でも、おいら、一生に一度でもいいから、ほんもののライオンを見てえんだよ」

それは兼吉も同じ思いだった。ご主人様の坊ちゃんのように、ほんものの動物園へ自由に出入りできたら……。

「まあ、あきらめようや、ヤスどん。おれたちは生れつきの奉公人なんだもの。そんなことを考えるだけムダさ」

安三のしょんぼりした顔を見て兄貴ぶった口調でそう云うと、兼吉は次の檻へ誘った。

どの檻の動物もよくできていた。浅草の映画館でいつか見た猛獣映画にでてきた動物たちとそっくりだった。彼らは吠えたりはばたいたり、眠っていたり歩きまわっていたり、水を飲んだり歯をむきだしたり——ほんものの動物のやることはなんでもやってみせるのだった。それはとてもロボットとは思えないほどだった。

二人の小僧は夢のような時を過した。やがて、あたりがうす暗くなり兼吉はふとおびえた顔つきをした。

「いけない、ヤスどん。もう時間だよ」

「そうだ、もう時間だね」

二人は揃って耳をすませた。兼吉は耳の底がジーッと鳴り主人が自分を呼んでいる声を聞いた。

「カネどん、時間だよ。店へ帰っておいで」

その声に誘われるまま、彼は出口の方へ歩きだした。それはあらがいようのない命令だった。彼らはそういうふうに創られていたのだから……。

こうして、小僧ロボットの楽しみにしていたヤブイリは終った。

PART 1

世代革命

「あのう……」

とコピイライターの工藤がおずおずと声をかけた。中腰になり、私の顔をみつめながら、二、三度眼をしばたたいてみせる。

「わかったよ」

と私は云った。

「デイトの時間に遅れると云うんだろう。いま、先に帰っても……。あとはもうこれに朱を入れるだけだから、おれ一人でやってしまおう」

「いつもすみません。それじゃ」

ほっとしたように頭を下げると、工藤はさっきのおずおずした素ぶりとはうってかわって元気よくデスクの上を片づけはじめた。

「お先に失礼します、課長」

「ああ、ご苦労さん」

さりげなくうなずいてみせたものの、工藤の云った課長という呼びかけが私の胸をおどらせた。私がこの新興広告の企画製作第三課長の辞令をもらったのはつい昨日のことである。

新興広告は資本金一億七千万、従業員五百四十名の広告代理業者では一流の下に位する会社だが、私と同期に入社した十三人の社員の中で課長になったのは五人だけだった。

「ああ、ご苦労さん」

私は満足そうにもう一度工藤に声をかけてやった。

広告代理店の若手社員らしく、ぴったり身に合ったダーク・スーツにシルバーグレイのネクタイ、青いシマのシャツと云ったいでたちの工藤は、入口にある鏡に向かって入念に髪をなでつけると、さっそうと扉から出ていった。廊下を歩きながら吹いている『十番街の殺人』の口笛が消えてゆくと、部屋の中はシンと静まりかえる。

部屋の正面にある電気時計はもう九時を示していた。

私は赤鉛筆をとりあげると、またせっせと企画書に朱を入れはじめた。しかし、その企画書はもう朱の入れようがないほど真赤(まっか)になっている。私は大きな溜息(ためいき)を吐(つ)いた。

それは来月オン・エア予定のテレビ新番組に対する企画書で、私が課長として最初に手がける仕事だった。しかし、それにしてはなんたる情けない企画だ。これは……。

どだい、この企画が生(うま)れた動機からしてお粗末だった。近頃の大学生の中で漫画熱とSF熱が盛んだという噂(うわさ)を聞きこんできた企画製作部長が、新番組には大学生向けの漫画を企画しろと云いだしたのだ。

「ねえきみ、子供向きのSF漫画は頭うちだが、もう少し程度の高いSF漫画ならまだまだ市場開拓の余地はあるぜ。子供向きの漫画では入れられない諷刺的な味をたっぷり盛りこんだSF漫画——こいつは大学生ばかりじゃなく、大人のインテリ層にもぜったいに受ける。どうだ、いいアイデアだろうが。きみの初仕事にこのアイデアを提供するよ」

ゴルフ焼けのした顔に得意そうな笑みをいっぱいにただよわせながら、妙に秘密めかしたひそひそ声で部長は云ったものだ。

この明治生れの部長は、なんの裏付けもない噂話やヤマカンで人の尻をひっぱたくくせがあった。そのくせ、アイデアがアタればちゃっかり自分の手柄にし、ハズれれば部下の責任にして、自分は知らぬ顔の半兵衛をきめこむ。そういう遊泳術で部長までようやく辿りついた男なのだ。

だいたい、広告代理業という商売が、社会の華やかな注目を浴びるようになったのは、テレビができてからここ十年ばかりのことで、それまではむしろ人に認められない陽かげの企業だった。社員も入社試験を受けて入ってくるエリートではなく、得体の知れない人物の吹きだまりの観があったという。顔とネバリで広告をとり、スポンサーを口説いた時代で、今、わが社にいる幹部クラスの古参社員たちはそういう時代の生き残りである。彼らには新しい時代の新しい広告技術はなにひとつわかりやしないのだ。

しかし、今や彼らは重役であり部長である。時代のタイミングということを考えずに、自分たちの先見の明を誇って、ぬくぬくとあぐらをかき、ただもう、妙なアイデアをわれわれに押しつける。

愚痴を云っても仕方がない。とにかく、私はこのあまりパッとしない初仕事をなんとか成功させざるを得ないのだ。

それにしても、こんな企画が成功するだろうか？　――ある日突然地球上に緑色の小人が現われて、そいつらが人類の頭の上に吸いつき、寄生をはじめる。そして、ことごとに人間のやることにケチをつけ……。

私は企画書を前に押しやり、もう一度溜息を吐いた。これはまるでフレドリック・ブラウンの『火星人ゴー・ホーム』の盗作ではないか。こんな企画が発表されれば全国のＳＦファンから投書の山が殺到するにちがいない。私はその攻撃の火箭（ひや）を全身に受け、たちまち葬り去られてしまうだろう。どこか陽の当（あた）らぬ部署に追いやられ、二度と浮かびあがることはできない。しかし、発案者である部長はちがうのだ。彼は私を処分することでうまく保身の道をたどるにちがいない。あのいまいましい古狸（オールド・ソルジャー）はもちろん死にもしなければ、消え去りだってしないのだ。

「勝手にしやがれ！」

私は憤然と立ちあがった。何時間残業し、どれほど情熱をかたむけても、この企画が成功する確率は五パーセントもない。こんなことで、私の人生がすりへってしまうのはたまらなかった。

赤鉛筆を投げすてると、大きな伸びをして、私はデスクをはなれた。そのままぶらぶらと窓際へ歩いてゆく。窓の外には赤坂のぜいたくな夜景がひろがっていた。ナイトクラブのネオンや高級ホテルの窓の灯が、私に向かってウィンクをくりかえしている。しかし、それにウィンクを返す資格は私にはなかった。たとえ十年働きつづけても、そんなところで遊ぶ余裕はできないだろう。そう思っているうちに、せいぜい、社用でおそるおそる分厚い絨毯をふめるぐらいがセキの山だ。そう思っているうちに、眼の前のナイトクラブから一人の老人があやうげな足どりで出て来た。老人がよろめくたびにまわりをとりまくホステスたちが嬌声をあげながら身体を支えてやる。老人がよろめくのは酒のせいばかりではなさそうだった。もうお迎えが来ても良い年齢で、腰のあたりが曲りかけている。

このクラブやホテルは、所詮、腰のまがりかけた金持ちどものためにあるのだ。そして、若いわれわれはやつらを遊ばせるために、せっせと働かねばならない。バカげたことだが仕方がなかった。あの老人が酒を呑んでいる間に、いまいましい企画書を仕上げてしまおう。

私はふりかえった。昼間は社員ばかりでなく、フリーのイラストレイターやコピイライター、カメラマン、モデルたちでごったがえすようなこの部屋が妙にだだっ広く思えた。沈黙の壁が私をとりまき、私を押しつぶそうとしている。それを押しのけながら、デスクへもどるのは苦痛だった。しかし、やらねばならない。私が足をふみだそうとした時、横から声がかかった。

「そんなこと止めてしまえよ」

ぎょっとして、私はそっちを見た。するとそいつがそこにいたのだ。そいつはまさに緑色の小人だった。半透明の、まるでゼリーのような皮膚を持っているそいつは、ほんの二十センチほどの背丈しかなかった。まるっこいよく動く眼と、とがった鼻と大きな口がいたずらっぽさと皮肉のいりまじった表情をつくっている。そいつは私をみつめ、にやりと笑った。

「止めろよ、そんなこと」

私は眼をつぶり、大急ぎで自分に云いきかせた。

（疲れているんだ。それで、こんな幻影を見るんだな。企画書を何回も読みすぎたせいかもしれん。今日は仕事をやめよう。家へ帰って、一杯呑み、ぐっすり寝てしまえば、明日から元気になるだろう）

「ケケケ……」

眼をつぶっていても、そいつの笑い声は聞えた。

（いけない）

と私は思った。

（幻聴も伴っているとすれば、これはかなり重症だ。明日の朝早速医者に診てもらわなければ……）

「診てもらってもムダさ、きみは気がヘンになったわけじゃないからな。眼を開けろよ。なにもコワいことはありやしないぜ」

とそいつは云った。

私は眼を開けた。たしかに、まだそいつはそこにいた。部長の机の角にチョコンと腰をおろし、私の方を見てニタニタ笑っていた。

「きみは火星人かね？」

と私は訊ねた。

「火星からクィムしてここへやってきたのか？」

「冗談じゃない。それこそ、フレドリック・ブラウンの盗作じゃないか」

「じゃあ、きみはなにものなんだ？」

「そう、きみの良心とでも云っておくか」

とやつは云った。

「いや、きみの潜在意識の中にもぐりこんだ欲望——あるいは悲願と云ってもいいかな。とにかく、きみにしたいことをするようすすめに来た者さ」

「すると悪魔……」

「よせよ、神の存在も信じないきみに、悪魔が眼にうつるはずがないだろう。そんなもんじゃないさ。しかし、きみがどうしてもぼくの存在を形而下的に信じたいのなら、こう思ってもいい。ぼくは他の惑星からやってきた宇宙人だと」

「しかし、どこの惑星から？」

「そんなことは好きに想像するさ。火星でも金星でも、アルファ・ケンタウリでも」

「火星に生物はいないことになったんだぜ」

「ケケケ……」

とやつは笑った。

「カメラに写らなかっただけじゃないのかね。地球だって、一部しか写さなければ、とても人がいるとは思えないところがあるぜ。しかし、まあいい。火星人であろうがなかろうが、ぼくがここにいることは信じなければならんだろう。そして、ちょうど今、きみと同じようにぼくらの存在を信じかけている人間はたくさんいる。ぼくらの仲間たちが、ぼくがきみに対してやっているように連中を説得中だからな」

「いったい、いったいきみたちはなんのために地球へやってきたんだ？」

「迫害された世代——つまりきみたちを救うためにだよ。きみたち自身の時代を築くのを助けるためにだ」

「ちょっと待ってくれ。云っていることがよくわからんのだが、ぼくたちがなんで迫害されているんだ？　占領下の時代はとっくに終(おわ)って、今や日本は自由と独立を保証されたばかりでなく、その経済力は世界各国の注目の的になって……」

「やめろ、やめろよ」

緑色の小人は手をふった。

「首相の答弁みたいないいかげんなことを、きみが信じ満足しているわけではないことはぼくがよく知っている。断っておくがね、ぼくらには読心力(テレパシイ)がある。それも、きみたちの心の表面にあらわれたことばかりでなく、潜在意識の奥深く眠っている不満までよみとれるのだ。きみは今、自分たちが占領下にはいないと云ったな。しかし、果(はた)してそうだろうか? きみらに独立と自由があるかね? この国はいまだにある種の階級の支配下にあると思わんか?」

「きみはまさか……」

私はもう一度、その小人をしげしげと眺めた。その疑い深い視線を浴びて、小人は大きな口をゆがめた。

「きみは今、ぼくがソ連か中国の作りだした秘密兵器の一種じゃないかと疑っているな。しかし、残念ながらぼくは共産理論を宣伝するために自由諸国へ送られてきた秘密兵器じゃないよ。ぼくが云っているのは、共産主義的な革命じゃないんだ」

小人はこれも同じ緑色で皮膚の一部のように見える上衣のポケットから煙草(たばこ)をとりだすと口にくわえた。いつの間にかその先に火が点(つ)き、彼はピンク色の煙をうまそうに吐きだす。

「いいかね、それじゃ、わかりやすく説明しよう。さっき窓から外を眺めていた時、ナイトクラブから老人が出てきたのを見て、きみは内心こん畜生と思っただろう。それから、部長がロクでもないアイデアを押しつけてきた時にも、こん畜生と思ったはずだ。ところで、この老人たちはいずれも明治生れの人間だ。そうじゃないかね？」

「うん、部長はたしか明治四十二年の生れで今年五十六歳のはずだし、あのじいさんは腰のまがり方から見て、たしかに明治生れにちがいないだろうな」

「ところで、この日本にその明治生れの人間は人口の何パーセントにあたると思う？」

「さあ」

と私は首をひねった。

「そんなこと、考えてみたこともないな」

「五パーセントだよ」

小人は断定的な口調で云うと、まるっこい黒眼がちの瞳をじっと私の方へ向けた。その視線が私の両眼を通して触手のように私の脳のひだをくすぐるのがわかった。いや、奇妙な話だが、それを私はまざまざと感じたのだ。ちょうど、床屋で耳の掃除をしてもらっている時のように、それはうっとりするような感覚だった。その感覚にしびれながら、私はやつの云うことを聞いていた。

「五パーセント――つまり、日本の人口を約一億とすると、五百万人が明治生れの人間なんだ。この五百万人の半数（実際は女の方が平均寿命が永いから半数以下だが）が男だとして、約二百五十万人の明治生れの人間が、きみたちの社会を牛耳っている。これらのわずか二パーセント余の人間たちが、政治、経済、文化、その他の層の重要なポストについているパーセンテージは驚くべきものがあることは容易に想像がつくだろう」

「それはそうだろう。日本は年功序列型の社会体系だからな。しかし、いずれはそんなシステムが崩れ去って……」

「それが崩れ去る時は、きみらが老人になる頃だろうよ」

小人はせせら笑った。

「その頃には明治生れの人間たちは天寿を全うしているさ。そして、そのシステムが崩れた時にまず最初に路頭に迷うのはきみたちなんだぜ」

「しかし、だからと云って……」

「どうしようもないことはないさ。考えてみたまえ。たしかに、重要なポストについているのは老人どもだが、実際に現場で仕事をし、社会を動かしているのはきみたちなんだ。今、きみたちの世代はようやく自分の仕事について油がのりかかり、自信のつく年齢にさしかかっている。ただ、年功序列型の給与のおかげで、働いているわりに恵まれていないだけさ。実力はあるんだよ、明治生れの老人たちよりずっと実力がある。それなのに、きみたちはなぜ彼らの支配下に甘んじているんだ？」

小人の声が今度は耳から私の脳をくすぐりはじめた。それに、脳のヒダにつまった垢をやんわりとかきだしているようにも思えた。

「革命を起すんだよ。実力のある世代が実力のない世代と交代して社会を動かすんだ。価値のあるものが、それにふさわしいポストにつける時代を築くんだ。老人にまかしておいたんじゃ、そんな時代は永久に来っこないぜ。立ちあがれよ、きみたちの世代の人間が手をつないで立ちあがれ！」

「そんなことを云ったたって」

私の口調は弱々しかった。

「そんなことを云ったたって、ムリだよ」

「ムリじゃない。やればできるんだ。きみたちはもう忘れたのか。明治生れの連中がきみたちにどんな仕うちをしたか……。第二次大戦を起したのもやつらなんだぜ。やつらの世代が勝手にあの悲惨な時代を創りだしたんだ。やつらこそ加害者の世代だ。それにひきかえ、きみらはどうだった。やつらの号令のままに、戦争に突入し、さんざんな目にあっているじゃないか。あるものは若い身空で戦場に追いやられ、残ったものは飢えにさらされた。しかも、戦争が終ると、やつらは加害者面をさっさとぬぎすてて、被害者の仮面をかぶったんだ。そこでまたワリをくったのはきみたちの世代だぜ。やつらはきみたちの教育をファシズムから百八十度転回して、民主教育をはじめた。その変り身のあざやかさがきみたちに今でもやつらの世代に対する不信感を植えつけている」

「たしかに、それはそうだ。われわれはあの頃の校長や教師たちの転換ぶりとあわてた様子が心の底に残っていて、なにものにも信頼を置くことができなくなってしまった」

「それみろ、やつらがきみたちに癒えることのない傷を残したんだ。そのくせ、世の中が落ちついてくると、またもや、やつらは民主主義の仮面をぬぎすて本性を現わしはじめたじゃないか。再軍備をとなえている連中はほとんど明治生れの頑固じじいだぜ。やつらには戦争はこたえていないのさ。やつらは戦争の加害者であって、被害者じゃなかったんだからな。きみたちはどんな大義名分があろうとも、戦争がいやだということは骨身にこたえている。それは具体的イメージ——たとえば雑草まじりの黒パンやイモの葉、空襲の夜の暗さといった、生活と密着したイメージに連なるが、やつらはそうじゃないんだ。やつらはいまだに、どっちに理があるかということで戦争をおっぱじめようとしている。やつらにとって大切なのは大義名分で、生活じゃない。やつらに社会をまかせておいてみろ、またぞろ戦争をおっぱじめて地球をめちゃめちゃにしてしまうだろうぜ。その前にきみらの手で革命を起すんだ」

「しかし、どうやって？」

「きみら被害者の世代——つまり昭和元年から十五年までの世代がこの革命の中心となるんだ。大正時代の人間は戦争でほとんどがやられているし、戦後はそのせいで妙に気弱になってしまっている。この世代の人間は明治生れの圧迫に甘んじきって、ただ、もう自然になりゆきまかせというかっこうだ。もし、きみらが革命の主導権をにぎれば、気弱な彼らはだまってついてくるだろう。昭和十五年以後に生れた世代はまだ社会的に実力を発揮できる年齢ではないし、戦争の被害者という意識がうすれている。その点、きみたちこそ真の被害者として立ちあがる資格のある世代だ。戦後のはげしい世相の変化に耐えてきたしぶとさも持っているし、連帯感も他の世代より強い。そこで、われわれはきみたちの世代を援助することにしたんだ。いや別に物質的な援助をする必要はない。きみらは革命を成就できる実力を備えている。ただ、立ち上(あが)る勇気を持っていないだけだ。その勇気をわれわれはきみたちに与える……」

やつの言葉は私の脳からすっかり垢をかきだしてしまった。社会的な重圧、生活の不安、家庭への責任、そんなものから徐々にたまってしまった怯懦(きょうだ)の垢を――私はかつてないほどの清々(すがすが)しさを覚えた。勇気が体内に充(み)ちるのを感じた。

「それで革命の方法は？」

われながらはりのある声だと思いながら、私は訊(たず)ねた。

「具体的にはどうすればいい」

「たとえば、この会社を例にとろう」

とやつは云った。

「この会社に今云った世代に属する人間は何人いる？」

「さあて、年度によって増減はあるが、十人ずつ入社したとして二百五十人ぐらいじゃないかな」

「約半数だな、けっこうだ。しかも、次長から課長、係長といった実力のある中堅クラスばかりだ。現場の部下を掌握（しょうあく）しているこれらの中堅クラスが仕事を拒否したら、企業はストップしてしまうだろう。その上で、明治生れのじじいどもをたたきだし、きみらが一切を管理するんだ」

「しかし、そんなふうに足なみが揃（そろ）うかな。組合活動にだって批判的なやつらはいるんだから……」

「これは組合のストとはちがうんだぜ」

小人はまだわからんのかというふうに、首をふってみせた。

「世代革命なんだ。主義や理想のための革命じゃない。もっと現実的なものを解決してくれるんだからな。つまり、きみたちの頭を抑えている連中を追っぱらうんだ。しかも、敵の姿ははっきりしている。あいつはどう思ってるかなんてことは気にしないでいいんだ。若いやつは味方、敵は老人だ。おたがいに腹のさぐりっこをしないで、敵を追っぱらうことだけに専念すればいいのさ。それに……」

と云って、緑色の小人は私の魂が吸い寄せられるような笑みを浮かべた。

「それに、われわれがついている。われわれはきみたち一人一人についていて、常時、裏切者がでないように監視すると同時に、きみらが一丸となって同じ目標に突き進む勇気を与えつづけよう。その点に関するわれわれの能力は信頼できるだろう？」

たしかに信頼できた。その丸っこい眼でみつめられると、革命の成功が眼の前にあることが疑いもない事実のように思えた。

「もうひとつだけ心配なことがある」

と私は云った。

「もし老人たちが警察力や軍隊を動員して、われわれに弾圧をしかけてきたら……」

「その心配はないよ。よく考えてみたまえ」

小人は鼻の先に皺（しわ）を寄せた。

「警察や自衛隊の内部にもきみたちの世代の人間はいるはずだ。彼らもまた中堅幹部として部下を掌握し、もっとも実力を発揮できるポストにいる。彼らはもちろん、世代革命の支持者なんだよ。きみらが蹶起（けっき）すると同時に、彼らも警察や自衛隊の上層部に対してクーデターを起すだろう。政治家――たしかに、議員たちにはきみたちの世代に属する人間はそれほど多くはない。しかし、革命が起こってから、これらの連中を始末するのはたやすいことだ。また、財界の連中も同じことだな」

「始末するって？」

「指導的な役割を果した連中は殺すのさ」

とやつはこともなげに云った。

「そして、もう気力のなくなった、それほど害のない老人はどこかの収容所へ放りこむ。そこで、彼らだけの社会をつくらせるんだな」

「ちょっと待ってくれ。そいつはちょっと残酷すぎるようだな」

私が云いかけると、小人はさも軽蔑したように鼻を鳴らした。

「冗談じゃない。もっと残酷なことをやつらはやってきたんだぜ。きみら自身の生活を見たまえ。ただ、食って着て仕事をするだけじゃないか。収容所は住むところがあるだけ、きみらよりましだ。明治生れの老人どもが、自分たちの小さいしなびた身体をあずけるのにどれだけ大きな邸(やしき)と地所をかかえこんでいるか考えてみろ。これらの地所を解放するだけで住宅問題は解決するさ」

「しかし、その老人たちはわれわれ世代にとっては、ちょうど両親にあたる世代だから、人情から云っても収容所に入れたくないという同志がでてきやしないか？」

「その点は大丈夫だ。われわれが洗脳して、きみたちの理性をふるいたたせるさ。なあに、前にもこんなことはあった。ウバ捨て山の話はきみも知ってるだろう。今度の革命とウバ捨て山のちがいは、むしろまだ働く能力のある連中を始末するという点だろうな。まったく、能力のある老人ぐらい自信たっぷりで始末のわるいものはないからな」

そう云って、小人は思いだしたようにうなずいた。

「そうそう、大切なことを云い忘れていたよ。きみらと同世代でも女は除外することにしている。女というものはセンチメンタルで理性が欠如しているから、こういう革命に参加させると混乱の起きるモトになる。老人が可哀想（かわいそう）だなんてことをきっと云いだすだろう。だから、除外することにしたんだ」

小人はニヤリと笑って、ウィンクすると、デスクからピョンととびおりて私の方へやってくるなり、肩にとび乗った。同時に、私は心に革命への自信と情熱があふれてくるのを感じた。

「さあ、同志よ」

と小人は云った。

「勇気をもって前進だ」

翌日眼を覚ました時は、いつもの朝となにひとつ変っていないように思われた。私はいつもと同じように十五分だけ寝坊をし、いつもと同じように、そのことで妻と小ぜり合いを演じ、いつもと同じように牛乳を一本飲みくだすと、途中で腹具合いのわるくならないよう祈りながらトイレへ行くのを省略し、アパートから出た。

しかし、バス停留所へ向かって駆けだそうとした時、肩の上から声がかかった。

「おはよう、同志」

ふりあおぐと、例の小人がいつの間にか私の肩の上にちょこなんとすわっていた。同時に、いつものように、ニコチンがいっぱいつまっているような頭の不快感が、今朝はさっぱりとぬぐわれているのに私は気づいた。

「やあ、おはよう」

と私は小人に挨拶した。

「革命はいつやるか決(きま)ったかね？」

「ああ、決ったとも」

と小人は答えた。

「昨晩中に説得は終った。きみたちの世代全員が革命に参加することになったよ。蹶起の時刻は今日の午後三時きっかりだ」

「今日の……。またバカに急なんだな」

「善は急げさ。早くことを起せば起すほど、じじい共が手をうつチャンスはなくなる。午後三時きっかりに、きみたち同志はそれぞれの職場を放棄し、上層部の引退を求める決議をする。必要ならば、実力をつかってもかまわん」

「よしわかった、やろう」

私はあのいまいましい部長がどんな顔をするか楽しみだった。

「もちろん、その打ち合わせを社内でやる必要があるだろうが、実際にきみたちが顔つき合わせて会議をすることはない。きみたち一人一人についているわれわれが、集らなくとも意思の伝達や打ち合わせができるような媒体の役目を果す。きみらは仕事をいつもの通りやっていれば革命行動の順序はちゃんと決められていくんだ」

バス停留所に近くなったが、小人は別に声を低くすることもなく、しゃべりつづけた。しかし、停留所に並んでいる人たちには緑色の小人が見える様子も、われわれの会話が聞える様子もなかった。

「いいか、われわれの仲間が肩にのっかっているのが同志だぞ。同志ときみとは話をしなくても意思の伝達ができるはずだ。ためしにやってみたまえ」

そう云われて、あたりを見まわすと、列に並んでいる男たちで二十代半ばから三十代の終りとおぼしき連中の肩には、例外なく緑色の小人がすわっていた。いつもなら生活に疲れ、気力のない朝の表情をしている彼らが、今朝はばかに張り切った血色のいい顔つきをしている。男たちは私の方を見ると、気づかれぬほどの微笑をみせて挨拶する様子だった。

列の後ろに並ぶと私は前にいた男の肩をたたいた。アパートで隣り合わせの永田という男だった。邦華映画の企画部に勤めているのだが、このところ斜陽化の一途をたどる映画企業を反映して、いつも冴えない表情をしている。しかし、ふり返った彼の今朝の顔は五つほど若返ってみえた。

「やあ、同志。おはよう」

彼のはずんだ声が聞えたが、彼が口を動かしたわけではなかった。その声は彼の肩の上にいる小人を通して、私の意識の中に入りこんできたのだ。小人は完全に秘密の保てるコミュニケイションの媒体として彼の肩の上にいるのだ。

「おはよう、同志」

私も私の小人を通して挨拶を返した。

「今日の三時を忘れるなよ」

「忘れるもんか。今日こそ日頃のウップンを晴らしてやる」

彼は昂然と胸をはった。

「映画企業をめちゃめちゃにしたのはあのじじいどもですよ。やつらは映画全盛時代にはわれわれがいくら云っても、先の見通しを立てず、資本の蓄積もしないで、利益をふところに入れることだけにやっきになっていた。そして、さて映画がアタらなくなると、古いセンスのお粗末な企画をもちだし、それに失敗すれば、エロと暴力に眼を向ける。ふらふら腰で見ちゃいられませんよ。そのうえ、口にだすのは経費節減の一点ばり。銭をかけないフィルムでテレビにどう対抗しようっていうんです。今度こそ、やつらをガンとやってやります。そして、われわれの手で新しい映画をつくってやります」

彼の情熱的な映画論はバスが駅へつくまで続いた。彼がこんなにもシンから映画好きだったとは、今まで私は気づかなかった。おそらく、彼はその情熱や不満を冴えない表情の下にかくしつづけて、意に充たない企画のために走りまわっていたのだろう。それは私とて同じことだ。

「革命万歳！」

二人は声なき声をかわし合って駅で別れた。

地下鉄のなかで、私は見知らぬ顔の同志から声をかけられた。その同志はあきらかに日雇い労務者と思われる汚ないカーキ色の作業衣を着た男だった。

「ねえ、同志よ」

とその男は肩にのせた緑色の小人の口を借りて話しかけた。

「面白(おもしれ)えことになったじゃねえか。じじいどもをクタバラセルなんてよ。前っから、おれは腹が立って仕様がなかったんだ。考えてもみねえな、明治生れのじじいどもってのはまだけっこう助平なまねができるんだぜ。ところが、明治生れのババアどもにはその能力がもうねえときてら。そこで、じじいどもはどうすると思う。やつらは昭和生れの女に手をつけやがんだ。いや手をつけるばかりじゃねえ、金(かね)にあかせて女を囲い、おれたちに手がでねえようにしやがる。しかも、二人も三人も独占するひでえじじいがいるってこっちゃねえか。女の方が男の数より多いってのに、おれっちのとこへまわってこねえのは妙だと今まで思っていたが、この小人さんの話で、そのからくりがようやく呑みこめたぜ。じじいども見ていやがれ、収容所へぶちこんで、ババアばかりの中でヒイヒイ云わせてやっからな」

その男とも「革命万歳！」をかわして別れると、私は社に向かった。

社内のわれらの同志たちはいつもと変らぬ顔つきで執務していたが、その合間を緑色の小人たちはめまぐるしく飛びかって意見の交換をはかってくれた。われわれは仕事を進めながら、同時に革命行動を検討し、決議し、着々と準備をすすめていった。明治生れの重役どもはわれわれのそんな動きに全然気づいてはいなかった。われわれは冷静に周到に革命の時が来るのを待った。

午後三時きっかり――電気時計の長針が十二を指すやいなや、私は立ち上り部下に命じた。

「今日は社長命令で午後三時で社員は帰っていいことになったんだ。ぼくが指名する人を除いては帰ってくれたまえ。どんな仕事があっても残業は認めない、いいね」

課員たちはありがたいようなわけのわからないような顔つきで、ぞろぞろ帰っていった。

もちろん、私が指名した同志を残して……。

「なんだ、きみたちは！　いったいどうしたんだ！」

部長が帰ってゆく社員を見てびっくりした声で怒鳴(どな)った。

「課長が帰っていいと云われたんです。社長命令で今日は三時退社だと……」

誰かが答えた。

「社長命令だ？　おれはそんなこと知らんぞ！　佐藤くん、ちょっとこっちへ来たまえ！」

部長が私を呼びたてるのを無視して、私は課員たちを部屋から追いだした。それから、ゆっくり部長のデスクに近づく。

「なにかご用ですか？」

「トボけるのもいいかげんにしろ！」

部長は無視されてかんかんに怒っていた。

「おれはそんな社長命令など聞いておらんぞ。おれの知らん社長命令がいつ出たのか云ってみたまえ！」

「社長命令なぞもうどうでもいいのです。この会社は、ただ今からわれわれ中堅幹部の管理にうつされました。あなたならびに重役諸氏や社長には退社していただきます」

静かな声で私は云った。

部長はあっけにとられたように私を見あげ、しばらく黙っていた。

「どうしたんだ、佐藤くん。どこか具合(ぐあい)でもわるいんじゃないか？」

「わたしが気がくるったとお思いですか部長、しかし、残念ながらそうではありません。わたしは冷静な気持ちであなた方の時代が終ったことを教えてあげているのです。あなたたち、明治生れの老人たちが社会を動かしていた時代は終ったのです。会社もあなた方の命令では動きません。われわれがこれから運営するのです」

「なにをバカなことを！」

部長は少し冷静をとりもどしたらしく、眼鏡をとってゆっくりレンズを磨きはじめた。

「つまらんことを云ってないで、早く社員を呼びもどして来たまえ。すぐに仕事にかかるんだ。きみがいま云ったタワゴトは冗談として聞き流してやる。あんなことを云ったことが社長の耳に入ったら、きみは即座にクビだぞ」

「聞き流しにしていただく必要はありません。社長にどうかわたしの言葉を伝えて、引退をうながして下さい。さもないと、われわれは実力に訴えますよ」

部長はまたカッとなった。

「いいかげんにしろ！　おい、きみたち、佐藤はどうかしたらしい。誰か医務室へ連れていってやれ」

古参係長の前島が部長のそばまでやってきた。この男はとんだおべっか野郎で、部長の私用の小使いみたいなことを平気でやるやつだが、私は安心していた。彼の肩にも緑色の小人がのっている。このおべっか野郎も今日はわれわれの同志なのだ。

「部長、佐藤くんの云う通りですよ」

はたして、前島はきっぱりした口調で云った。

「会社はわれわれのものです。もうあんたたちのものじゃない」

私の背後から、そうだそうだという声があがった。部屋に残っていたわれらの同志全員の声だった。その声で部長の顔色が変った。他の部の部屋からも大きな喚声がもれてくる。部長は立ちあがると、そそくさと部屋から出ていった。

「革命万歳！」

誰かが怒鳴った。

その声に応じて、「革命万歳！」を怒鳴りながら、営業部第二課長の井上が入ってきた。彼は私のそばへやってくると肩をたたいた。同期で同じ時に課長となった彼は、私とはライバル同士のはずだが、今日は心から私を信頼しているように見えた。

「おい、おれたち営業部も部長をうまくおっぱらったぜ。痛快だったよ。やつらはどうせ社長室で苔（こけ）のはえた脳ミソをしぼりあうつもりだろう。われわれも大会議室に集ってやつらに対することになった。きみたちも早速来てくれ」

さしもの大会議室も二百五十人余の同志たちで立錐（りっすい）の余地もないほどだった。革命に対する熱気で部屋はムンムンしている。いつもなら、組合大会でも結論がでるまで大もめにもめるのだが、緑色の小人のおかげで、たちまち年度別の委員が選ばれ、これからの管理方式についてスムーズに討論がかわされた。委員たちはその決議文を持って、社長室に押しかけた。私もその一人だった。

社長室の重々しい扉を押す時には、いつも気遅れを感じるのだが、今日はそうではなかった。われわれは自分が当然入るべき部屋に入っただけなのだ。

社長室のソファには、重役どもが沈痛な面もちですわっていた。われわれが入っていくと、彼らの顔に一様におびえの色が浮かんだ。しかし、社長だけはそうではなかった。今年七十歳を迎えたこの老人は、白い眉の下から鋭い視線でわれわれをにらみつけた。海千山千の広告界で幾山河をのり越え、ライバルを蹴おとし、会社をここまでにしあげたしたたかな自信が、その視線にあふれていた。

「なんだきみたちは。誰の許しを受けてここへ入ってきた」

ドスのきいたしわがれ声で社長は誰何した。

「誰の許しを受ける必要もありません。今日からここはわれわれの部屋です。あなた方には出ていっていただきます」

昭和三年生れで古参課長の渡辺が答えた。

「なにをバカな」

社長は一笑にふした。

「きみたちはこの会社の経営権をにぎると云うておるそうじゃが、そんなことはできない相談だということぐらい、わかっとるだろう。わが社は株式会社だよ、きみ。株主の意向によって運営されるんじゃ」

「そして、その最大の株主はあんたでしたな」

渡辺はテーブルの上から葉巻をとりあげると、その端を絨毯の上へぷっとかみ切って、ゆっくりと火を点けた。

「あなたの持っておられる株、ならびに重役の持っている株はすべて没収して、われわれ社員に分配します。そうすれば、株式会社としての運営はできるはずです」

「わしらの株を没収する？　なにを云うておるか。ふざけるのもいいかげんにせんか」

「ふざけているのではありませんよ。本気です」

「それならこっちも本気で答えてやろう」

老人はわなわなふるえる手でソファの腕をにぎりしめた。

「きさまらみんなクビだ。すぐここを出ていかなければ警察を呼ぶぞ！」

その声に応じるように、廊下へ靴音がひびき、社長室の扉が開いて警官たちが室内へ入ってきた。重役たちはとっくに警察へ電話していたらしい。老人たちが安堵の色を浮かべるのを、われわれは軽した眼ざしでみつめた。

「やあ、ご苦労さん」

と警察に声をかけたのは社長ではなかった。葉巻をくわえた渡辺だった。渡辺の声に挙手の礼をしてみせた指揮官らしい制服警官の肩の上にも緑色の小人がすわっている。

「やあ、この連中をどうしますか、同志？」

と彼は訊ねた。

「いずれ収容所行きでしょうがね。それまでぶちこんでおいて下さい」

と渡辺は答えた。

私の背後で誰かが仆れる物音がした。ふりかえると、社長がやわらかい絨毯の上で白眼をむいていた。持病の高血圧が怒りのあまりとうとう脳溢血をひき起したらしい。

「医者を呼んでやれよ」

と誰かが云った。

「明治生れの医者をな」

世代改革はこうして国内のあらゆる分野で成功裡に幕を閉じた。わが社ばかりでなく、どこでもほとんど抵抗はなかった。実際、思いきってやってみると、明治生れの老人たちのど根性など口ほどにもないものだった。最初のうちこそ、陸海空三軍の中堅幹部に指揮された自衛隊が抵抗にそなえて出動態勢をとっていたが、その必要はなかった。警察による治安維持で充分だったのだ。

首相以下明治生れの閣僚は全員逮捕され、国会は解散になった。立法、司法、行政の各官僚機構は高級官僚を追放し、彼らがくすねかけていた官邸はただちに庶民のアパートに払い下げられた。各大学の総長や学部長たち、または校長たちは政権を追われ、芸術院会員たちはその資格をとりあげられた。

新聞も雑誌も、テレビもラジオも、あらゆる報道機関はこの革命を支持し賞讃した。そして、われわれの世代による憲法の改正と、戦争裁判のやり直しをキャンペーンしはじめた。

戦争裁判は明治生れの一部有識者が云ったように、占領軍が勝手にやった裁判であって、公平ではないというのがその主旨だった。われわれ被害者の世代によって指弾すべき戦犯をもう一度裁判し直せと云うのである。こうして、東京裁判が再開された結果、戦争中に重要なポストにつきながら最近また返り咲いた老人たちも、われわれの手によって処刑されることになった。

これらのすべての変革は一週間にわたる徹夜のティーチ・イン・システムによって検討されたのだが、この会議場でも、コミュニケイションの媒体として緑色の小人たちは大活躍をしてくれた。おかげで、参加者たちは一言もしゃべる必要はなく、無駄なエネルギーをついやさずに徹夜に耐えられたのである。

革命があってから三ヵ月後に、すべての組織は平常に復した。各都市には広大な老人キャンプが設立され、老人たちはすべてそこへ収容されているので、街中で老人たちの顔を見かけることは全くなくなった。キャンプは三段階に分けられ、われわれ世代に同情的であったAクラスの老人キャンプと、われわれ世代に同情的ではなかったが害も与えなかったBクラスの老人キャンプと、われわれ世代を圧迫し命令したCクラスの老人キャンプがあった。以前は成功者として社会的に尊敬され、地位にもめぐまれた老人たちがおおむねCクラスに収容され、無能力者としてやっかい者あつかいにされていた老人たちがA、Bクラスのキャンプに入れられたのは皮肉だった。Aクラスのキャンプの米の配給が一日三合、Bが二合、C

がたったの一合だから、老人たちにとっては——もはや食べるだけが楽しみとなった老人たちにとって、Cクラスのキャンプはまさに地獄の思いだったにちがいない。はじめは脱走や自殺があいついだが、そのうちに密告者には食料の増配という特典を与えてやると、老人たちはおたがいに監視し合い、脱走しなくなった。A、Bクラスのキャンプでは、むしろシャバにいるより暮しが楽になったと喜ぶ老人が多かったぐらいである。

　われわれの世代はこれらの革命の成功にもちろん大いに満足だった。すっぽり頭にかぶさっていた大きな重い帽子をぬぎ去って青空を仰いだような気分だった。われわれは感謝の気持ちを革命の偉大なる功労者である緑色の小人たちになんとかして伝えたいと思ったが、彼らはどんな形にせよ、それを受けなかった。

　報酬は充分に受けとっていると彼らは云った。自分たちは人間が理想に燃えてひとつの方向へ前進する時のエネルギーを摂取して生きていると云うのだ。だから、今度の革命では大いに栄養を補給させてもらった。もう充分に満腹したから、これ以上なにもしてくれる必要はないと。

　たしかに、われわれの肩の上にのっかっている小人たちは、はじめ現われた頃とくらべると、どれもぶくぶくに肥ってきたようだった。彼らはもうコミュニケイションの媒体として身体を動かすのも大儀そうに見えるほどだ。

　そこで、われわれは彼らの記念として緑色の小人の銅像をつくることで、わずかに感謝の意を表することにした。しかし、その除幕式の前日に、彼らはわれわれの前から姿を消してしまった。姿を現わした時と同様、いっせいに、突然、われわれの肩の上から消えていったのである。

はじめはその現象を同志たちは気味わるがったり、コミュニケイションがスムーズにいかないことをこぼしあったりしたが、そのうちに彼らがいないことになれてしまった。革命の成功した今、彼らはもうそれほど必要な存在ではなくなっていた。小人たちはわれわれの前途がもはや安泰だという見極めをつけて、こっそり姿を消してくれたのだろうという意見がみんなを納得させた。あのものわかりのいい、粋(いき)な小人のやりそうなことだ。

しばらくは、われわれの世代が君臨する平和な時代がつづいた。老人たちとちがって民主的な話し合いの習慣を戦後の教育できちんと身につけているわれわれは、すべて納得できる妥協点を見つけて社会を動かした。この社会では右翼と左翼が、前衛芸術と伝統芸術が共存できるのだった。

私は――そう、私も今や満足すべき毎日を送っていた。新興広告の管理委員たちは重役待遇となり、私ももう朝あわてて牛乳をのどにながしこみ、いっさんに会社へかけつける、というぶざまなマネをしないでもいい身分になった。迎えの車が来るまで、ゆっくり用を足すこともできる。

その日、私は悠然たる気分でしゃがみながら、ふと上を見あげた。トイレの窓から澄みきった秋の青空が見えた。朝の空がこんなにすばらしいものだとは思わなかった。私はうっとりとしばらくその青さにみとれていた。その時、私の視野を横切ってキラキラ光るものが飛んでいた。眼をこらすと、それは銀色に輝く円盤の編隊だった。六コずつ隊形をととのえて、それらは無数に空を飛んでいた。私はその中に緑色の小人たちが乗っているような気がした。あのなつかしい小人たちがまたわれわれを訪問しに来てくれたのかもしれない。

あまり長い間しゃがんでいたので足がしびれるのを感じ、私は名残りおしそうに用便をすまして立ちあがった。案の定、すっかり足がしびれていたので、トイレの扉を開ける前に、私はしばらく足ぶみしていた。すると、妻が誰かとしゃべっている声が聞えた。

「あんた、誰なの？」

相手の返事は聞えず、びっくりした妻の声だけが聞えた。

「なんですって？　男性本位の社会に対する革命ですって！」

PART 1

夢幻器

「いったい何時にいつになったらきみの研究は完成するのかね？」

苦り切った口調でそう云いながら、浜村電器技術部長、横尾大造は目の前に呆然と立っている男をにらみつけた。男は度の強い眼鏡の奥から視点の定まらぬ眼を宙にすえている。

（全く得体の知れないやつだよ、こいつは）

大造は舌打ちしたい思いだった。

この男——須山公平を技術部員として入社させたのは二年前だった。大造の恩師にあたるT大工学部の三好教授の強力な推センがあって入社させたのだがそれ以来、須山は自分一人で研究室にこもったきり、なにをしているものやらさっぱりわからない毎日を送ってきた。技術部長の大造に、全然報告すらしていない。三好教授が大造に特に頼んだ言葉がなかったら、とうにクビになっている所だ。

「この須山って男はね、どうもつかみ所がなくって使いにくいかもしれんが、大目に見てやってくれたまえ。なにしろ天才的な頭脳の持主でね、長い目でみればきっとすばらしい発明をやってのける男だよ。それはわたしが保証する……」

この言葉のために、今まで須山の仕事ぶりを黙認してきたのだ。しかし、忍耐にも限度がある。他の技術部員たちの手前もあるし、上司の耳にも香しくないことがささやかれている。これ以上ほうっておけば、須山どころか大造の進退さえ問題になってきそうだ。

「なあたのむよ。ぼくの立場にもなってくれよ。きみの研究のテーマはなにか、どの程度それは進んでいるのか、それぐらいは聞かせてくれたっていいだろう？」

腹の虫を押(おさ)えている大造の気持ちも知らぬ気に、須山はニヤリと笑った。ぽってりと厚い唇があき、妙にカン高い声が大造の耳に入った。

「それが昨日完成しましてね。今日ここへ持ってきましたよ」

須山は右手に下げていたうす汚ない風呂敷包みから、小さなテープレコーダーほどの黒い函(はこ)をとりだした。

「ほう、それが完成品か。で、それはなんだね」

ほっとしながら、大造が訊(たず)ねる。

「ムゲンキですよ」

「なに？　無電器だって？」

大造はふたたび失望しきった声をだした。浜村電器は家庭用電気メーカーだ。無電器なんて、家庭用に大量生産できるしろものじゃない……。

「いや、無電器じゃない、夢幻器です」

須山はあわれむように大造をみつめながらデスクの上に指で夢幻器と文字を書いてみせた。

「夢幻器ねえ……」

どっちにしろ、あまり売れそうもねえなと思いながら、大造はうなずく。

「いったいどんなものだ」

「つまり、これは人間の脳に電波を作用させて、想像力を増幅させる機械です。この鉄帽を頭にかぶって、こっちのコードのさしこみをソケットに入れると電波が鉄帽の中から脳に作用し脳波に微妙な変化を起すわけです」

「なるほど、しかし、それがなんの役に立つんだね」

「部長には夢がありませんか」

いきなり妙な質問をされて、大造はとまどった。

「そりゃあ、夢のない人間はいないさ」

「そうでしょう。人間は誰にでも夢があるが、それは現実にははたされない。それで、その欲求不満がこうじるとノイローゼになってしまう。そこで、その欲求不満を睡眠中の夢の中で解消させてしまうのがこの機械です。これをかけて、睡眠のボタンを押せば、すぐに快い睡眠状態になり、しかも自分がこうしたいという夢を、それこそ、夢の中で実現できるというわけです」

「そんなにうまくいくのかね」

「それは大丈夫です。この機械は現代人のノイローゼをなおし、不眠を解消します。まさに家庭にとっても必需品じゃありませんか。一家に一台、現代人の夢を果す夢幻器をどうぞと宣伝すれば、売れない方が不思議ですよ」

「そりゃあ、それが実際にできれば、すばらしいことだが……」

「では、夢幻器一号の実験にうつります」

否も応もなかった。須山はいつもに似ぬすばやさで、美容院にあるパーマネントのおかまのようなものを大造の頭にかぶせると、さしこみをソケットに入れ、睡眠ボタンを押した。

頭の中心部に向かって、なんとも云えぬ快いリズムが押しよせ、あっと云う間に、大造は深い眠りに落ち入った。

——そこは暗い部屋だった。どこかからぼんやりと青い照明が投げられ、ものうい音楽が耳をくすぐっている。大造はやわらかいソファの上に身を横たえていた。と、青い照明の中に白いものがぼんやりと浮かびあがる。それは見る間に、ぬめぬめとした白い肌を輝かせた女の裸像の形となった。女はゆらゆらと音楽に合わせて腰をふりながら、大造の方へ近づいてくる。香水の中に野性の匂いをこめたような刺激性のある香りが鼻をつく。女は右手をあげて大造の頰にさわり、左手で大造の右手をつかむと自分の胸に持っていった。どっしりとした乳房の重みが掌に伝わってくる。大造はその女の顔を見あげた。

思わず、あっと声を出しそうになる。女は志方うめだったのだ。うめは赤坂の芸者だったのを浜村社長にひかされ、やはり赤坂で料亭をやっている女だった。その料亭には大造も二、三度顔を出したが、その度に、うめの妖艶な姿態が脳裏に深くやきついていくようだった。うめの方も、まんざらでもない視線を投げたようにも思うのだが、社長の想いものでは、部長ずれには高嶺の花だ。

そのうめが、あられもない姿のまま眼の前にいる。あきらかに大造をさそっているのだ。大造はふるえる手でうめを抱きよせると、つややかに光る唇をむさぼった。右手が乳房から下へとさがり……。

——「どうです？　部長」

頭から快いリズムが遠のき、須山の声が耳に入って、大造は夢からさめた。しかし、あれが夢なのだろうか。夢だとしたら、あまりに生々しく、甘美な夢だった。大造は自分のズボンのあたりが妙に生あたたかいのを感じて顔をしかめた。

「須山君、すばらしい発明だよ」

しめったズボンを気にしながら大造は興奮した声を出した。自分の甘美な経験から、すばらしいアイデアが浮かんだのだった。

「いいか、須山君。この電波を調節してだね。この機械によって見る夢がすべてセクシイなものになるようにするんだ」

「しかし、どうもそれは不健全じゃありませんか」

「なにが不健全なものか。欲求不満の根元は大体セックスにきまっとる。それが解消されればノイローゼになるやつなんかいるもんか。第一、現在は売春禁止法が実施されていて、多くの若者たちが欲求不満になやんでいる。その為に犯罪が発生している例も少くないんだ。そういう人たちにこの機械を与えればもっと社会状態はよくなるんだよ。これを健全と云わずして、なにを健全というつもりだね？　さあ、すぐ調整にとりかかりたまえ。これは部長命令だ！」

三ヵ月後に夢幻器の調整は完了した。さらに三ヵ月の間に、実験と販売システムが検討され大々的な宣伝が開始された。実験の結果、男性には非常に効果があるが、女性にはそれほどでもないことがわかった。女性は想像力がとぼしいのか、あるいは、男性ほど不道徳でないのか、それとも、被験者が自分の得た夢を具体的に云うのを恥ずかしがったせいか、その点ははっきりしなかったが、浜村電器としてはこれをさらに男性専用にふみきって改良し発売することにしたのだった。

夢幻器の売れゆきはすばらしかった。最初の二ヵ月はそれほどでもなかったが、三ヵ月目になると、倍以上に伸び、四ヵ月目にはもう生産が間に合わなくなった。すでに宣伝の必要はなかった。男性の口から口への宣伝が、この種のことに関していかに偉大な力を発揮するか、まことに驚くべきものがあった。

浜村電器の株は暴騰し、設備投資のために増資が行なわれ、大造は重役に昇進した。ただ須山公平だけは部長の椅子を断り、また気まぐれな研究にふけっていた。

一年ぐらいはそれでよかった。しかし、その後、この機械による社会的影響が徐徐に現われだした。男がみんな無気力になり遅刻、早退、欠勤する者がふえてきた。仕事はおざなりで、みんな早く帰って機械と過したがるようになったのだ。レジャー・ブーム、バカンス・ブームでさわいでいるのは女性だけとなり、テレビの男性の視聴率が急激に落ちていった。野球場はガラ空きになり、力士たちは弱くなった。出版社はつぶれ、映画会社は赤字つづきとなって、女性向きのメロドラマばかり作った。

ついに議会でこの影響が問題となり、この機械の販売を中止する法案が上程された。特に尖鋭的にこれを支持したのは婦人議員だった。女性は夢幻器によって男性をうばわれ、いずれもヒステリカルになっていた。事実、この一年の出産率は恐るべき下降線を辿っている。しかし男性議員の多くは、中止に反対の様子だったし、浜村電器は莫大な政治献金を行なって、この法案のもみ消しを計っていた。それが功を奏したのか『夢幻器販売禁止法案』は流産したのだ。

それが決定した翌日、大造は上機嫌で重役室におさまっていた。現在の彼にとって、この世はすべて自分のもののようなものだった。しかしその時、守衛長が息せき切って重役室にかけこんできた。

「大変です！　女のデモ隊が社をとり囲んでいます。もうすぐここへ乱入してきそうです！」

その言葉が終らぬうちに、女たちのすさまじい声がひびき、重役室の扉がうち破られた。『夢幻器による無元気な男に生気を！』と書いたプラカードをもった女たちが、髪ふりみだして大造の方へ殺到してきた。先頭の女のマニキュアした鋭い爪が大造のくびにくいこむ。大造は悲鳴をあげた。

――「どうです、部長？　夢幻器一号の効果は？」

須山の声に、大造は眼を覚ました。

PART 1

誰……？

私がまがりなりにも小説家としてデヴィユウし、一応世間にみとめられてから、すでに十数年経つ。

小説家という職業は、才能がなければ、もとより、その作品が通用するはずはないのだが、たとえ、才能があっても、それを生かすチャンスにめぐまれず、秀れた作品を発表できないで、埋もれたまま、一生を終る人材もさぞかし多いことであろう。

そういう不運な人たちにくらべると、私は大変運がよかった。

デヴィユウ以来、なんとか筆一本で生活できる程度の作品の注文は絶えなかったし、おまけに、三年後には、ある権威ある新人賞まで受賞できたのである。

この新人賞は、候補作品もさることながら、受賞後もプロの小説家として活躍できるかどうかということも、審査の対象になるという下馬評があった。

したがって、私は当時の候補作品や候補者の顔ぶれをみわたしたところ、それぞれ私よりも数等秀れた才能の持主ばかりだったから、とうてい自分が受賞できるなどとは、予想もできず、受賞決定の連絡を受けてからも、信じられない思いで、しばし、呆然としていたぐらいである。

その意味でも、私は非常な好運にめぐまれた男といえるのではないだろうか。

しかし、人間は己れの才能以上の好運にめぐまれすぎると、それが逆に、不運につながるのかもしれない。

今でこそ、そんな感慨も湧いてくる余裕もできたのだが、受賞当時は自分の好運に有頂天になり、殺到してくる注文を片っぱしからひき受けては、次々と作品を発表していった。

多分、好運をさずかったのを自己の才能の結果とうぬぼれていたせいもあるだろうし、作品を書く意欲にもあふれ、また若さと体力がまだまだありあまっていたから、あんな無茶な仕事の量もこなせたのであろう。

ところが、受賞してから、五年も経つうちに、作品を発表するのが、だんだん億劫になりはじめてきた。

ひとつには、自分の才能の限界を知り、好運に酔い痴れていたことがわかってきたからであり、第二には、もの書きという職業の虚しさを感じるようになったからである。

世間では、小説家というと、いかにも華やかな職業にみえるらしいが、実際は、誰に頼るわけにもいかず、ただ独りで、こつこつと原稿用紙の枡目を埋めていく作業をつづけるだけのことで、それも、書こうという意欲があれば、ある程度張り合いもあろうけれど、締切りに追われて、なんとか、作品のプロットをひねりださざるを得ないときに、原稿用紙に向うのは、まさに、地獄の苦しみである。

加うるに、小説家には、サラリーマンのように、退職金もなければ、厚生施設もなく、なんらの老後の保障もない。

有給休暇どころか、一日休むと、確実に、収入が減ってしまう。

いわば、日雇い労働者と同じようなものなのだ。やれ、流行作家だの、巨匠だの、文壇の大御所だのとおだてられたって、所詮はしがない日当生活者にすぎない。

病気でもすれば、たちまち、生活費は途絶えてしまうし、いったん、マスコミに見はなされて、注文がこなくなっても、社会から無惨に脱落する運命にある。

妙に愚痴っぽいことを書きならべたが、正直なところ、もの書きたちは、表むきはとにかく、内心では、いつでも、こんな不安におびえているにちがいない。

こういう不安を感じていないもの書きがいるとしたら、自己陶酔にかかっているナルシストか、まだ、もの書きになりたてで、大いに作品発表の意欲にもえている新人か、あるいは、自分を芸術家だとうぬぼれていられるぐらい老衰現象におちいったおめでたい手合いであろう。

作品が売れる売れないは別にして、私はこれらのもの書きをプロとはみとめがたいと思っている。プロのもの書きなら、当然、そんな自己催眠のとりこになれるわけはなく、常に、作品を書いている自分とは別に、その作品を冷静に観察するもう一人の醒めた自分の存在を意識しているはずだ。

当然、私も一時の自己催眠的状態から目覚めるにつれて、もう一人の自分の存在をみとめざるを得なくなってきた。

さらに、困ったことには、私の場合、醒めた自分の存在が次第にふくれあがってきて、書き手としての自分の影がうすくなり、せっかく、作品にとりかかろうとすると、書き手の自分に対して、傍観者の自分がいろいろ難くせをつけ、一向に、仕事がはかどらなくなってきたことである。

机に向って、書きはじめようとする私に対して、もう一人の私が、冷笑を浴びせる。

「よせよ、そんな下らん作品を書いたって、仕様がないじゃないか。おまえさんの才能は枯渇してしまったんだ。よく考えてみろよ。いま、書こうとしている作品だって、以前発表した作品の二番煎じにすぎないぜ」

その声を聞いたとたんに、すっかり、書く気を失ってしまい、なにもかもイヤになってしまうのだ。

私は書くのをやめ、ソファにごろりと横になる。すると、また、もう一人の私が冷笑を浴びせる。

「そうさ。才能もないのに無駄な努力はやめるんだな。それより、そうやって、寝転がっていた方がいい。だいたい、おまえさんはなんのために、苦労して、下らん作品を発表する必要があるんだね？　金がほしいわけでも、名誉がほしいわけでもあるまい。稼いだところで、おまえさんには家庭はなし、親兄弟や身近な肉親もいやしないじゃないか……」

たしかに、もう一人の私が云ったとおりだった。私は一人っ子であり、大学を卒業した翌年にまず父の死にあい、その後は母と同居していたのだが、その母も、つい二年前に肝硬変でこの世を去っていった。

私が結婚せず、四十五歳まで独身のままだったのは、別に、同性愛的趣味があるせいではなく、家庭にしばられるより、母親に家事の世話をしてもらっている方がずっと気楽だと思っていたからだ。

もの書きという不安定な職業にたずさわっている以上、家庭を持てば、責任が重くなり、やむを得ず仕事もひきうけなければならず、いっそう神経の負担になるのではないかという恐れもあった。

そんなわずらわしい事に束縛されるぐらいなら、適当な女性と自由に恋愛したり、情事を重ねたりした方がいい。

したがって、現在の私はまったく独りぼっちの生活をつづけている。

住んでいるところは、六本木の交差点から、麻布の方へ入ったこぢんまりしたマンションの五階にある2LDKの部屋にすぎないが、母親と二人暮しの際も、母親に死なれてから、独り暮しをつづけるにも、この程度の小さな部屋の方が、かえって好都合だった。

昼間は仕事にならず、夜になって、ようやく原稿を書く習慣が身についており、いつでも夜明けまで起きていて、正午すぎまで眠っている。

そういう生活のペースに、現在の住いはまことに快適だった。六本木へ出れば、夜明けまで営業しているスナックやレストランが無数にあるから、一仕事終えて、食事に出かけるにも、一杯やりに行くにも、なんの不自由もない。

母親と同居していた間は、昼間の食事や部屋の掃除等は母親がきちんと世話をしてくれ、私が仕事を終えたあと、呑みに行こうが、女性とデイトしに行こうが、一言も干渉がましいことは云わなかった。

これが、女房だと、そう自由にふるまうわけにはいかなかったろう。

母親の死後も、私はこの自由を捨てるつもりは毛頭なかった。掃除や洗濯は、適当に、家政婦を頼んですましてもらえばいいし、食事は出前をとるなり、外食でことが足りる。

そんなわけで、私はこの二年間、独身生活をつづけてきた。

ところが、母親と同居している間は、深夜、仕事にかかっている時にしか、姿をあらわさなかったもう一人の自分が、独りで部屋にこもっていると、四六時中姿をあらわしては、私の作品にケチをつけるようになりはじめたのだ。

こうなると、ますます仕事にイヤ気がさし、自己嫌悪におちいり、一字も書けなくなってしまう。神経はたかぶり、睡眠もとることができず、ただじっと横たわって、もう一人の私が浴びせかける冷笑に耳を傾けているだけだった。

　当然、締切りも守れず、注文に応じられる自信も失って、次々と不義理を重ね、一年経つか経たないうちに、今まで、私に好意的だった編集者たちも愛想をつかし、ぱったり、姿もみせず、むろん、作品の依頼もこなくなった。

　私は食事もろくにとらず、むろん、家政婦など、頼む気持ちさえ消えて、もう一人の自分の存在がさらに巨大になり、本来の私の影がうすくなっていくのを自覚しながら、いずれ、私が発狂するか、自殺するのではないかという恐怖に襲われつづけた。

　いや、発狂もせず、自殺しなくとも、いつの日か、私の存在は消え失せ、もう一人の自分だけがこの世に存在するようになるのかもしれない。

　それは、まるで拷問にかけられているみたいな毎日だった。

　掃除もしない部屋のなかは荒れ果て、埃りだらけになり、異様な匂いがたちこめていた。

　そして、私の心のなかも、この部屋とそっくりに荒涼としていた。

「これがおまえさんに似合いの暮しだよ」

　もう一人の私がそんな私にささやきかけてくる。

「仕事はできなくなったが、まだ、半年やそこら食いつないでいくぐらいの預金はあるだろう。いざとなりゃこの部屋を売っ払うんだな。それで、もう一年ほどは野垂れ死にしないですむ。いま、おまえさんに死んでもらっちゃおれも困るんだ。いずれは、おれがおまえさんにとってかわるまではな……」

やつのささやきがはじまるたびに私の背筋は硬直し、息苦しくなった。全身が冷えきり、屍体同様の状態になっていくのがわかる。

（この部屋にいるのがいけないんだ）

と私は自分に云いきかせる。

（外へ出ていこう。独りでとじこもっていず、誰か他人のいるところへ行けば、やつだってどうすることもできやしない）

「けっこうだとも」

やつは平然とうそぶいた。

「出ていくがいい。出て行って前後不覚になるほど酔っ払ってみろ。だがな、いくら酔っ払っても、いつかは醒める。おまけに、おまえさんは、必ず、この部屋へ帰って来ざるを得ないんだぜ」

私はようやくの思いで身を起し、やつの言葉をふり切るようにして、部屋をとびだし、思いきり呑んだくれた。

外で飲んでいる間は、やつのささやきも聞えなかった。

しかし、やつの予言どおり、酔いはいつか醒め、私はどういうわけか自分の部屋へ帰りついているのだった。

私はほとんど毎晩のように、外出しては呑み歩くようになった。その間だけが、やつと離れられる憩いのひとときだからである。

そのかわり、私はアル中にちかい状態になり、ますます、仕事などできなくなった。

私は自分がやつの思いどおり、破滅への道を辿っていくのを、ようく知りながら、なす術を知らなかった。

不思議なことに、自分の部屋でいくら酒を呑んでみても、一向に酔いがまわらず、神経は冴えわたって、やつの言葉がはっきりと聞えてくる。いや、むしろ、幻覚かもしれないが、今までは、声しか聞えなかった、やつの姿がはっきりと見えるようにさえなってきた。むろん、やつの姿は、私とそっくりであり、ちがうところといえば、私よりもずっと自信たっぷりで精気にみちあふれていたことである。

その頃から、私はもう狂いはじめていたのかもしれない。あるいは、アル中で廃人になりつつあったのかもしれない。

そんなある夜、例によって、新宿の安酒場でベロベロに酔っ払い、ふらふらと表通りへ出てきたときに、ふと、一人の易者がたたずんでいるのを見かけた。

私は酔った勢いと、なかばヤケッパチで、その易者の前に立ちどまり、両掌をつきだした。

「どうだい、易者さん。おれの運勢を観てくれないか」

易者はかなりの老人で、痩せほそり、皺だらけの顔に、妙に眼だけが大きく、底光りをたつめた。

「どれ、では、拝見して進ぜよう」

しわがれた声でつぶやき、枯木のように細い手で、ひょいと私の掌をひきよせ、じっとみたえていた。

「ははあ、あなたは物の怪がとりついておられるようだな。その物の怪を追い払わねば、長命はおぼつかない」

「なるほど」

図星を指されて、ギョッとなりながら、私は素知らぬふりを装い訊ねてみた。

「その物の怪とはどういう種類のもんですかね？」

「そこまでは、わしにもわからん」

老人はいっそう眼を大きく見開いて、さらに仔細に私の手相をあらためた。

「元来、あなたは長寿の運を持っておられる。ほら、このとおり、生命線がこんなに長く伸びているでしょうが……。しかし、その生命線を途中でさえぎる線が出てきておる。この線は先天的なものではなく、後天的に生じた線だ。あなたの生命線をさえぎるなにかがあらわれた証しとしか思えん。つまり、それがあなたにとりついた物の怪だな」

「そいつを追っぱらうにはどうしたらいいんでしょうね？」

私の口調は真剣になった。物の怪——すなわち、もう一人の私を追っぱらう方法があったら、なんでもやってみるつもりだった。

「なにか霊験あらたかな修行か、お祓いでもしてもらったら、どうにかなりますか？」

「そのようなことをいくらやってみても、効果はあるまい。それというのも、あなたにとり憑いておる物の怪は、あなた自身の心から生じたものらしく思われる。とすれば、まず、あなたの心を静め、神経を正常にするのが先決じゃな」

老易者は手をはなし、今度は鋭い眼をひたと私の顔に向けた。

「神経を正常にもどすには、直接、神経に刺激を与える鍼を打つのが一番よいであろう。わしがいい鍼医を紹介してあげるから、だまされたと思って、その方に治療してもらってみなされ」

そう云って、なにかを紙片に書きつけると、私の方にさしだした。

「ほら、これがその鍼医の電話番号じゃ。ここへ電話をして、予約をしておけば、自宅まできてくれる」

「ありがとうございました」

易者が自分の悩みをずばりと云いあてたので、日頃は易などを信用しない私も、この老人の言葉ばかりは信ずる気になった。

しかも、いまの私は、なんであれ、あのいまいましいあいつから解放されるものなら、どんなこともいとわずに試みてみようというワラにもすがりたい気分であった。

「早速、その鍼医の方に治療をお願いしてみます」

見料千円と卓上に置いてある小さな行灯に記してあったが、五千円札を卓にのせ、私はそそくさとその場から立ち去った。

しばらく、歩いていくうちに、公衆電話のボックスをみつけ、すぐに、易者の教えてくれた鍼医のところへ電話してみようと思いたった。

かなり泥酔していたはずなのに、易者に自分の状態をあまりにも的確に指摘されたショックのせいか、すっかり、酔いが醒めはてていた。このまま、あの部屋へ帰れば、やつが待ちかまえていて、冷笑を浴びせるだろう。

そう考えると、酔いの醒めた状態で帰るのが怖ろしくてならなかった。

できることなら、今夜にでも、その鍼医の治療を受け、もう一人の私の姿を見ることも、その声を聞くこともないようにしてほしいものだ。

電話ボックスに入り、掌ににぎりしめていた易者から渡された紙片をひらいてみた。

紙片には、阿井良成という名と住所、電話番号が記してあった。

私は早速、十円玉を公衆電話に入れ、ダイヤルをまわしはじめた。

コールサインが鳴っている間、何気なく、例の易者がたたずんでいたところに視線を向けたが、そこには、易者の姿は見えなかった。一瞬、ゾクッとしたものの、表通りとはいえ小暗い軒下に卓を置いていたから、姿が見えないのであろうと思い直し、行灯のほのかな明りもこの距離からでは闇にまぎれるか、街灯の光りにさえぎられて、目立たなくなったのかもしれぬと考えた。あるいは、私が立ち去ったあとで、易者は店じまいをしてしまったこともあり得る。

とにかく、あの易者がアル中症状の錯覚から生れたものではなく、実在の人物であってほしいと願った。それを証明するのは、この電話番号の主があらわれ、その人物が阿井良成という鍼医であればよい。

コールサインは十回ほど鳴りつづけていたが、誰も受話器をとる気配はなかった。

(やはり、錯覚だったのか……)

絶望的になり、なかばあきらめかけて、受話器を置こうとしたとき、カチッと先方の受話器がはずれる音がして、しわがれた声が伝わってきた。

「はい、こちら阿井でございます」

「もしもし、鍼医の阿井良成さんですね」

私はせきこんで念を押した。

「実は、ぼくは少し神経がおかしくなったらしく、苦しくて仕様がないのです。ある易者さんに手相を観てもらったところ、この症状を治すには、阿井さんの鍼の治療を受けるしかないと云われ、お電話した次第です。できれば、今からでも治療をお願いしたいのですが、いかがでしょうか？」

「よろしゅうございます」

相手はいとも簡単にひきうけてくれた。

「ひとまず、お宅にお帰りになって、お待ち下さい。必ず、後刻うかがって治療してさしあげましょう」

私はホッとして、マンションの場所と自分の部屋番号を教え、電話を切った。

ボックスから出て、腕時計を眺めたとたん、またもや、不安に襲われた。

時計は午前二時を示している。

こんな時間に、わざわざ自宅まで治療にきてくれる鍼医がいるだろうか。

常識では考えられないことである。

しかし、私にはそれを信ずるしか仕方がなかった。

とりあえず、タクシイを拾い、自分の部屋に帰った。扉を開けると同時に、やつの冷笑が聞えてきた。

「おや、これはお早いお帰りで」

やつはソファにふんぞりかえり、ちろりと私に皮肉な視線を浴びせた。

「それに、酔っぱらってもいないようだな。どういう風の吹きまわしかね？　おれが怖くなったわけでもなかろうに」

「もう、きさまなんぞ怖くはないぞ」

背筋が硬直し、身体中が冷えきって、脂汗がにじんでくるのを感じながら、私は強がりを云った。

「おれは神経がまいっているから、きさまみたいなやつがあらわれ、幻覚や幻聴になやまされていたんだ。しかしな、いまから、その神経を治すことにした。神経さえ正常にもどれば、きさまは消え失せてしまう」

「そう、うまくいくかな」

やつは一向に動じる気配を示さなかった。

「おれの存在は、おまえさんの存在と同一なんだぜ。おれが消えるときは、おまえさんも消えるときさ。あるいは、二つに分裂していた個体がひとつにもどることになった場合、どっちがその個体を独占できるかだ。多分、存在感の強い方が個体を独占する結果になるだろうな。そして、どっちが存在感が強いか、おまえさんは、ようく、知っているはずだ。下手に神経の治療など受けると、自ら墓穴を掘ることになりかねんぞ。つまり、おまえさんは治療を受けているうちに、逆に、自分の存在を消してしまいかねない……」

「そんなことはあるもんか！」

私は、はげしくかぶりをふった。

「もうすぐ、鍼の名医がやってくる。その名医に鍼を打ってもらえば、おれはきさまがあらわれる以前のおれに還(かえ)ることができる」

「新宿の易者が紹介してくれた、阿井とかいう鍼医のことかね？」

やつは私がびっくりしているのを眺め、せせら笑った。

「おれはおまえさんの分身だぜ。おまえさんが知っていることを、おれも知っているのは当り前じゃないか。そんなに驚くことはなかろう。おまえさんはその鍼医がおれを追い払ってくれると信じたがっているようだが、無駄な願いだな。外出して泥酔している間だけ、おれの存在を意識しなかったのと同じ効果しかあるまい。一時は、効くかもしれんが、その鍼医がいなくなったとたんに、また、おれはおまえさんの前にあらわれるだろうよ」

そのとき、玄関のブザーが鳴った。

私が扉を開けると、痩せ細った老人が立っていた。皺だらけの顔に、底光りをたたえた大きな眼。その老人は、新宿で私の手相を観てくれた易者に生きうつしだった。

「あなたは……」

私は息がとまり、絶句した。

「わしを新宿であなたの手相を観た易者だと思っておられるんじゃろう」

老人は私の心を見透したように、乾いた口調でつぶやいた。

「ある意味ではそうでもあるし、ある意味ではそうでもない。わしは、あなたと同じ神経の病いを患っていた。一人の人間が二つの存在にわかれる病いだ。はじめは、わしもあんたらと同様、二つの存在がおたがいに自分の存在の強さをみとめさせんがために相争ったものだ。しかし、次第に、疲れてきたし、同じ自分が争うことの愚を悟ってきた。そして、いわば、休戦協定をむすぶことにした。おたがいに、存在をみとめあい、それぞれ好きなことをしようじゃないかとな。そこで、わしは鍼医として自立し、もう一人のわしは易学で身を立てて、干渉しあわないと約束しあった。それから、わしたちの仲は、きわめてうまくいっておる。あの易者があなたの手相を観て、自分たちと同病に悩んでいるのを一目で看破したのも当然のことだよ。したがって、あの男はあなたの病いの治療にわしが最適だと判断し、わしをあなたに推薦したのだろう」

「それなら、あなたはぼくにやつと休戦協定を結べとすすめにみえたんですか?」

私はついなじる口調になった。

「それは、あなたたちの場合はうまくいったかもしれない。しかし、やつはそんな生やさしい相手ではないんです。休戦協定に応じるどころか、ぼくの存在を消し去り、自分がぼく自身のすべてを乗っとろうと企てている。ぼくはこのままの状態でいたら、きっと発狂するか、自殺してしまうでしょう。やつとぼくとの間には、憎悪があるだけです。やつが消えるか、ぼくが消えるか、どっちかの道を選ぶしかない。ぼくは、あなたの治療が最後のチャンスだと思っています。あの易者さんは、あなたなら、それができるとおっしゃった。どうですか? あなたに自信はおありですか?」

「できないことはないが、非常に危険がともなうでしょうな」

　老人は眉をひそめ、溜息を吐いた。

「もう一人のあなたの存在を消し去るためには、ふつうの鍼の打ち方では効果がありますまい。神経の深層部にまで、鍼を打ちこむしかない。その場合、ひょっとしたら、生命を失う結果にならんともかぎらんし、当然、鍼を打ちこむ際にひどい苦痛を感じる。それでもかまいませんかな」

「けっこうです」

　私はきっぱりと答えた。

「どうせ、このまま、生殺しの苦痛にさいなまれ、死んでいるのにひとしい毎日を送るぐらいなら、いっそ、死んだ方がましだ。ぼくが死んでしまえば、やつだって存在しなくなる。そう考えると、せいせいしますよ。そして、もし、治療の甲斐があり、やつを追っ払うことができたら、それに越したことはない。たとえ、どんな苦痛にでも耐えてみせますから、思いきった治療をやってみて下さい」

「それほどの覚悟を決めておいでなら、わしにできるかぎりのことはやってみましょう」

　老人は部屋の中へと入ってくると、私にベッドの上にうつ伏せになるよう命じた。

　私は老人の命令どおり、衣服を脱ぎすて、パンツ一枚の姿のまま、ベッドにうつ伏せに横たわった。

　老人は手に下げていた、医師の診療鞄にそっくりの黒い鞄を開き、まず、白衣をとりだして着かえた。さらに、小型の函や鍼の束、その他さまざまの得体の知れない器具を次々と鞄のなかからとりだしては、ベッドのそばのテーブルの上に並べる。

私はそれらを横眼で見ながら、治療を受けるより、手品を見せられる感じに襲われた。

「では、よろしいかな。治療にとりかかりますぞ」

アルコール綿で両手をきれいにぬぐいながら、鍼医は重々しく云った。

はじめ、一時間ほどは、鍼を打つわけではなく、全身にマッサージをほどこした。マッサージをされているうちに、私は久しぶりに筋肉と神経の緊張がほぐれ、うっとりした気分になってきた。

次に、これもアルコール綿で消毒した鍼を軽く全身に打っていく。同時に、例の小型の函をコンセントにつないで、私の身体に電流を通した。

もっとも、直接、電流を通すのではなく、函には、さらに二本のコードがとりつけてあって、その先端にそれぞれゴム状の環がついている。そのゴム状の環を私の首と腰にまわし、函のスイッチを調節して、電流を弱めつつ神経を刺激するのである。

次第に、身体が刺激になれてくるにつれ、鍼を太めのものにかえては、ふかく刺しこむようになり、函のスイッチも調節して強い電流を通していったらしい。

らしいというのは、こうして治療を受けているうちに、私は麻酔にかかったみたいに、全身が麻痺状態を呈し、ふかい眠りにおちいってしまったからである。

それでも、鍼医の声だけはおぼろげに聞えた。

「これが最後の治療ですぞ。痛いかもしれんが我慢しなされや」

と、後頭部に激痛を覚え、私は思わず、悲鳴をあげた。それはなんとも形容しがたい痛みだった。熱した鉄棒を脳の中へ刺しこまれた上に、ぐいぐいとねじられたとでも云おうか……。

いや、痛みは頭ばかりでなく、全神経に及び、足指まで千切れるかと思うほどだった。

しかし、すぐにその痛みはさっと波のようにひき、私は、ハッと意識をとりもどした。鍼医はさっさと、鞄のなかへ、テーブルに並べた器具をしまいこんでいる。

「これでぼくの病気は治ったのでしょうか？」

のろのろと身を起しながら、訊ねてみた。そう訊かなくても、もうやつが出てこないであろうことは自覚していた。気分はきわめて爽快であり、背筋の硬直もとれ、神経のたかぶりもおさまっている。

「それはわしにもよくわからん。無責任のようだが、神経の病いは治療を受けた当人が一番よくわかるはずじゃ」

鍼医は白衣を着たまま、鞄を手にとり、そそくさと玄関へ足早に立ち去っていく。

「ちょっと待って下さい。治療費をお払いしないと……」

私が玄関まで追いかけていっても、老人はこっちをふり向こうともしなかった。

「全治したかどうかわからんのに治療費をいただくわけにはいかんだろう。本当に、あなたが治ったと確信がもてたら、あらためて、治療費を払っていただきましょう」

そんな謎めいた言葉を残して、部屋から出ていった。

しかし、私には彼の云った意味がうっすらとわかっていた。寝室にもどってみると、さらに、事態がはっきりと理解できた。

ベッドの上には、やつがうつ伏せになったまま、身動きもせず、横たわっている。

やつが死に、私が生き残ったのだ。

ついさっき、やつに対して、私が予言してやったとおりに……。

PART 1

名人

「どうしたんだね、今日のゲストは。ひどく遅いじゃないか」

白いカイゼルひげをたくわえたA教授が、なじるような眼を、ディレクターに向けた。

「催眠術なんてものは、どうせまやかしの一種ですからなあ。われわれの顔ぶれを見て、恐れをなしたんじゃないですかねえ」

合理主義者をもって任じる社会評論家B氏が、太い角ぶちの眼鏡を押しあげながら、嘲笑するようにいった。

若いディレクターは、そっと汗をぬぐいながら時計を見る。——本番八分前。

スタジオの扉口を祈りをこめてみつめながら、ディレクターは心の中でぼやいた。

(これじゃあ、とても打ち合わせなんかできねえなあ)

(なんだか、心細くなってきたぜ。昨日、あのゲストに会った時は、妙に神秘的な気分になっちまって、これこれとほくそえんだんだが、いま考えてみると、あん畜生の眼つきはどうもぼんやりして頼りなかったからな……)

腕時計は五分前を指している。

ディレクターは覚悟を決めた。こうなったら仕様がない。何か適当なテーマをデッチあげて、その辺からゲストを探してくるんだ。そうしないと、大穴があいちまう。

「サアやん！」

悲鳴に近い声で、彼はアシスタントを呼んだ。

アシスタントのひょろ長い顔がスタジオの扉口からひょいとのぞいた。その顔に向かって、ディレクターが早口に穴うめの指示をあたえようとした時、アシスタントの顔の横に異様な人物の姿がふらりと現われた。

黒の上衣に黒の細身のズボン、それに黒いステッキをついたその人物は、若いのか、年寄りなのか見当のつかない顔つきをしていた。

まるで、雲に乗っているような、妙にふわふわした歩き方で、その男はディレクターの前までやってくると、ペコリと頭を下げる。

ディレクターは、その奇妙な男の手を拝むようににぎると、しゃにむにセットの方へひっぱっていった。

ゲストをレギュラー・メンバーに紹介する間もあらばこそ、すぐ本番が始まった。

「みなさん、お元気ですか。いや、身体（からだ）のことではありません。あなたの精神は疲れていないかと申しあげているのです。いまや、ストレス時代——精神を安定させることこそ、現代を生きぬく秘訣（ひけつ）です。そこで、今日の『現代の夢』には催眠術によってストレスを解放するという人物に登場していただきました……」

アナウンサーの声とともに、レギュラー・メンバーの紹介と、ゲストの紹介が終る。カメラがセットに向けられると、まず、医学博士のC氏が口火を切った。

「どうも、わたしは身体の方の健康はともかく、精神の健康は自信がないんですが、催眠術で、精神の病気は直るんですかね？」

ゲストは博士の方を向くと、何もいわず、こっくりとうなずいた。

「しかし、その」博士は答えをそらされて、むっとしながら、「催眠術はだれにもかかるってもんじゃないでしょう。たとえば、わたしなんか、自分じゃ決してかからないと……」

博士の言葉が終らないうちに、男は右手をあげると、博士の前でひらりとふった。とたんに、博士の首がぐらりと前へたおれ、催眠状態になってしまった。

それからはもう矢つぎばやの妙技だった。日頃、教養高きインテリと自負するレギュラー・メンバーの面々がつぎつぎに、あっという間もなく男の手にかかって、催眠術をかけられたのだ。

謹厳をもってなるA教授などは、鳥の真似をしてスタジオ中を飛びまわったし、社会評論家のB氏は、事後催眠にかかって、とんでもない時に胴間声をはりあげて、コマーシャル・ソングを歌いはじめた。

見ていたディレクターは、笑いを嚙み殺すのに必死だった。

（こいつは大ヒットだ。とくに、手拍子三つの合図であの先生方が催眠術から覚めた時のポ

カンとした無邪気な顔は、とんだお笑い草だ）

本番が終ると、ディレクターはゲストの前へとびだしていって思わず手をにぎった。

「どうもどうも、ご苦労さまでした。大成功でしたよ」

そういって、ディレクターは心の中でこうつけ加えた。

（レギュラーの方たちには、まことにお気の毒でしたがね）

ディレクターに礼をいわれても、男はうれしいのか、うれしくないのか、ぼんやりした顔つきで、宙をにらんでいた。

あなたは、催眠術の名人ですという、お世辞たらたらの言葉に送られて、催眠術師はテレビ局を出た。

外へ出ると、タクシイをつかまえ、一本調子の口調で行き先を告げる。タクシイが着いたのは、なんの変てつもない一軒の家だった。男は玄関のベルを押す。

扉が開いて、男の妻君らしい中年の女が顔を出した。

「あら、お帰りなさい」とその女はいった。「もう終ったの？」

「ああ、終ったよ」男は相変らずの一本調子で答えた。

「そう」女はにっこりして、男を家の中に招き入れた。

「それじゃあ、術を解いてあげましょうね」

女は、ぽんぽんぽんと、三つ手拍子をうった。

男ははっとしたように、あたりを見まわした。

「ぼくはいったい、なにをしていたんだろう？」

PART 1

重い足をひきずりながら私は、その扉へ近づいていった。赤錆(あかさび)のところどころ吹き出た鉄の扉は、赤鬚(あかひげ)を顔一面に生やした尊大な門番のように、私の入門を拒否しているように見えた。

私は疲れた眼差(まなざ)しで扉を見あげた。実際には、その扉の上に白ペンキで書かれてあるのは『飼育室ＮＯ４』という文字だけなのだが、私にはいつでも他の文字が書かれてあるように見える。

「ここを過ぎて、哀しみの街――」

ポケットから鍵(かぎ)を出し、のろのろとそれを鍵穴にさしこんだ。鍵をまわし、力いっぱい扉をひきあける。扉は悲鳴のようなきしみをあげ、それは私のゆがんだ内部にまがまがしい反響を残す。

足をふみこんだとたんに、室の中にこもっていた匂いがむっと私の鼻を襲った。ツンと突き刺すような薬品の匂いとよどんだケモノ臭い匂い、それに甘ったるい阿片(アヘン)に似た匂いがいりまじっている。私は軽い嘔吐(おうと)感(かん)を覚え、その場に立ちすくんだ。

いつまでたっても、この匂いに馴(な)れることはできない。それは古い過去の不幸な記憶のように私をいらだたせる。

飼育室の内部は、真中に廊下があり、その両側に六つずつの部屋が並んでいる。

私はその一番端のスチール製の扉についているボタンを押した。扉は音もなく開き、もっと強いケモノくさい匂いがあふれてきた。私は用意してきたリュックサックの中からバナナを一房とりだすと、それを持って中へ入った。

扉の中にさらに鉄柵があり、その中で一匹のチンパンジーが寝そべっていた。私の姿を見るなり、そいつは、「キキッ！」と喜びの声をあげて起きあがり、鉄柵のそばへ走り寄ってきた。

両手で鉄柵をつかまえ、さかんにゆすぶって親愛の情を示す。

「わかった、わかった」

と私は声をかけてやった。

「さあ、おやつにいいものをやるぞ」

バナナをやると、チンパンジーはすぐさまそれを器用にむいて口に入れた。口を動かしている彼の顔には純真な喜びが充ちあふれている。

「可哀想にな」

その様子をみつめながら、私はつぶやいた。

「そうやって無邪気に喜んでいられるのも今日かぎりだぞ。明日からはおまえも注射がはじまるからな」

もちろん、そいつにはまだ私の言葉がわかるはずはなかった。バナナを平らげると、彼はもっとくれというふうに鉄柵の間から手をだして、私の仕事着のすそをひっぱった。

「もうないんだよ。おしまいだ」

私は両手をひろげてみせた。

すると、彼はひどく哀しげに口をすぼめてみせた。そして、いきなり両手を打ち合わせ、こびるような眼つきをすると、後ろへ見事に一回転してみせた。

「ブハ、ブハ、ブハ」

妙な声で鳴きながら、何遍もお辞儀をし、それからまた掌をさしだす。

「そうか、おまえはついこの間まで動物園にいたんだな」

と私は云った。

動物園では、そんな単純な芸当でも充分に喜ばれ、バナナにありつけたのだろうが、ここではそんな気楽なわけにはいかないのだ。もっと他の不快な芸当をいやというほどやらされることになる。

私はもうひとつだけバナナをそいつの掌にのせてやると、部屋から出た。

次の部屋のボタンを押す。

部屋の中は静かだった。やはりチンパンジーが一匹、床の上に寝そべっている。しかし、そいつは前のやつとちがって身動きひとつしなかった。

（静かすぎる）

そう思って私は鉄柵を開け、中へ入った。さわってみたが、そいつはもう硬くなっていた。顔色がどすぐろく変色し、うらめしげに白い眼をむいている。

注射のショックで死んだのにちがいなかった。唇の端にアブクがかたまってついていて、死に際の苦悶のさまを物語っていた。

私はその首根っこをつかみ、屍体を片手でぶらさげた。片手でぶらさげても屍体は軽かった。私はそれを下げて部屋から出ると、廊下にある冷凍庫のボタンを押した。

冷凍庫の中はチンパンジーの屍体でいっぱいだった。どれも、実験中にショック死した屍体ばかりだ。彼らは毛皮の上に白々と霜を置きながら眠っていた。しかし、安らかな眠りではなさそうだった。どれも、苦悶の表情をありありと見せ、凍りついている。

私の背中をうそ寒いものが駆けぬけた。いそいで屍体を隅に置くと、あわてて、ボタンを押す。冷凍庫の扉が猿たちの苦悶の表情を眼の前から消してくれるとほっと溜息を吐いた。

私は鉄柵を閉めるために、死んだチンパンジーの部屋にもどった。そこには、ケモノの匂いと死の匂いがまだたちこめていた。

屍体をぶら下げた右手を私はみつめた。屍体は軽かった。そいつの死そのものも軽かった。私が感傷にひたることはない。猿は毎日、何匹かずつ死んでいくのだ。しかし、それでも、私の右手はあの屍体の重さをありありと覚えていた。あの猿の存在の重さを……。

私は右手をズボンの尻にこすりつけた。それぐらいでは、その感覚はぬぐわれはしない。それはマクベス夫人の手についた血のように、私に一生罪を意識させつづけるだろう。それはわかっていた。しかし、私はそうせずにはいられなかった。力をこめて、何度もズボンの尻に右手をこすりつけた。

それから、ほっと溜息を吐き、私は仕事着の内ポケットから煙草(たばこ)をとりだした。飼育室の中は禁煙になっているのだが、そんなことはかまっちゃいられない。私は一本ぬきだして火を点(つ)けると、むさぼるようにそれを吸った。私の喫煙の歴史は浅かった。それでも、私はいつの間にか、ヘビイ・スモーカーになっていた。罪の意識が私をその習慣に追いやったのだ。ニコチンが胸をくすぐっている間だけ、私の罪はぼやけるような気がした。根本まで吸うと、吸い殻を床にふみにじり、そのまま部屋を出ようとして、私は立ちどまった。

吸い殻を医局の誰かに後でみつけられるかもしれない。

(それがどうした?)

心の中でなにかがささやいていた。

(やつらのしていることにくらべれば、そんな罪はとるに足りないことじゃないか?)

それはその通りだった。しかし、私は危険を犯すわけにはいかなかった。禁を犯した罰として、私は飼育係りをやめさせられるかもしれない。そうなったら、私の前途は真暗(まっくら)だった。

私ばかりではない。妻も子も悲惨なことになるだろう。

私はのろのろと部屋の中へひき返し、吸い殻をひろった。そして、それを仕事着の内ポケットにしまった。


廊下に出ると、私は通話ボックスを開け、受話器をとりあげて医局を呼びだした。

「はい、こちら医局……」

聞えてきたのは、若い不愛想な男の声だった。前原というインターンの声だということがすぐにわかった。インターンのくせにエリート意識が強く、われわれにはひどく尊大ぶる男だ。

「こちらはNO4の飼育室ですが……」

と私は云った。

「また猿が一匹死にました」

「そうか、しようがねえなあ」

彼はなげやりな口調だった。

「餌でもやりすぎたんじゃないだろうな？」

「そうじゃありません」

怒りを押えて、私は答えた。

「あきらかにヒューマナイズ試液の注射によるショック死です。私は今までにも何度も例を見ていますから、すぐにわかります」

「そのチンパンの飼育番号は?」

「NO二〇八三です」

「ああ、あれか……」

と彼はこともなげに云った。

「あれはおれが今朝注射したやつだ。いつもより注射液を一CC多く打ってみたから、あるいはショックが強すぎたかもしれんな」

「なんですって!」

私の声が思わずたかまった。

「ただでさえあの薬はショック死を起しやすいのですよ。それを一CCも量を多くしたんでは死ぬのがあたりまえじゃないですか!」

「まあ、だいたいその予想はついていたがね。しかし、あのチンパンは他のやつよりも若いし、抵抗力が強そうだったから、教授の許可を得てやってみたんだ。そうか、やっぱりダメだったか」

「やっぱりダメとはなんです!」

私はもう怒りを押えかねた。

「猿だって生きものですよ。死ぬとわかっているのに注射をするなんてムチャだ。一CC量をふやしたって、効果があがらないことは今までの例で充分わかっていることじゃないですか。それなのに、なんだって、そんなムチャをやるんです。それじゃ、あいつは無駄死にじゃないですか……」

私の頬を涙が流れていくのがわかった。

「なにを生意気なことを云ってるんだ」

受話器からはむっとしたような声が伝わってきた。

「きみは飼育係りじゃないか。あんまり出すぎたことを云うと承知せんぞ。無駄死にかそうでないかは、われわれが決めることだ。きみは餌をやることに専念すればいい。これ以上妙な口出しをすると、教授に云って、飼育係りを交代させるぞ」

私は受話器をにぎりしめた。身体中が怒りのためにぶるぶるとふるえている。前原のむっちりと肥えふとったねむそうな顔をふみつぶしてやりたいと思った。

(あの白豚め！　エリート気どりの白豚め！)

しかし、私が聞いたのは別の声だった。

「すみません。さしでがましいことを申しあげました。以後気をつけます」

怒りの影さえ感じられないおろおろ声で私はそうあやまった。

「そうか、それじゃあ今回のことは不問に附しておく。気をつけたまえ」

カチリと受話器を置く音が私の耳に非情にひびいた。涙がまたあふれだしてくる。ケモノくさい匂いのする仕事着のそででそれをぬぐうと、私も受話器を置いた。みじめな思いと口惜しさが胸につきあげ、私はすすり泣いた。しかし、いくら泣いてもどうにもなるものではない。たとえ、どんなに侮辱を受け、ふみつけにされても私は耐えねばならないのだ。この職を――飼育係りというかけがえのないこの職を、私は手放すわけにはいかない。

涙をふき、私は次の部屋のボタンを押した。

いきなり、ものすごいうなり声がした。私は部屋の中へ駆けこみ、鉄柵の中をのぞきこんだ。うなり声を出しているのは雌のチンパンジーだった。床の上を転げまわり、両手で自分の頭を絶え間なくたたいている。歯をむきだし、泡をふき、私が入ってきたのにも気がつかない様子だった。

私はただおろおろとそれを見守るだけだった。注射のショックで猿が狂いまわっている時、それに対応する治療法はない。ただ、死んでいくのを見守るか、猿が自力でショックに耐えて、平静をとりもどすか、そのどちらかだった。

「ほら、がんばれよ！　死んじゃだめだぞ！　がんばれ！　もう少しの辛抱だぞ！　もう少しがんばれば楽になるぞ」

私はそう声をかけてやった。もちろん、この猿は私の言葉をまだ理解できるはずはなかったし、たとえ、理解できてもショックの苦しみはそれを耳にする余裕を与えはしなかっただろう。彼女は頭をたたきながら飛び上り、部屋中を駆けまわりはじめた。めまぐるしく右に左に飛びちがい、うめきをあげ、鉄柵に身体をぶつける。それは救いのない苦悶だった。

　やがて、彼女はまた床の上に打ち倒れ、はげしい痙攣を起しはじめた。足の先から頭の先まで、まるで電流を通じられたかのように、よじれのたうつ。しかし、それもほんの二十秒ほどの間だった。

　痙攣が静まると、彼女はあえぎながら、弱々しい眼をあげて私をみつめた。どうやら、ショックは去ったらしい。彼女は生き残ったのだ。鉄柵をあけ私は彼女のそばへ行った。ショックは去ったものの、身体中の気力を使い果したらしく、彼女は身動き一つできない様子だった。

　私はうずくまり、その毛をなぜてやった。毛は汗にびっしょり濡れていた。時おり、余震のように、かすかな痙攣が彼女の身体の中を走りぬけてゆくのが掌につたわってきた。

「よしよし、えらかったな。もう大丈夫だぞ」

　バナナの房から一本もぎとり、皮をむいて彼女の口に押しこんでやった。彼女はそれを一口だけは食べたが、後は欲しくないというふうにかすかに首をふった。

「そうか、それじゃ、ここへ置いておくからな、あとで食べるんだぞ」

　そう云って、バナナの房を置き、私は部屋から出た。

その次の部屋の中にいる雄のチンパンジーは、床の上に寝そべってはいなかった。彼は人間のように立ちあがり、ゆっくりと部屋の中を歩いていた。

「おい、おやつだぞ」

私が声をかけると、彼はあきらかにその声がわかったらしく、こちらをふりむいた。

「オヤツ……」

首をかしげ、たよりない口調で彼は云った。

「そうだ、バナナは好きだろう？」

「バナ？」

私の手から、バナナを受けとると、彼はしげしげとそれをみつめた。

「コレ、ナニ。バナ」

「いや、バナじゃない。バナナ」

私は教えてやった。

「バ、ナ、ナ」

ゆっくりと発音すると、彼は私に同意を求めるような表情をした。

私は大きくうなずいてやった。

「コレハ、バナナ、デス」

教科書を読みあげる子供のような口調で云うと、彼はそれにかぶりついた。

彼の顔に喜悦の表情が浮かび、思わず声をあげた。

「キキッ！」

そして、その自分の声におびえたように、ふと視線をあげて私をみつめた。それは自分の存在をまさぐっているような視線だった。猿からもっと別なものに変ろうとしているものの頼りなげな視線だった。

私には彼の心の動揺がよくわかった。

注射を受け、ショックに耐えてから一週間ほどすると、チンパンジーたちは不安定な精神状態におち入る。自分の意識が猿から別のもの――もっと知的なものに変りつつあることを自覚するのだ。しかし、同時に、猿としての意識もまだかなり強く残っていて、なにかの拍子にそれが出てしまう。

バナナを口にしたとたんに、このチンパンジーが、「キキッ」と猿としての喜悦の声をあげたのもそれなのだ。

彼らの意識は、その期間、知的なものに変化しようとして手探りし、ためらい、立ち止り、後もどりし、また手探りし――それをくりかえしつづけている。猿と更に進化した存在の間を揺れ動き、一寸の休みもない。だから、彼らはひどく神経過敏になって、ささいなことにもおびえがちだ。

チンパンジーによっては、ひどく兇暴になり、飼育係りに嚙みついたりするものがでてくるのもこの時期だった。

このチンパンジーはそういうことはなさそうだったが、私は用心して鉄柵のこちらからバナナの房をわたしてやった。

彼はバナナを受けとると、頭を下げて一礼した。

「アリガト」

と彼は云った。

「サヨナラ」

私もなんとなく、カタコトにちかい言葉でそう云って、部屋から出た。

飼育室の最後の部屋の前へ来ると、私はほっと一息吐いた。ここには、この飼育室の中で最古参のチンパンジーが飼われているのだった。私とも、もう三年もの顔なじみである。

私はここにだけついている通話孔に口をあてた。

「私だ。入ってもいいかね？」

「ああ、もう三時か……」

と呟く声が通話孔から伝わってきた。

「いいとも、どうぞお入りなさい」

ボタンを押し、私は部屋の中へ入った。

鉄柵があることは同じだが、部屋の様子は今までのものとは大分ちがっていた。床の上には明るい緑色のリノリュームが敷かれてあった。右側の壁いっぱいに本棚があり、そこには、各国語の本がぎっしりつまっている。左側には、シングルの簡易ベッドが置かれ、正面の壁の窓ぎわにはデスクがすえられてあった。デスクに向かって、本に読みふけっていたチンパンジーが私の入ってきた気配にこちらを向いた。

彼はこげ茶色のすり切れたコーデュロイの上衣をつけ、カーキ色の作業ズボンをはいていた。シャツもだいぶ水をくぐったものだが、清潔だった。ここではもう、ケモノの匂いはしない。

彼は角ぶちの眼鏡を押しあげると、ちょっと私の方を見て、気弱な微笑を浮かべた。

「やあ、ご苦労さん」

と彼は云った。

鉄柵を指さし、私は訊ねた。

「こいつを開けて、中で話をしてもいいかね？」

すると、彼の顔に苦笑が浮かんだ。

「その鉄柵はわたしの方の都合でそこにあるわけじゃないでしょう。人間たちがわたしを逃がさないようにつくったんだ。だから、そちらの都合さえよければ、いつでも入ってきてかまわないはずじゃないですか？」

そう云われてみれば、その通りだ。

私も苦笑しながら、鉄柵を開け、中へ入った。

「あいにく、椅子がないんでね」

彼は立ちあがりながら、愛想よく云った。

「気持ちがわるいかもしれんが、ぼくがすわっていた椅子におすわりなさい。ぼくはこちらへすわります」

私は今まで彼がすわっていた椅子に腰をおろした。こうして腰を下ろして、あたりを見まわすと、これがチンパンジーの巣とは思えなかった。どこかの貧乏な学者の書斎のように見える。

事実、このチンパンジーは、みんなから『学者』という名で呼ばれていた。

私はちらとデスクの上の本に眼をやった。デスクの上には、何本もの短い毛がちらばっていた。人間らしくなっても、こればかりはどうしようもないらしい。

「なにを読んでいるんだね？」

と私は訊いた。

「いや、前に読んだものを読みかえしているんですよ。詩集です」

と彼はインテリらしいはにかみをみせて答えた。

「ほう、詩集を。誰の？」

「シャルル・ボードレール……」

照れたように、彼はまた眼鏡を押しあげた。

「ボードレールか」

私は『学者』の顔をみつめた。そこにあるのはまぎれもないチンパンジーの顔だった。茶褐色の毛にとりかこまれたくろずんだ皮膚、低い鼻、突き出した口、皺（しわ）にとりかこまれたまるい眼——しかし、それでも、その顔には知性の翳（かげ）りがありありとうかがわれた。

私は三年前、彼がこの飼育室へ連れてこられた時を知っている。その時の彼は、床の上に長い手を垂れて歩きまわり、鉄柵につかまってただ「キイキイ」わめくだけのチンパンジーにすぎなかったのだ。

「ボードレールか」

私はもう一度つぶやいた。

そのつぶやきを聞きつけて、彼は寂しそうにうなずいた。

「あなたには、多分、信じられないことなのでしょうね。昔を知っているあなたには……」

彼はバナナを一本とり、ていねいに皮をむいて口にはこんだ。ゆっくりとそれを食べ終ると、胸ポケットからハンカチを出して口をぬぐう。

「三年前のわたしはたしかに無智な一匹の猿にすぎなかった」

と彼はしゃべりはじめた。

「ごらんの通り、今のわたしはちがう。あなたとこうしておしゃべりもできるし、いろんな本を読むことができる。しかし、飼われているということでは同じなんですよ。猿は結局、人間にはなれない。どんなに知識を深めても所詮猿は猿だ。わたしは人間によって、智力をさずけられたが、その智力はわたし自身にとっては自分がどういう存在であるかを自覚することに役だったにすぎないんです。そういう意味では、三年前のわたしと、今のわたしがどっちが幸せだったか……」

彼は遠い昔を探ってみるように眼をつぶった。そして、しばらくしてから再び眼を開き、私の顔をみつめた。

「だから、わたしはボードレールを読むんですよ。ボードレールはわたしをすばらしい世界へ導いてくれる。少くとも、わたしの意識がそこに遊んでいる限り、自分は猿であることを忘れさせてくれる……」

彼の顔の上に例の気弱な微笑が浮かんだ。

「愚痴になりましたね。こんなことはいくら云っても仕方のないことだのに……」

私はその微笑を見ていられなかった。顔をそむけ、私は訊ねた。

「なにか不自由なものはないかね？　できるだけのことはしてあげよう」

「そうですね」

と云って、彼は小首をかしげた。

「煙草を吸わせてくれませんか？」

「ああ、そうだったな」

私はポケットから煙草をとりだし、彼の前にさしだした。飼育室の中は禁煙だが、彼の部屋だけは別だった。教授からは、彼をもっとも人間らしい生活状態に置いてやれと命令されている。ただし、煙草は私がここへ来たときにだけ吸わせることになっていた。彼がヤケになり、火でもつけると困ると思っているのだろうか……。

彼は一本ぬきだすと、なれた手つきで火を点け、うまそうにくゆらせた。

「わたしは本で読んだだけだからよくは知らないんですが……」

烟(けむ)りを吐きだしながら、のんびりした口調で彼は云った。

「人間の世界には、罪を犯したものを収容するのに刑務所というところがあるんだそうですね。そこでは、鉄格子があり、煙草を吸う自由もないということです。そこは、ここに似ているんでしょうか？」

「そうさな」

と私は答えた。

「ぼくもよくは知らないが、ここほど快適なところではないらしいよ」

「そうでしょうな」

と彼はうなずき、それからちらと皮肉な眼つきで私をうかがった。

「しかし、中でも重罪のもので、死刑が確定したものには、煙草や酒を呑ませることもあると本にありますね」

返答の仕様がなく、私は黙っていた。

しばらく、重苦しい沈黙が部屋の中にみなぎった。

短くなった煙草を、デスクの上のアルマイトの皿の中でていねいにもみ消すと、彼はぽつりと云った。

「今日も、仲間の誰かがショック死したんではありませんか?」

「NO二〇八三が死んだよ」

と私は答えた。

沈痛な表情で彼はうなずいた。

「そうですか、あの猿は知っています。わたしが散歩から連れて帰される時に、ちょうど檻に入れられるところでした。身体の大きな元気そうなやつだったが——そうですか、ショックに耐えられませんでしたか……」

そう云って、彼は床に視線を落とした。

「もっとも……。その方がいいのかもしれません。自分の立場を理解できるような頭脳に進化する前に死んでしまった方が……」

その時、こちらへ近づいてくるざわめきが伝わってきた。

「おや？」

首をあげ、『学者』は耳をすませた。

「また、見学団がやってきましたな」

見学団を案内してきたのは、例のインターンの前原だった。地方の議員たちらしい老年や中年の男女の先頭に立って、やつは蒼ぶくれの顔に得意満面の笑みを浮かべて部屋に入ってきた。

私は見学団の邪魔にならないように部屋の隅にさがった。

「今までの実験例を目のあたりにして、みなさん方はもう充分にヒューマナイズ試液の驚くべき効果を認識なさったことと思います」

前原は見学団をぐるりと見まわし、妙なふしのついた口調で説明をはじめた。

「ヒューマナイズ試液を注射して約一週間後に、チンパンジーの脳は新たな細胞分裂を起し、人類とほぼ近い脳細胞を形成するわけです。これは全く異常なことでありまして、ふつうの場合、人間でも身体の他の細胞は常に分裂し増加し、新陳代謝をつねにくりかえしておりますが、脳細胞は全く増えも減りもしません。そして、約二十歳前後で、その発達も停止するものであります。しかるに、このヒューマナイズ試液を注射すると脳細胞はその刺激によっていったん停止した細胞の増加を再び開始いたします。今までに人間の実験例はありませんが、チンパンジーの場合は脳の最前端部——すなわち大脳半球の発達がいちじるしくなります。この大脳半球は人間のみの持つ高等な知性あるいは精神作用をうながす場でありまして、ここの発達してきたチンパンジーは、やがて直立して歩くようになり、ものを考え、判断できるようになります。つまり、人間そっくりの頭脳に進化してくるのであります。これは、試液の注射を約半年つづけることによって完成され、その時のチンパンジーの大脳皮質の神経細胞の数は一四〇億、脳の重量は一二〇〇グラム乃至(ないし)一四〇〇グラムに達します。つまり、成年の人間と全く同じ脳を形成するわけです。もちろん、その知能指数、精神活動も同じレベルに達します。今まで、みなさんが見られたチンパンジーはその過程にあるものでしたが、ここにいるチンパンジーはその過程をすべて理想的に終了し、完全に進化した頭脳を持つ例であります」

彼はふりむくと、『学者』を指さした。見学者たちは幾分気味わるそうに、『学者』を見守った。

得意になった前原は鉄柵を開け、尻ごみしそうな見学者たちを部屋の中へ入れた。

「いや、この猿は人間と同じ頭脳を持っておりますから、まったく心配ありません。どうか、中へ入ってよくごらんください。この猿は五ヵ国語をしゃべり、本も読めます。生活状態もまったく人間と同じです。俗にいう猿真似や動物園のチンパンジーの芸当ではなく、自分の生活として、人間と同じ日常を送っているのです」

そう云われて、見学者たちもようやく『学者』のまわりに集って、不遠慮に観察しはじめた。

「ほんとうに人間そっくりの知能があるのかね」

議員の一人がつぶやいた。

『学者』はその方をふりかえって、にっこり笑った。

「ほんとうですとも。わたしはあなた方と同じ言葉がしゃべれるし、同じような感情を持っています」

「ほう」

驚きの声がここかしこであがった。

「われわれがこのヒューマナイズ試液をつくった目的は……」

前原が驚くのはまだ早いといった口ぶりでしゃべりだした。

「これらの猿を冷凍睡眠用の実験に供するためです。ご存知のように、冷凍睡眠の施術をする場合に、もっとも困難なのは脳の処理であります。この脳処理がうまくいかないと、睡眠から覚めた場合に脳障害を起します。また、表面的にはうまくいったように見えても、意外な時に記憶喪失等の障害が起きたりします。それほど脳は微妙な働きを持っております。そこで、われわれは、ヒューマナイズ液によって進化せしめた猿をこの施術に適用することでこの問題を解決しました。つまり、人体実験によらずして、人体実験と同じ効果を得る道が拓かれたわけです」

「すると、この猿はいずれ実験に使われるのですか？」

と誰かが訊ねた。

「そうです。可哀想ですが止むを得ません。科学の発達の尊い犠牲になるのです」

前原は尊大にうなずいた。

「彼らも人類に貢献することをおそらく喜んでいるでしょう」

（バカを云え！）

私は身体がふるえてくるのを感じた。

（なにが人類のためだ。『学者』の気持ちにもなってみろ！　『学者』はおまえがしゃべっていることが、おまえのそのいやらしいエリート意識がわかるんだぞ！）

私は『学者』の顔を見ていられなかった。顔をそむけ、私は部屋から出ていこうとした。

その時、中年の婦人議員の声がした。

「あら、あのチンパンジーは部屋から出ていこうとしてるけど、かまわないんですの？」

「ああ、あれですか」

前原の声が答えた。

「あれもやはりヒューマナイズ液で進化させた猿ですが、役に立つので飼育係りとして使っています。あれで女房も子供もいて、人間なみの生活をさせてもらっているのです。ヒューマナイズ液の成功例の十番めの猿という記念の意味もあって、所長が実験から除外した運のいいやつです」

出ていこうとした私のえり髪を前原がつかんでひきもどした。ふりはらい、やつの顔をかきむしってやるのはたやすかったが、私にはできなかった。

女房や子供を死の危険にさらすことはできない。

「さあ、よくごらんなさい」

前原は部屋の中へ私をつきとばした。私はよろけ、デスクに片手をついた。デスクに伏せてあった本が床の上に落ち、ある頁(ページ)が私の眼に入った。人間どもが好奇心に輝いた眼で私をみつめている間、私はその詩を読んだ。

わが行き来しは彼処(かしこ)なり、静かなる悦楽のうち……
椰子(やし)の葉にわが額(ぬか)あおぎ
われの歎(なげ)きのみなもとのかなしき秘密さぐるをば……

それは『前世』という題の詩だった。

PART 1

大脱走

オレにとっては、どうも、雨の日よりも、天気の日の方がヤクな気がする。天気の方が野郎共の気が立っているからだ。

誰だって、若い身空をこんなうす暗い妙な所へ閉じこめられれば、頭にくるにきまっているが、それでも、雨の日はあんまり外が恋しくない。それぞれ、てめえのやったおかしなことを大きな声で自慢し合ったりしていても、内心ではちょっぴり弱気になって、しんみり、オフクロのことを想い出したりしてるんだ。

ところが、外がパッと晴れあがって鉄格子から春風でも吹きこんでこようものなら、野郎共はすっかりイキイキしてきて、しんみりした気分なんか忘れちまう。若い獣身が体中を食い荒しているような気分になっちまうんだ。こんなうす汚ねえところをとびだして、力一杯なにかをやってのけたい――みんなそう思ってるのが、オレにはありありとわかる。デカい野郎だろうがなんだろうが、みんなブットバしてやるぞ――野郎共の眼が血に飢えて、犠牲者を探し求めている。

「キリ公、おい、キリ公……」

とバンチョウが呼ぶ。おれは聞えていたが、知らん顔をして、部屋の隅へうずくまった。

「おい、キリ公、なんで返事をしねえんだ」

「オレのことかよ」しょうことなしに、オレは云（い）った。

「オレはキリ公なんて名じゃねえから、呼ばれてるとは思わなかったよ」

「トボケやがって。キリ公ってのがそう何人もいてたまるかよ。この中で、ピンはオレでキリはてめえじゃねえか。いいか、よく覚えとけよ。この中には、てめえみてえなバカで気ちがいは一人もいねえんだ。てめえは最低のバカなんだから、今度から、キリ公って呼ばれて返事しなかったら、息がとまるほどブットバしてやるぞ」

バンチョウは十五歳とは思えないほどモリモリした太い腕で、オレの胸ぐらをつかんだ。他の連中は、みんな面白そうにオレたちを見守っている。オレがバンチョウに思いきりひっぱたかれて、血でも出しゃいいと思ってるんだろう。

なにしろ、バンチョウは中学の卒業式のとき、先生（センテキ）を二人校庭へひっぱりだして、一人で半死半生のめに合わせた野郎だ。とても、おれがはむかっても勝ち目はない。

しかし、オレはバカだと云われて、すごく頭にきた。うぬぼれて云うわけじゃないけど、オレはここにいるようなガキ共とは、頭のデキがちがうんだ。連中ができないことを、オレは何度もやってみせてる。それで、オレは云ってやった。

「オレはバカでもねえし、気ちがいでもねえ。オレはこんな少年院なんかいつでも脱けだしてみせるぜ」

とたんに、みんなゲラゲラ笑いだしやがった。中には、インディアンみたいに、ホウホウ奇声をあげて、オレのまわりをとびはねてるやつもいる。

バンチョウも苦笑いして、手を放した。

「きさまのバカにゃ、つける薬がねえや。まあ、せいぜい自分でそう思ってるがいいや」

オレはだまってみんなをにらみつけてやった。それでも連中は、ニヤニヤしながら、てんでオレをバカにしきっている。

（今にみてやがれ）とオレは思った。（明日の朝、てめえたちをアッと云わせてやるからな）

その夜、みんなが眠ってしまってからも、オレはなかなか眠れなかった。今夜が決行のチャンスなのだ。しかしまだ早い。廊下を見まわりの靴音がコツコツと聞える。あと、十分もたてば、ちょうどいい時間になるだろう。そうしたら——オレはやつらをアッと云わせることをやってのけるのだ。

やつらはオレを、バカで気ちがいと云いやがった……。しかし、オレはほんとに少し、頭（ペテン）がイカれてるのかもしれん。オレが九つの時、酔っぱらい（キスグレ）のおやじが、オレの頭を力いっぱいハリとばしてから、なんだか調子がオカシクなったみたいだ。オフクロがそのことでしょっちゅうこぼしてたっけ。

でも、脱走にかけては、どんなやつも、オレにはかなうまい。今までに、オレは少年院を五回も脱走している。今度で六回目だ。見まわりの靴音はもうしない。今がチャンスだ。オレはこっそり起きあがった。

ふとんの間から合鍵(あいかぎ)をとりだす。作業の合間にくすねておいたパテをつかって、看守の鍵からすばやくひな型をとり、小さなヤスリで作りあげた合鍵だ。こんなに頭のまわるオレをつかまえて、バカだの気ちがいだのと云いやがった連中は、みんな純真(マブ)なガキみたいな顔をして、眠りこけている。オレはでっかい声で、ざまあみろと云ってやりたかった。

しかし、こんな時に、でかい声などたてるわけにはいかない。そっと寝床をすりぬけ、はだしのまま扉へ近づくと、格子を一本はずし、そこから手をつっこんで、外から施錠してある鍵をまんまと開けてしまった。

廊下へ出ると、格子をはめ、鍵を元通りにしておく。これで他の連中は籠(かご)の鳥だ。オレは身内からこみあげてくる笑いを押(おさ)えるのに苦労した。

廊下には、今の所、人影はない。しかし、あと十分もすれば、また見まわりがやってくるだろう。

こんな所で笑いこけているひまはなかった。

廊下のつきあたりにある、鉄格子のはまった窓にちかづくと、オレはやすりを使いはじめた。今までにも、すきをみては、鉄格子に切れめを入れておいたから、仕事はそんなにひまはかからなかった。一本めの鉄棒を切りとるのに二分、二本めのに三分、せいぜい五分もあれば、仕事はすむ。いつでも、オレのカンがくるうことはないんだ。

鉄格子を切りとると、その間から身をくぐらせ、オレは表へとびおりた。外は真暗だ。しかし、塀までたどりつくのには、灯りなんぞいらない。オレはカンをたよりにつっ走って、塀へ辿りつき、腰に巻いたロープを、塀の上の鉄線にうまく巻きつけた。それから身軽にそれをつたって塀をよじのぼる。塀の上には、有刺鉄線が張ってあるが、そんなものは、オレにとって、ご愛嬌でしかない。

かすり傷ひとつつけずに、それをくぐりぬけて、オレは外の地面へとびおりた。外の空気は冷え冷えとして、コクがあって、バカにうまかった。オレはしばらく、そこへ寝ころがって、星をみつめながら、パクパク空気を吸った。てんで、いい気持ちだ。オレは最高にゴキゲンだった。

しばらくそうしてから、オレはのそりと起きあがり、前の畠へ入って、その畠の中で小便をした。畠の土の匂いと、オレの小便の匂いが入りまじってなんとも云えないあたたかな気分になる。オレは口笛を吹きゆっくり、小便をすませた。

オレのことを、バカとか気ちがいとか云いやがったやつらは、こんな気分を味わったことは一度もないんだ。どっちがバカか、どっちの頭がくるってるか、教えてやらなきゃいけない。

小便をすませると、オレは少年院の門へ歩いていった。帰ってゆくときには、なにも苦労して塀を越えることもないからだ。門の前で、オレは大声でどなった。

「おうい、オレだよ、開けてくれ！」

門のそばの覗(のぞ)き窓があき、看守が顔を出した。その顔がめんどうくさそうな視線を、オレに向けた。

「なんだおまえか、またやったのか……」

PART 1

いやな奴

『この作家のナイヴテは、一体どこへいってしまったのだろう』

新聞の批評はこういう文句で終っていた。

私は新聞を机の上に放り投げると、窓の外へ眼をやった。

アパートの芝生の上に、唯一本植えられている桜が、妙に白々とした花をつけている。私はこの桜が好きだった。孤高のふりを装い、清潔な花を咲かせながら、そのくせ、幹の曲りぐあいにユーモラスな味わいがある。大げさなことを云えば、その姿が私にある生き方を教えてくれているような気もするのだった。

しかし、今日はこの桜の白々しい花の色までが私をいらだたせる。

『この作家のナイヴテは、一体どこへ行ってしまったのだろう』――批評の文句は、私の心にひっかかったまま、いっかな消えようとはしない。この批評は、私の最近作に向けられたものだった。推理小説では、マスコミの寵児と謳われている私だが、この作品ばかりは、マスコミの眼に背を向けて、いわば自分のための小説を書きあげようと努力したつもりだったし、その意味では、自分でもそんなに悪い出来ではないという自信もあったのだ。この新聞の批評を書いた三橋修二のつややかな長い髪と、切れあがった唇の赤さが、ふと私の脳裏をかすめた。もっとも、それは、二十二、三年前の三橋修二の面影だった。

　そう、二十二、三年前——ちょうどそのころ、私と三橋とは、おなじ同人雑誌の仲間だった。いや、おなじ仲間というだけではなく、もっとも気の合った友人でもあった。

「われわれの中で、後世に残る傑作を書けるのは、おそらく久慈だけだろう」

　三橋はその頃、こんなことをよく云い云いしていた。仲間の中ではもっとも理論的であり博識でもあった三橋の口から、こんなことを云われるたびに、私は面映(おもは)ゆさと誇らしさを感じたものだ。その三橋の文章だったからこそ、あの批評は私に鋭い傷を与えたのかもしれなかった。

「もっとも、久慈の作品はマスコミに迎えられることはないだろう。彼の作品は常にアウト・サイダーの眼を感じさせる」

　三橋は私の作品をこうも云っていた。所で、現在の私は、もっともジャーナリスティックな作家と云われ、もっとも量産をする作家のうちに数えられている。この事実は、三橋にとって、逆の意味で手痛い批評となったかもしれないし、私がノヴェルからエンターテインメントへと走ったことが、三橋の眼には裏切り行為とさえうつったのかもしれない。

　その復讐(ふくしゅう)もこめてだろうか、作家になった私に対する三橋の眼は、常に冷たかった。

「三橋は、きみが金(かね)の亡者になりさがったと云っているよ」

　おせっかいな昔なじみが、わざわざこんなことを知らせてくれたこともあったが、ちょうどその頃作家として原稿が売れはじめ、油の乗りかかっていた私は、一笑にふしたこともあった。

しかし、現在の私は違う。近頃の私は、妙に疲れやすく、何ごとも億劫になってしまった。一日中、注文に追われて、ただ機械的に手を動かし、原稿を右から左へと金に換え、机の前に坐らないときは眠るだけという近頃の生活が、なんとなくうとましくてならなかった。

（おれも昔は涼やかな瞳の、清潔な文学青年だったのだが……）

私は、近頃とみに脂肪をふくんで、ぶよぶよしてきた両の手を、つくづくとみつめながら、こう呟いた。

いや、手ばかりではない。容貌すら、すっかり変ってしまっている。昔の知人に会うたびにずい分変ったと云われるのだが、それを私は年齢と、最近かけるようになった眼鏡のせいだと思いこんでいた。しかし、それも精神の変貌が肉体に及んだということではないだろうか？

新しい文学の出現に双手をあげ、わからないながらも徹夜で原書をひもとき、喫茶店の片隅で、いつはてるともない文学論を戦わせていた往時の自分の姿が、今日ほどなつかしく思われたことはなかった。

私は机の上を片づけて立ちあがった。仕事など、もうする気にもなれなかった。どこかへ行って気持ちを整理しよう、そう思った。しかし、現在の私には、昔のようにカタルシスの役目を果してくれる友人も、恋人も、喫茶店もない。

いつものように、バーにでもいって、女給たちと馬鹿話でもするより仕方がなかった。そんなことをすれば、帰ってきてから、なおさら、やりきれない気分になるのはわかりきったことだ。

しかし、私には行く所がなかった。

バーの中の半分はピンク、半分はブルーに染めわけられていた。この二つの色を特にマダムが好むから、というのが表向きの理由だったが、実際は、この二つの照明が女たちの肌をひきたたせるからなのだろう。

私は、いつものコーナーに坐って、コニャックを命じた。馴染みのホステスであるユキが、今日は休みだということだった。いつもの私なら、多少不機嫌になる所だが、今日はその方がありがたいくらいだ。ユキへの義理立てを理由に、女達を遠ざけて、私はゆっくりとコニャックをあたためた。

「よう、どうしました。ふさぎの虫にとりつかれたような顔をして……」

うしろから、ぽんと肩をたたかれて、私はふりかえった。ある建築会社の部長と称する、藤林という男が、ゴルフ焼けのした頰に愛想のいい笑いをきざませて立っている。

私はバーに来るときは、なるべく仕事に関係のない人たちとつきあうことにしていた。作家仲間ともあまり同席はしない。技術者や、芸能人や、サラリーマンや、とにかく、自分とかかわりのない人たちと話し合いながら飲むのは、私のひそやかな楽しみのひとつだ。藤林もそういう友人の一人だった。

「いや、なんとなく気が滅入ってしようがない。ご一緒にどうです？」

私はコニャックのグラスをあげて、藤林をさそった。自分の仕事に全然関係のない話に耳を傾けていれば、気分も直るかもしれない。ふと、そういう気が動いたのである。

「お邪魔じゃなければ……」

藤林は素直に私の隣りに腰をおろすと、ウィスキー・サワーを命じた。

この藤林という男はこの辺のバーでは、プレイ・ボーイで通っていて、そのくせ、仲々尻尾(しっぽ)をつかませないので有名だった。実際、その浅黒い肌の色といい、ほりの深い顔立ちといい、こめかみにあしらわれている白髪といい、玄人(くろうと)受けのしそうな男前である。

そしてまた、藤林は派手な色合いのものを、外人のように見事に着こなすことでも、定評があった。その藤林が、今日は神妙な黒のダブルに、地味なネクタイをのぞかせている。それに気づいた私は、ひやかし半分にこう訊(たず)ねてみた。

「今日はまた、バカに地味づくりじゃあない。結婚式のお帰りですか？」

「いや、その反対でね」藤林は、ちょいと照れたように、胸元をつくろってみせた。「親友の葬式の帰りなんです」

「ほう、あなたの親友というと、まだお若いはずだが……？」

「そう、五十二でしたかな。もっとも、自殺ですから、年齢には関係がない」

「五十二で、自殺ねえ。なにか事業に失敗でもなさった？」

「それが、まあ、失敗と云えば、失敗なんだが……」いかにも作家らしい好奇心だな、というように藤林は笑った。「ちょっと変った話でね。しかし、あなたに話してしまうと、小説のネタにされるからな」

「プライバシイの権利は、ぼくだって守りますよ」

「いやいや」藤林は手をあげて、「そんな心配はない。なにしろ、あなたとおんなじで、天涯孤独の身の上だった男ですからね。もしなにか書かれたって、尻をもちこむやつなんぞ、いやあしません」

　そこで、彼はグラスをあげ、一口ふくむと、味わうような、考えこむような眼を宙に浮かせたが、やがてひとつうなずいてから、話しはじめた。

「じゃあ、お話ししましょうか。この自殺した男というのは、ぼくの中学時代からの親友でね。一中、一高、東大と常にトップをとりつづけるという、実に頭のきれる男でした。そして、その男――石倉という名前ですが――とぼくが親友になったというのも、実は、彼が常にトップをとり、ぼくの方は常に殿りの低空飛行の名人だったという因縁からだったんです。いや、とにかくプライドのかたまりみたいな男で、おれは完全であることが一番好きだと云うのが口ぐせでしたからね、多分、ライヴァル意識を全然必要としないということが、ぼくを気に入った最大の理由でしょう」

藤林は、昔をなつかしむように、言葉を切って、じっとグラスをみつめた。いつもはいかにもプレイ・ボーイらしいこの男に、そんな面があるのかと思うと、私はほほえましい気持ちにさそわれ、藤林の話にますます興味を覚えた。

「そう、石倉ぐらい完全にあこがれ、そのために努力した男も珍しいですよ」藤林はウィスキー・サワーのお代りを命じながら、こう話をつづけた。「常に完全なペースで、常に完全な仕事をめざしている男に、友人ができるはずはありません。友人といえば、ほんとにぼくひとりで、ほとんど孤独といってもいいくらいでしたが、またそんなことを意に介するような男じゃあ、ありませんでした。こんなわけで周囲は敵ばかり、『完全主義者』というのがやつのあだ名で、結局はそんな性格が仇になって、学校に残れなくなりましてね、大学を出ると民間の研究所に迎えられたわけです。もっとも、大学に残って研究する以上の実績はあげてみせると豪語して、ずい分色んな機械を発明しましたよ。だから、民間からはひっぱりだこで、金を作るつもりになれば、今頃は悠々自適という所だったんでしょうが、そこがそれ、完全主義者たるゆえんで、自分の研究のためと称して、郊外の家からここ十年ばかりは一歩も外へでなくなっちまいましてね」

大分、私には耳の痛い話だった。金銭には頓着なしに、自分の研究にはげむ科学者のイメージが、私の憂鬱を一層深めたようだ。しかし、ある意味では、この話は現在の私の気持ちに一番ぴったりくる話だった。

「一体どんな研究をしていたんです？」私は好奇心をむきだしにして、訊ねた。

「さあ、なにを研究していたものやら、もう畠の違うぼくには、さっぱり見当もつきませんでしたが」藤林はおだやかな微笑で、この質問を軽くいなすと、先をつづけた。「それでも、月に一度ぐらい顔をみせた時の石倉は、相変らず自信満々でね。仕事は着実に進んでいるようでした。そして、つい三ヵ月ほど前に、やっと自分の夢を実現できる発明が完成したと手紙でしらせてきたのです。いつかきみにもその成果をお眼にかけようと、鼻高々の文面でしたっけ。所が、その発明に、その後不備な所がでてきたんでしょうね。さかんにやつらしくない、愚痴っぽい手紙をよこすと思ったら、どうやらすっかりノイローゼにかかって、なんでも婆やの話では、夜中に大声でわめいたりするんだそうです」

「婆やって、ご家族は全然いないんですね？」

「そう。それも完全主義のたたりですよ。普通の女じゃどうしたって気に入らない。とうとうやつは、あの年まで婆やと二人暮しでした。いや、その婆やが心配しましてね。石倉は夜になると必らず、大声でわめいている。しかも、それが誰かと云い合いをしてる様子だっていうんですね。婆やは、旦那様は、毎晩幽霊と喧嘩なさってる。あのままだと、今に、旦那様がとり殺されるって、云うんですが、まさか、そんなバカなって、ぼくはとりあげませんでしたよ。そうしたら、一昨日(おととい)だったか、電報が来ましてね、石倉が自殺したという知らせでした」

「自殺に間違いないんですね？」

私の質問に、藤林は大きく笑った。

「いや、幽霊にとり殺されたわけじゃない。ちゃんとした自殺ですよ。身辺の整理もしてあったし、ぼくあての遺書もあって、覚悟の自殺だということははっきりしている。あなたの小説のように、意外な犯人がいる気配もなかったと思いますね。遺書には、自分は今まで常に完全だったと思っていたが、その自信が全く失われてしまった。自分自身に絶望した現在、死を選ぶより仕様がないというような、やつにしては珍らしく抽象的な文章でした。結局、発明したものが不完全だったということが、大きなショックだったんでしょうね」

藤林は一息つくと、生真面目な顔をして、ウィスキー・サワーをあおった。

「で、そのあとは、家族がないとなると、どうなるんです？」

こう質問して、私は、われながらいやらしい質問だったと、眉をしかめた。しかし、本来ビジネスマンである藤林は、これを当然の質問と受けとったようだ。

「遺産といっても、十年ばかりの研究ですっかり失(な)くなっちまって、大したものは残っていませんよ。株券と銀行預金で、百万ぐらいのものかな。あとは邸(やしき)と地所ですが、これが問題でね。なにしろ、動産、不動産とも婆やにのこされたわけで、その処分はぼくが始末をつけなくちゃいけないんだが、婆やはどうしてもあの邸に住まんと云うんですよ。第一広すぎるし、それにあんな幽霊がでるところは真平だっていうんでね。ぼくが買うわけにもいかず、そうかと云って、不動産屋にまかせるのも、やつの遺品のことを考えると気がすすまない。誰か知人で、家具つきのまま買いとってくれる人でもいればいいんですが、誰か心当りはありませんか。完全主義者のやつが買っただけあって、近頃流行の便利な家具じゃないが、仲々いいものが揃っているんですよ」

藤林は先ほどとはうって変って、なんの感傷もなく、ビジネス・ライクに話をすすめた。

「なんなら、ぼくが買ってもいいな」

そう云ってしまってから、私は自分の言葉にぎょっとした。ついさっきまでは、そんな気持ちは毛頭なかった。女房に死なれてからの私は、今の気軽なアパート暮しが、すっかり気に入っている。通いの小母さんに朝晩きてもらって、身の廻りの世話をしてもらっているのだが、金銭ずくで、愛情のかせにしばられない生活の方が、気ままで楽しいとさえ思えた。なにを好んで、そんなやっかいな邸など買おうと云うのだろう。

しかし、その完全主義者であった科学者の話が、そして、その完全主義に破れ去った男の話が、現在のセンチメンタルな気分にぴったりしたのかもしれなかった。

「ほう、あなたがねえ？」

藤林はあきれたような顔をして、まじまじと私をみつめた。年齢のせいか、近頃妙に気短かになった私は、こういう風に云われると、かえってえこじになる。

「ええ、ぼくじゃ不都合ですか？」

かすかに、後悔のかげりを心の隅に感じながら、私は勢いこんでそう云った。

「不都合どころか、あなたなら願ってもないんだが、大丈夫かなあ？」

藤林はちょっとからかうような微笑を浮かべて、私をみやった。

「どれぐらいでゆずって下さるのか分りませんが、金ならなんとかします」

私は少し顔を赤らめて、云った。

「いや、金の方は心配していませんよ。ただ、そういう幽霊話のある邸だからねえ」

藤林の語調は、もうすっかりバーにふさわしく、かろやかな調子になっていた。

「ぼく自身、お仲間みたいなものだから、一向にかまいません」

自分だけに通じる自嘲をこめて、私はそう答えた。

「それなら、早速、話をまとめましょう。ただし、あとになって酒の上という云い訳は困りますよ」

いかにも抜目なく、こう釘をさすと、藤林は身をひねって立ちあがった。

「いずれ、書類を持ってお宅へ伺います」

これ以上長居は無用と云わんばかりに、さっさと出口へ歩いてゆく藤林の後ろ姿を見送りながら、私はなんとなくほろ苦いコニャックを、口にふくんだ。

グリーンの、深々としたソファに身を落とし、私はほっと一息ついた。足もとにはペルシァ織りらしい絨毯がシャンデリアの影をおとしている。黒ずんでしっとりとつやのでたマントルピースの上には、大理石の時計が重々しく時をきざんで、高い天井の明り窓のあたりにも、なにやら彫刻が施してあるらしい。これで、西洋の甲冑姿の幽霊でもでてくれれば申し分ないのだが、と私は思った。

元来俗物の私には、この邸は願ってもない掘出物だった。こういう家具類の本当の値打ちはわからないが、いかにも年輪を感じさせるたたずまいが、気に入っていた。家具附きというのが、はじめは億劫だったが、思い切って買っておいて、いいことをしたと思う。だまされるんじゃないかと思っていた、藤林に対する疑心も、どうやら解けた思いである。

邸の中はしいんとして、物音ひとつ聞えなかった。昼間は手伝いの人や、出版社の見舞い客で、かなりにぎやかだったのだが、こうして片づけも一段落し、みんなにひきとってもらうと、あとの静けさが一層身にしみる。都心のアパートとは大した違いだ。

私は立ちあがると、もう一度邸の中を見まわろうと思った。昼間、何回も邸中を歩きまわったあとだが、夜、部屋部屋をのぞいてみるのも一興だろう。こんな古びた邸だから、なにかまた面白い家具でもみつからないものでもない。それに、ひょんなところで、幽霊にでくわさないとも——私はあわてて首をふった。生来、あまり気の強くない私は、どうやらこの邸の静けさに気押(けお)されているらしい。

応接間から、食堂、書斎、書庫、居間とまわって、私は「研究室」の扉をあけた。他の部屋は、私も使うつもりで一応整理はすませてあるのだが、この「研究室」ばかりはどうにも使いようがない。いずれは改造してサン・ルームにでもするつもりだが、ここ当分は前の主人が使ったままに残しておくつもりだ。さすがに完全主義者だけあって、室内の器具は整然としているが、専門外の私には、なにをどう使うのやら見当もつかない。

「研究室」は畳数に直せば、十畳ほどの広さである。四方の壁は白塗りで、その白が見えないほどに、いろんなグラフや青写真がはりめぐらされてある。リノリューム張りの床の上には、自動車のモーターのようなものや、乾電池、コイル、木工具、パイプ、各種のペンチがひとまとめになった木の台があり、壁にそって、得体(えたい)の知れない機械類がずらりと並んでいた。理学博士の研究室というより、機械工の仕事場と云った方がぴったりするかもしれない。

その機械類の中で、正面にひときわ目立つ銀色の機械が私の眼をひいた。一見した所、喫茶店の冷暖房器に似て、かなり大きなものだ。上部はガラス張りになっていて、各種のメーターが素通しに見える。下部の方は銀色の金属板が張ってあり、二つのボタンがついているきりだった。これが完全主義者の最後の作品かもしれない。

私は機械類の間をぬって、その機械に近づいていった。

学生時代から機械類を見ると、興味よりもまず恐怖を感ずるたちの私は、おそるおそるそのメーターをのぞきこんでみた。

　それから、こわごわ右のボタンをつついてみる。しかし、手をふれても、別に感電する恐れはなさそうだった。

　しばらく、ためらってから、私はかなり強くボタンを押した。ガラスの中のメーターがかすかに左右に揺れるだけで、何事も起らない。もう一度、私はぐいとボタンを押した。

「ブーン」という音が機械の内部から起り、メーターが一せいにクルクルまわって、ガラスの中を黄色い光線が飛び交った。私は、この機械を征服したような楽しさに、やたらとボタンを押しつづけた。

「あんまり、ボタンを押さないでもらいたいな」

　鼻にかかった横柄な声が、いきなり後ろから私の耳に飛びこんできて、私はぎくりとした。ふり返ると、茶のくたびれたウーステッドの背広に、よれよれのウール・タイをぶらりとぶらさげ、蒼白（あおじろ）くやせ細った青年が、長髪をかきあげ、扉口の所につったっている。

「誰だね、きみは？」

　威厳をもってそう詰問したつもりだったが、私の声はだらしなくふるえていた。

（これが幽霊なのか！）

　私の心を、恐怖とともに走った第一の言葉はそれだった。しかし、気を落ちつけてみると、両足はちゃんと備えているし、やせこけているのもどうやら栄養不良のせいらしかった。しかも、その顔には、どこか見覚えがあったし、声も聞きなれた感じがする。

（一体誰だったろう？　どこかの編集者のような気がするが……）

ようやく、気をとり直して、私は訊ねてみた。

「きみ、どこの社の人だっけ？」

「文源書房ですよ」

青年はぶっきら棒に答えた。いやに横柄な編集者だ。がいして、新米の編集者ほど、むやみに横柄になるか、礼を失するほどていねいになるものである。こいつはなりたてだなと、私はぴんときた。私も、作家になる前に五年ほど編集者の経験がある。しかも、この青年と同じ文源書房に勤めていたのだ。もっとも、文源書房は純文学を主として出版しているから、今の私にはあまりおつきあいはないはずなのだが…。

「ほう、文源ねえ。それで、ぼくになにか用？」

この間の作品は、私にとっては、いわばノヴェルとして書いたつもりだったから、この男の訪問の理由も、その辺にあるのだろうと私は勝手に推量した。

「まあ、腰をおろして、話しましょうや」

青年は研究室の片隅にあるベンチに、歩み寄って腰をおろすと、ポケットからくしゃくしゃの煙草（たばこ）をとりだした。

その図々しい素ぶりのかげに、妙におどおどした影がみえ、くしゃくしゃの煙草をこれみよがしにつまみだす手先の動きも、いやにキザったらしかった。

「文源でぼくになにか書けと云うのかい？」

こういうやつと長話になるのはあんまりありがたくない。私はなるべく、話を手短かにしようと、こちらから切りだした。

「冗談じゃないですよ」

青年は唇をゆがめてそう云うと、ケケッと神経にさわる笑い声をたてた。

「え？」

「冗談じゃないと云ったんだ。文源はノヴェルしか出さないんだ。あんたみたいな通俗作家の原稿は用がない」

「通俗作家はご挨拶だな」

私は苦笑してみせたものの、腹の中はにえくり返る思いだった。

「通俗と云ったら怒りますか。しかし、本当でしょう。一体いくらたまったんです？」

大きなお世話だ。なんの仕事もしていないチンピラのくせに、他人の講釈だけは一人前だ。こういうタイプの文学青年ぐらい始末の悪いものはない。自分では結構、芸術一途のつもりなのだろうが、一皮めくれば、金がほしくてうずうずしている。そう思うと、私はこんな男と問答しているのが、バカらしくなった。

「原稿の用じゃないのなら、帰り給え」

私は、なるたけ冷たい声音でそう云ってやった。

「ほう、痛い所をつかれたんで、ぼくがこわいんですな」

青年は精一杯の虚勢をみせて、ベンチの上でふんぞりかえった。

「きみみたいな青二才になにを云われたからって、いたくもかゆくもない。さっさと帰ったらどうだ」

態度が不愉快なだけではなかった。どうやら、何日も風呂に入らないらしく、青年の身体（からだ）からは、脂じみた匂いがぷんとにおってくる。煙草をもつ手先の爪も、なにやらあかじみて、薄汚なかった。

「怒ったふりをするのはお止（や）めなさい。あんたは怒ってやしない。あんたが本当に怒りをこめて作品を書けば、こんなだらしのないざまにはならなかったんだ」

私に威圧されまいと、青年は声をふりしぼった。しかし、その眼の色は、もう自信なげにおろおろとあたりを見廻している。

「そんなに云うんなら、自分でそんな作品を書くんだな。ただ金のために作品を書くというのもウソだし、金にしたくなくて作品を書くというのもウソだろう」

私は面倒くさくなって、そう云った。

「そうかねえ。あんたみたいな職人作家でもそうかねえ。ぼくなんか、原稿料のために身を売るのだけはごめんだ」

青年の声は悲鳴に近かった。（ウソをつけ）と私は思った。（なぜ自分こそ正直に云わないんだ。金がほしいと、ほしくてならぬ、と）

機械は相変らずブーンブーンと鈍い音を立てている。その音が、今は妙に耳ざわりだった。

「結局、あなたは俗物だということで居直ってしまったんだ。そういう手合いが……」

青年のかん高い声を後ろに聞き流しながら、私は機械の傍に寄って、静かに左のボタンを押してみた。ガラスの中の黄色い光が消え、メーターがとまり、ブーンという音も聞えなくなった。

同時に、青年のかん高い声も、ふっつりと止んだようだ。

私はふりかえった。が、青年の姿はどこにも見えない。そこには色んな機械類と、木のベンチが、うっすらと埃りをかぶっているばかりである。

私は機械の方に向き直った。あの青年が現われたのは、私がこの機械の右のボタンを押した時だった。そして、左のボタンを押した今、青年は姿を消してしまっている。

私ははじめて、この機械と青年との関係に気づき、はげしい興味を感じた。

この機械をもっとよく調べてみる必要がある。私は入念に前面を調べてみたが、二つのボタン以外は別になにもない。右の側面も左の側面もすべすべした金属板が張ってあるだけで、なにもみつからなかった。結局、残った所は、壁に密着した後部だけだ。

私は機械を壁から離そうとした。長いこと力仕事などしたことのない非力な私には、これは大変な重労働だった。私は床の上から、丈夫そうな鉄のパイプを拾いあげると、壁と機械のわずかなすき間にさしこんで、力一杯こじ開けた。

機械は少しずつ、ずるずるっと、埃りの跡を床の上につけながら、壁から離れた。

パイプを投げすてると、私はすっかりあらわになった機械の裏をのぞきこんだ、先程の青年が、そこから飛びだしてきやしないか、ふとそんな気もしたが、機械の裏側も、銀色の金属板がはりつめてあるきりだった。

がっかりした私が、ふと眼を下に落とした時、その機械の一番下の隅に、なにかほりつけてある文字がみえた。

私はしゃがみこんで、その文字を読みとり、眼の前が真暗になるような気分に襲われた。先ほどの青年の、ケラケラという笑い声が私の頭の中いっぱいに響きわたっている。

思わず眼をつぶってしまった私は、やがて、そうっと眼をあけた。電灯の光を反射して、金属板にほりつけられた文字がキラリと光る。その文字を、もう一度、私は声にだして読んだ。

「過、去、再、生、装、置……」

PART 1

顔

静かにほうたいをとりながら、三村俊一の胸はふるえた。

このほうたいの中から、はたして、以前の顔とはまったく別の顔があらわれるだろうか?

三村俊一がこの医者のところへやってきたのは、二週間前のことだった。その頃、三村は高利貸しの伯父を殺し、三百万円をうばって逃げだしたものの、警察のきびしい追及にあって、身のおきどころのないありさまだった。

ちょうどそんな時、彼は耳よりな話を聞いた。東京にすばらしい腕の整形外科医がいて、指紋を消したり、顔かたちを別人のように変えてくれるというのである。もちろん、犯罪者仲間でも、ごく一部の人間しか知らない噂だったから、詳しいことはわからなかったが、三村はワラをもつかむつもりで、そこを訪れることにした。

教えられたその医者の住んでいるところは、意外にも都心のある有名なアパートだった。東北育ちの三村は、アパートの豪華なふんい気に気押されながら、おそるおそるある一室のベルを押した。

ベルに応じてドアを開けたのは、妙に顔がてらてらと光り、若いのかとしよりなのか見当のつかない男だった。

「なにかご用でシか？」と男は云った。

「先生はご在宅でしょうか？」と三村は訊いた。

「フム」じろりと三村を一べつして、男はうなずき、中へ入れてくれた。

アパートの中は、玄関から想像していたよりもずっと広く、豪しゃだった。男は部屋の中にあるこげ茶色のゆったりしたソファの方へ、すわれというふうにあごをしゃくった。

「あんた、なにかまずいことがあって、わスに頼みにきたんだろう」

男の横へいな口の利き方から、三村には、この男が当の先生だと見当がついた。

「そうなんでシ、ぜひ先生のお力を借りたいと思いまスて」と三村はていねいに云った。

「フム」と男はうなずき、じろりと三村を見た。「どうやら警察のまわスものでもないらしいな。スかス、わスの手術料は高いぞ。それでも、かまわんかな？」

「こんな結構なところに住んでいらっしゃるんスから、さぞかス、高いと思ったでシが、おいくらでしょう？」

「わスがこんなところへ住んでいるのは、ぜいたくなせいばかりではないんだぞ。都心のこういう高級なアパートは、住んでる人間がおたがいに干渉し合わんもんだから、かえって人目につかず、警察の眼にもふれにくいんだ。スかス、とにかく金がかかることはかかるんでな。百万いただこうか」

「百万……」三村はしばらく考えこんでから云った。「でも、ほんとに顔は変えていただけるんでしょうね？」

「あたりまえだ」医者の答えはにべもなかった。「わスには自信がある。もっとも、あんたがわスを信用できんというのなら、それでもかまわん。ほかへ行ってもらおう」

「わかりまスた。百万、けっこうでシ」三村はあわてて云った。

「よろスい。手術はこの奥で行なう。設備はととのっている。二週間、あんたにはそこへ入ったきりになってもらおう。看護は、かよいの臨時看護婦をやとうが、あまりはなスはせんように。こんなことを云わんでも、あんた自身、身もとがばれるのが心配なら、はなスはせんだろうがね」

「ありがとうございまシ」ほっとして、三村は云った。

「ところで、先生はやはり東北のお生れでシか？　なんだか、言葉の具合いがそんなふうに……」

「よけいなことは云わんでもいい！」医者はとたんに機嫌がわるくなって、顔をそむけた。

　あれから二週間——医者は約束通り、今日退院してもいいと云った。そして、はじめて鏡の前でほうたいをとることを許してくれたのだ。

　ほうたいは次第次第にほどけて、鏡には、その下の顔がすっかりうつっていた。三村ははっと驚いた。なんという、すばらしい技術だろう。鏡にうつっているのは、頬がこけ、眼がくぼみ、眉のふとい陰気な顔——以前の、全体にふっくらとした、おだやかな感じの三村の顔とは、似ても似つかぬ顔がそこにあった。

「どうだ、おどろいたかね？」とうしろから医者が声をかけた。「これなら以前のあんたとは誰も思うまい。わスの腕に狂いはないんだ。なにスろ、わスは自分の顔を実験台にスて、整形をやったんだからな」

（なるほど）と三村は思った。（それで、この男、妙にてらてらして、年齢のわからない顔なんだな）

「さあ、満足なら手術料をいただこうか」と医者がさいそくがましく云った。

「スカスね、先生。ここに、妙なシミがありますよ」

三村の云う通り、新しい顔の左の頬の上には、五十円銀貨ぐらいの赤いシミがある。

「うん、そいつはちょっとスたメスのすべり具合いで、内出血スたんだろうが、とにかく、顔が変ったんだから、文句はあるまい」

「それでも、ちゃんとした顔にスてほスかったなあ。どうでシ、手術料は十万負けませんか？」

「とんでもない男だな。スかス、まあいい。わスが、わス自身のミスに対するバッとスて、十万負けよう」医者はにがい顔で答えた。

それから三時間とたたないうちに、三村は晴ればれとした気持ちで、新宿のメイン・ストリートを歩いていた。この顔なら、手配写真とは似ても似つかぬし、どこへ行こうが大いばりだ。顔が変ったことを知っているのは、あの医者一人――しかし、その医者も、もうこの世のものではない。

彼があの医者にわたしたのは、九十万の札束のかわりに、一本のひもと死だった。つまり、自分のもとの顔と新しい顔を知っている唯一の証人を、彼は生かしておくわけにはいかなかったのだ。看護婦が臨時やといであり、話もあまりしなかったのは、医者の都合もあったのだろうが、彼にとってもはなはだ都合がよかったわけだ。

こうして、彼は手つかずの三百万を鞄に入れたまま、東京の街を大手をふって歩いている。まったく生れかわったような気分だった。

しかし、彼がある街角のウィンドウの前でかざってある洋服にみとれていると、うしろから、肩をつかまれた。つかんだのは眼つきの鋭い男だった。男は黒い手帳を彼に見せると云った。

「警察のものですが、ちょっと同行ねがいます」

それからさらに五時間後、うす暗い留置場で三村は呆然としていた。警察署へ連れてこられてから、自分の身に起ったことは、彼には悪夢としか思えなかった。

「これが一ヵ月前に起った銀行強盗のモンタージュ写真だ」と刑事は云ったのだ。

「ほう、おまえの人相にそっくりで、左頰に赤いシミがある。おまけに犯人の特長である東北なまりという点も合致する。その上、鞄の中から大金がでてきたぞ。銀行の人たちの証言もあるし、おまえには自分の身もとやアリバイも申し立てられないとなれば、もう、銀行強盗を自白したようなもんじゃないか！」

あの医者が、整形手術のほかに、とんでもないアルバイトをしていたのを、三村俊一が思い知ったのは、この時だった。

PART 1

ゆたかな眠りを

ガクンと手荒く身体をゆすぶられて、心地よい眠りの底から一気に現実にひきもどされた桑島敬介の眼にうつったのはプラスチック製の無表情な仮面だった。

その口がパクッと割れ、ざらざらした女の声が響く。

「旦那さま、お時間でございます」

と同時にギクシャクと両腕が伸びてきて、敬介をもう一度ゆすぶろうとした。

「わかった、わかった。そう手荒くせんでくれ。すぐ起きるよ。これ以上やられたひにゃ身体がバラバラになっちまう」

悲鳴に近い声で彼が云うと、女中ロボットはようやく両手をひっこめ、上体を折るようにして一礼して部屋から出ていった。

そのぎごちない歩きっぷりをベッドの上から見おくりながら、敬介は溜息を吐いた。

「やれやれ、もうそろそろグリスアップしてやらなきゃいかんな」

グリスアップしてやっても、その女中ロボットはあと半年ももてばいいところだろう。なにしろ、二年前の型で、しかもキャフェテリアでさんざん荒っぽく使われたやつを格安にゆずってもらったのだ。新型なら二十万はするところを、五万クレジットだったのだから、買いものだったとは云える。しかし、敬介の安月給にとっては思い切った買いものだった。現に毎月五千クレジットの月賦が全部済んではいない。多分、それを払い終った頃には、このロボットは廃物になっているだろう。

　敬介はもう一度溜息を吐いた。

　大きく伸びをして、しぶしぶベッドから立ち上ると、ふらっとめまいがして、またもや腰を下ろしてしまう。頭の中にニコチンがぎっしりつまり、ぷくぷくと泡を吹いているような気がする。近頃はいつでもそうなのだ。さわやかな気分でベッドを離れたことはない。

（年齢だな）と彼は思った。（四十にあともう二年だものな。あの女中ロボットを嘲笑えないさ。おれ自身にもガタがきている）

　寝室のドアが開き、女中ロボットが顔をだした。

「旦那さま。もう本当にお時間が……」

「わかった、わかった」

　手をふると、頭の痛みをこらえながら敬介は立ちあがった。

　洗面をすまし、洋服に着かえてのろのろとダイニング・キッチンへ出てゆくと、こげくさい匂いと油の匂いがむっと鼻をついた。食卓の上には無惨に焼けこげたトーストと、油の中に浮きそうになったベーコン・エッグが並べられてある。

「なんだ、おい、またトーストをこがしたのか？」

げっそりした声で云っても、女中ロボットは相変(あいかわ)らず無表情のまま食卓の横につっ立っているだけだ。敬介は昨日テレビで見た最新型女中ロボットのコマーシャルを思いだした。そのロボットは彼に向かってにっこり微笑(ほほえ)みかけると、こう云ったものだ。

『あなたもカサシタ電機のホーム・ロビイをどうぞ』

あの分では、なにか粗相したときには、申しわけなさそうな表情をつくり、やさしい声であやまることもできるのだろう。ところが、この旧式のオンボロロボットときたら……。

「おあとがつかえております。どうぞお早くお召しあがり下さい」

妙な節のついたザラザラ声で女中ロボットは云った。キャフェテリアでつかわれた時にセットされた記憶装置のぐあいで、ときどき妙なことを口走るくせがある。

「こんなもの食う気がするかよ」

敬介はカンをたてて、こげたトーストを女中ロボットに投げつけた。女中ロボットは平然として床に散らばったパンを腹部に装置してある掃除器で吸いとると、さっさとダスト・シュートの方へ歩いていった。

「バカモノめ！」

低い声でののしると、彼はベーコン・エッグを押しのけ、コーヒーカップに口をつけた。濃いミルクと適当にまざり合ったコーヒーは少しずつ頭の中のニコチンを溶かして朝らしいさっぱりした気分にしてくれる。

（このコーヒーの入れ方をうまく記憶装置にセットできたのはほとんど奇蹟だ）

かすかな満足感を覚えながら、彼は思った。もっとも、それすらできなければ人間の女房をもらった方がましだろう。

しかし、その満足感もあまり永くは続かなかった。コーヒーを飲み終り、さて出かけようかと腰を浮かしながらふと何気なく腕時計を眺めやった敬介は、思わず怒りのうなり声をあげた。毎朝、銀行へ出かける時間は午前八時と決めてある。それなのに今、腕時計の針は七時半を示しているのだ。

「畜生！　昨夕ちゃんとセットしておいたのにもう狂ってやがる。三十分も早く起しやがったんだな」

サラリーマンの朝のベッドの中でのひとときは砂漠の水のようになにものにも替えがたいものだ。それを三十分も……。ロボットを八つ裂きにしてやりたい衝動にかられたが、敬介は月賦がまだ全部払い終っていないことを思いだし、辛くも思いとどまった。

「新聞でも読むか……」

苦い声で呟くと、彼は新聞をひろげた。

「おいもう一杯コーヒーをくれ」

そう命じて、煙草に火を点け、出勤前になどついぞ眼を通したことのない紙面に視線をこらす。

『全国の失業者一千万を突破』

と云う見出しがいきなりとびこんできた。それにつづいて、『日労連、労働者にゼネストで警告』というサブタイトルがついている。

『労働省は昨十七日、一九九三年度前期の労働白書を発表したが、それによると、日本全国の失業者数は一千百十六万五千人になり、これは全労働者数の二十三パーセントにあたる。昨年度後期の五百九十万八千人の失業者数にくらべると、いっきょに百パーセント近い増加を見たわけで、今後この状態がますます深刻化するとみた労働省では、事態を憂慮して早急に失業対策にのりだす予定である。この失業者の急激な増加は今までにも再々指摘された通り、ヒューマン・アンドロイド工学ブームにより、続々と新製品が市場に送りだされた結果、その製品が労働者の職をうばったからである。日本労働者連合ではこれを重視して、ヒューマン・アンドロイド製造を規制する法案の成立に今後の闘争方針を決定し、この法案の成立のためにはゼネストも辞さないと労働省に警告した。しかし、この法案が国会を通過する見こみは早くても明春であり、それまでに失業者の数が倍増するとみた労働省では、工業技術省から業者に自主規制を呼びかけてもらうことによって、とりあえず現在の失業者増加をくいとめる計画である……』

敬介の背中をうそ寒いものが駆けぬけていった。四十に近い年齢のことがまたしても脳裏をちらつく。彼の銀行ではまだロボットどもが彼らの職をうばいにくる様子はない。しかし、いずれその時がくるのは目に見えていた。最初は重労働の運びが専門だったロボットどもが、次第にその能力を増し、各職場に食い入ってきて、人間以上の有能な存在となってしまうまでに五年とかかっていないのだ。

あれほど不足していた下級店員やお手伝いさんたちの労働力をロボットどもがかわってやって大いに重宝がられたのも束の間で、今ではその存在を重宝がった人間たちの職さえうばおうとしている。

そうかといって、ロボットの従順さと便利さに馴れた人間たち——特に資本家たちはたとえ労働者がどう叫ぼうと、この便利な機械を手放す気はないだろう。五十年も前には労働者にとって最大の切り札であったゼネストですら、今では大した脅威を与えない。労働者がストをやっても、ロボットがその代りをするのだから……。

敬介はあわてて記事から眼をそむけた。現実を直視するよりも、頭を垂れ、眼を伏せ、現実が通りすぎてしまうのをひたすら願うのがサラリーマンの唯一の処世術だ。彼の視線はうろうろと他の記事を——もっと楽しそうな記事を求めて紙面をさまよった。

『ゆたかな眠りをむさぼる人々』

という活字が眼に入ると、彼はいそいそと読みはじめた。それは昨年の暮にようやく厚生省の認可が下りた冷凍睡眠のドックがようやく軌道に乗った営業ができるようになったという記事だった。しかし、まだ冷凍睡眠に対して危惧を感じる人が多いためか、ベッド数は半分しかふさがっていないらしい。『申し込み者が少い理由はもうひとつある』と記事には、書いてあった。

『冷凍睡眠に入る事前の肉体的条件を完全に整え、かつ完全な手術を行なうためには約百万クレジットに近い費用がかかるのである。ドック側ではこれらの費用はほとんど実費で、むしろ赤字覚悟の経営だといっているが、いずれにせよ、庶民には手の届かぬ金額であることはまちがいない。このせち辛い世間から逃避して永い眠りに入ることも、選ばれた人でなければかなわぬ夢なのである。ともあれ、今このドックではすでに千八百四十二人の選ばれた人たちがゆたかな眠りをむさぼっている』

再び敬介の胸に怒りの波が押し寄せてきた。三十分の貴重な眠りをうばわれたことを想いだしたのだ。

(あのクソロボットめ!)

新聞を放りだすと、彼は生ぬるくなったコーヒーをすすった。なんと云うことだ。自分はわずか三十分の睡眠不足でいらいらしているのに、一方では百万もの大金を払って悠々とゆたかな眠りをむさぼっているやつがいる。

「お客さん、もう看板ですよ」

女中ロボットが台所からやってくると、ザワついた声で云った。

「ここはキャフェテリアじゃないんだぞ!」

と敬介は怒鳴った。

「ここはおれの家だ！　おれはおまえの旦那さまだ！」

「旦那さま」

云いにくそうにロボットは云い直した。

「看板です。掃除の時間です」

「チェッ。まだわかってねえんでやがら」

舌打ちした敬介は腕時計を見てとびあがった。時計は八時十五分を示している。彼はあわてて扉口へ突進した。その背後から女中ロボットののんびりした声がひびく。

「まいどありがとうございます」


ロッカーを開け、現金輸送員の制服に着かえているところへ、同僚の木崎が近寄ってきて肩をたたいた。

「敬やん。もういけないぜ、おれたちもいよいよこれだ」

木崎はいつもの土気色の顔をいっそうくろずませて片手で自分の首すじをポンとたたいた。

「なんだ。どうしたんだ」

ズボンに足をつっこみながら敬介は訊ねた。

「あそこの掲示板を読んでみなよ」

木崎は更衣室の隅にある掲示板を指さした。

「希望退職者を募るんだとさ」

「だったら、クビになるということじゃあるまい。希望しなきゃいいじゃないか」

「相変らずお前さんは考えが甘いね」

木崎は鼻の先に自棄(やけ)気味の嘲笑(あざわら)いを見せた。

「希望退職者なんて、この不景気な時代にいるわけがないじゃないか。で、誰もいないとなれば銀行側としてはクビ切りをせざるを得ないということになるのさ。あの掲示はちゃんとそのことを匂わしてあるんだよ」

「でもキイやん、あんたやおれは勤続二十年の係長だぜ。まさかそんな年限の古いベテランからクビ切りってことはあるまい。大きな声じゃ云えないが、年限の浅い連中から先にやられるんじゃないか」

「なにもそんなこと小さな声で云うこたないぜ」

木崎はまわりを右往左往している輸送員たちを皮肉に眺めやりながら、

「大きな声で云ったって平気さ。若い連中もおれたちも別に変りなくやられるんだ。いやむしろ、もう動作のニブくなったロートルから先に整理するってことも考えられる。第一、おれたちは、若い連中の倍近い給料をとっているが、そのくせ、倍働いているわけじゃないからな。銀行側としては真先(まつさき)に眼をつけたいところだろう」

「おい、縁起でもねえ」

敬介はおろおろ声で云った。今朝新聞を読んだ時の、あのうそ寒い感覚が身体中をしめつけていた。

「いったい……。いったいどうして急にこんなことになったんだ？」

「ロボットだよ」

木崎は嚙んですてるような口調で云った。

「あん畜生どものおかげなんだ。うちもいよいよロボットどもを現金輸送に使う気になったらしい。まあ、おれたちみたいな走り使いの役をやらせてみて、そのうちおいおいといろんな職場へふりむけるつもりなんだろう。しまいには頭取だけいれば銀行が運営されるようになるんじゃないかね」

敬介にはその木崎の声がもう耳に入らなかった。制服をつけ終り、ガン・ベルトを腰に巻きつけるとあたふたと掲示板に近寄ってみる。木崎の云った通りだった。希望退職者は一ヵ月以内に申し出ろと書いてある。申し出た者には規定の退職金のほかに十万クレジットのプラス・アルファが支給される。

掲示板のまわりに集った同僚たちの間から口ぐちに溜息や不満の声がもれていた。

「おい、どうする？　十万クレジットのプラス・アルファは悪くねえな」

「バカ云え。この不景気で失業者がごまんといる時代に退職してみろ、職なんか金輪際みつかりっこねえぞ。退職金なんかたちまち食いつぶすのがオチだ。おれはまあ、ごめんをこうむるな」

「でも、どうせクビになるのは眼に見えてるんだぜ。それなら、退職金のワリのいいうちにやめて、早いとこ職探しした方が利口じゃねえか」

またこんなささやきも聞える。

「いったい政府はなにをしてやがるんだ」

「けっ、政府なんぞアテになるもんか」

「しかし、労働省は……」

「労働省がいくらリキんだってだめさ。だいたい工業技術省とロボット業者の腐れ縁は今にはじまったことじゃない。やつらこそ金にしばられたロボット同然で、とても業者に自主規制を呼びかけるどころじゃない」

「それに与党の民和党へもロボット業者が莫大な政治献金をしてるって噂だから、ロボット規制法案なぞ通りっこないってな」

「検察庁にも手が出ないのかね」

「検察庁が乗りだす頃にはこちとらが飢え死にしてたら……」

「組合をもう一度つくるか……」

「だめだよ。クビを切られるようなやつらがストをやったって銀行側はイタくもカユくもあるもんか」

「ああ、ああ、ああ……」

「アア、アア、アア……」

終りは溜息の合唱だった。敬介は掲示板を見ているうちに身体がふるえてきた。首をたれ、眼を伏せて現実が頭上を通過するのを待つ処世術も今度ばかりは通用しそうにもない。そうしている彼らを現実は苦もなく吹きとばしてしまうだろう。

唇を嚙みしめると、彼は決然とした足どりで掲示板から離れた。

「おい、どこへ行くんだ。もうそろそろ点呼がはじまるぞ」

木崎が声をかけた。

「課長に会ってくるんだ」

押し殺した低い声で敬介は答えた。

「課長に会ってこの掲示を撤回させてくる」

「そんなことをしたってムダだと思うがね……」

そう云いながら、敬介のただならぬ顔色をうかがって木崎はうなずいた。

「いいだろう。やるだけやってみるか」

二人は地下の更衣室から一階の課長の部屋へ行った。ノックもせずに扉を開け、デスクの前に立ちはだかった二人を見て、課長は眉をひそめた。

「なんだ。事故でもあったのか？」

「事故ではありません。お願いがあって参りました」

ふるえる足をふみしめながら敬介は云った。いつでも、課長の前に出ると足がふるえる。課長はまだ三十を越したばかりの若僧で、背ばかりむやみに高い瘦せこけた生っ白い男だから、年齢から云っても身体つきから云っても威圧感など感じるわけがないのだが、それでも、足がふるえるのだ。課長の背後にどっしりとひかえている銀行の存在が彼をおびやかすのかもしれなかった。しかし、今は——今だけはおびえてはならない。

「なんだね、あらたまって」

神経質そうな細い眉をしかめたまま課長は云った。

「あの希望退職の掲示ですが、あれを撤回していただけませんか」

「なにを云ってるんだ。あれはもう上層部で決定したことだ。撤回などできるもんか」

「そこをなんとかお願いしたいんです。われわれ現金輸送員は別に専門の技術があるわけじゃなし、退職すれば路頭に迷うことは眼に見えています」

「それじゃあ、希望しなければいいだろう」

「それですみますか？　希望者がいなければ次は強制的なクビ切りがはじまるでしょう」

「そうかもしれんがね、上層部がそう決定したのなら止むを得んだろう」

課長はうるさそうにデスクの書類に眼を通しはじめた。怒りが身体をつきぬけ、敬介はその書類をつかみとった。

「課長、聞いてるんですか！」

「なにをするんだ、きみは」

課長は威丈高に怒鳴った。

「それを返したまえ！」

「よろしい」

妙に静かな声で云うと、敬介は書類をはなし、その手をガン・ベルトの方へ持っていった。サックのボタンをはずし、中から光線拳銃をとりだすと銃口をぴたりと課長の胸に向ける。

「あんたにわれわれの要求を聞く気がないのなら、こっちにも考えがある」

「おい、きみ、バカなことはやめろ」

課長は椅子から身体を浮かせ、後ろにさがった。

「そ、そんなことを云うが、桑島君、わたしだって同じなんだよ。同じように希望退職を要請されているんだ。いずれは現金輸送は全部ロボットに任され、このわたしもお払い箱になる。課長になるのはロボット・コントロールの技術者だろう」

「それなら、なおさらのことだ。なぜ上の方へこの掲示を撤回するよう要求しないんです？」

「そんなことできるもんか……」

課長は心細げに呟いた。

「わたしは、管理職でも下っ端のそのまた下っ端課長だからな。雲の上のことはのぞき見することもできやしないんだ」

「敬やん。もうよせよ」

後ろから木崎が敬介の腕を押えた。

「こんなヘナチョコ課長をおどかしてみたってなんにもなりやしない」

敬介は力なく拳銃をサックにおさめた。

「キイやん。二十年だぜ。二十年も云いたいことも云わずにあくせくつとめあげたあげく、あんな人造人間のためにあっさりお払い箱だなんて……」

「わかってるよ。おれだって同じさ」

肩を抱くようにして木崎は敬介を部屋の外へ連れだした。

現金輸送用のエア・カーは銀行の屋上にある。屋上へ向かうエレベーターの中で木崎は云った。

「敬やん、あんた、今退職すると退職金はいくらぐらいになる？」

「さあ、本給が四万五千だから、それに勤続年数をかけると、九十万か。十万プラスされて百万ちょうどぐらいだな」

「百万か。おれもそれぐらいだ。百万じゃ二年保てばいいところだな。そう思うと、おれはいっそ、その金をいっぺんにパッと費ってみたくなるよ。今まではオドオドチビチビ、しょっちゅう家計のことばかり考えて暮してきたんだ。一生に一度は眼のさめるような派手なことをやってやりたい。そうしてあとは死んじまったっていいんだ」

彼は土気色の顔をゆがませて笑った。

「ところが、そんなことはとてもできやしないのさ。おれにはガキ二人に女房がいるからな。その点、独身のあんたがうらやましいよ。ヤケクソになりゃ、そういう真似もできるんだもの。おれにはヤケクソになる自由もありゃしないんだぜ」

その声はエレベーターの中で妙にうつろな響きをたてた。敬介は暗い眼つきで足元をみつめながら考えていた。

（ヤケクソになる自由。ヤケクソになる自由か……）

最後の支店に寄って現金を回収し終ったのは、午後四時過ぎだった。銀色に輝く大きな金属製の鞄をエア・カーに積みこむと、敬介はいつもの通り書類をチェックした。総金額は三千八百四十六万九千クレジット――銀色の金属鞄の中には高額紙幣や小額紙幣がぎっしりつまっている。

「おい、この中におれたち何人分の退職金が入っていると思う」

敬介は、エア・カーの運転台にすわっている部下の倉地に声をかけた。

「さあ、何人分ですかね。とにかくわれわれ輸送課全員の分より多いことはたしかですね」

エア・カーを浮き上らせながら倉地は答えた。

「実際そう考えるとアホらしくなるよ。このエア・カーにおれとおまえしか乗っていないんだ。二人でこいつをネコババしてどこかへ逃げようか」

敬介がそう云うと、倉地はちらとこちらへ顔をふりむけて苦笑した。

「カタブツで通っている係長らしくないことを云いますね。たしかに、希望退職だなんていきなり云われたんじゃ、そんな気にもなってきますよ。しかし、この金を持って逃げたところですぐつかまるのがオチだからな。エア・カーじゃ国外逃亡はまずムリだし、国内だと五時間以内にレーダーがエア・カーの所在をつきとめちまう。エア・カーを捨てて逃げても、せいぜい東京周辺をうろつくのが関の山だから、まずブタバコに入れられるまでの余裕は二十四時間というところですか。二十四時間じゃ、金を費うひまもないですよ」

「ずい分、いろんなことを知ってるじゃないか。逃げてみようと考えたことがあるのかね？」

敬介は冗談めかして訊ねてみた。

「そりゃあね」

倉地は馴れた手つきでレバーを操作しながらうなずいた。

「係長の前だから、正直に云いますがね、輸送員でそのことを考えないやつなんていないでしょう。なにしろ、これだけの金があれば一生好きなことをして暮せるんですからね。しかし、そういうことができないようにちゃんと銀行側が手を打ってあることに気づくと、みんなあきらめちまうんですよ。第一、係長なんかはいいけれど、ぼくなんかはまだ銀行に入って四年でしょう。そんなことをすれば保証人にえらい迷惑をかけちまうことになる」

「なるほどな」

と敬介は云った。銀行員は入行して五年間だけは保証人を必要とする。もちろん、現金を扱う立場にあるからで、もし、なにかの事故があれば、当人か保証人が弁済しなければならない。たとえば、今ここで倉地がこの輸送用の鞄を拐帯（かいたい）してしまえば、ただちに銀行側は倉地の保証人に弁済を求めるだろう。保証人は一生かかってもその義務を果（はた）さなければならない。しかし、敬介にはその心配がなかった。保証人は一生かかってもその義務を果さなければならない。しかし、敬介にはその心配がなかった。五年間無事故で勤めれば、銀行側も当人を信用してその後は保証人がいなくても退職させられることはない。現に敬介の保証人だった伯父は三年前に死亡していた。

（このおれなら、誰にも迷惑をかけないですむ）と敬介は思った。（ただし、うまくつかまらない方法があればだが……）

そんなうまい方法はありそうになかった。倉地の云う通り、二十四時間以内につかまってしまうだろう。いくらヤケッパチを起す自由を行使しても、こればかりはどうしようもない。要するに、敬介たち自身もただ本店から支店へと飛びまわり、現金を集めてくるロボットにすぎないのだ。それ以外の自由はなにひとつ与えられてはいない。

「ロボットのものはロボットへ返せか」

そう呟いて、敬介はエア・カーの窓から下を眺めわたした。薄暗くなった外界に点々と灯がともりはじめている。エア・カーはひとむれのホタルのように見える東京上空へ向かって高度を下げた。東京の郊外にはびっしりと白い建物が建ち並んでいる。いずれも下級サラリーマンたちの住む団地だった。たてこんだせせこましい団地のはずれに、まわりをゆったりとした緑地帯にかこまれた白いドームが見えた。なんとなく宗教的と云えるほどの落ちつきを見せたもの静かなふんい気がそのどっしりしたドームから立ちのぼってくる。

「なんだ、あれは？」

敬介は訊ねた。

「どれです？」

倉地は敬介の指さす方を眺めると、すぐ答えた。

「ああ、あれはコックリ・ドックですよ」

「コックリ・ドック？」

「ほら、今新聞なんかにさかんに書かれているじゃありませんか。冷凍睡眠とかってやつですよ。あの中にはブルジョワ連中がいい気な顔して眠り呆けてるんです。ここから爆弾でも落としてやりたいぐらいだな」

倉地は爆弾のかわりにツバをとばした。

（待てよ）

その白いドームを見ながら、敬介は考えはじめた。

（こいつを拐帯してどこかへ埋める。そして冷凍冬眠のドックへ入っちまったらどうだろう？　あそこなら二十四時間以内に身をかくすのにはもってこいのところだ。まさか警察もあそこまでは手が届くまい。やつらが都内を捜索し、全国に指名手配書をばらまいている間中、こちらはのうのうと眠っているという寸法だ。そして、三年なり五年なり、警察も銀行も事件を忘れてしまった頃、のこのこと起きだしてくる……）

「係長、そろそろ着きますよ」

倉地の声に敬介ははっと身を起した。いつの間にか、エア・カーは銀行の真上に舞い降りつつあった。

彼らのエア・カーが屋上に降りた時に、ちょうどその横へ貨物運搬用の大型エア・トラックがにぶい音をたてながら着陸した。その運転席からおりてきた男に倉地が声をかけた。

「おい、なにを運んできたんだ？　金庫か？」

「いや、もっと胸くそのわるいやつさ」

と運転手は答えた。

「ロボットだよ。あんた方のかわりをやるロボットを運んできたんだ」

たしかにエア・トラックの後部からぞろぞろ出てきたのはロボットたちだった。彼らは敬介たちの着ているものと全く同じユニフォームをつけ、帽子をかぶり、銀色のバッジをきらめかせている。ただ、腰のガン・ベルトには、光線拳銃のかわりに棍棒が吊られてあった。無表情な顔つきで、それこそ一糸乱れず、彼らは足並みを揃えて器具倉庫の方へ行進してゆく。

「畜生！」

倉地が拳銃をとりだし、ロボットの群の方へ向けた。

「そんなことをしてもムダだよ」

ロボットの背後から声がかかり、一人の男がエア・トラックからゆっくりと下りてきた。

「その連中を撃ったところで、やつらは強盗防止用の特殊鋼でできているから、光線が通りやしないよ」

「きみはいったい誰だ？」

敬介はその男に訊ねた。

「ぼくはロボット・コントローラーだ。これから一ヵ月間、ロボットをきみたち同様に訓練するために派遣されたんだ。一ヵ月で充分きみたち以上の仕事をロボットにやらせてみせる自信はあるな。第一、そんなぶっそうなものをふりまわしたりするようなムラ気を起さないだけロボットの方がきみたちよりましだ。そう思わんかね」

「なにを云いやがる」

　その男にとびかかった倉地は、しかしたちまち背後からむんずと両肩をつかまれて男からひき離されてしまった。

「つまらんまねは止めた方がいい」

　男はロボットたちに押えつけられた倉地を見て冷ややかな笑いを浮かべた。

「このロボットたちはぼくのコントロールのままにうごくんだ。きみらがいくらじたばたしても怪我をするのはきみたちの方だぜ」

　敬介は男の顔と押えつけられている倉地の顔とを見くらべていたが、やがて、倉地の肩をたたき、低い声で云った。

「おい、地下へ着換えに行こう」

「しかし、桑島さん」

「くやしがったってどうにもなりやしない。おれたちの負けだよ。しかし、おれたちにだってロボットにはマネのできない取り得はある。コントローラーなどいなくても自分で考えた通りに行動できるという取り得がさ」

　敬介は気味の悪い笑みを浮かべた顔でロボット・コントローラーを見返ると、エレベーターの方へ歩いていった。

　待合室の中は褐色の絨毯が敷きつめられ、ソファは坐ると体が沈みこみそうなくらい柔らかかった。春の午後そっくりに調節された温度と照明——待っているうちに敬介はなんとなく眠たくなってきた。物音ひとつしない静けさがかえってその眠りを妨げるほどだ。

「お待たせいたしました」

　明るい声がひびき、入ってきたのは真白な診察衣をつけた若い女医だった。屈託なさそうにむっくり肥ったその女医は敬介に奇妙な安らぎを与えるやさしい顔だちをしている。

「ドックには自分の希望した日に入院できるのでしょうか？」

　と敬介は訊ねてみた。

「ただ今の所、ベッドに充分余裕がございますので、いつでも入院なさることができます」

　細い眼をにこにこさせながら、女医は答えた。

「夜間にはむりでしょうね」

「いえ、わたしどもは終夜営業ですので、いつでもそちらの御都合のよろしい時に入院できます。ただ、前もってその日時をお知らせいただければ……。いつ頃、ご入院の予定ですか？」

「そうですね」

　敬介はちょっと考えてから答えた。

「一週間後——二十五日にお願いしたいのですが、時間は夜の八時頃になるかと思います」

「結構ですわ。それで何年間の冬眠をお望みですかしら？　最初一年間の冬眠が五十万、あとは一年ごとに二十五万ずつ加算されることになっております」

「そう、三年ということにしましょうか」

「はい。三年だと百万クレジットになります」

「それはいつごろお渡しすればいいんですか？」

「入院予定の前日までにお願いします。入院後というわけにはまいりませんので」

女医はほがらかな笑い声をたてた。

「それでは、この申し込み用紙にお書きこみを願います」

申し込み用紙の最初にある氏名の欄に敬介は木崎公平の名を拝借することにした。書きこみながら、念のために女医に訊ねてみる。

「入院する前の身許調査はどういうふうになさるんですか？」

「いいえ、別に身許調査はいたしません。うちへ入院なさる方々は大体上流の方たちばかりでございますから、わたしどもでは信用しております」

女医の答えに敬介は腹の中で嘲笑った。

（ふん、ブルジョワだとみんな信用できると思っていやがる）

彼はでたらめの住所を書き、職業欄には会社経営と書いた。冬眠に入る動機という欄のところへ、しばらく考えてから『睡眠不足』と書きこみ、にやりと笑う。

書きこみの終った申し込み用紙に眼を通した女医はなにも云わずに、相変らずにこにこしていた。

「それではこの用紙にサインをお願いします」

それは一種の誓約書みたいなものだった。もし万一、冬眠中に事故があった場合にも、病院にはなんの責任もないことを了承し一切文句を云わないことを誓うという文面だった。

「事故というといったいどんな？」

疑わしそうな声で敬介は訊ねた。

「いえ、別にしょっちゅうそういうことが起るというわけではございません」

女医は弁解するように早口で答えた。

「たとえば、火災とか戦争でこの病院に被害があった場合とか、その他の不慮の災害の起った場合でございます。あるいはまた、冬眠前に当ドックでお預りした財産が貨幣価値の変動で無価値になった場合も、それを当ドックが保証するわけにはまいりません。それから、これは本当にまれなケースですが、冬眠中に、死亡されたり、その他の疾病におかされるということも皆無とは断言できませんので、念のためこれにサインをお願いしているわけですわ」

（なにが念のためだ）と敬介は腹の中で毒づいた。

（なにもかも病院側の責任回避のためのおぜんだてじゃないか）

彼はその誓約書をにらんでいたが、やがてペンをとりあげて、木崎公平とサインした。

（どうせ同じことなんだ。生きていたって仕様がない。それより、イチかバチかヤケッパチの勇気をふるい起してサイコロをふることにするか）

「ありがとうございます」

敬介の胸のうちも知らぬ気に、女医は相変らずほがらかな声で礼を云った。

「それでは冬眠前の予診を致します。どうぞこちらへ」

敬介は診療室の方へ案内されながら、気がかりになっていたことを訊ねてみた。

「施術の当日には手術前にだいぶ時間がかかるんですか？」

「いいえ、詳しいデータは今日とってしまいますから、当日は簡単な予診だけで手術にかかります。そうですね、一時間ぐらいのものでしょうか」

敬介は胸をなでおろした。二十五日――決行の日には、一秒一秒が貴重な時間になるはずだった。警官がこのドックに気づく前に敬介は平和な眠りに入っていなければならない。警察もまさか冬眠中の人間を妨げてまで捜査はしないだろう。

はじめて、彼はこの春の午後のようなのどかなふんい気が自分の身体の中に忍びこんでくるのを感じた。


その集金金額の総計は四千八百六十三万八千二百クレジットだった。敬介はその数字を満足そうに眺めてから、エア・カーの後尾に積んだ三個の銀色に光る鞄に視線をうつした。その中にぎっしりつまった紙幣が眼に見えるようだ。そして、そのすべてがもうすぐ自分のものになる。得体（えたい）の知れない戦慄（せんりつ）が湧きあがってくるのを、彼はじっとこらえた。

「係長、今日でお別れなんですってね」

運転席の倉地が声をかけてきた。

「ああ、そうだよ」

何気なく答えたつもりだったが、痰（たん）がのどにからまり、しゃがれ声が出た。

「二十年もお勤めになった係長が、希望退職ナンバー・ワンとは意外でしたよ」

「いや、二十年も勤めたから辞めるのさ。この年齢でこういう時期にいつまでも勤めているのは若い連中の邪魔になるからね」

「邪魔とか邪魔じゃないとか云ったたって時間の問題ですよ。どうせみんなクビになるんだから条件のいいうちに決心をつけようと思うんですが、どうも先のことを考えるとふんぎりがつかなくって。係長なんか退職金がかなりの額になるから、自分で商売もできるし、投資もできるでしょうけど……」

（投資ではないよ）

と敬介は答えたかった。

（賭（かけ）だよ。イチかバチかの大勝負だ。三年後に安楽な暮しができるか、それともゼロか）

あの女医が云ったように戦争が起きて爆弾でもふってくるようになれば、身動きのとれない患者は眠りながら殺されるだけだ。あるいは手術が失敗して死んでしまう場合もあるだろうし、半身不随になることもあろう。またそれらのすべてが避けられても、貨幣価値の変動によってせっかく盗んだ金が紙クズ同然になることも考えられる。考えれば考えるほどリスクの大きい賭だ。しかし、もう後にはひけない。敬介は希望退職の申し込みをすると同時に、その全額を前借し、昨日冬眠ドックに払いこんでしまっていた。あとは計画通りにことを行なうだけだ。

敬介は気を落ちつけるために窓の外を見わたした。夕焼けにそまった紫色の雲がうす暗くなりはじめた空一面にひろがっている。

（この美しい景色とももう永久にお別れかもしれない）

そう思うとなんとなくもの哀しい気分になってきた。見下ろすと、白い団地の群れが見はるかすひろがっている。そのせせこましい風景さえが今はなつかしく感じられる。

彼は眼をそらすと、必死に心の中でとなえた。

「ヤケッパチの勇気。ヤケッパチの勇気」

やがて、冬眠ドックの白いドームが見えてきた。冬眠ドックの裏手を流れている川が夕焼けの陽を反射させてキラリと光っている。敬介は汗ばんだ手をズボンの横にこすりつけると、そっと拳銃のサックを探りながら倉地の様子をうかがった。倉地は無心に操縦をつづけている。敬介は身をのりだすと、その後頭部にぴたりと銃口をつけた。

「倉地、おれの云うことをきくんだ」

倉地はびくりと身体をふるわせた。その右手が銀行へ直通の非常警報へ伸びそうになるのを見て、敬介は銃口で後頭部をつついた。

「妙なマネをすると射つぞ。強盗にあった時にどういう措置をとるかは、おまえよりおれの方がくわしい。おれをだしぬくことなぞ考えずにおとなしくしろ」

「係長、気でも狂ったんですか。そんなことをしてもすぐにつかまりますよ」

倉地はふるえる声で云った。

「つかまってモトモトだよ。いいか。倉地、右の方に川が見えるだろう。あの川の河原に機を着陸させるんだ。うまく操縦しろよ。着陸させる時に妙なマネをすると容赦なくぶっぱなすぞ」

ちらとふり向いて敬介の顔色をうかがったのか、あわてて機首を河原の方へ向けた。エア・カーが石ころだらけの河原の上に着陸した時には、あたりはもうすっかり夕闇につつまれかけていた。エンジンが停ると、敬介は倉地に命じて鞄を機から運びださせた。

「おい、それを持ってこっちに来るんだ」

河原づたいに百メートルほど歩くと、エア・バスに客をとられて五年前に廃線となった郊外電車の鉄橋が、赤さびた残骸をさらしている。そのコンクリートの橋げたの根もとを敬介は指さした。

「おい、この中へそいつを入れろ」

橋げたの根もとにはこの間から敬介が掘っておいた深い穴があいている。穴の底には水がたまっていたが、用意してきたスプレーで防水防腐液をまんべんなく鞄全体に吹きかけると、鞄の中の紙幣が水びたしになったり腐ったりする心配はなかった。透明な被膜に包まれたそれを、倉地は穴の中へ入れた。三つめを入れ終ったとき、敬介は引金(ひきがね)をひいた。闇の中を蒼白い光がつらぬき、肉のこげる匂いが鼻をつく。敬介は左の頬がけいれんするのを覚えたが、それだけだった。夕闇が彼の良心にも暗いおおいをかけてくれる。足をあげると彼は倉地の屍体(したい)を穴の中へ蹴りこんだ。シャベルで穴を埋め、大きな石でその上にふたをする。汗をぬぐってシャベルを川の中へ投げこみ、ふり返ると、その穴のあとは誰がみても分(わか)りそうになかった。敬介は満足そうにうなずいた。

雨がふれば、この橋げたは水の中にかくれる。そうしているうちに、ますます穴の所在は人目にわからなくなるだろう。三年後に敬介がここを訪れるときには、敬介自身にもわからなくなっているにちがいない。

彼は胸ポケットから真新しい手帳をとりだすとその第一頁(ページ)に大きな字で書きつけた。『テ、ハ、東京側より三本目の下』

テは鉄橋、ハは橋げたである。鉄橋の橋げた東京側から数えて三本目の下――これだけの心覚えがあれば、三年後に目覚めたときもよもや忘れているはずはあるまい。

手帳をポケットに収めると、敬介はエア・カーに戻った。機内にかくしておいたボストン・バッグを出して河原の上に置き、その上に手帳をのせてから、機内へ入って制服をぬぎはじめた。すっ裸のまま、操縦席にすわると、彼はエンジンを静かに始動させた。そのまま、エア・カーを水面すれすれに川の真中の深みまでもっていき、慎重に着水させる。カーの胴体が水にふれたとたんにエンジンをとめ、そのままずぶずぶと沈むにまかせた。そして、自分は開いておいた窓から外へ出て水面へ泳ぎだした。川の水は冷たく、おとろえかけた中年の身体にはこたえたが、どうにか岸へ泳ぎつくことはできた。

バッグに用意したタオルで手早く身体をぬぐうと、彼は真新しい下着やシャツをとりだし身につけた。洋服を着終り、ボストン・バッグを下げた敬介は、河原へふらりと散歩に来たサラリーマンという恰好だった。

(このまま、ドックに入っても誰もあやしむものはいないだろう)

敬介はエア・カーを沈めた川を眺めやった。

(いずれ、エア・カーの残骸が流されて下流でみつかるかも知れない。しかし、その時にはおれはもうドックの中で安らかに眠りこんでいる)

彼はゆっくりと、河原から突堤の方へ歩きはじめた。突堤へ上ると、すぐ向うにドックの白いドームが見えた。もう一度内ポケットの手帳をたしかめ、敬介はドームの方へゆっくりと歩きはじめた。

目覚めはいきなり襲ってきた。身体中を電気の針で突き刺すようなショックに敬介はうめき、思わず云った。

「クソロボットめ。そう手荒くしなくてもすぐに起きるよ」

しかし、ふと気づくとそばにいるのはあのいまいましい女中ロボットではなかった。白衣をつけ、心配そうに自分をのぞきこんでいる医者らしい男だった。

敬介は眼をしばたたいた。うす暗いと云ってもよいくらい弱い照明があたりを照らしていたが、それでも敬介にはまぶしすぎた。敬介は眼をつぶり、かすかに頭をふった。相変らず、頭の中にニコチンのスモッグがたちこめているような気がした。

「気分はいかがです？」

医者のものやわらかなバリトンさえ、頭のシンにひびきわたる。

「どうしたんです、手術は失敗したんですか？」

口の中がねばり、これだけのことを云うのがおっくうだった。

「いや、失敗とは云えませんね。当時としてはまず成功の方でしょう」と医者は答えた。

敬介は身体中のシビレが少しずつうすらいでゆくのを感じた。身体中に張りつめていた氷が少しずつ溶けていくような感じだった。

「当時と、今おっしゃいましたね」

声ももう普通の声が出る。

「すると、今は一九九六年?」

「そうです。たしかにあなたはご希望通り、三年後の現在、目を覚ましたわけです」

安心させるような笑みを浮かべて医者は答えた。

「この三年の間に戦争はなかったでしょうね?」

敬介はせきこみながら訊ねた。

「いや、戦争はありません。失業者の増加による社会不安から暴動が何度も起りかけましたが、ロボット警官の大量投入による鎮圧でなんとかおさまりました」

「それじゃあ、貨幣価値の変動は?」

「そう」

医者はちょっと考えこんだ。

「失業者が増加したために、かえって貨幣価値があがった傾向がありますな。まあ、それも大したデフレじゃありませんが……」

(勝った)と敬介は身内をつきあげてくる喜びに身をふるわせた。

(おれは賭に勝ったのだ)

敬介の顔色を見て、医者はふと眉根を寄せた。

「あまり興奮なすってはいけませんよ。症状が進行するおそれがあります」

「症状？　ぼくは病気なんですか？」

「いや、病気というより、冷凍冬眠による障害というべきでしょう。現在ならばそういうことも絶対あり得ないんですがね、三年前——つまり、あなたが手術を受けられた頃は冷凍冬眠の初期の実験段階だったものですから、被施術者の六十パーセントはなんらかの冬眠障害を起しているのです。死亡者も十パーセントに達していますし……」

「すると、ぼくも冬眠障害を起しているんですか——つまり不具者になっていると……」

「不具者と云うような大げさなものではありません。冷凍冬眠においてもっともむずかしいのは脳処理ですが、これが初期においてはきわめて不手際だった。ひとつには脳の毛細血管から血液をぬきだした後に入れる防腐用の代理血液の合成が完成してなかったせいもありますす。ために、脳障害を起す患者が非常に多い。特に脳神経を犯されて半身不随になってしまう患者が多いのには弱っています」

「半身不随……」

　敬介はおそるおそる右手を動かしてみた。右手はどうにか動くようだ。左手も大丈夫だった。

（すると足か。下半身不随か……）

「いやいや、あんたは大丈夫。あんたの障害はそんなに大したものじゃない。ただ脳組織のほんの一部が麻痺(まひ)しているだけで、あるいはごく軽い記憶喪失を起しているかもしれません。それも、過去の記憶のほんの一部ですから、これからの日常生活にはさし支(つか)えありますまい」

「なるほど、過去の一部を忘れただけですか……」

安心した敬介はそう云いかけてはっと気づいた。四千八百六十三万八千二百クレジット──その盗んだ金の記憶はすぐによみがえってくる。しかし、あの金はどこにかくしたのだったか……？

不安な予感が彼のわきの下から冷汗をにじみださせた。

「そのぼくのバッグの中から手帳を──早く手帳を出して下さい」

その声は悲鳴に近かった。おどろいた医者は急いでバッグの中から手帳をとりだした。

「これですか？」

敬介は医者の手からそれをひきむしるようにとると、ふるえる手で第一頁を開いた。

そこには、現在の彼にはなんの意味もない文字が並んでいた。

『テ、ハ、東京側より三本目の下』

PART 1

暗い海暗い声

重苦しいほどむし暑い晩だった。

空には星ひとつなく、海は不気味に静まりかえっている。

私はいつものように、後甲板の方へ歩いていった。後甲板には先客が一人いた。デッキの手すりにもたれ、その男はしきりに暗い海をのぞきこんでいる。

「今晩は」

と私は声をかけた。

ふりかえった男の顔は骸骨のように痩せ細っていた。眼が落ちくぼみ、顔色がひどく蒼白い。

「今晩は……」

男は低くしゃがれた声でそう云うと、薄い唇をゆがめて笑った。

私は男の隣りに歩み寄って、同じように暗い海をみつめた。海はいつでも私をもの哀しい気分にさせる。海の中にいる誰かが呼んでいるような……。

「いやな晩ですね」

と私はいった。

「そうですか……」

男は骨ばった長い指で髪の毛をかきあげた。

「ぼくはこんな晩の方が好きなんですよ。なんとなく不気味で面白いじゃありませんか」

私は変った男だなと思った。私が黙っていると、彼が問いかけてきた。

「この船に幽霊が出るという噂があるんですが、知っていますか？」

「幽霊？」

と私は訊き返した。

「ええ。やはりぼくたちみたいな客の一人が、自殺したことがあるんだそうです。こんなふうに重苦しくて、風のない晩だったと云いますよ。その男はしばらく海を眺めていて、ふいに飛びこんだんです。ちょうどここから、今、ぼくらがこうしているところからね……」

男は私の顔をのぞきこむようにして、にやりと笑った。

「あがった屍体は、右の腕がなかったそうです。スクリュウに切りとられたのかもしれませんね」

二人は暗い海にほの白く泡だっているスクリュウのあとをしばらくみつめた。

「それで、その幽霊が出るんですね」

私の声は少しふるえているような気がした。

「ええ、自分の失った右腕をさがしているのだという噂です。こういうふうにむしむしして、海が妙に静まりかえった晩、男が一人でその海を眺めている。そして、しばらくするとふっと消えてしまうのです」

男は自分自身をかき消すようなしぐさをした。

「なぜ、その男が自殺したのか知っていますか？」

と私は訊いた。

「それが、なんの原因もないのです。金に困っているわけでもなく、失恋したわけでもなかった……」

眉をひそめ、男は遠い所を見る眼つきで海をみつめた。

「多分……」

と云って男は口ごもった。

「多分、この海を見ているうちに、なにもかもいやになったのでしょうね。そして、ひきずりこまれるように、飛びこんだのでしょう。ぼくには、その気持ちがわかるな。こうしていると、なにもかも忘れて、この海の底で眠りたくなる。あなたは、そう思いませんか？」

私も、海をみつめた。海は暗く、静かに私に呼びかけているように思えた。

「そうなのです」

ため息を吐きながら、私は云った。

「それで、あの晩私は飛びこんだのです」

私の右腕がないのに男が気づいたのは、その時だった。

PART 2

ああ、神様！

「もう一杯どうです？」

と私はその男にブランディをすすめた。男はひとつうなずくと、グラスを苦もなく空けた。手でグラスを暖めながら、ゆっくり味わうということは一切しない。まるで、レモネードを飲むように、ぐっとあおって、それっきりだ。私は興ざめる思いだった。もうこれで五杯目のブランディなのだ。義理にも少し酔いのまわったふりぐらいしてもよさそうなものではないか。いくら、日本製のブランディだって、そう安いわけじゃない。

私のこんな気持ちも知らぬげに、男は空のグラスをチンと指ではじいて、カウンターの上をすべらせ、けろりとした顔をこちらに向けた。恐ろしいぐらいに整った顔だが、どこか間の抜けた所がある。そう、いわば、喜劇に出てくる殿様といった感じだ。そのキョトンとした顔つきを見ていると、あの飲みっぷりが信じられなくなってくるのだった。

「ずい分、強いんだなあ」

私は多少愚痴っぽい調子でいった。

「いやあ」

男は毛むくじゃらな手で、照れくさそうに顔をツルリとなでると、顔をくしゃくしゃっとゆがめて笑った。

「こんなものは何杯飲んでも同じですよ」

その言葉が私にはカチンときた。さんざん飲んでおいて、こんなものとは何事だ。よし、ぐでんぐでんにしてやるぞ、と私は心に決めた。

「もう一杯、どうですか？」

こっそりと、札入れの中の紙幣をたしかめながら、私はいった。

「だめですよ。ぼくは酔いやしません」

男はにやりと笑って、髪の毛をかきあげた。つやつやとして、ヘヤートニックの看板になりそうな、見事な髪の毛だ。背は高いし、色は浅黒く、まったく、現代風の二枚目だが、どういうわけかこの男は、女性がきらいらしい。この店の女給たちにも、ずい分、モテているようだが、ついぞ浮いた噂ひとつ聞いたことがなかった。女給たちの話によると、どこかによっぽどすばらしい恋人でもいるらしくて、誘惑しても、てんで歯が立たないんだそうだ。あの人、ひょっとすると同性愛なんじゃないかしら、などと口惜しそうにいう女給もいた。

「あんたの恋人って、いくつぐらいなんです？」

私は酒の方はあきらめて、そっちの方からこの男の弱点をさぐってやろうと思った。

「恋人？　ぼくのですか？」

男は驚いたように眼を細め、それから、ちょっと寂しそうにいった。

「そんなもの、ありませんよ」

「まさか、同性愛じゃないんでしょう？」

「ふふふ……」

男は低く笑い声をあげた。「そうでもないですね。元来、ぼくは人間ってやつがきらいでね」

「ほう、人間ぎらいですか」

「そうですよ。人間なんてものは万物の霊長だなんて、威張っているけど、大したもんじゃないですよ。ぼくは、人間は一種の機械製品にすぎないという説をもっているんです」

「機械製品っていうと？」

「つまりね、電気冷蔵庫とか掃除機の親類だってことですよ」

「ははあ、わかったような、わからないような……、機械文明に対する諷刺（ふうし）の意味で、あなたは……」

「そんな意味じゃありません。もっと端的な意味ですよ。つまり、人間はロボットに過ぎないとぼくはいってるんです」

「ロボットだって？」

「そうですよ。人間はなにかの手によって造られたロボットなんです」

「ちょっと待って下さいよ。そうすると、あなたは進化論を否定するんですか？」

「否定しますね、人間はたいがい、神を信じている。ところが、この神ってやつがくせものでね、これは神と呼ぶよりも、主人というか、とにかく人間を造りあげた技師にすぎないんですよ。もちろん、連中は人間を使用する上に、自分たちの存在を知らしておかなければ都合が悪い。そこで、自分たちを神というふうに思いこませる装置を自分たちのロボット――つまり、人間どもにつけたってわけです」

「それじゃ、ぼくのように、無神論者はどうなるんです？」

「それは、多分、どこか機械がこわれているんでしょう」そういうと、男は私の顔をまじまじと眺めて、ケケケ……と奇妙な笑い声をあげた。失敬なやつだ。私は憤然としていった。

「それじゃ、進化論が学説として認められているのはどういうわけなんです？　それに、ロボットのくせに、人間は赤ん坊から大人へと成長するのはどういうわけです？」

「それも造った連中が、そういう記憶装置を人間につけたから、そう思われているだけでね。そういう学説は一種の錯覚ですよ。それに、あなたは赤ん坊から大人になったと思いこんでいるが、そうでもないかもしれませんぜ。はじめから現在のあなたのままのロボットが造られて、それに、あなたが自分の過去だと思っている過去の記憶をふきこんであるのかもしれない。それでも、そのロボットは自分が赤ん坊から現在まで成長してきたんだと思いこんでいるわけですからね」

「そんなバカな」

そうはいったものの、私はなんだか妙な気がしてきた。そうすると、このおれもただのロボットかもしれないのか……。そして、ただ、神だかなんだかしらないが、とにかくおれを造りあげたやつの都合がいいように、過去の記憶を吹きこまれ、泣いたり笑ったりしていたのか。現在抱いている思想も、実は、吹きこまれたもので、新聞に書かれている、東西の緊張も、水爆実験も、宇宙開発競争も、みんな錯覚……？　私はなにかひどい孤独感にうちひしがれた。

「それじゃあ……」しゃがれた声で、私は訊いた。「その人間というロボットを造ったやつはいったい何者なんです？」

「それがよくわからないんですが」と男は眉根にしわを寄せた。「やはり、人間なのかもしれませんね。非常に智能の秀れた人間——つまり、非常に性能のいいロボットが、また、自分に似せて、ロボットを造る。考えてごらんなさい。洋の東西を問わず、神はみんな人間の姿をしていますからね。だから、現在の人間の中からも、きっと、人間そっくりのロボットを造りだすやつが出てきますよ」

「どうも、信じられないな」

「そうですか。実は、今、ぼくがいった説は、Y博士の説でしてね。博士はその実験をやって、着実に成果をおさめているんです。まだ、完全とはいえないが、しかし、いずれ、人間そっくりで、血も肉もあるロボットができあがる日がきますよ」

「血も肉もあって、人間そっくりのロボットだって？」

「そうです。今に出来るでしょうよ、まだそこまでいってない試作品の段階ですがね。それも、信じられませんか？」

「信じられるもんか！」

私の声は悲鳴に近かった。そんなへんてこな怪物ができたら、この世の終り(おわ)だ。

「そうですか」

男は妙に沈んだ声でいうと、あたりを見廻(みまわ)し、私の方に身体(からだ)を寄せてきた。

「それじゃあ、Y博士の試作品をお目にかけましょう」

男は自分のノドボトケに手をあてると、ぐいと指でついた。「ジーッ」とかすかな音がして、その部分がぱくっと口を開け、男のノドの中が見えた。男のノドの中には、赤や青の電線やコイルがいっぱいつまっていた。

PART 2

恋の痛み

喫茶店の中には冷房がなかった。

烈しい陽光がテーブルの上の埃をキラキラと反射させている。アイス・コーヒーの氷が溶け、口に含むと、不快な生ぬるさを舌に伝えた。身体中から汗がじっとりと湧いてくる。いきなり、尻に火がついたような痛みに、私はもじもじと身体を動かした。

「どうしたんだ？」

木島修治が目ざとくその様子を見て、声をかけた。この酷暑だというのに、彼はモヘヤの背広を涼しげに着こなし、きちんとネクタイをつけたまま、汗ひとつかいていない。端正な鼻、切れ長の眼、当世風のこわれた美男ではなく、まさしく二枚目の名にふさわしい風貌である。彼の手にかかると、どんな女も、たちまち意の通りになるという噂は、おそらく本当だろう。「あいつは、本当にプレイ・ボーイだよ」友人の一人が、さもうらやましそうに嘆息したのを、私は思いだした。

今も、彼の切れ長の眼でみつめられると、私は自分の病気のことをとても口にする気にはなれなかった。おそらく、こいつにはそんな苦しみなどわかるわけがない。

「いや、べつに……」と私は言葉をにごした。

「その尻の動かし方だと、痔だな。どうだ、図星だろう？」

うすい唇の端に、皮肉な笑みをぶらさげて、彼は訊いた。

「実は、そうなんだ。どうも夏になると、いけなくなってくる」

「そうだな、夏は鬼門だよ。ほんとに生きた空がないものな」

「なんだ、きみもそうだったのか？」

私はびっくりして訊ねた。この端正な二枚目が私同様あさましい病いにかかっているとは、どうしても信じられなかった。

「うん、ずいぶん苦しんだよ」

「そうか、きみもか……」

私は、この男になんとなく親しみを感じた。痔を持っている連中は、おたがいに人に云えない病気だけに、いったん、相手が同病だとわかると、手をにぎりたいような連帯感におそわれるのだ。

「うん、去年までは、地獄の思いだったが、今年はさっぱりしたものさ」

「へえ、なおったのか？」

「手術だよ」

彼はあっさりと云ってのけた。かすかな優越感が言葉の端に感じられる。

「手術か……。おれも、それはすすめられているんだが、どうしても決心がつかない」

「バカだな。早く決心しちまえよ、さっぱりするぜ」

ことさもなげな彼の口調に、私はむっとした。誰がこの痛みから解放されたくないやつがいるものか。

「しかし、痔の手術ってやつは猛烈な痛さだそうだからな」

「そりゃ、痛いさ。息を吹きかけられても痛いぐらいだよ」

「そんなのは、ごめんこうむりたいな」

「いいか、それぐらいのがまんはする価値があるんだぜ」

彼は急に熱心な口調になって、じっと私の顔をのぞきこんだ。

「痔の痛みなんて、恋愛と同じことさ」

「恋愛と?」

あまりにも奇妙な取り合わせに、思わず訊き返す。

「そうさ、恋愛と同じさ」

彼は眉ひとつ動かさずに云ってのけた。

「恋に陥ると、その当人は、この世からありとあらゆる業苦を背負わされた気になる。恋する相手のことを考えると、胸に火が点けられ、夜も悶々として眠れない。どうだ、痔にかかったのと同じことじゃないか?」

「そりゃ、まあ、そう云われればそうだが……」

「それに、恋愛は、当人にとっては、真剣な苦しみだが、他人の眼で見ると、常にいささかこっけいなものだよ。とにかく、他人にはわかってもらえない苦しみなんだ。この点でも、痔に似てるぜ。痔だって、当人にとっちゃ、真面目ななやみなんだが、他人にはどうも同情するより、こっけいな感じが先に来てしまう。恋愛も痔も、その苦しみが悲惨なのはこの点だよ」

「なるほどね」

なんだか、妙な論理だという気もしないではなかったが、木島に自信たっぷりにそう言われると、いかにも痔と恋愛は似ている気がしてきた。

「ところで、この悲惨な苦しみから逃れるには、恋愛も痔も手段はひとつしかない」

「それはなんだね？」

「手術だよ。痔を切っちまえば、昨日までの苦しみがウソのようだ。早く手術しなかった自分がバカに思えてくる。恋愛の場合も、自分の心の一部を切りとって、さっぱりあきらめれば、いつかは、苦しんでいた自分がほほ笑ましくさえ感じられるようになるものさ。そりゃ、一時は、苦しいだろうがね。それこそ、死ぬ苦しみだろうがね。いずれは、直るんだからな」

「そうか。それじゃ、思い切るか」

「そうしたまえ。治った時の気分はこたえられないぜ」

木島はいつもに似ず、ひどく友情に充ちた顔つきで私にすすめた。

そのとたんに、また尻に火がつき、私は思わず腰を浮かした。こんなことをしてはいられない。こう痛くては、痔のことばかり考えつづけて、毎日が灰になってしまう。とすると、やっぱり、痔は恋愛に似ているかな。

「よし、おれは、明日すぐに入院するよ」

私はきっぱりと云った。

手術の痛さは予想以上だった。いや、手術そのものは麻酔が効いているからいいが、それがさめてきたらひどかったね。痛いのなんの、ベッドのそばを誰かが歩いただけで、頭のてっぺんまで、焼火ばしをつっこまれたような気がした。

私は当然、木島をうらんだ。失恋の痛みと同じだなんて、とんだ出まかせを云いやがって。よく考えてみれば、プレイ・ボーイの木島が失恋の痛みなどわかるわけがないのだ。やつの痔も、浮気程度の軽い症状だったのにちがいない。

三日間、うなり通しだった。夜も眠れなかった。眠れない晩は、涙をうかべながら、私は木島をうらんだ。医者や看護婦が、自分だけをわざと痛がらせて喜んでいるのではないか、そんな被害妄想にとりつかれた。

四日目、五日目になると、どうやら、少し痛みがうすれてきた。それでも、起きあがるどころではなかった。木島に対するうらみは、まだ心の底にくすぶっていた。あの野郎、病院を出たら、思い切りうらみ言を云ってやるぞ。

一週間……それから、十日。十日目には、私はもう起きあがっていた。よほど、身体を動かしたりしなければ痛みはない。どんどん快方に向かっていることが眼に見えてわかり、私は浮き浮きしていた。こいつがすっかり直ってしまったら、それこそ、思いきり青空に向かって伸びをするような気分になれるだろう。

（ほんとに、木島の云う通りだったな。恋愛と痔はおんなじか……。なるほどね、手術した後の痛みを克服すればいいんだ）

木島に対して、いくらお礼を云っても云い足りない感謝の念が湧き上(あが)ってくる。

「さあて、もうすぐ全快だ」

口笛を吹きながら、ベッドの上に起きあがり、私は朝刊をひろげた。今までは、新聞を読む気にもなれなかったのだ。しかし、今朝はちがう。すがすがしい朝だ。私はゆっくりと活字に眼をさらした。

一面から社会面へ、トップ記事から小さな囲み記事へ……。

私の眼がふと片隅の記事をとらえた。

『失恋の痛手に自殺』

と一段の見出しだ。

「手術をすれば、よかったのにな」

そう呟いて、その記事を読むうちに私の顔色が変った。

『昨夜七時ごろ、Y区S町のコガネアパートの三階で自殺死体が発見された。自殺したのは木島修治（31）さんで、遺書によると、失恋のための睡眠薬自殺らしく……』

PART 2

哀しい道化（クラウン）

川のそばの石だたみの上に、露にぬれた死体がひとつ、ひっそりと横たわっている——。そんな空想をしたとたん、大原新平の背すじを震えが走った。その震えが恐怖からくるのか、歓喜に似た感情からくるのか、新平にもわからなかった。わかっていることは、その死体が長島良子のものでなければならぬということだけだった。

大原新平はミトモリ・サーカスの道化役であり、長島良子は同じサーカスの空中曲芸師だった。昔からサーカスの道化役にまつわる哀しい恋の物語はいくつも伝えられてきている。その筋書きは、たいがい気弱な道化役が一座のスターにあこがれ、悶々の情になやむがついにその恋をあきらめ、なやみを自分の胸に封じたまま、面には道化の笑いを浮かべる毎日を送るという話である。

しかし、新平はどうしてもそんな風に、良子に対する恋をあきらめる気持ちにはなれなかった。良子がブランコの上に均斉のとれた姿態をのばすとき、良子がよく発達したお尻の肉をぷりぷりさせながら、高い梯子をのぼってゆくとき、そしてまた、ブランコから手をはなして空中に身を投げだすとき新平はただもう、わけもなくうっとりしてしまうのだ。

彼にとって、唯一の生き甲斐は、良子の姿を眼のあたりにすることができるということだけだった。もちろん、新平も、他の恋の物語の道化役同様、気弱な性格だったから、良子に自分の恋心をうちあけることはもとより、ラヴ・レターを出すことすらできなかったが、とにかく、良子と同じ一座にいるというだけで、彼は幸福だと思っていた。

ところが、彼のこのささやかな喜びが、突然、消えてしまうことになったのだ。

良子が急に退団してしまうというニュースが耳に入ったのである。退団の理由は、以前から彼女のファンだった田村幸雄という平凡なサラリーマンと結婚するからということだった。

平凡なサラリーマンといっても、田村は一応一流電機メーカーにつとめる身であり、サーカス暮しの良子にとっては、いわば幸運な相手といってもよかった。少くとも、一座の団員たち、特に新平のような端役の道化と結婚するより、何層倍もましかもしれない。

そんなひけめがあるせいか、近頃の新平の眼には、良子がますます美しく幸福に充ち充ちているようにみえるのだった。以前は、少女らしく初々しかった彼女に、めっきり色香がましてきたような気さえするのである。

新平は絶望のどん底にけ落とされた。

（おれは絶対に良子を自分のものにしてみせるぞ。道化者の哀しい恋、なんてクソくらえだ。どこのサラリーマンだろうが、あんなやつに良子をわたすものか。あんなやつに良子をわたすぐらいなら、いっそ、この手で良子の生命を……）

そう考えて、新平はぶるっと身体をふるわせた。良子のよくしまった白い身体が、自分の腕の中でぐったりとくずおれるさまを、彼は想像したのである。

今や、彼は神経質そうな、か弱い、おどおどした道化ではなく、恋の矢に眼をつぶされた狂暴なけだものだった。

けだものたちの生ぐさい臭いのただよってくるサーカスの天幕の片隅で、新平は彼自身が一匹の猛獣のように眼を血走らせ、殺人の計画を練った。

(良子を殺しても、おれがつかまってしまえばなんにもならない)

と彼は思った。自分がつかまれば、また人は恋に狂った道化者と、自分のことを嘲笑うだろう。それよりも、良子の抵抗のない身体をこの手に一度抱きしめ、その思い出をいとおしみながら、生きてゆく方が、苦しいかもしれないがずっと生き甲斐があるというものだ。

(そして、このおれが年をとり、どこかで死んでゆく時には、昔の恋人を殺したいきさつを遺書がわりに残しておこう)

その方がよっぽどロマンチックで、詩的ではないかと、新平は熱っぽい頭で考えた。

ところで、その殺人の方法だが、良子の容姿を傷つけるようなやり方は、新平にはとてもがまんが出来そうもなかった。したがって、刃物や鈍器を使うのは感心しない。

結局、彼は良子を絞殺することにした。自分の両手を使って努力しながら、生命を絶ってやる方が、良子に対する自分の愛のあかしになるのではないか、と妙なところで彼は感傷的になった。

もっとも、感傷的にばかりなってもいず、ちゃんと周到な計算も忘れなかった。まず第一に、彼が良子にこんな思いを寄せていることは、道化仲間にもうちあけてはいなかったから、一座のものは誰一人知っているはずはない。つまり、彼は良子とは一座というだけで、なんの連りもないと思われているのだから、動機の点から警察が探りを入れても、彼までたぐりよせられる糸はないはずだった。

その上に、彼は警察の眼をくらますために、もうひとつトリックを使うことにした。サーカスの団長である三戸森正吾の部屋へ忍びこんで、その灰皿から、三戸森が吸った煙草(たばこ)の吸いがらを三つ四つひろってきたのだ。三戸森がなにかと良子にちょっかいを出しては、手ひどくはねつけられていたということは、一座中の評判だったから、この吸いがらを良子の死体のそばに、さり気なく散らばらせておけば、警察はその吸いがらについた唾液を分析し、三戸森に容疑をかけるにちがいないというのが新平の計算だった。まかり間違っても、煙草を吸わない自分に容疑がかかってくるはずはない、と彼は思った。

そして最後に、彼は犯行現場を川っぷちの石だたみの上と決めた。ここなら人目につかず、しかも、多少良子と争っても、足あとはつかないし、人に聞かれる心配はない。

こうして、何回も検討を重ねて、彼は完全犯罪を確信し、実行を決意した。

その晩、彼は指紋をのこさないように手袋をはめると、そっと、サーカスの天幕をぬけだしていった。そして、天幕のある広場からそんなに離れていないその川の石だたみのところへうずくまって良子を待った。

良子は来るはずだった。さっき、ショウの合間に、『田村さんが川っぷちの石だたみの所で待っていますよ』と良子に耳うちしておいたのだ。良子はぽっと頬を染めて、うれしげにうなずいた。

十分ばかりして、小走りに近づいて来る足音がした。闇にすかしてみるとほの白く女の半裸の姿が見えた。良子は出番が終るとすぐ、衣装のままで駆けつけて来たにちがいない。新平は嫉妬の念に頭がくらくらした。

彼は立ちあがると、ポケットからちり紙に包んだ吸いがらをとり出し、そこにさりげなくばらまくと、良子の近づくのを待った。

良子は息を切らしながら、石だたみのところへ走り寄ったが、新平の姿を見てぎょっと立ちすくんだ。

「良子さん、ぼくはあなたを誰にも渡したくないんだ！」

悲痛な声で、こううめくと、新平は良子にとびかかっていった。

争いは十分とかからなかった。道化者の非力な腕が、良子のくびにとどく前に、ブランコ乗りできたえたはがねのような良子の腕が、新平のくびにしっかとからみついていたのだ。良子の黒い長手袋に包まれた指が、新平の首からはずれた時、新平はぐたりと石だたみの上にくずおれていた。

　翌朝、川のそばの石だたみの上には、露にぬれた死体がひとつ、ひっそりと横たわっていた。

PART 2

しつこい男

日本人はあきらめのいい国民だとされている。これは『神風特別攻撃隊』によって、一躍世界にその印象を焼きつけたものと思われるが、なあに、日本人があきらめのいい国民であるという例は、『神風特攻隊』に限らず、その辺にいくらでもころがっている。ウソだと思うなら、ちょっと見まわしてごらん。

たとえば、水ききんである。東京都民は、今や、おちおち便所へも行けず、ゆっくり風呂にも入れず、まかり間違えば飲む水にさえことかく始末なのに、それでも、都庁が焼きうちにあった説など聞いたことがない。みんな、ぶうぶういいながらも、なんとなくあきらめ、なんとなくがまんしているのである。もっとも、一番あきらめのいいのは、都のお役人で、最初っから自分たちの無能ぶりにあきらめきって、ただ呆然と雨を待っているのだろう。

ところで、こういうあきらめのいい国民の中で、少くともたった一人だけ、あきらめのわるい人間がいた。池田勇人？　いや、別に、そんな、大それた人間ではない。池田三平、三十二歳、これといった特技もなく、顔立ちも平凡、失職中である。

池田三平は、茶色に変色し、ほとんど表が見えないくらいにすりきれた三畳にごろりとねそべっていた。部屋の中にはなにもない。テレビはもちろん、ラジオもないし、洗面器すらないのである。あるのは、どうやら、机の代用にしているらしいミカン箱がひとつと、その上にのった手紙が一通――その手紙にはこう書いてあった。

『これは、あたしの遺書です。あたしは今日、睡眠薬を飲んで自殺します。形は自殺ですが、ほんとうは、あたしは殺されるのです。殺した犯人は、三平さん、あなたです。あなたのしつこさには、あたし、もう、ほんとにくたびれました。あなたが、今晩もカウンターのすみで、不気味な眼つきをしてこっちを見ているかと思うと、生きている気がしないのです。ほんとは、このまま外国へでも逃げていきたいのですけれども、それでも、やっぱり、しつこいあなたが追っかけてきそうな気がします。外国で、ひとりぼっちで心細くなっているところへ、ひょいとあなたが不気味な眼つきの顔をだしたりしたら、きっとあたしは狂人になってしまうでしょう。そんなことになるくらいなら、あたしは今、死んだ方がましな気がするのです。あたしは死にます。あなたの顔のみえない天国へ行ったら、さぞかし、せいせいすることでしょう。さよなら。

ルミ子』

「あきらめのいい女だなあ」三平は憮然（ぶぜん）としてつぶやいた。

「それにしても、おれの眼つきはそんなに気味がわるいのかな」

いや、それは三平の誤解というものである。本来、彼の顔立ちは平凡で、特に女性が近寄りたくなる顔ではないが、そうかといって、不気味ということもない。ただ彼がなにかに熱中した時の顔は、眼がつりあがり、顔色は蒼白となり、あまり気味がいいとは申しかねる。しかも、現在、失職中の彼は栄養失調の気味があり、むくんだようなやつれた顔をしているからなおさらだ。

彼が失職したのも、実はしつこさが原因なのである。三ヵ月前まで、彼は保険会社の外務員だった。保険外務員はねばりと押しが必要だと聞いて、これこそ自分の天職だと思った彼は大いに仕事に熱中した。しかし、なにごとも限度というものがある。彼のしつこさは、その限度を大幅にふみこえてしまったのだ。

彼は一軒の家へ勧誘に行くと、その家が応じなければ、ぜったいに動かない。顔面を蒼白にし、眼をつりあげ、玄関にすわりこんだまま、保険勧誘のしおりをぶつぶつ読みあげる彼の姿は、その家の人たちを根まけさせるよりも先に、恐怖を与えてしまう。

こうして、先輩たちが切り拓いたおとくい百二十軒をつぶし、不法侵入で警察に留置されること十四回という記録をつくったのち、三平はクビになってしまったのである。

もっとも、それでも、一年ぐらいはつとめていたわけだから、失業保険でなんとか生活はつないでゆけたし、この人手不足のおりから、欲さえいわなければ次の勤めをみつけられたのだが、その時すでに、三平のしつこさは次の目標に向かって、まっしぐらに攻撃を開始していた。

それが『バーきりん』のホステス、ルミ子である。ルミ子は年齢こそ二十歳そこそこだが、天性のコケットで、海千山千の中年男を平気で手玉にとるという噂があった。しかし、そのルミ子も三平のしつこさには閉口した。なにしろ、失業中だから、いいお客であるわけがない。せいぜい水わりかオン・ザ・ロック一、二杯を大切そうになめながら、三平はカウンターのすみにすわりこみ、じいっとルミ子の方をみつめては、あまりロマンチックでもない口説きを、看板になるまでつぶやきつづけているのである。

毎日のバー通いで、失業保険金はたちまちなくなり、食べるものも質屋へ運ぶものもなくなっても、三平はあきらめなかったし、気味わるがったルミ子が土地の愚連隊にたのんで、おどかしてもらっても、三平は動じようとせず、かえって愚連隊の方がそのしつこさにいやけがさす始末だった。

ルミ子は死をえらぶより、三平から逃れられるすべはなかったのだ。

「しかし、おれはあきらめんぞ」三平はむくりと起きあがると、そうつぶやいた。「こうなったら、天国でも地獄でも、ルミ子を追いかけてやるまでだ。そうだ、そのためにはおれも自殺するほかはない。自殺こそが、おれにのこされた唯一の仕事だ！」

どうやら、三平のしつこさは、またもや、次の目標をみつけたらしい。彼は自殺にとりつかれ、その方法を考えることに熱中した。その結果、彼が考えついたのは壮大な自殺計画だった。

まず、どこか夕陽を望む小高い丘の上に、十坪ほどの土地を買い、五米ほどの高さの塔を建てるのだ。そこの一番上に一米四方の窓をしつらえ、それにすばらしいステンド・グラスをはめこむ、そして塔のてっぺんから、クサリをさげ、その先端には首のはまる銀の環をつける。その銀の環は、足で歯どめをひとけりしてはずせば、重しによってたちまち塔の上まですするすると上ってゆくしかけだ。これだけの用意ができれば、あとは、夕陽が沈むころをみはからって、塔の中に入り、銀の環に自分の首をつっこみ、歯どめをけるだけでいい。三平の身体は塔の上へひっぱられ、ステンド・グラスのところで止る。おりしも、あかね色の夕陽が、ステンド・グラスを通してさしこみ、ぶらさがった三平の身体にとりどりの色を映えさせる。これこそは、荘厳な死……。

三平はうっとりとなった。しかし、うっとりとばかりはしていられない。その塔を作る金はどうするのだ？

三平は失業保険金一万五千円のうち、五千円を生活費とし、一万円をその建設資金とすることにした。しかし、それが徐々にたまっていくのを待てるほど、彼の熱中度は低くはないのだ。いっきょに大金をつかむには……？　彼は一番ありきたりの方法、つまり、宝くじを買うことにした。

彼が幸運の矢を射とめたのは、二百八十枚目の宝くじを買った時だった。それから、二ヵ月のことである。それまで、彼は二万円の失業保険金を投資し、なおかつ、その中から当った金額、八千円をも全額宝くじに使ったのだが、これだけの金で二百万円をあてたのは、彼のしつこさに幸運の神もへきえきしたからにちがいない。

早速、彼は自殺の実行にかかった。土地の買収、塔の設計、建築、重しのしかけの設置――しかし、彼がなによりも重点を置いたのは、ステンド・グラスだった。ふつう、ステンド・グラスは一尺四方で千円ぐらい、つまり、一般的なガラスの三、四倍だが、三平は一尺四方に二万円、一米四方で、約八万円をかけ、さらにその絵柄をある高名な画家に二十万円で依頼した。

塔が出来あがり、すばらしいステンド・グラスを通して、夕陽が輝くことをたしかめた日、はじめて、三平は喜びに涙をながした。自殺はすぐ実行しなければならない。というのは、すでに二百万円はつかい果し、五百円しかのこっていなかったからである。

翌日の夕方、三平は白装束に身をつつんで、塔の中へ入った。額には三角形の布をつけている。塔の気配と、白装束と、額の三角の布は妙にアンバランスな感じだが、三平自身はきわめて満足だった。

夕陽が傾いて、今しも、ステンド・グラスにその光の矢を投げこもうとする時、三平はおもむろに銀の環の中に首を入れ、歯どめをけった。キューンと音がして、クサリが重しにひきあげられる。（妙な音だな）と三平は思った。（予算をステンド・グラスにかけすぎて、クサリは予定よりヤワなやつにしたのが悪かったかな?)

そのとたんに、クサリが切れて、どたっと彼は床に放りだされた。クサリは切れた勢いで、左右に大きくゆれ、バシッバシッとステンド・グラスにあたる。三回目には、ひびの入ったステンド・グラスは、こなごなにわれてしまった。

三平は床にうずくまったまま、それを呆然と見ていた。ステンド・グラスの破片が彼の身体にふりかかり、額の三角の布が赤く血にそまったのにも気がつかぬ風だった。彼は床につっぷすと、ゆっくりすすり泣きはじめた。

それから、三時間後、町角の宝くじやの小母さんは思わず悲鳴をあげそうになった。小母さんの前には、手をすりむき、額や顔から血をながした、白装束の男が眼をつりあげて立っていたのだ。男はふところに手を入れると、くしゃくしゃの百円札を五枚とりだし、にゅっと小母さんの方へさしだした。

「宝くじを五枚くれ……」

PART 2

MAMMY-O

その朝は、ぼくにはまぶしすぎる朝だった。白いセメントの坂道の上に立って、ぼくはまぶしさに眼を細める。セメントの長い長い坂道は、朝陽をいっぱいに反射して、果しもなく続いてみえる。

途方にくれたぼくは、首うなだれて、両手をポケットにつっこむと、とぼとぼと坂道をくだりはじめる。

元気な中学生たちが、頬を陽にきらきらきらめかせながら、ぼくの両側を走りぬけてゆく。そのうなじのあたりには母さんが出がけにかけた「いってらっしゃい」の声が残っている。口のまわりに、うっすらと卵の黄身をつけて、声高く笑う子たち。

それらをそっとうかがって、ぼくはさびしく眼をふせる。ぼくの胸の中をねたましさがかけめぐり、ぼくの眼にぼうっと涙がにじむ。ぼくは小声でそっと呟く。「母さん――」

ぼくの母さんは、ぼくが五つの時に死んでしまった。それでも、母さんの記憶はいつもぼくの心に生々しい。こんな天気の日には、庭の花壇のそばで、いつも編物していた母さん。陽の光が芝生にくっきり浮かびあがらせた母さんの白い頬。ぼくの母さんはいつも陽光の下で生きている。だから、こんなに陽のいっぱいあふれた朝は、ぼくには苦手だ。

ぼくは手の甲でそっと涙をぬぐいさり、またとぼとぼと坂道をくだる。陽光は、そんなぼくを嘲笑(あざわら)うように、ぼくの影を坂道に画いてみせる——しょんぼりうなだれた、ぼくの影。ようやく白い坂道も終(お)わりに近づく。黒いアスファルトに走る二条のレールが、ぼくをおびやかすようにピカリと光る。

おののく足をふみしめて、ぼくはそっと内ポケットに手を入れる。ぼくのまるまっちい指先に、角封筒の角がチクリとさわる。ぼくの心はますますふるえる。そら、もうすぐだ。もうすぐ、市電の停留所がみえる。ひっそりカーテンを下ろした、パチンコ屋の前の停留所。その四角いコンクリートの上の、手持ち無沙汰に立つ人たちの姿が見える。レインコートを片手にかけたサラリーマン。黒いソフトをあみだにかぶった老紳士。にきびだらけのほっぺたに、カラー化粧のオフィス・ガール——ぼくは横目でちらりとのぞく——腰弁当の配電工。本を片手の大学生——そのひとりひとりを追ってゆく——でっぷり肥(ふと)った中年男。首にホータイの女学生——まだだ、——まだまだだ——顔なじみの中学生たち、新調の背広に胸をはっている新入社員——そら、その横だ！　その横の、陽の光にひときわ目立つ白い頰。

白い頰の主は停留所のすみっこに、ひっそりと立っている。年の頃三十五、六。死ぬ前のぼくの母さんそっくりだ。濃いグリーンのツー・ピースをしゃっきり着こなしていても、どことなくふっくらした感じの女の人。母さんの匂いのぷんぷんする女の人だ。

停留所の片すみから、じっとその女をうかがいながら、ぼくはもう一度、内ポケットに手を入れる。もうこれで何日になることか。毎朝この手紙を内ポケットに、家を出る。あの母さんに似た女を、毎朝みかけるようになったのが、ひとつきほど前。会うごとに、母さんのイメージと、あの女のイメージが、ぼくの脳裏にかさなりあう。今では、母さんを思うとき、ぼくはいつもあの女を思っている。あの女がぼくの母さんになってくれたら——思いあぐねて、ぼくはパパに相談した。

「パパ、ママがほしくないか」

パパはうろたえたような顔をして、あわてて首をふる。パパの顔に恐れとも哀れみともつかない表情がよぎる。

ようし、パパは臆病だ。ぼくはかたく心に決める。ぼくはあの女に手紙を書こう。

こうして、ある夜手紙を書いた。思いのたけをうちあけて、寝もやらず、考えたすえの一句一章、三枚の便箋にぎっしり連ねた。

その手紙がいまこの内ポケットにしまってある。文字こそはたどたどしいが、ぼくの心がそのままにじむこの文だ。

ぼくは停留所の上を目立たぬように動く。あの女の方へ、あの女の方へ。

白い頬はだまって向いの本屋の看板をみている。いつのまにか、ぼくがすぐそばまで来ているのも知らぬげに。

やがて向うの曲り角から、市内電車が姿をあらわす。ブルーに白のふちどりで、自分じゃすましたつもりだろうが、不恰好な図体が、ごろごろこちらへやってくる。

電車は停り、停留所の人たちはどっと入口へおしかける。ぼくはぬけめなく白い頬のうしろへぴったり。人ごみに押され、電車の中へあの女は入る。その横をすりぬけざま、ぼくは角封筒をあの女のポケットへ……。

胸の鼓動をおさえかね、ドアのすみに身を支える。ああ、このときめき。ぼくは、そっと白い頬のありかをたずねる――あそこだ。あの端っこの吊り革に、素知らぬ顔が横を向いて――と見るまに、こちらに流し目、白い頬がちらりと笑った。ぼくは明日を思って眼をつぶる。

その翌日の坂道は、長くもなければ、まぶしくもない。

ぼくは元気に坂道をくだる。中学生のようにぴょんぴょんと走りながらくだる。

たちまち、ぼくは停留所へ着く。けれども、そこで勇気がくじける。ぼくはおずおずと停留所へ近づく。

見あげる瞳にあの女がうつる。白い頬を本屋の看板に向け――いや、今日は向けてない！今日はまっすぐぼくをみつめる。白い頬に笑いがひろがる。にっとこちらに挨拶する。

どぎまぎしながら、ぼくは近づく。並んで立って、ようやくかすれた声をだす。

「手紙、読んでくれましたか？」

白い頰に血がのぼり、やはりかすれた声が答える。「ええ――」

「ぼくといっしょに暮してくれるの？」

「ええ――」

感きわまったぼくは、ふるえる手であの女の指先をにぎる。「じゃ、ぼくのお母さんになってくれるんですね？」

とたんに白い頰が蒼ざめた。

「まあ、からかわないで！」

ぼくの手をふりはなすと、ついと向うへ行ってしまった。

みるみるぼくの眼は涙でいっぱい。グリーンのツー・ピースがにじんでみえる。

やっぱり、だめか。ぼくはうなだれながら、そっとつぶやく。

（五十三歳のこのぼくに、三十五歳の母さんは、似合わないだろうか……）

PART 2

東京二〇六五

冷たい訪問者

百年前まではニューヨークと呼ばれていた大都会――今は世界連邦の首府であるメトロポリタン市の空港には、予定通り、午後三時三十分きっかりに着いた。

空港を出ると、日高嶺二はエア・タクシーの順番を長蛇の列をなして待っている乗客たちを尻目に、さっさと歩きだした。今頃の時刻だとメトロポリタンの上空はひどいラッシュで、小型ヘリコプターのタクシーは三十分以上も立往生（たちおうじょう）することがしょっちゅうある。国連ビルの建物は飛行場からも、すぐ正面に見えたし、歩いて二十分くらいの距離しかないことはわかっていた。

『六月三日、午後四時、本部へ出頭せよ』

簡単だがひどく威圧感を覚えさせる秘密指令の電文を想（おも）いだしながら、日高は足を速めた。

国連ビルの最上階にある『国際警察機構第五部、部長室』のドアを開けたのが午後三時五十二分、受付にすわっているプラチナ・ブロンドの美人に自分の名前を告げ終（お）わったのが、午後三時五十二分十八秒だった。

「はい、承知しております。部長さんがお待ちかねですわ」

にっこり笑って、金髪美人が立ちあがると、部室の天井がひどく低く見えた。女の背丈はほとんど二メートル近くある。しかし、大女に特有なアンバランスな感じはなく、近頃流行の胸あきの広い紺のツー・ピースをきちんと着こなした姿は、遠目で見れば、ちょっとグラマーな可愛い秘書にしか見えないだろう。

秘書がすぐ部長室に案内しようとするのを、日高は押しとどめて云った。

「まだ部長に会う約束の時間まで七分ほどある。あのブルドッグ面を見るのは、なるべく先の方がいいな、その前にきみとここで話をしよう。ここへ来て、どれくらい？」

「ちょうど二週間ですわ。でも、あなたのことなら、よく部長さんからうかがっております。極東課きっての腕利き捜査官で、年齢は三十五歳、ほとんど純粋の日本人だけれども、一〇パーセントだけラテン系とアングロサクソンの血がまじっている。そのために髪の毛は黒より栗毛色に近く、肌は浅黒く、顔立ちの彫りが深い。光線拳銃と熱線自動ライフルの腕は抜群で、ボクシングは学生時代にミドル・ウェイト級のアマチュア選手権を争い二位に入賞した経歴を持つ。連邦功労賞五回。鼻と右胸と左の上膊部にほとんど完全な整形手術のあとがあり、これらはその功労賞を受けるに至った活躍の名残りである。ただし、右腿の傷は、ある情熱的な女性の怒りをかって刺されたもの。性格は沈着冷静なるも、非情にして好色なる欠点を有す……」

「わかった、わかった」

日高は、甘いハスキーな声が自分自身のおぞましい過去を際限もなく述べたてそうなので、あわてて口をはさんだ。

「おれのことはもうたくさんだ。それより、きみのことが聞きたいね。この二週間の間にきみを口説いたやつがいったい何人いるかと云うような話をさ」

「四人ですわ」

こともなげに彼女は答えた。

「そのうちの一人は後頭部裂傷で外科に入院中。あたしがちょっと突きとばしたら、そこの机の角に頭をぶつけたんです。もう一人は、あなたと同じように鼻の整形をやってもらって、もう退院したはずです。別に鼻でなくてもよかったんですけど、手をふりまわしたらそこへあたってしまったの。あとの二人は、あたったところが鼻じゃなかったから、運がよかったわ。顎を外しただけですんだんですもの……」

「なるほどね」

日高は女の腕の太さと、存分にひらいた襟ぐりの底からむっちり盛りあがってみえる白い胸とをちらと見くらべながらうなった。

「顎をはずしてもらうのは今度にしよう。なんだか部長のブルドッグ面がなつかしくなってきたよ」

奥のドアを開けた。開けるとすぐ、窓際を向いて立っている肩はばの広い男の後ろ姿が眼についた。厚い絨毯(じゅうたん)の上を音もなく歩いて、その男の背後から日高は声をかけた。

「部長、日高ですが……」

　その男はものうげに頭をめぐらして、日高の方を見た。重そうに垂れ下がった一重まぶたの下から人を射すくめるような光を放つ眼、がっちりした顎、高い鼻、ちぢれあがった髪の毛――四〇パーセントの東洋人の血と三〇パーセントのスラブ系の血、それに、三〇パーセントのニグロの血がまざりあったこの男の風貌は、向かい合った者になんとなく巌頭にうずくまる獅子を連想させる。

　男の視線は日高の頭の上を通りすぎると、また窓の外に向けられた。

「つまらん眺めだとは思わんかね」

　がっしりした顎をしゃくって彼は呟いた。日高もその呟きに誘われて窓外に視線をうつす。窓外にはメトロポリタンの中心部が拡がっていた。天に向かって突き刺さるように建ち並んだ高層ビル群は、高さといい外形といい、どれも同じ鋳型にあてはめたようによく似ている。防音、防湿、防腐の役目を果す軽金属塗料を吹きつけた表面が陽の光にキラキラと輝き、その周辺を、砂糖に群がるハエのように、小型ヘリコプターが飛びかっていた。

「つまらん街だ。都市計画、都市計画とさわいだあげく、よってたかって下らん連中がこんな個性のない街をつくってしまった」

　部長は鼻を鳴らした。

「昔はそうじゃなかった。第四次大戦以前はまだまだ個性のある建物が残っていて、街自身に味わいというものがあった。人間もそうだ。それぞれ自分の好みというものを持っていたもんだが、今はどいつもこいつも十把ひとからげで同じような生活をしたがる。便利で快適な生活というやつをだ……」

彼はその快適な生活に対するかすかなレジスタンスのつもりか、くわえていた葉巻の吸いさしを厚い絨毯の上へと放りだした。しかし、その葉巻は絨毯の上へ落ちると同時に、自動清浄装置が働いて、すっと姿を消してしまった。部長は葉巻の行方を見ていまいましげに舌うちをすると、窓際からはなれ、大きなデスクの方へ歩みよって、そのそばのソファへ腰を下ろした。

「いつまでも愚痴を云っていてもはじまらん。東京の方の情勢はどうかね？」

「相変らずですね」

と日高は答えた。

「観光地区に指定されたおかげで、ここみたいにどれもこれも同じ建物と云うわけではありませんが、どうせ大戦で焼けたあとに、歴史的な建物を再現して化学的な古色をつけたものですから、いくら個性があってもありがた味はうすいようです。それより、世界各国からやってくる観光客が年々増加する一方で、その観光客めあてにいかがわしい商売をはじめるやつが激増してきたのは困ったことですな。いいかげんに連中を締めあげないと、犯罪組織は年々強力になってきますよ」

「今に、そいつらをいっぺんに整理するチャンスがあるさ。そのために、きみをやつらの中へ潜入させてあるんだ。いまだに犯罪組織の地図は塗りかえられていないんだろう？」

「そうです。今のところはわたしのところのボスの黒沢がシンジケートの頭領の地位にいます。ここ当分、その地位は安泰でしょう」

「しかし、それも永いことじゃあるまい」

部長は軽蔑したようにつづけた。

「ここの資料部にある犯罪史によると、今から百五十年ほど前に、その黒沢そっくりの男がいたそうだな。アル・カポネという男で、一九二〇年代に禁酒法を利用して強大な組織をつくっていたらしい。世界連邦のできる前はこの辺がアメリカと云う国だったことはきみも知っているだろう。そのアメリカの警察力も彼の縄張り内ではほとんど手出しができなかった。彼の縄張りはシカゴだったんだそうだが、現在、文教都市の指定を受けている静かなあの街のイメージからは考えられんことだ。とにかく、その男が捕まったのは脱税容疑だったらしい。服役中に病死したという話だ。しかし、それは百五十年前のことだ。現在の世界連邦警察は一人のギャングに手出しできないほど無力ではない。きみの調査によって証拠も一応揃ったし、いつでも組織をつぶすことはできる。ところが、今、その組織をつぶすわけにはいかない事態が起ったんだ」

部長は日高の顔をじろりと見あげ、おもむろに新しい葉巻をとりだした。

「きみはロボット法を知っとるかね？」

話が急に変ったので、日高はびっくりして部長の顔を見直した。

「ロボット法ですか？」

「そう、ロボット法だ」

「よくは知りませんが、たしか、いかなる場合にも人体に害を与えるようなロボットを創ってはならないという項目がありましたね」

部長は日高の答えにうなずいた。

「そうだ。ロボット法の基本精神はそれだ。ロボット科学が驚異的な飛躍を見せた二〇五三年に、余りに完全なロボットは人間の劣等感を助長し、また、職場をうばって社会不安を起すという世論が拡がって、法案が連邦議会を通過した。これが『ヒューマン・アンドロイド製造の規制に関する法律』俗に云うロボット法だ。この法案ではきみの今云った原則が多岐にわたって適用されている。たとえば、ロボットには二種以上の専門的知識ならびに技術を持たせてはいけないとか、外観を必要以上に人間に似せてはいけないとか、武器を使用する能力を賦与してはならないとか云う条項があるんだ。この法律のために、今われわれの周囲にあるロボットは清掃用、建築用等様々な用途に使われながら、いずれも機械という印象しかわれわれに与えない。しかし、これはあくまで法によって規制されているからであって、現代の科学はある程度まで人間そっくりのロボットを創ることを可能にしている。頭から爪先まで、われわれそっくりのやつをだ……」

「われわれそっくりのロボットですか」

日高のその口調に不信の匂いをすばやく感じとったのか、部長は皮肉な笑みを口辺に浮かべた。

「信じないかね？」

そう云うと、彼はデスクの上のボタンを押した。


部長がそのボタンを放すと同時に、ドアが開き、例の超グラマーの秘書が入ってきた。

「ちょっとこっちへ来たまえ」

部長は自分のすぐ横に秘書を招き寄せると、壁ぎわのボタンを押して窓のブラインドを下ろし、それから何気ない調子で云った。

「きみ、服を脱ぐんだ」

日高は自分の耳を疑った。そして、部長が秘書に発した命令をどうにか理解すると同時に、秘書のあのむっちりした太い腕で壁ぎわまで吹っとばされる部長のあわれな姿が彼の眼にありありと浮かんだ。しかし、次の瞬間、信じられぬことが起った。秘書は無表情にうなずくと、するすると服をぬぎはじめたのだ。紺のツー・ピースが厚い絨毯の上に落ち、その上になやましい黒レースのスリップやブラジャーがふうわりと着陸する。眼を閉じるべきか開くべきか煩悶しながら、日高は心の中でうなった。

（畜生、この二人はいつ頃からデキていやがったんだ？）

彼がうめき終らぬうちに、ぴっちり肉にくい入った細いビキニ型のパンティを未練気もなく脱ぎすてると、秘書はすらりと脚を合わせて立った。顔と胸の上部と腕と足はうっすらと陽焼けしているが、陽に当らない部分は眼をあざむくばかりの白さで、張り切った肌は胸から下腹へと思い切ったカーヴを描いている。カーヴの先はぴったり合わさった太腿の茂みへと続き、その茂みは、プラチナ・ブロンドの髪の毛が生まれながらのものであることを証明していた。

「右手を高くあげろ」

色気のない声で秘書に命令してから、部長は日高の方をふりかえった。

「きみらしくもない。遠慮するな。もっとこっちへ来て、よくこの女を見るんだ」

そう云いながら、部長は秘書の右手の腋窩を探り、強く押した。突然、女の身体はこわばり、今まで身体全身にたちこめていたみずみずしい女らしさがたちまち消え去った。女の右わきの皮膚の上に、さっと亀裂が走り、みるみるその裂けめが拡がってゆく。そして、そこから女の内部が見えた。そこには血みどろの内臓の代りに複雑にからまり合ったコイルや歯車がのぞいていた。

日高は深い溜息を吐いた。

「なるほど、この秘書がロボットですか」

「その通りだ」

部長はうなずいて、吸いさしの葉巻をまた口にくわえた。

「よくできているだろう。生ぶ毛まで生えているんだ。これは、今から二年前にハインリッヒ・クサカベという天才的なロボット製作者が創った密造ロボットだ。去年、うちの特捜班がその密造工場を探知し、押収したものだが、今までにこんなに大がかりな密造組織はなかったし、こんな精巧な製品にもお目にかかったことはない。このロボットはショウ・ガール専用に造られたものだったらしいが、わしが政府のあるロボット研究員に依頼して、実験的に秘書用に改造してもらったんだ。感情の動きも表現するし、仕事の能力は人間の五倍では利かないだろう」

「そんな便利なものなら、どんどん造らせればよさそうなもんですがね」

一杯くわされたいまいましさに、日高の口調にはシニカルなひびきがこもっていた。

「たしかに、秘書ぐらいなら、それもかまわんだろう」

部長はその皮肉を無視して、重々しく云った。

「しかし、これを応用して殺人ロボットを造られたりしたら、あまり呑気な顔もしていられなくなる。実際に、そのクサカベという男は特捜班の網の目を逃れて、現在も密造ロボットを造りつづけているんだ。そして、それが殺人用のロボットであり、それを利用して各地の犯罪組織とわたりをつけようとしているという情報も入っている。このクサカベという男は、名前からもわかる通り、ゲルマン民族と大和民族の血をひいている。したがって、先ず最初に彼が姿を現わす可能性の多いのは、ドイツ地区と日本地区なんだ」

部長の鋭い眼が射通すように日高の顔に突き刺さった。

「今日、これがきみに出頭してもらった理由だ。そのクサカベが東京に現われたら、直ちに連絡をとること。きみ自身が一人で逮捕することは一向にかまわんが、その前に必ず本部に連絡することを忘れるなよ」

「わかりました」

あまりに話が突拍子もないことなので、日高は眉にツバをつけたいような気もしないではなかったが、眼の前の見事なサンプルを見せられては、そのクサカベという男の天才ぶりを信じないわけにはいかなかった。

「ところでその男についてはどの程度のことがわかっているんです？」

「生れたのは東京ともベルリンとも云うがはっきりしない。学歴はベルリン大学を卒業した後、国際奨学資金を受けて連邦総合大学のロボット工学研究室に研究生として入り、そこを中退、これが大戦直後のことだから、今は四十代の初めだろう。髪はグレイで、眼はブルー、肌の色は白いそうだ。背は一メートル五十センチで小柄な骨ばった体格だ」

部長は抽斗から一葉の写真をとりだすと、広いデスクの上をすべらせてよこした。日高は注意深く写真をみつめた。

　髪をきれいになでつけ、太い角ぶちの眼鏡（めがね）をかけた、まるで銀行員のようにきちんとした感じの男が、少しうつむきかげんに歩いている写真だった。

　眼鏡のために眼の表情がわからず、これといった特徴のない鼻と、ややうすいと思われる唇だけでは人相のつかみようがない。

「まあ、あまり写真はアテにせん方がいいだろう。近頃の犯罪者は必ず整形手術を受けているからな」

　部長の言葉にうなずいて、日高は写真を返した。

「とにかく、この男が東京に潜入してきて、組織にわたりをつけようとすれば、すぐにわたしの耳に入るはずです。その点、黒沢の信用を受けるのにずい分苦労しましたからね」

「そのために給料を払っているんだ」

　部長の返事はにべもなかった。

　一礼して部長の前をひき下がり、ドアに手をかけながら、日高はふりかえった。

「部長、その秘書ロボットですがね、感情を表現すると云いましたね。すると、恋愛感情も表現するんですか？」

　部長は日高の顔をじっとみつめてから、憐（あわ）れむように唇を曲げた。

「もちろん、恋愛感情は表現するがね、まずきみの趣味には合うまいよ。彼女の表現できるのは、プラトニック・ラヴだけなんだ」

東京へ引き返した日高が、その夜、自分のあずかっている賭博クラブ——クラブ・コスモスへ顔を出したのは、いつもよりかなり遅くなってからだった。彼が賭博場へ足をふみ入れたとたん、正面の壁に光っている自動電光時計が二〇六五年五月三十一日午後十一時五十九分から二〇六五年六月一日午前零時へと切り変った。賭博場の白い天井には、煙草の煙が薄紫色の雲をたなびかせ、客たちの人いきれと興奮した熱気がねっとりと肌にまつわりついてくる。

空気清浄装置を動かしさえすれば、この濁った空気は一瞬のうちに屋外へ出て、部屋の中にはすがすがしいオゾンが充ちることだろうが、接客係りは誰もボタンに手をふれようとしなかった。それが、この賭博場の経営者であり、極東地区の賭博犯罪組織随一の大立者と云われる黒沢の営業政策のひとつだった。

「なるべくクリーナーは使わんようにしろ」と黒沢は口ぐせのように云った。「濁った空気は賭博場にとってかけがえのない装飾品のようなものだ。観光客たちは熱っぽいどんよりした空気を吸うと、いかにも賭博場へ来たという気分にひたれる。この空気で酔払わせ、頭をしびれさせてやれば、客たちは自分のふところ具合いも明日の生活のことも忘れ果てて、根こそぎ金を注ぎこんでくれるんだ」

たしかに今、観光客たちはその熱っぽい空気に浮かされて、せっかくためこんだ有金をはたくためにひしめき合っている。

日高は鋭い職業的な眼差（まなざ）しで、その客たちを見わたした。客たちの数はまだ千人ぐらいのものだが、あと一時間もすれば二倍以上になるだろう。ここは、黒沢が数多く所有しているクラブの中で最大の規模を誇る東洋一のマンモス賭博クラブだった。

ハインリッヒ・クサカベが黒沢にわたりをつけようとすれば、必ずここへ顔を出すにちがいない。彼は客の中に、きれいに髪をなでつけ、太い角ぶちの眼鏡をかけた銀行家タイプの男がいないかと眼を光らせた。

その時、グリーンのタキシードを着た接客係りが、日高の肩をたたいた。

「マネージャー、社長に面会したいという男がさっきから待っているんですがね」

黒沢が面会する前に、あらかじめその来客と会って、人物の品定めをするのがマネージャーと用心棒を兼務する日高のつとめだった。

「どんな男だ？」

と、日高は訊（たず）ねた。

「なに、おとなしそうな男です。例の通り身体検査もしましたが、武器は持っていません。どうせ、新式の賭博機械のセールスマンか何かでしょう」

接客係りは日高の手に一枚の名刺を渡した。名刺には工学博士、ガイ・ヨシモトという文字が並んでいる。

「よしわかった、すぐ行こう」

日高は賭博場の横の廊下を通り、奥の応接室へ足を運んだ。応接室のドアを開ける前に、その隣りの小部屋に入り、壁際のボタンを押す。応接室と小部屋の間の壁が徐々に透明になり、応接室のソファにこちらを向いて腰かけている小柄な男の姿がはっきりと見えた。日高の頬がぴりりとひきしまる。その男の顔は写真で見たハインリッヒ・クサカベにそっくりだった。

「逮捕する前に、必ず本部へ連絡せよ」という部長の命令が頭をかすめたが、彼はそれを無視することにした。本部に連絡すれば、本部から東京分署に指令が飛び、警察の連中が派手なサイレンと共にクラブへふみこむことになりかねない。そうなると、せっかく今まで苦心して築きあげた自分の立場を、仲間たちに疑惑の眼で眺められる危険もあるし、組織自体が用心深くなって、後の仕事がやりにくくなる恐れもあった。それよりも、クラブの連中に見つからぬうちに外へ連れだし、警察の手に渡す方がずっと安全なやり方だ。相手は武器も持たない小柄な男だから、多少抵抗されても大したことはあるまい。そんな相手の扱い方は今までの経験で充分自信があった。日高は透明スクリーンのボタンをオフに直すと、応接室へ入っていった。

「お待たせしました。ヨシモトさんですね。社長は旅行中ですので、わたしが用件をうけたまわりましょう」

日高がそう声をかけると、男は立ちあがりもせず、冷たい眼差しで彼の顔を見あげただけだった。やがて、薄い唇がかすかに開き、抑揚のない声がもれた。

「わたしは社長以外の人間と話をするつもりはない。社長が留守なら出直してこよう」

のろのろと腰をあげると、日高のそばを通りぬけて、ドアの方へ歩きかける。

「ちょっと待って下さい、クサカベさん」

と日高は声をかけた。猫背の背中がぴくりと動き、男は立ち止(ど)まると、日高の方にゆっくり顔を向けた。しかし、その顔にはなんの表情も浮かんでいない。

「なにかの間ちがいじゃないかね、わたしの名はヨシモトだが」

「整形手術もせずにここへやってきたのは軽率でしたね、クサカベさん」

と日高は云いながら、わきの下に吊(つ)ったホルスターから熱線拳銃をとりだし、男のうすい、ひ弱そうな胸にぴたりと狙いをつけた。

「実を言うと、わたしがあなたの写真を見たのはついさっきなんですよ。メトロポリタンの国連ビルの中でしたがね」

「すると、きみは特捜部の秘密捜査官というわけかね？」

男は顔色も変えずに、訊(き)き返した。

「そうです。気の毒だが、あんたを逮捕する。大人しくわたしの指示に従ってこのクラブから外へ出るんだ。下手に抵抗すれば、遠慮なく射殺する。ここでのわたしの身分は用心棒ということになっているから、あんたを射殺しても誰も文句を云うものはいないんだ」

そう云っても、男は別におびえた風もなく、まじまじと日高の顔をみつめた。写真では眼の色まではわからなかったが、それが濃いブルーであることが、今は眼鏡を通してはっきりわかる。じっと見ているとついふらふらと身を投げたくなるような深海の色を思わせる青さだった。

「ここには防音装置が施されているかね？」

ふいに男は奇妙なことを訊ねた。日高が黙ってうなずくと男のうすい唇がひきつった。

「それなら、話してやろう。わたしを軽率だと云ったが、あんたの方がよっぽど軽率なようだな。もしわたしが本当のハインリッヒ・クサカべだとしたら、どんな危険が待ち受けているかもわからんところへ、単身武器も持たずにのこのこ出かけてくるだろうか？　そうじゃないかね？」

その言葉を聞いて、いやな予感が日高の背すじを這いのぼってきた。思わず引金にかけた指先に力が入る。

「まあ、そんなにあわてることはない。第一、その引金をひいたところでわたしを仆すことはできないんだ」

男は新入生に初歩の数学を教える教授のように、はっきりとした落ち着いた声音で説明しはじめた。

「きみはさっき国連ビルにいたと云ったな、それなら、多分、ハインリッヒ・クサカベが二年前に造ったロボットを参考に見せられただろう。あれもかなりよく出来てはいるが、その後二年間のうちに彼の技術はさらに進歩した。今では、人間そっくりの感情を備え行動するロボットが出来るようになったんだ。出来ないのは成長することと、子供をふやすことぐらいだろうな。もちろん、ある特定の人間に似せたロボットもできる。昔流に云えば影武者の役目を果すやつがな……」

日高の顔色が変ってゆくのを男は楽しそうに眺めていた。

「そう。もうわかったろう。わたしはハインリッヒ・クサカベの代理ロボットなんだ。ただし、ハインリッヒのように動作がのろくもなければ、非力でもない。わたしは、人間の約五倍の膂力(りょりょく)を備えている。つまり、片手できみみたいな男を締め殺すことができるのさ。それがわたしに与えられた役目でもあるんだ。クサカベの身代りとして、まず未知の世界へ瀬ぶみのために顔を出す。そうすると必ず、きみみたいに思慮の足りない秘密捜査官がわたしの前に現われるという寸法だ。そいつを片づけて、危険がないと見極めてからでないとクサカべは決して姿を現わさない」

日高はそのいまいましい説明をそれ以上聞いている気はなかった。右手の拳銃を伸ばし、その男――正確に云えば、そのロボットのうすい胸めがけて引金をひいた。銃口から蒼白い熱線がほとばしり、ロボットの胸に二センチほどの直径の丸い焦げあとをつくったが、ロボットは冷淡な視線をちらりとそこへ送っただけで平然と立っていた。

「むだだと云ったはずだがな」

そう呟くように云って、ロボットは腕を伸ばし、無造作に日高の拳銃をたたき落とした。

腕全体がしびれるようなすごい力だった。

ロボットの右腕がなおも、自分の首をねらって伸びてくるのをあやうく避け、日高は力いっぱい左のフックをロボットの顎にたたきつけた。手ごたえはすばらしかった。おそらくヘビイ級のプロでも、マットの上にひざまずいただろうと思われる一撃だった。しかしこの小柄なロボットは一瞬たじろいだだけで右手を日高の首にまきつけ締めあげた。

意識が遠のくのを感じながらも、本能的に日高は後ろに身体を仆し、床に背中がつくと同時に両脚でロボットの身体を蹴はなした。小柄で体重の軽いロボットにこの方法は効果的だった。ロボットは壁際まですっとび、いやというほど壁に頭をぶつけた。もっともそんなことはさほどの打撃ではなかったらしく、何事もなかったように起き上(あが)ると、しばらく考えてから、部屋の隅のテーブルの上にあった細長い銅製の花活けを右手に持ち、日高の方を見てニヤリと笑った。そのすきに、日高の方も拳銃を拾いあげて身がまえたものの、勝ち目のないことはわかり切っていた。いくら熱線で穴を開けても、向(むこ)うは平気で攻撃をかけてくるだろう。こうなると二十一世紀の兇器(きょうき)も銅の花活けに及ばない。

ロボットは高々と右手をふりあげて、わざとゆっくりこちらへ近づいてくる。

その時、日高の頭に国連ビルの中の光景がひらめいた。むっちりしたグラマーの白い腕と、その腋窩に伸びる部長の手――日高はせまってくるロボットのふりあげた右腕のつけ根をねらって引き金をひいた。

ロボットの顔に浮かんでいた薄笑いがそのまま凍りつき、身体全体が硬直したように動きをとめた。しばらくは、日高自身も身動きできなかった。深い呼吸を何度かくりかえした後、ようやくロボットに近づくと、内ポケットからナイフを取りだし、服の右わきを切り裂いてみる。案の定、むきだしになったロボットの皮膚の上に亀裂が走り、内部の構造がのぞいて見えた。

彼はほっと溜息を吐くと、超小型無線機をはめこんだ左手首の腕時計の竜頭をまわし、部長の自宅を呼びだした。

「どうしたんだ？」

まだ眠気のとれない不機嫌そうな声が、かすかに腕時計からひびいてきた。

「クサカベは東京地区の組織とわたりをつけたがっているようです」

と日高は云った。

「今その尖兵とも云うべきロボットを手に入れました。よくできていますが、機械の主要部分は今までと同じように右腕の下に設置されています。もっとも、あなたの秘書よりもずっと小型にまとまっていますがね」

「そんなことは、こっちもロボット工学の専門家に調べさせる。きみは資料として、それをそっちの分署の特捜課に渡しておけばよろしい。ほかになにかあるか？」

ほかにも部長に話してやりたいことはたくさんあった。とにかく、九死に一生の境をようやく切りぬけたばかりなのだ。しかし、そんな話をしたところで、部長はフンと鼻で笑うだけだろう。それに、こうして危機を切りぬけてみると、そんなことを部長に説明するのはひどく照れくさい感じがした。

「別にありません。ただ、あなたに感謝したい気持ちでいっぱいです」

「どうしてだ？」

「いや、今日あなたが見せてくれたストリップ・ショウは最高でしたよ。あれが頭に焼きついていたおかげで助かったんです」

「フン」

案の定、軽蔑しきった声がひびいて、ぷつりと通信は切れてしまった。日高はかすかに肩をすくめ、すぐそばで硬直したままになっているロボットをかつぎあげた。

狂い咲き

そのかすかなジーッという音は、女の喘(あえ)ぎにまぎれて、ほとんど聞きとれないほどだった。

しかし、日高嶺二ははっと聞き耳をたて、女から身体を離した。

「どうしたの？」

不満そうな女の問いかけに答えず、彼は左手首をそっと耳に近づけた。

「ジーッ」

と再びかすかな音が耳に伝わってくる。腕時計に見せかけた超小型無線機が緊急連絡を呼びかけているのだ。呼びかけているのはもちろん、国際警察機構第五部部長にちがいない。

「ねえ、どうしたのよ？」

日高の手で点けられた火が今ようやく身体中に大きな炎をあげはじめたところらしく、女の声はいらだたしげにかすれていた。女は日高の首にむっちりした腕をまわすと、自分の胸をはげしく押しつけてきた。白くやわらかい乳房の、そこだけ堅くとがった先が、日高の栗色にひきしまった胸をじれったそうにつついている。

しかし、部長の催促がましいブルドッグ面を思い浮かべただけで、日高の身体はオリンピックの終った聖火台のように冷えかけていた。

「ちょっと待ってくれ」

と日高は云って、汗に濡れた女の身体をひきはがした。

「ラウンドの合間にはいつも一休みして、汗を流すことにしているんだ。拳闘をやっていた頃からのくせでね」

「ラウンドの合間って云ったたって、ゴングは今鳴ったばかりじゃない？　試合はこれからなのよ」

「いやいや、熱しては冷まし、冷ましては熱し、フルラウンドをあせらずに戦おうや」

そそくさとバス・タオルを腰に巻きつけると、日高はバス・ルームへ入った。扉の内側から鍵をかけ、シャワーの音をひびかせると左手首の腕時計の竜頭をまわし、呼びかけに答える。

「極東課の日高です。どうぞ」

その応答が間違いなく日高の声かどうか声質分析器で調べるひまが五秒間かかり、それから、部長の重苦しい声が聞こえてきた。

「相変らず応答に時間がかかるな、レイ。緊急連絡には直ちに応答すべしとは、秘密捜査官心得の第一条にあるはずだぞ」

「すみません。そばに人がいたもんですから、席をはずすのに手間をくいまして……」

「フフン」

あざけるような鼻声が憎々しくひびいてくる。

「また、女でもひきずりこんでいたんだろう。おまえの声が妙にたかぶっておるから、あやうく声質分析器が結果を非と出しそうになった。おまえに今度、良いものを送ってやろう。うちの薬事研究班で特におまえのために調整した精力減退剤だ。こいつを毎日二粒ずつ飲むと……」

「性欲が全くなくなるんですか？」

「いや、おまえならやっと普通の人間並みになるそうだ。もし、それが効かなかったら、いよいよ、爆発物処理班でもおまえの所へ出張させねばならんからな……」

そこで自分の皮肉に対する反応を楽しむように間をとり、部長は言葉を改めた。

「ところで、例のロボットが現われて以来、ハインリッヒ・クサカベの動向はまだつかめんのか？」

「ええ、あれ以来、クサカべらしい人物がこの辺へ姿を現わしたと云う情報もなく、ロボット密売のためにボスの黒沢に近づいたという気配もありません」

「と云って油断は禁物だぞ。クサカべはどうせ用心深く自分では中々やって来んだろう。その前に人間そっくりのロボットを尖兵として送ってくる可能性の方が多い。まず周囲の人間に気をつけることだな。どいつがロボットだかわかったもんじゃない」

無線機の前の部長の顔がニヤリと笑みくずれるのがわかるような声だった。

「周囲の人間に気をつけると云うことはだな。たとえば、おまえが今ひきずりこんでおる女にも気をつけろと云うことだぞ」

無線機はプツンと通信の切れたかすかな音を残すとそれっきり黙りこくっている。いまいましげに、竜頭をオフに巻きもどすと、日高は出しっぱなしにしておいたシャワーの中へ入った。火照った身体に冷たい滴が流れ、ようやく頭が冷静さをとりもどすと、さっきの部長の忠告が妙に気になってきた。

（この扉の外でおれを待っている女は、クサカベが寄越したロボットなのだろうか？）

その疑惑の芽はたちまち彼の心の中に黒い葉を伸ばしてきた。女は昨日モスクワから観光団の一員として東京へやってきたばかりだと云っている。そして、その夜、日高が支配人をしている賭博クラブ、クラブ・コスモスに遊びに来て、日高と意気投合した結果、このアパートへ……という順序になったわけだが、そう云えば、その順序があまりにスムーズだったのも、気がかりになってくる。

扉を開けると、女はじれたようにベッドの上で身をくねらせ、日高の方を熱っぽい眼差しでにらんだ。スラブ系とは云うものの、中国の血が半分近く入っているらしく、そんなに大柄ではない。多分、一九八五年まで続いた中ソ間の冷戦が終った後に、中国系の血がまじった民族の子孫なのだろう。肌はスラブ系独特の白さで、しかも中国人のようなきめのこまかさを残している。栗色の髪、黒い瞳、高く盛り上がった乳房、すんなりとのびた肢体……。

（これがロボットなのだろうか？）

日高は疑惑を押えて女のそばへ寄り、その唇へ自分の唇を押しつけた。そして、烈しく応える女の唇をわざと強く嚙んでみる。

「痛いわ」

女はそれを愛撫のひとつと受けとったらしく、そう云っただけで、また日高の胸に身体を押しつけてきた。

（痛いと云ったところをみると、痛覚はあるらしい）

と日高は思った。

（それなら大丈夫かな。ロボットに痛覚は……）

ないとは云えなかった。ハインリッヒ・クサカベは天才的なロボット密造者だ。彼の製造したロボットは生ぶ毛まで生えている精巧なもので、殴られればアザもできるし、切られれば血も流れる、その反応のすべてが人間そっくりにできているのだ。そのくせ、その身体のどこかに内蔵された小型の機械を破壊しないかぎり不死身という、やっかいな代物である。

その時、日高はいつか部長の云った言葉を思いだした。ロボットには性的な能力だけはない――とすれば、今この唇にうすく血をにじませた女がロボットかどうかを確かめるためには、その性的な能力をためしてみるしかない。疑惑のために今はほとんど消えかけた小さな炎をかきたてて、日高は女の身体をしっかりと抱いた。

（たしかに、あの女は性的能力があった。いや、ありすぎたと云うべきだろう）

青磁色の深々とした絨毯を敷きつめた廊下を歩きながら、日高はそう思った。ふと足先がよろけ、苦笑いが顔に浮かぶ。

（どうやら、終りの三ラウンドだけは余計だったたな）

廊下は行きどまりになり、そこには分厚いオーク材の扉が彼を待っていた。彼はその扉をゆっくり間を置いて三度ノックした。

「ようし、入れ」

しわがれた声がどこからか聞え、扉は音もなく開いた。日高は扉の大きさのわりに小ぢんまりとした部屋の中へ足をふみ入れた。間接照明の柔らかい光が、部屋の中央のテーブルを囲んだ五人の男たちを、水槽の中の五匹のタコのように浮かびあがらせている。特に、正面の席に坐っている男はタコそっくりだった。禿げあがった頭、ほとんど眉毛はなく、その下で疑い深く光っている小さな灰色の眼、——椅子からあふれだしそうに肥満した巨体を絶えずせわしなく動かしている姿は、深海の岩かげで獲物を待ち受けている、あの油断のならない軟体動物と同じ不気味さを感じさせる。この男が極東地区のあらゆる犯罪組織を牛耳っている黒沢伝造だった。八方に手を伸ばして自分の欲するものを必ず手に入れる非情さとその風貌の相似から、オクトパスKと呼ばれている。

黒沢が顎で指した空席に腰をかけると、日高は周囲の男たちに軽く会釈した。そこに坐っている三人の男たち、日高を入れて四人が黒沢の片腕と云われている。タコの片腕だから四人としゃれたわけではあるまいが、この四人の用心棒たちが極東地区の犯罪組織の各重要拠点をあずかっているのだ。

「今日の議題は他でもない。明日に控えたミドル級の極東地区選手権試合の興行についてだが……」

そう云いながら、黒沢は肉のだぶついた首をまわして自分の隣りに坐っている若い男をみつめた。肩はばが広く、腕が長く、鼻と眼がはれぼったいその男は得意そうな微笑を黒沢に向けた。

「われわれが育ててきた現在三十三連勝無敗を誇るこのジェット・サカタとマイティ・リーの試合の賭け率の予想はどんなものかな?」

黒沢は若い男の微笑を無視して、日高たちに問いかけた。

「うちの方では現在、十対二というところですか。もちろん、サカタの十に対してリーの二です」東南アジアの犯罪組織をあずかるピエン・ラザクが黒い肌によく光る眼をまたたかせながら答える。

「わたしの方は十対三」中国地方の暗黒街に黒沢の威令を施しているスウ・リャンは、どうしても柔和な実業家としか見えない豊かな頬をほころばせた。

「東京地区はご存じの通り十対一」と日高が答える。

「なるほど、われわれが長い間資本をかけてきた成果がようやく実ったわけだ」

黒沢は満足気にうなずいた。

「サカタはわれわれの注文通り、この三年の間連戦連勝してきた。今では彼の実力を疑うものはいないし、彼の相手の勝利を信じるバカげた妄想を抱くものはごく少数だ。しかし、もし今度の試合がサカタの負けに決れば、その少数者は莫大な賭け金を手に入れることができる。このチャンスを見逃す手はない。わしは今回に限りその少数者の仲間に入ることにした。それを各地区の責任者は徹底して下部組織に通じること。われわれの組織はマイティ・リーに賭けるんだ」

今までサカタの顔に浮かんでいた微笑が、その黒沢の言葉で凍りついた。

「ちょっと待って下さい、ボス。そうすると明日の試合でおれにわざと負けろと云うんですか？」

「そうだ。三十三連勝と云えば立派な記録じゃないか。もう負けてもいい頃だろう」

「しかし、その試合に勝てばおれは極東地区のチャンピオンになれるし、そうすれば、やがては世界チャンピオンにも……」

「なれると本当に思っておるのか、おまえは？」

黒沢の灰色の眼が風変りな彫刻でも見るように、サカタの顔をまじまじと見守っている。

「おまえが三十三連勝したのも、極東地区のボクシング興行がわれわれの手の中ににぎられているからだぞ。それでなかったら、おまえは十連勝もできなかったろう。世界選手権ともなれば、われわれで興行を牛耳るわけにはいかん。われわれの手を離れて、おまえが実力で世界チャンピオンになれるなどとは、いくらわしがロマンチストでも考えられないな。この辺がおまえにかけた資本をとり返す大きなチャンスだ。八百長試合で現在の地位を得たおまえだ、今さらこの八百長がいやだなどと云うまいな」

「しかし、ボス……」

そう云いかけて、冷たい光を放つ灰色の眼に出端をくじかれ、サカタは口ごもった。

「わかりました。明日の試合はリーに勝ちをゆずります」

なんとなく軟体動物のねばっこい触手にとりまかれているような会議室のふんい気からようやく解放されて、日高はクラブ・コスモスの地下にあるバーへ行くとマーティニを注文した。表面に水滴をむすんだ冷たいグラスが眼の前に現われた時、後ろから肩をたたくものがいる。ふりかえると、真白なシルクのシャツに黒い細身のズボンをつけた若い男がウィンクしていた。

「やあ、カマベエか……」

と日高は云った。

「いやだわ、カマベエなんて、イジワル」

男は薄化粧した顔をしかめ、身をくねらせた。クラブのカード係りをしているこの男、田村幸兵衛というおよそ二十一世紀らしからぬ本名をきらって、結城恭一と改名しているのだが、仲間内では誰もそう呼んではくれず、もっぱらカマベエと呼ばれている。本名と、同性愛的傾向を持つ彼の性癖とをひっかけてつけられた通称である。

「ねえ、マネージャー、あたしのなやみを聞いてちょうだいよ」

「へえ、どんななやみだね？」

「からかわないで、あたし、真剣なのよ」

そう云われても、長すぎるツケマツゲをつけた眼でにらまれると、どうにもおかしさが先に立ってしまう。

「まあ、話してみろよ」

噴きださぬ用心に、手に持ったグラスをカウンターに置き日高はうながした。

「あたしとサカタのことご存じ？」

カマベエはぽっと頰をそめながら訊いた。

「ご存じもなにも、おまえとサカタが大アツアツだってことは有名だぜ」

「そうなのよ、あたしたち結婚しようかと思ってるの」

ソドミストは大真面目で呟いた。

「結構だね。それでおれに仲人でもしろというのか？」

「ちがうわ。あたし純白のウェディング・ドレスを着て教会でやりたいの。さっきそれをサカタに話したら、結婚は当分延期だって冷たいったらないのよ。あの人、とてもゆううつそうだったわ。明日の試合のことで、ボスになにか云われたんじゃない？」

「こいつは極秘事項でめったにはしゃべれんが、いずれサカタと結婚しようというおまえのことだから教えてやろう。サカタは明日の試合に負けるのさ」

「まあ、ひどい」

カマベエのツケマツゲの下からみるみる大粒の涙があふれ出し、マスカラを溶かして頰にうす黒い流れのあとをつける。

「いいか、落ちつけ」

日高は許婚者（フィアンセ）の苦境を知って泣きくずれるソドミストの肩を慰め顔でやさしくたたいた。

「かえってその方がサカタのためなんだよ」

「どうして？」

「サカタは八百長をやらず、実力で戦ってもリーに負けるからさ」

「そんなことないわ。三十三連勝のサカタが、リーに負けるなんて……」

「まあ恋人のおまえとしてはそう考えたくなるのもむりはないがね、その三十三連勝もほとんどが八百長だった。おれもアマチュアでボクシングはかなりやったが、その経験から見ても、サカタはチャンピオンになれる素質は持っていない。リーの方がずっと実力のあるファイターだな」

カマベエは日高の手を肩からふり払って、ものすごい眼でにらみつけた。

「ウソよ、そんなこと。サカタの方がずっと強いわ。きっとサカタはリーに勝つわよ！」

そう云うなり、バーから走り去ってしまう。グラスをとりあげると、日高は溜息を吐いた。

「近頃では、並みの女性よりソドミストの方がよっぽど純情なんだな……」


その翌日の午後八時、日高は黒沢と並んで、立体カラー・テレビの前の坐りごこちの良いソファにくつろいでいた。テレビは今、両選手の紹介を終り、レフェリイが試合前の注意を与えているところを映している。

「ボクシング見物はテレビに限るな」

日高はブランディのグラスをなめながら、黒沢の言葉にうなずいたが、眼はテレビに吸いつけられていた。画面では自分のコーナーに帰ったサカタがゴング前のシャドウ・ボクシングをくりかえしている。その腕のシャープな動きが日高の興味をそそった。

(どうも今までになく腕のふりに無駄がない。まるで見ちがえるようだ)

カマベエの熱い支援を受けてサカタもはり切っているのかと、日高はにやりとした。

しかし、いずれにせよサカタは負けるのだ。黒沢の命令に逆(さから)えるものは誰もいない。逆えば、それは直ちにその人間の死を意味する。

ゴングが鳴り、両選手はリングの中央へ躍るような足どりで進みだした。ラッシャーのリーが近よりざまサカタの顎に右フックを放ったが、サカタは軽くウィーヴィングしてそれを外した。いつもに似合わぬ素早い動きである。それからのサカタは、リーのラッシュを逃げに逃げた。コーナーに追いつめられても、一向に余裕を失わず、するりするりと体をかわして、一発も身体にふれさせない。コーナー・ワークが下手だと定評のあるサカタとは信じられないほどあざやかな身のこなしだった。

第二ラウンドになると、サカタは前とがらりと戦法を変え、リングの上に無造作に突っ立ったままだった。ガードもほんの形ばかりで、リーの連打を浴びている。

「馬鹿、倒れるのは五ラウンドだ。まだ早すぎるぞ」

いまいましげに黒沢がしゃがれ声をあげた。コーナーからも、さかんに足を使えとセカンドが声をかけているが、サカタは平然とリングに立ちつくしたままだった。連打を浴びるたびに、サカタの上体が揺れ、大映しになったその顔がふくれ上り、血を流すのがわかった。しかし、彼は一向に逃げもせず、パンチを返しもせず、相手の連打の合間にニヤリとうす笑いをもらしている。とうとう相手のリーが打ちづかれ気味のうちにラウンドが終った。

「うーむ」

と黒沢がうなった。

「サカタがあれほどタフだとは思わなかった」

第三ラウンドのゴングが鳴ると同時に、サカタは前のラウンドで打たれ続けた男とは思えぬほどのスピードでコーナーを飛びだし、ようやく、身がまえようとコーナーから立ちあがったリーのボディにあざやかな右フックを決めた。よほど強烈な一撃だったらしく、リーは顔をしかめ、リングに両膝をつく。

横で見ている黒沢のだぶついた顔が一瞬ひきしまるのが日高にはわかった。

リーはエイト・カウントで立ちあがったが、まだ上体をふらつかせている。そのガードのすき間から、サカタの目の覚めるようなストレートがまともにリーの顎に突き刺さり、のけぞるところを、左の鋭いジャブがこめかみを襲う。リーの右手が助けを求めるように宙をふらつき、ロープにすがりつく。そこをサカタの非情なストレートが再び顎をとらえた。リーは長々とマットに伸びて、もう身動きもしなかった。第三ラウンド、一分十五秒、あざやかなサカタのノック・アウト勝ちである。

「パシャッ！」

耳もとで濡れ雑巾をたたきつけるような音がして、日高ははっとした。見ると、黒沢が手にもった鶏のモモを深々とした絨毯に思いきりたたきつけたところだった。

巨体をソファから持ちあげると、彼は脂だらけの手を伸ばしてサイド・テーブルの横のボタンを押した。小さな灰色の眼は表情を失い、曇りガラスのようにどんよりしている。黒沢が心底から怒った時の特徴だった。

扉を開け、やせこけた二人の男が音もなく部屋へ入ってきた。身体にぴったり合った仕立ての良い服の左の腋の下だけが不気味なふくらみを見せている。二人とも黒沢の抱えている殺し屋の中でもっとも腕の立つ熱線拳銃の使い手だった。「サカタが裏切った。見つけ次第始末しろ」

黒沢はその二人の顔を見ようともせず、短く云った。二人の殺し屋はかすかに頭を下げると風のように部屋から出て行った。

しかし、サカタの行方はそれ以来、二週間たってもわからなかった。わかったのは、二人の殺し屋がボクシング・センターの裏にある露地の片隅で死体となって発見されたことぐらいだった。二人とも首の骨を折られて死んでいた。誰かよほど腕力の強い男に首を絞められたにちがいない。日高はこの事件に興味はなかった。むしろ黒沢の意に逆ったサカタがいつまでも見つからないようにと祈っていた。あの夜のサカタのすばらしいファイトぶりが、今でも眼の裏に焼きついている。

（あいつは世界チャンピオンにもなれた男かも知れんな。そうすると、おれの拳闘選手を見る眼もフシアナと云うことになるが……）

その夜も、地下のバーでお決りのマーティニをすすりながら、日高はそんなことを考えていた。グラスを置き、ふとカウンターの隅を見ると、カマベエが浮かぬ顔でウィスキーのストレートをあおっていた。しとやかなソドミストには似合わぬことだった。

日高はゆっくりその後ろへ近づくと、肩をたたいた。

「あら、マネージャー」

カマベエはおびえたように身体をふるわせた。じっとその様子を見ていた日高は、黙ってその腕をとると、カマベエを一階の支配人室へ連れていった。

さし向いに坐ると、日高は云った。

「カマベエ、サカタが見つかったな」

もう一度、身をふるわせると、カマベエはあわてて首をふった。

「かくすなよ」

日高は笑った。

「ボスには云いやしない。いや逆に、おれもなんとか力になってやろうと思ってるんだ。できることなら、東京から脱け出す手はずを考えてやってもいい」

「マネージャー、お願い、そうしてやって……」

すがりつくような眼差しでカマベエは日高をみつめた。

「一週間前にサカタを街の中で見つけて、こっそりあたしのアパートに連れてきたの。彼には何の罪もないわ。だって、世界チャンピオンになってボスに恩返しするために、一生懸命いいファイトをしたんだって云ってたもの……」

「なんだって？」

日高は思わず訊き返した。

「じゃあ、八百長を知らなかったと云うのか？」

「そうよ」

「そんなことはない。それは多分おまえをごま化すためだろう」

「ちがうわ。あの人はあたしをだましたことなんてないわ」

そう云ったものの、カマベエの声は自信なげにかすれた。

「どうした？　サカタとなにかあったのか？」

「実を云うと、あの人あたしが嫌いになったらしいの……」

「嫌いに……？」

「そう、つまり、もうあたしと、肉体的にうまくいかないのよ」

顔を赤らめながら、カマベエはテーブルの上に指でのの字を書いた。

「ついこの間まであんなにテクニシャンだったのに、逃げてからはまるでだめなの。でもいいわ、あたしあきらめるわ」

「と云うことは、サカタに性的な能力がないというのか？」

「ええ、あたしがいくら努力してもだめなの」

カマベエは日高の腕をとり、必死な眼つきで云った。

「プラトニックな同性愛ってフケツかしら、ねえ、マネージャー？」

日高はその問いには答えず腰をあげた。

「おい、カマベエ、サカタの居る所へ今からすぐおれを案内するんだ」

「でも……」

「ぐずぐずしているひまはない。下手をすると生命（いのち）が危いぞ」


カマベエの住んでいるアパートの屋上へ、二人を乗せたエア・タクシーが舞い下りたのはそれから十分後だった。

十二階にある自分の部屋へカマベエは日高をいそいそと案内した。日高はそんなカマベエの様子を見ると胸が痛んだ。サカタを東京から脱出させてやると云い含めて案内させたのだ。

部屋の扉を開けると、カマベエはやさしい声で呼びかけた。

「ダーリン、今帰ったわよ」

その声で奥から姿を現わしたサカタが、日高をみとめるとぎくりと足をとめる。

「心配しないでいいのよ、ダーリン。マネージャーがあなたを無事に東京から逃がしてくれるって……」

よりそってくるカマベエをサカタは面倒くさそうに押しのけた。

「うるせえ、おれはここから逃げる気はねえよ」

「だって、そんなむりを云ったたって……」

「おれはボスに会って話をつけるんだ」

二人のやりとりを黙って見ていた日高が、その時口をはさんだ。

「それはむりだろうな。ボスはおまえが八百長をやらなかったのをひどく怒っている。八百長をやれと云った現場にはおれも居たが、以前のおまえなら、とてもあんなはっきりした命令に逆えなかったはずだ。いつから、そんなに度胸がよくなったんだ、サカタ？」

サカタは長い腕をだらりと垂らしたまま、日高をにらんだ。

「余計な口だしはしてもらいたくねえな。逃げたくなればおれは勝手に逃げる」

ふてくされたように、そう云いながら、サカタはテーブルの上にある煙草をとろうと手を伸ばした。Tシャツ一枚でむきだしになった肩から腕にかけて、盛り上った筋肉が生きもののように動き、伸ばした腕の下から黒い毛がいかにも精力的な艶を見せて輝いている。

その瞬間をねらい、日高は右手を内ポケットに入れると、すばやく熱線拳銃をとりだしてサカタをねらった。

「マネージャー、なにをするの！」

悲鳴をあげてとりすがるカマベエのおかげで拳銃のねらいがはずれ、熱線はサカタの肩を射ぬいた。しかし、サカタは平然としてテーブルの上の銅製の灰皿をとりあげると、日高に向かって投げつけた。灰皿は日高の頭をかすめ、背後の壁にめりこんだ。恐ろしい力である。

日高はなおもとりすがろうとするカマベエを突き放し、扉に向かって後退しようとしたが、その時にはもうサカタの右腕ががっしりと日高の肩をつかんでいた。骨のつぶれそうなはげしい痛みを押え、日高は右手の拳銃をサカタの右腕の下へさしこみ、二度つづけて引金をひいた。左肩をつかんでいた恐ろしい力がふっと消え、サカタはばたりと床の上に倒れた。

「ひどいわ、マネージャー、サカタを殺すなんて。あたしのサカタを……」

今は日頃のしとやかさをかなぐりすて、男らしい闘争心をむきだしにしながらむしゃぶりついてくるカマベエを、日高はどうにか羽がいじめにすると、その耳にささやいた。

「カマベエ、落ち着けよ。こいつは本物のサカタじゃないいんだぜ」

うつぶせに仆れたサカタの身体を、カマベエの見やすいように足先で転がしてやる。右わきをこっちに向けたサカタの右腕の下から亀裂が走り、そこから熱線で黒焦げになった小さな機械がはみだしているのがはっきり見えた。

「見ろよ、こいつはロボットさ、サカタそっくりに造られたロボットなのさ。このロボットはボスに近づくために造られたもので、試合直前にサカタと入れ代ったのだろう。サカタならテレビにもよく出てるし、ボスの近くにいる人間の中では一番楽にデータがとれ、代理ロボットも造りやすかったんだろうな。とにかく、八百長を知らないロボットは、サカタの代りに試合へ出てボスにみとめられようと奮戦し、かえって追われる身になったんだ。おれがそれに気づいたのは、サカタのファイトぶりがいつもに似ずすばらしかったことと、八百長を知らなかったことと、おまえが、サカタは性的な能力がないと教えてくれたことの三つのヒントからだった……」

特に最後の言葉が大きな決め手になったのだとは、うちしおれたカマベエの姿を見ると日高も云いだせなかった。カマベエはまだ信じられないように、サカタそっくりのロボットをみつめている。

「それじゃ、あたしのサカタは……。本物のサカタはどうなったの？」

か細い声でカマベエは訊ねた。

サカタの死体がボクシング・センターの地下の下水道から発見されたのは、それから三日後のことだった。

甘い夢

クラブ・コスモスの賭博場には、その夜も数万のカモたちがひしめきあっていた。

日高嶺二は人いきれでむんむんしているフロアをゆっくり歩きながら、あまり身なりのよくない男女の熱に浮かされた顔や、血走った眼に出会うたびに、心からよせばいいのにと思った。

彼らのほとんどが観光客だった。あこがれの極東旅行を夢みて、何年間かは食うものも食わずにせっせと貯金し、積み立て額だけを生き甲斐にしてきた連中だ。それが、名にしおう夜のトーキョーに一歩足をふみ入れたとたんに、悪徳観光業者の甘い口車にのせられ、積み立て金を倍にしようとここへ乗りこんでくる。

（このぶんだと、明日のあけがたも、帰りのエア・バス代もなくなったと蒼い顔をして泣きついてくる連中が事務所に列をつくることだろう）

日高はうんざりしながらひそかに呟いた。

どだい、彼らがもうけようと思うのが無理なのだ。この賭博場の裏には、電子計算機が何十台も据えつけられていて、ルーレット係りと賭け客の中にまざっているサクラの耳に無線マイクで正確な勝率を絶えずささやきつづけている。カード係りには小型の透視器が配られていて、客のカードがまる見えだし、サイコロと台の間にはダイス係りが自由に調節できるマグネット発射装置がついている。

つまり、賭博場の側に、二十一世紀の最新科学の粋を集めた用意周到な手配りがされているのに、賭け客はそれに対して、唯一の武器――人類が最初に賭(かけ)をはじめて以来、ずっと信頼してきた唯一の武器――あの原始的なカンを頼りに挑戦しているのだった。

もちろん、中にはもうけて帰る客もいないではない。しかし、それは人気とりにほんのちょっぴり賭博場側がこぼしてやったまき餌(え)にありついた連中か、サクラだけだ。

日高はフロアを横切って、部屋の奥にあるバーへ行き、ウィスキーのストレートを注文した。酒でも呑まなければ、このあわれなカモたちがいいように羽根をむしられるのを黙って見てはいられない。と云って、彼自身が客たちに忠告してまわるわけにはいかなかった。彼の本当の身分は国際警察機構第五部所属の極東地区秘密捜査官だが、その任務を全うするためには、この賭博場の支配人兼用心棒という居心地のわるい席に、満足し切っているふりをしていなければならなかった。

彼が最初の一杯を喉におくりこんで、いらだちかけた良心にささやかなおしめりをくれてやった時、用心棒の一人が全然足音をさせずに近寄ってきた。

「マネージャー、四十五番のルーレット台でどうも妙なことが起ってるんですが、見てやってくれませんか？」

ほとんど口を動かさず、ささやき声で云う。

「妙なこと？　どうしたんだ？」

日高は冷淡な眼差しで用心棒を見やった。

「ええ、女が一人で勝ちつづけているんです。どういうわけか、賭けるたびに当てつづけて、今ではたった百クレジットの資金が十万クレジットになりかかっています」

「こっちのサクラじゃないのか？」

「ええ、はじめはそう思っていたんですが、係りに訊いてみるとそうじゃねえらしい。この分だと、もうすぐ百万になりそうで、ルーレットの主任が蒼くなっています」

「ふうん」

日高は少し愉快になってきた。たかが女の身でこの賭博場をふるえあがらせるとは大したもんだ。しかし、よく考えてみれば、これはおかしなことだった。たとえ、どんなにカンのいい女でも、これだけ入念に組織だって仕組まれたインチキの罠をくぐりぬけて、そんなに勝ちつづけられるわけがない。

グラスをカウンターに置くと、日高は歩きだした。

四十五番のルーレット台は黒山の人だかりだった。ルーレットの台がからからとまわり、それが止るごとに、一瞬、あたりの空気が圧縮されたように黒い沈黙が充ち、やがて、言葉にならないどよめきと熱っぽい溜息がもれる。女は相変らず勝ちつづけているらしい。

日高はなれた手つきで人ごみをかきわけ、前へ出た。ルーレット係りがおびえた視線を投げてくるのを軽く受けとめて続けろと眼で合図する。それから、ゆっくりと今夜のヒロインを眺めた。女は見事なプラチナ・ブロンドの髪の毛をぴったりと後ろへなでつけ、根元をシンプルな銀の髪止めでまとめている。肌はあくまで白く、その濡れたようにしっとりした白さとは対照的な黒のイヴニングをまとっていた。女は日高の視線を感じたのか、ほとんどスミレ色に近いブルーの瞳をあげて彼をみつめた。

「さあ、それではみなさん。どうぞお賭け下さい」緊張にしわがれた声で、係りが声をかける。

女は日高から眼をそらし、ルーレット係りの眼をじっとみつめると、しばらく、細い指先で二万クレジットの赤い賭け札をいじっていたが、やがて、それを五枚そろえて無造作に十三のところへすべらせた。女にツキがまわっていることを知っている周囲の客たちは、われがちに十三のところへ賭け札をのせる。

「さあ、いいですか。よろしいですね」

やけぎみに念を押して、ルーレット係りは台をまわした。

「はい、まわしました」

からからと玉は回転盤の上をめぐり、あっけなく十三番に入った。女の分だけでも二十万、他の客のを合わせると、三十万近い賭博場側の損になる。

「大変失礼ですが……」

日高はいんぎんに女に向かって云った。

「係りがだいぶ疲れている様子なので、交代させてやりたいと思います」

周囲の客から批難（ひなん）の声がいっせいに上ったが、女は日高をちらりと見て、あっさりとうなずいた。

「どうぞ」

身体の内側を羽根でやさしくくすぐられるようなハスキイ・ヴォイスだった。

日高はルーレット係りを賭博場の裏へつれこんだ。十五年もの年季を積んだベテランでどんな場合にも眉毛ひとすじ動かさないと日頃自慢しているその男が、今は顔を土気色にし、冷汗をいっぱい浮かべていた。

「どうしたんだ。おれが見ていたところでは、おまえはわざと装置を動かして、十三番に玉を落としたみたいだったぞ」

日高はルーレット係りを無表情でみつめ、乾いた声で云った。男はその声の中に不気味な気配を感じとったらしく、あわてて手をふった。

「いや、マネージャー。こんな奇妙なことはあたしだってはじめてでさ。とにかく、あたしは台をまわす前に、今度こそこの女に一泡ふかしてやろうと思っている。ところが、まわす前に女と眼を合わせたとたん、なんだか身体中しびれちまったみたいになるんですよ。そして、気がついた時には、あの女の賭けた穴へ玉が落ちるよう、装置を動かしちまってるんです。ほんとうですよ。なにも、あの女とグルになってるわけじゃねえんだ」

「そりゃそうだろう」

と日高はうなずいた。

「そんな真似をすれば、自分がどんな目に会うかわかっているはずだからな。この間、それをやったやつは生きながらディスポーザーにかけられて、東京湾にばらまかれちまったし、その前のやつはロケットに閉じこめられて、宇宙旅行へ追っぱなされた。やつは今でもひからびたまんま、地球の外をまわってるんだぜ。ルーレットの台みたいにな……」

係りがふるえあがるのを見て、日高は胸がわるくなってきた。いかに仮の姿とは云え、こんなおどし文句を並べなければならない自分の役目がつくづくあさましくなる。自分にこんな任務を押しつけた第五部部長のブルドッグ面に心の中で呪いの言葉を吐きつけてから、彼は云った。

「よし、おまえは裏の事務所で待っていろ」

そう云い捨てて彼が賭博場へもどった時、またどっという熱っぽい喚声があがった。四十五番のルーレット台の方からだった。また、あの女が勝ったにちがいない。日高はなんとなくぞっとしたものを背筋に感じながら足を速めた。

女は一向にうれしそうな顔をしていなかった。前には、二万クレジットの賭け札が山と積まれていると云うのに、オハジキにあきた女の子みたいに、それを爪さきではじいている。交代したルーレット係りは、もうすっかり汗をかき、恐怖におののきながら女の白い指先をみつめていた。

（これは、係りをいくら交代させても駄目だな）

と日高は思った。

どうやら、この女は超人的な力を備えているらしい。超人的な――と考えて、彼の頰がぴりりとひきしまった。

（あの女はロボットではないのか？）

この二ヵ月ばかりの間に、日高は二人の――いや、正確に云えば、二台のロボットに襲われ、あやうく危機を脱している。その二台とも、天才的なロボット密造業者、ハインリッヒ・クサカベの造ったものだった。ハインリッヒは自分の密造した殺人ロボットを極東地区の暗黒街の大ボス黒沢伝造に売りこもうとしている。だが、二回とも日高によって失敗した。

（この女がハインリッヒの三番目の使者なのかもしれない）

日高は注意深く女を観察した。しかし、見れば見るほどうっとりするだけでロボットらしい気配は見えなかった。もっとも、彼を襲った二台のロボットにしても、ロボットとはわからないほど完全な出来栄えだったのだから、こうして見ていただけではどちらとも判断しかねる。

さっきの用心棒がまた忍び足で近づいて来て、彼の耳にささやいた。

「このまま放っておくとえらいことになりますぜ、マネージャー。今夜のあがりを全部いただかれちまう。そうなると、ボスがどんなカンシャクを起すかしれたもんじゃねえ。この辺で、あの女をひっぱりだして、二度とここへ面を出さねえようにたしなめてやった方がいいんじゃないですか……」

「いや、荒療治はいけない」

と、日高は云った。

「いま、あの女をむりやりひっぱりだしたら、他の客が承知しないし、今後、どんなわるい評判がたつかしれん。それより、なんとか納得ずくでここから出てもらうようにしよう」

「そんなことができますかね？」

「まあ見ていろ。おれが腕によりをかけて、やんわり口説いてみるから……」

「なるほどね」

用心棒はまた日高のわるいくせがはじまったと云わんばかりのいやらしい眼つきで彼をみつめた。

「それじゃあ、お手並み拝見としますか」

日高はルーレット台に近づくと、後ろから、そっと女の肩に手を置いた。

「どうです？　お疲れになりませんか？」

ゆっくりとこちらをふり向いた女のスミレ色の眼に向かって、とっておきの微笑を浴びせかける。女はその微笑にまどわされた気配もなく、ただかすかに眉を寄せた。

「もし、およろしければ、お疲れやすみに向うで一杯さしあげたいと思いまして……」

今はあまり自信のなくなった微笑をつづけながら、日高は一歩ふみこんだ。

「だまされちゃいけませんよ」

周囲にいた客の一人が女に忠告した。

「この男はここのマネージャーですからね。あんまり、あなたが勝つんで音をあげて、外へ誘いだそうというんでしょう。誘いにのったらなにをされるかわからない」

「そうだ、そうだ」

あきらかに北米地区のどん百姓と思われる背の高い観光客が賛成した。

「こいつらはおれたちの金をさんざんふんだくりやがったんだ。かまうことねえよ、ねえちゃん。ここのあり金のこらずかっさらうまで動いちゃいけねえ」

「ありがとう」

と女は云って、はじめて微笑した。

「みなさんのご忠告はうれしいけれど、あたし、この方の云うとおり、ほんとに疲れてしまったの。それにルーレットもこう勝ちつづけると退屈だし……」

山積みにした賭け札を、現金に代えてくれるよう接客係りに頼むと、彼女は立ちあがった。

「さあ、どこへでもお供するわ」

指先を軽く日高の腕にかけて、ゆっくりと歩きだす。日高は女をバーの方へ案内した。注文したギムレットがテーブルに運ばれてくるのと同時に、一万クレジットの札束を接客係りが持ってきた。およそ百万はありそうな厚みだった。

その中から、一枚とりだすと接客係りに与え、あとは黒いバッグの中へ無造作にしまいこむ。

「今夜は大したつきでしたね」

と日高が云った。

「今夜だけじゃないわ」

ものうい声で女は答えた。

「なんなら、明日の晩も明後日(あさって)の晩もここへ来、同じように勝ってみせてあげてもいいのよ」

「これは恐ろしいことをおっしゃる」

日高は笑った。

「どうしてそんなツキを呼ぶことができるんです？」

「秘密よ」

あっさり答えて女はギムレットを呑んだ。含みながらキラキラ光る眼を日高にじっと注いでいる。

「あなた、その秘密が知りたいの？　それならこんなところじゃだめよ。二人っきりになれるところへ案内してくれたら、ゆっくり話してあげるわ」

「たとえば？」

「たとえば、あなたのアパートなんかどうかしら？」

白い指をあげると、女は日高の頰をそっと撫(な)ぜた。

やわらかい照明とやわらかい音楽、やわらかいカクテルの酔いが身内をとろかせそうだった。しかし、もっとやわらかく、もっと身内をとろかせそうなものが、日高の横にぴたりと寄りそっていた。

アパートの自分の居間に女を連れこんだのははじめてではなかったが、こんな気分になったのははじめてだった。日高は自分で自分にブレーキをかけようとしたが、どうにもならなかった。

「そんなにむりすることはないのよ」

女が低く笑った。

「自分のしたいようにすればいいんだわ」

細く見えるが意外にむっちりとした白い腕が蛇のように日高の首に巻きついてくる。彼は思わず心のブレーキを放しそうになり、あわててしがみついた。

「いや、それより、例の秘密というのを教えてくれないかな？」

必死に理性をたて直し、彼は訊ねた。

「あら、わかっているくせに……」

掌でやんわりと日高の顔を包み、自分の方に向けながら、女が答えた。

「わかってる、おれが？」

「そうよ。あなたはわたしの正体を知っているはずだわ」

スミレ色の眼が燃えさかって、日高の視線を焼きつくしてしまいそうだった。そこから得体の知れない力が噴き出し、日高の心の底を探っている。

「きみはやっぱりロボットなんだな……」

声には出さず、日高は心の中で呟いた。

「そうよ」

意外にも、女はその呟きが聞えたかのように、平然と返事をした。

「あたしはハインリッヒ・クサカベの造ったロボットよ。でも、今までのロボットとはちょっとちがった能力を持っているの。人の心を吸収し、分解し、自分の意のままにしてしまう超能力なのよ。あたしの眼から出た光波が相手の視線と結びつくと、それが脳へ浸透してその人間の心を見通し、それを支配してしまうんだわ。さっきのルーレット係りもちょうど今のあなたがされているように……」

女はますます眼を見開き、日高の中へ烈しい視線を送りこんだ。

「だから、あたしにはあなたが返事をしなくても、答えがわかる。あなたの考えていることがすべてわかる。あなたはあたしがロボットだと疑っていた。ロボットか人間かを確かめるためには、性的能力の有無が決め手になる。ロボットには生殖能力がないから……。あなたはここであたしのそれを確かめるつもりだった。そして、もしあたしがロボットだったら、あたしをこわしてしまうつもりだったんでしょう。うぬぼれやのロボット・キラーさん……」

すごみのある微笑が女の頬に浮かんだ。

「でも、もうだめよ。あなたはあたしの云いなりなのよ。いくら、心にブレーキをかけようと思っても、あたしが、ほら、こうして心の手をくすぐって放してしまう。たしかに、あなたは普通の人より強情で意志も強いわ。それは認めてあげる。極東課の日高嶺二はよく訓練された秘密捜査官よ。でも、このあたしの超能力の敵ではないわ……」

日高はその視線をふりほどき、なんとか態勢をととのえようと、あらんかぎりの力をふりしぼった。しかし、脳の中をやんわりとかきまわし、くすぐる手にはかないそうもなかった。冷汗（ひやあせ）が流れ、悪感（あっかん）が何度も身を走った。

（ええいっそ、気を失ったらいいんだ）

と彼は思った。

（そうすれば、この女の持っている超能力も役に立たんだろう）

「そうはいかないわ。意識を失わせるのも、よみがえらせるのも、あたしの自由よ。ほら……！」

女の声が聞えると同時に、ようやく眠りかけた意識は、眼ざまし時計にせきたてられるサラリーマンのように、しぶしぶ眼を開けてしまう。

「せっかく二人っきりになれたのに、眠ってしまうなんて惜しいじゃない。とにかく、あたしにどんな能力があるか、教えてあげてからゆっくり寝かしてあげるわ」

女は日高の眼をじっとみつめたまま、静かに立ちあがると、するりと黒のイヴニングを脱ぎすてた。真白い二つの隆起が彼の鼻先でたゆたっている。ひんやりとした裸体がいつの間にか、彼のひざの上にすべりこんでいた。視線は女の眼に捕えられているはずなのに、日高の眼は、女のあらゆる部分を見ていた。

あるいは、現実の女は服をつけ、じっと日高の眼をみているだけで、そのテレパシイが彼の心に女の裸像を描かせているだけなのかも知れなかったが、彼は官能のうずきがはげしく身体のシンをふるわせるのを感じた。

「ロボットには性的能力がない。それはたしかなことよ。あたしだって性的能力はないわ。でも、あなたにあたしのすばらしい肉体を見せてヒントを与え、それによって夢の中で同じ恍惚感(こうこつかん)を――いいえ、それ以上の恍惚感を与えることはできるのよ。そして、あなたの力を根こそぎしぼりとることもね……」

女がそう云い終ったとき、日高の左腕がかすかにジーッと鳴った。腕時計に見せかけた緊急連絡用の超小型無線機が発信を呼びかけているのだ。いつもの習慣にしたがって日高は無意識に右手で竜頭を押し、無線機をオンにした。

と同時に、女の甘い声がささやきはじめた。

「さあ、日高さん、あなたは今、広い野原にいるのよ。白い花がいっぱい咲いているわ。あなたはその中をゆっくり歩いてゆくの。ほら、甘い香りがしてきたでしょう。甘い香り――ほら、あたしの体臭に似ている。どこかにあたしがいるのよ。ようく、見てごらんなさい。

あそこよ、あの丘の上に白いものが見える……。いいえ、花じゃないわ。あたしよ、あたしの裸よ。そら、追いかけなさい。逃げてゆくわ。早く追いかけないと、逃げてしまうわ……」

日高は懸命に女を追いかけた。つかまえようとすると、女はついと逃れ、また誘うようにこちらに笑いかける。

汗を流し、息を切らし、ようやく組みしいたとたんに、はげしい恍惚感が身体を突きぬけ、日高はうめいた。

夢はそれだけでは終らなかった。女は人魚の姿になって彼を浜辺で誘惑し、サルタンの女になってハレムの中で身をもだえ、宇宙旅行の美しいスチュワーデスになって無重力の愛を語り、吉原の太夫になってウグイスを鳴かせ……。

要するに、過去現在未来から現実架空を問わず、あらゆるタイプの女性を演じて日高を翻弄しつくした。

最後には、彼は一匹の黒蛇になって、あきらかにあの女とわかる白蛇に巻きついていた。千変万化の愛の技巧を尽くしたあとなので、彼は疲れ切っていた。しかし、どうしても彼はやめることはできなかった。白蛇は彼の身体をやさしく巻きつけ、しっとりとつめたい肌で愛撫しつづける。彼は残った力をふりしぼって恍惚めがけて走ろうとした。

「おい、なんとかならんのか？」

野太い声がふいに聞え、彼は白蛇の呪縛から解き放たれて目を開いた。眼の前に、部長のブルドッグ面が見え、気がつくと病院のベッドに寝ていた。

「ようやく、気がついたか……」

部長がほっとしたように云った。その部長の顔がひどく黄色っぽく見える。

「だいぶひどく潜在意識を掘り起されています。当分は安静にしていないといけませんな」

日高の腕に注射していた医者がにやりと笑った。

「とにかく、いろんな妄想を潜在意識にかくしていたらしく、そいつを全部総ざらえしてしまったんだから、大変な精力の濫費（らんぴ）ですよ。普通の男ならもたなかったろうな。しかし、この患者は三日も男性ホルモン注射をしつづければ元通りになります」

「いや、元通りにはせんでもいい」

部長がそっけなく云った。

「少し精力が強すぎるんで、いつでも余計な世話をかけるんだ。これでこいつの色好みもちっとは治ったろう」

「いったい、ぼくはどういう目にあったんです」

と日高は訊ねた。われながら弱々しい声だった。

「あのロボットのテレパシイにあやつられて、結構な夢をみつづけていたのさ」

と部長が答えた。

「放っておけばカラカラになって日高嶺二の乾干しができるところだった。ところが、たまたま、無線機がオンになっていたので、おまえがどんな目にあっとるか、おれの耳につつぬけになったと云うわけだ。そこでただちにニューヨークの本部からロボット対策班をおまえのアパートに急行させて、ニタニタ笑いながら色気のついた中学生みたいな夢をみつづけているおまえを救出させたんだ」

「なるほど、ぼくが無意識に無線機を操作したんで、あのロボットもそこまでは読みとれなかったというわけですか」

それだけのことをしゃべるのがひどく苦痛で息切れがした。身体中の力という力がみんなぬけてしまっている。

「部長、これ以上、患者と話してはいけません」

医者は日高の脈を計った。

「だいぶ、脈が乱れている。しばらく、鎮静剤でそっと眠らしておいた方がいい。報告なり、訊問なりはそれからのことにしてくれませんか」

部長がうなずいて帰ろうとするのを、日高はあわててひきとめた。

「部長、報告でもなんでもします。訊問にも答えます。とにかく、ぼくを眠らせないでください。もし眠ってあんな夢をもう一度見たら、ぼくはとてももう身体がもちませんからね……」

ペットの好きな女

日高嶺二にとって、午前三時という時間は貴重な意味を持っていた。
賭博場、クラブ・コスモスの用心棒兼支配人という気骨の折れる仕事に加えて、この賭博場を中心に極東地区に大きな勢力を張るオクトパスKこと黒沢伝造の犯罪組織を常に監視せよという、国際警察機構の秘密捜査官としてのひそかな指令を受けている彼が、ようやくその勤務を終えて解放されるのは午前二時。それから、いったん自分のアパートに帰ってその日の組織の動きについて本部への報告をすませ、ゆっくりバスに入ると着がえをする。何時間も身体をしめつけていた仕事着――つまり、身体にぴったりと合った粋(いき)なタキシードをぬぎすててラフな好みの服に着がえるのは格別の楽しみだった。彼はすっかり解放された気分でアパートから出ると、自家用機(エア・カー)にも高速車にも乗らず、人気(ひとけ)の少(すく)ない通りをぶらぶらと散歩する。頭の中にひしめきあっている仕事のことをきれいさっぱり忘れるにはこれが一番だった。

二十分ほど散歩して、盛り場のはずれにあるバー『アルファ・ケンタウリ』の分厚い扉を押し、カウンターの前へすわって最初のオン・ザ・ロックの冷たいグラスを手にとる――ちょうどその時刻が決(きま)って午前三時なのだ。

日高は咽(のど)もとを通るスコッチの香りが身体中にしみわたってゆくのをしみじみと味わった。それは自分が用心棒でも秘密捜査官でもなく、今はただこうしてなんの気兼ねもなしに一杯のウィスキーを自由に楽しめる人間なのだということを教えてくれる。身体中の力をぬき、ほっと寛(くつろ)いだ溜息をもらしながら、彼は部屋の中を見まわした。

会員制で一種のキイ・クラブ組織になっているこのバーは二十四時間営業なのだが、午前三時ともなると、さすがに客の姿もまばらだった。部屋の隅のソファに陣どった二、三人連れの重役タイプの男たちの会話も、黒いレザー張りの壁や深々としたワイン・レッドの絨毯に吸いこまれるせいかカウンターまで届かず、バーの中はしんと静まりかえっている。

日高はもう一度溜息を吐き、二杯目のウィスキーをバーテンに注文した。

「キャン、キャン、キャン！」

いきなり、静かな空気を切り裂いてカン高い犬の鳴き声がバー中にひびきわたり、日高は思わずびくりと肩をふるわせた。ふりかえると、バーの扉が開き、そこから真白なスピッツが首を出しているのが見えた。スピッツはキョトンとした眼つきで、日高の方を見あげると小首をかしげた。その可愛い表情にふとほころびそうになった日高の唇が、またすぐにひきしまる。

扉がさらに開き、一人の女がバーの中へ入ってきたのだった。小さなひきしまった顔、大きな黒い瞳、心もち左右にきゅっと吊り上った薄い唇、すらりとした小柄な身体——ボーイッシュな色気を感じさせる女である。ショート・カットにした栗色の髪がその色気を強調していた。ニグロと白人と東洋人の血が少しずつまじっているのか、肌は薄いミルクコーヒーのようなコハク色だった。

女は身体をかがめると、スピッツを抱きしめようとする。「だめじゃないの、ロン。さあ、はやくあっちへ行きましょう」

しかし、スピッツは女の腕をすりぬけると、ちょこちょこと日高の腰かけているストゥールまで走ってきて、もう一度カン高い鳴き声をあげた。

「困るなあ、きみ。ここはその辺の安酒場とちがうんだぜ。お客さんの迷惑になるようなことはつつしんでくれなくちゃ」

バーテンがカウンターの中から眉をひそめて声をかけた。女はおどおどと日高のそばへ近寄り頭を下げる。

「どうもすみません」

「いや、いいんだ。おれも犬は大好きでね」

日高は微笑しながら、スピッツを抱きあげた。

「ほんとに、申し訳ありません。さあ、きみ、なにをしているんだ」

バーテンが眼まぜで女に早く犬を連れていけと合図している。

「まあ、いいじゃないか。そうとんがらかるなよ。たまには、犬を抱きながら一杯やるのもいいもんだ」

日高がとりなしても、バーテンのしかめ面は直りそうもなかった。

「いいえ、こんなことをされては店の品位が保てませんし、他のお客さまの手前もございますから、どうか犬をその娘にお渡し下さい」

これ以上さからっても、この娘があとで油をしぼられるだけだと思って、日高はスピッツを女の腕に渡した。渡した時、手が女のむきだしの腕にさわり、そのしっとりと冷たい感触が、日高の身体の中心部をかっと熱く燃えたたせた。

深く頭を下げ、小走りに部屋から出て行く女の後ろ姿を見送りながら、日高は三度めの溜息を吐いた。しかし、今度の溜息には前のとは全然別の想いがこめられている。

「どうです？　いい娘でしょう」

日高の様子をすばやく読みとったのか、カウンターから心持ち身をのりだしたバーテンが低い声でささやいた。その顔にはさっきとはうって代って、男性同士が時おりかわし合うあの意味あり気な笑いが浮かんでいる。

「うむ」

と日高はうなずいた。

「いいね。ここのホステスかい？」

「ええ。と云っても、今夜から出てもらったばかりなんですがね。なにしろ、うちの店は他のバーみたいに、さわがしくお客と飲んだりするホステスだとムードをこわしちまうから、上品で色気があって、若くて美人で大人しくてと三拍子も四拍子も揃ってないと勤まらないんですよ。そんな娘はめったにいるもんじゃないんだが、あの娘はその条件にぴったりだ。一眼見るなり、マスターもすっかりほれこんじまって……」

「おいおい、だからと云って、マスターの……？」

日高の心配そうな表情を見て、バーテンはあわてて手をふった。

「冗談じゃない。店の娘にはマスターは手を出しませんよ。それに、あの娘は一昨日マスターと会って、すぐにここへ入ることになったんだから……」

「へえ、誰かの紹介かね？」

「いいえ、それが飛びこみでね。ついこの間までは、宇宙船のスチュワーデスだったんだそうですが、あんまり刺激がなさすぎるんでバーのホステスになろうと思いたったんだそうです。それで、なるべく上品なバーを探しているうちに、ここがみつかったと云うわけで……」

「ふうむ。名前は？」

「ミカって呼んでくれと云うことです。どうです、日高さん、あなた好みの娘でしょうが……」

「まあな」

とさりげなく答えたものの、バーテンの言葉は図星だった。たしかに、ミカは日高の好みのタイプの女だった。肌が浅黒く、眼が黒く大きく、小柄ですらりとしたボーイッシュなタイプの女を見ると、彼の胸はざわめいてくる。そして、その胸のざわめきは彼の心の底に残った傷口を開かせるのだった。

（あの女はユキに似ている）

グラスを口に運びながら、彼はぼんやりとそう考えていた。

それから二時間後、午前五時のひんやりとした朝の空気にウィスキーに火照った頬をなぶらせながら、日高は三本めの煙草に火を点けていた。しかし、その最初の一服を吸い終らぬうちに、白いものが彼の靴にじゃれついてきた。ミカのスピッツだった。彼はスピッツを抱きあげると、ゆっくり後ろをふりかえった。

思ったとおり、バーで着ていたくすんだサモン・ピンクの肌もあらわなドレスを、明るいさっぱりしたブルーのスーツに着がえたミカがこちらへ近づいてくるところだった。

「まあ……」

ミカは日高とその腕の中のスピッツを見て微笑（ほほえ）んだ。

「バーにいる時も色っぽくてなかなかよかったが、こうしてさわやかな朝の光で見ると、ますます良いね。きみには、さぞ、スチュワーデスのユニホームが似合っただろうと思うよ。待ち伏せしていた甲斐があったと云うもんだ」

にやりと笑って、日高は云った。

「あら、待ち伏せしていたんですの？」

ミカは大きな瞳でじっと日高をみつめた。

「そうさ、バーテンにきみの帰る時刻を聞きだして、もう店から出てくるころだとさっきから待ってたんだ」

「そんなことなさらなくても、お店にいるときにそうおっしゃって下されば……」

「いやいや、どうもあのバーは妙に気どっていて、そういう約束がしにくい雰囲気なんだ。それに、店の中で断られたら、それっきりだからな。それより、ここでこうして待っていて、まず先に囮(おとり)を誘惑してから、きみを脅迫した方がまちがいなくきみとデイトできると作戦をたてたのさ。こいつを返してほしかったら、大人しくおれの云うことをきいたほうがいいぜ」

日高はスピッツの頭をなぜて、ミカにウィンクした。

「あなただったら、そんな囮なんか誘惑しなくても、あたし自身が誘惑されてあげたのに」

ミカは日高のそばに近寄ると、右手をするりと彼の腕の中へ入れ、顔を見あげてにこりと笑った。

笑うと唇のはしがさらに左右に上り、頰に可愛い笑くぼ(え)が浮かぶ。それが、彼の胸をまた甘くうずかせた。

（たしかにユキに似ている）

と日高は思った。

(いや、似ているなんてもんじゃない。そっくりだ。まるでユキがここにいるとしか思えない)

ユキは日高の初恋の相手だった。その頃の日高はまだタフでしぶとい女たらしの秘密捜査官ではなく、純情で何事にもすぐむきになるただの大学生にすぎなかった。しかし、ユキはミカと同じように宇宙船(スペース・シップ)のスチュワーデスであり、日高と同じ年齢でいながら、彼よりも大分大人だった。彼女はプラトニック・ラヴも、それからもっと大人っぽい愛し方も日高に教えてくれた。今でも、日高は自分の両腕の中で反りかえったユキの浅黒い肌をまざまざと思いだすことができる。痩(や)せてみえたが、彼女の身体はしなやかな筋肉が充分についていた。

(ちょうど、この女のように……)

自分の腕の下にミカの腕を感じながら、日高は思う。

「さて、それじゃあデイトの場所はどこにするかな?」

と日高は云った。

「あたしのアパートはすぐそこなのよ。歩いても十分ぐらい。送ってくだされば、コーヒーでもごちそうするわ」

ミカはうながすように腕をひくと、歩きだした。

「ロンを地面におろしてやって。少し散歩させないと、運動不足になるの」

二人はゆっくりと朝の街を歩きだした。スピッツは後になり先になりしながら、うれしそうにはしゃぎまわっている。

「送っていったあげく、扉口で鬚面の兄さんにおひきとり下さいなんて云われることはないんだろうな？」

あまりことが順調に運びすぎるので、日高はいささか心配になってきた。

「大丈夫よ」

ミカは笑った。

「あたしたった一人ですもの。家族はいないし、恋人も今のところいないわ。それより、日高さんこそあたしのアパートへ来たりしたら誰かさんにひどい目に遭わされるんじゃない？」

「いや、おれも今のところはそんな目に会う心配のない身だよ。しかし、それにしても……」

日高はしげしげとミカをみつめた。

「それにしても、なあに？」

「いい年齢をしてこんなことを云うと気味わるがられるかもしれんが、きみはおれの初恋の相手にそっくりなのさ」

「あら、その方は今どうなさったの？」

「死んだよ」

と日高は答えた。

「きみと同じようにスチュワーデスだったがね、事故で死んだんだ。もう十年も以前の話さ」

「お気の毒ね」

ミカがそっと腕に力をこめるのがわかった。

「でも、あたしにとってはよかったことになるわ」

「どうして？」

「その方が亡くならなかったら、日高さんはきっとあたしなんか見向きもしなかったにきまっているもの。あたし、さっきお店であなたにお目にかかったとたんに、こんなすてきな人と一度でもいいからデイトしたいと思ったわ」

（ちょっと待てよ）

と日高は思った。

（これは調子が良すぎるぞ、ちょっと待て）

ふいに部長の重々しい声がよみがえってくる。

『これで、おまえの女好きが少しはなおってくれればいいが……』

一ヵ月前、ロボット美人からあやしい夢を見せられて、日高がさんざんな目に遭ったあげく、あやうくミイラになりかかって九死に一生を得た時に部長が云った言葉だった。

密造ロボットの天才技術者ハインリッヒ・クサカベは自分の造った殺人ロボットを黒沢伝造に売りこもうとしているのだが、近頃ではその前にまず、取り引きの邪魔になる日高を片づけようと決心しているらしい。

（このミカという女、ロボットじゃないのか……？）

たちまち日高の胸のうずきは消えて、そのかわり疑惑が色濃くたちこめはじめる。この一ヵ月でようやく体調が旧に復したものの、もう一度あんな目に会うのはごめんだった。あの時は、美人ロボットの眼から放射される催眠エネルギイで幻夢の中へ誘われたのだが、このミカは——。

日高はミカの眼をみつめた。ミカも日高の眼をみつめ返す。たしかにその眼は日高に或る種の誘惑を感じさせるが、例のロボットが放射したエネルギイとは全然別の魅力によるものであることを日高は本能的に感じとっていた。それは愛し合った男と女の間のみに通じるテレパシイ——ロボットができるずっと以前から、人間同士がかわし合った心のふれあいによって起るものにちがいなかった。

（この女は大丈夫だ）

本能のそのささやきによろめきながらも、日高はもう一度心をひきしめた。まだ油断はできない。ハインリッヒの密造ロボットがどんなに精巧なものかは、いやというほど身にしみている。偽りの恋愛感情を起させる装置を備えつけたロボットだって造らないとはかぎらないのだ。

しかし、いずれにしてもこの女の正体をたしかめる必要はある。もし、ロボットだったら、なんとかして始末してしまわなければならない。

「そこがあたしのアパートよ」

ミカがすぐ眼の前のホテルに似た建物を指さした。スピッツは逸散にその建物の中へ駈けこんでゆく。

日高は決心すると、さりげない口調で云った。

「さあ、コーヒーをごちそうしてもらおうか」

ミカの部屋はそのアパートの十二階にあった。見晴らしの良い小ぢんまりした部屋だったが、二人とも外の景色を眺めるつもりはなかった。コーヒーを飲み終る頃には、カーテンをひいたうす暗い部屋の中で、二人はどちらからともなく唇を合わせていた。

日高の手がたくみにブルーのスーツのホックをはずし、ミカの胸のあたりに忍びこんでいる。こんもりした二つの丘を探りあてると、理性よりも本能のささやきの方が急にたかまってくるのを彼は感じた。彼女の乳房はそれほど大きくはないが、充実した重みを掌に伝える。心の底の傷口が開き、血を流すのがわかった。甘みをともなった痛みが身体中をしびれさせる。

(ああ、ユキと同じだ)

と日高は心の中でうめいた。

(ユキと同じだ……)

彼は荒々しくスーツをぬがせると、ミカの身体を抱きあげた。居間の隣りの部屋の扉がなかば開き、そこから淡い緑色のベッド・カバーをかけたシングル・ベッドが見えた。彼はミカを抱いたまま、ゆっくりと寝室の方へ歩きだした。

その他の点でも、ミカはまったくユキと同じだった。愛撫をくりかえすたびに耳もとをくすぐる熱い息も、反りかえる背すじも、日高の肩をにぎりしめる手の力も……。

汗に濡れた身体をそっとずらせようとする時、かすかにかぶりをふって、もう一度そっと抱きしめる仕種(しぐさ)までがユキを想いださせた。

軽く接吻(くちづけ)してから、日高はささやいた。

「きみが本当の女だということがよくわかったよ」

「まあ」

ミカは日高をやさしくにらんだ。

「本当の女じゃない女ってどんな女なの？」

「ロボットの女さ。おれはそいつにひどい目にあった経験があるんでね」

「ロボットですって？」

「そうさ。人間そっくりに出来たロボットでね。見ただけではロボットだとはわからない。そいつがロボットかどうかを見わける方法はたったひとつしかないんだ」

「どんな方法？」

「ロボットには性的能力がない。だから、それのある女だったら、ロボットではない」

「いやな人」

ミカは真赤になって毛布で顔をかくした。

日高は笑いながら身を起し部屋の中を見まわした。

「ロンの姿が見えないようだがどこかへ行ったのかな？」

「あら、そんなはずないわ。いつでもあたしのそばにくっつきっきりで勝手に外へ出ることなんかないんですもの」

ミカも身を起し不審そうな気持ちであたりを見まわしたが、白い犬の姿はどこにも見えなかった。

「変ねえ、どこへ行ったのかしら？」

「おれたちがあんまり仲が良すぎるので、席をはずしたかな？」

「まさか……」

頰を日高の裸の肩に押しあてて、彼女は含み笑いをした。

「でも、そうかもしれないわ。ロンはとっても利口な犬だから、きっとあたしの邪魔をしちゃわるいと思ったのね」

「仔犬のときからきみが育てたのか？」

「いえ、それが不思議なの。ちょうど一ヵ月前にあたしが買物に行ったときに、どこかから現われてアパートまでくっついてきたのよ。お帰りといっても帰らないし、飼主もいそうにないから、そのまま飼うことにしたんだけど。飼っているとますます可愛くなってきて手放せなくなったわ」

「きみにくっついてアパートまでやってきて帰ろうとしないところは、おれそっくりじゃないか」

と日高は笑った。

「おれも飼ってごらん。だんだん可愛くなってみせるから」

「今だってもう手放せそうもないわ」

二人がもう一度抱き合おうとしたとき、ベッドから白いものが這い出すのを、日高は眼の隅の下でとらえた。

「やあ、ロン。そこにいたのか」

その声をかけて、何気なく白いスピッツに視線を投げた日高は思わずギョッとした。白い犬が日高を見上げてニヤリと笑ったような気がしたのだった。

それは気のせいではなかった。ロンはたしかに笑ったのだ。笑ったばかりでなく、前脚で

二、三度耳のあたりを掻くと、勿体ぶった口調でしゃべりはじめた。

「お楽しみだったな、日高君。しかし、それがきみの最後の楽しみになりそうだよ」

その声にはどこか聞き覚えがあった。日高の背中を得体の知れない恐怖が這いのぼった。

それはいつか日高が仕止めたハインリッヒ・クサカベの代理ロボットの声にそっくりだった。と云うことは、とりも直さず、犬の声がハインリッヒの声だと云うことだ。

「きさまがハインリッヒの密造ロボットだったのか……」

日高は白い犬をじっとにらんだ。

「そうだよ、日高君。さすがのきみも今度のロボットが犬だとは気がつかなかったようだな。きみはこの女がロボットだと思っていたのだろうが、とんだお門ちがいだ。今まで、きみにはおれの方のロボットがもう三台もやられている。それで、今度は少し趣向を変えることにしたのさ。おれはまず最初にきみの過去の履歴を詳しく調べた。そうするときみが小柄で色の浅黒いボーイッシュな感じの女が好きだと云うことがわかった。さらに調べると、それが初恋の女に似たタイプなのだということがわかり、おれはその女の写真を手に入れた」

犬は舌をだして、ぺろりと口の端をなめ、さもバカにした口調で話をつづける。日高とミカはその奇妙な経験に金しばりにあったようにじっと身動きもしなかった。

「実は、その恋人そっくりのロボットを造ろうかとはじめおれは思った。死んだ恋人が生き返ってきたら、きみがどんな顔をするかと思ってな。しかし、それでは楽しみはあるが、効果はない。おそらく、きみはすぐにそれがロボットであることを見破ってしまうだろう。そこで、おれは今度はこの犬を造って、犬にきみの好きなタイプの女性を探させることにした。この犬はそういうふうに造られているのだ。おれの腕に狂いはない。ロンはスチュワーデスの中から、ユキにそっくりのタイプのミカを探しだし、まんまとその犬になりすました」

犬の話——正確に云うと、ハインリッヒ・クサカベの話に耳をすませているふりをしながら、日高はそっとあたりを見まわした。幸い熱線拳銃はいつもの通りすぐ手の届く枕の下にさしこんである。しかし今は、そこへ手を伸ばすわけにはいかなかった。その動きは犬にすぐ感づかれてしまうにちがいない。たかがスピッツ一匹ぐらいとは思うが、相手は天才技術者の造ったロボットのこと、どんな性能を持っているかわからない。身体を動かすのはもう少し相手の出方を見てからにしようと日高は決心した。スピッツはまだしゃべりつづけている。

「ロンは飼主との間に愛情が生れると、すぐテレパシイを発信するように設計されてある。そのテレパシイによって、飼主がロンの意のままになるようにだ。もちろん、そんなに強力なものではないから、飼主は自分がそれに拘束されているとは感じない。しかし、実際には飼主の方がロンの命令に従うのだ。ミカはロンの命令どおりスチュワーデスをやめ、きみが午前三時にきまって顔を出す『アルファ・ケンタウリ』に勤めることにした。そして、きみに会い、一目ボレしてアパートへ誘った。彼女は自分の意志でそうしたと思いこんでいるだろうが、それはみんなこっちの計画どおりだったのさ。今きみはわれわれの企みどおり、ロンの眼の前を無防備のまま――つまり裸のままでいる。ロンがとびかかって嚙みつくには絶好の状態だ。最後に教えてやるが、ロンの牙の中には破傷風菌の変種が仕こんである。こいつはたとえわずかでも傷口に入ると潜伏期を置かずにすぐ活動を開始する変種だ。そう、嚙まれて一分もたたないうちに、きみは筋肉にすさまじい硬直を起して死ぬだろうな。この前のときのように、腕時計式の無線機を使って本部に助けを求めるひまはとてもあるまいよ」

白いスピッツはもう一度ニヤリと笑った。いや、笑ったのではなかった。

牙をむきだしとびかかろうとしたのだ。日高は身体を後ろに仆して、右手を枕の下につっこんだ。同時に、白いかたまりが日高の胸に襲いかかった。

「だめよ、ロン！」

ミカの悲鳴のような声が聞え、日高の前に身を投げる彼女の姿が眼にうつった。

その浅黒い胸にスピッツを抱きとめた瞬間、また鋭い悲鳴をあげる。ロンの牙がミカのふくよかな丘に深々と突き刺さったのだった。しかし、ミカはロンを抱きしめたまま放さなかった。

日高は拳銃を手にしたままベッドから転げ落ちると、身を立て直した。その顔を充血した眼でにらみ、牙をむきだしてうなり声をたてながらロンは身もだえするが、ミカは必死の力で抱きしめて離さない。そのうちにすさまじい痙攣（けいれん）がミカの身体を突きぬけていくのがわかった。手を出すひまもないうちにそれはミカの身体をゆすぶり、口から泡を吹かせた。ロンを抱く両腕にもそれが伝わり、ミカはこの世のものとは思えぬ力でロンをしめつけた。ロンの身体の中でなにかが砕け、金属のへしゃげる音がした。同時に、今まではげしく身もだえしていた白い犬の身体からふいに力がぬけ、ぐたりとミカの腕の中に横たわった。

日高は呆然（ぼうぜん）とそれを見守っていた。ベッドの上には浅黒い胸からひとしずくの血を垂らしたミカとその胸に抱かれたロンが折り重なっている。ミカの顔に破傷風で死んだもの特有の、筋肉の収縮によるあの奇妙な微笑に似た表情が浮かんでいる。なにも知らない者が見たら、それは愛犬と共に安らかに死んでいった寂しがりやの女に見えたことだろう。

日高は自分の身代りになったミカの胸の血をそっとふきとってやると、その屍体（したい）に毛布をかけた。

非行少年

日高嶺二は夢を見ていた。

それは原色刷りの俗悪なコミック・ブックそっくりの夢だった。夢の中で、彼は単身悪党どもの巣窟へ乗りこみ、ぬく手も見せずに熱線拳銃をぶっ放したのだが、その拳銃はいつの間にか玩具の拳銃に変っていて、いくら引金をひいても飛びだすのはコルクの弾丸だけだった。悪党どもは拳銃をふりまわす彼を難なくとり押え、巨大な電気ノコギリの台にしばりつけた。日高は精いっぱい身もだえし、大声をはりあげたが、その声は風船型のカコミに入った活字で出てくるのだった。

次の頁をくると――不思議なことには、自分が電気ノコギリの台にしばりつけられているはずなのに、その漫画をわくわくしながら読んでいるのも日高だった――黒頭巾の悪党の中で頭領と覚しき一人が、頭巾をはねあげて、日高にその顔を近々と寄せてきた。髪をきれいになでつけ、太い角ぶちの眼鏡をかけた男――天才密造ロボット製造者ハインリッヒ・クサカべの顔にちがいなかった。

ハインリッヒは濃いブルーの眼で日高をみつめるとニヤリと笑って電気ノコギリのスイッチを押した。日高の足もとでキーンとノコギリの歯が回る音が聞え、不気味な風がまき起った。風は両脚の間を通り、次第に股の下に近づいてくる。

さらに次の頁では、おそらく日高の身体は真二つになり、真赤な原色刷りの血をあたりに飛び散らせていることだろう――それとも、こういう漫画の定石通り、意外な救い手が現われて、危機一髪のところを助けだされるか？

いずれにしろ、日高はその頁をめくろうとしながら、同時に、自分の身にせまってくるノコギリの音を耳にして、冷汗を流していた。キューン、キューン――ゴチック活字のその音がいきなり現実の音に変り、日高は目を覚ました。

耳もとでテレビ電話が鳴り続けている。しぶい眼をあけて、ようやく受話器をとりあげた彼は、自動的に相手の姿を映しだす受像機に視線を向けるなり、ギョッとした。まだ夢からすっかり覚め切っていない思いだった。小さな受像機の中から、冷たい眼差しでこちらをみつめているのは、ハインリッヒ・クサカベだったのだ。

「おはよう、日高くん」

ハインリッヒは薄い唇を皮肉にゆがませてそう云うと、左手をちょっとあげて腕時計をのぞきこんだ。

「もっとも、もう午後四時だからおはようと挨拶する時刻でもないが……。まあいいだろう。きみがクラブ・コスモスへ出かけるのは午後五時だったな。そろそろ起きて出勤の支度をしなければ間に合わんのじゃないか？」

「よけいなお世話だ」

日高はうなるように云った。

「この化けものめ、いったいきさまはどこにかくれているんだ」

「どこにいると思う？」

ハインリッヒの声にはからかう口調がこめられている。

「きみのアパートのすぐ近くだよ。エア・カーでまず三十分というところかな。きみをジラせてみたって仕方がない。白状すると、今さっき、空港へ着いたばかりなんだ。ここは空港のテレビ電話室だよ。ほら、これを見たまえ」

彼がうしろをふり向いて身をよけると、受像機には、日高にも見覚えのある空港の国際線の待合室がうつった。

「どうだね、これでよくわかったろう。実を云うと、わたしはもうロボットだけを差し向けて、むざむざときみの破壊欲を満足させるだけの犠牲にするのには、うんざりしたんだ。そこで自分でここへ乗りこんできて、きみと対決することにした。とにかく、きみにはわたしが苦心して造りあげたロボットをもう四台もこわされているからな。最初がわたしそっくりのロボット、次がボクサーのサカタにそっくりのロボット、それからテレパシイの能力のある美人ロボット、つい先月はスピッツのロボットできみを襲撃させたが、ことごとく失敗した。こうなれば、やはり自分で極東地区の犯罪組織の親玉——たしか、黒沢と云ったかな？——と会って、殺人ロボットの売りこみをした方が手っとり早そうだ」

ハインリッヒは細長い指先でポケットから葉巻をとりだすと、ていねいに先を切り、口にくわえた。紫色の烟（けむり）をうまそうにくゆらす彼の表情には敵地へ単身乗りこんできたという緊張感はどこにも見られない。彼は抑揚のない声で自信たっぷりにつづけた。

「しかしその前にきみをなんとかしなくちゃいかん。極東課きっての腕利き秘密捜査官の日高嶺二氏が、黒沢氏の用心棒として彼のそばにいる限り、わたしの殺人ロボットを売りこめるすきはない。だから、わたしはきみと直接会って片をつける決心をした。これはきみにとっても異存はなかろうと思うよ。きみはわたしを捕えろという命令を部長から受けているはずだからな……。どうかね、日高くん？　この空港へやってきて、わたしを捕える気にはならんかね？　もちろん、きみがここへやってくるのなら、こちらもそれ相応の用意はしてある。その危険を覚悟で、ここまで出かけてくる度胸がきみにあるかな？」

「なるほど、うまく考えたな」

と日高は云った。

「そうして、おれがのこのこそこへ出かけてゆくと、ハインリッヒ・クサカベそっくりのロボットが待ち受けているという寸法だろう」

「冗談いっちゃ困るね」

ハインリッヒはむっとしたように答えた。

「わたしはこれでも天才ロボットづくりという評判をとった男だ。決して二番せんじなどやるものか。ここにいるこのわたしは正真正銘のハインリッヒ・クサカベだ。もっとも、きみがそれでも信じないと云うのなら、それでもかまわんがね……。とにかく、あと一時間だけわたしはここにいる」

と云いかけたハインリッヒの表情になにかにおびえたような色があらわれた。いきなり、彼の声ではない、押しつぶした低い男の声が受話器から日高の耳にひびいてきた。

「おい、おっさん。大人しくしろよ。有金を残らずだすんだ」

両手をあげたまま、後ろをふりかえったハインリッヒの上衣のポケットにごつい手が入りこみ、分厚い財布が抜きとられてゆくのが受像機にうつった。財布が画面から消えると、今度はひどく旧式な自動拳銃（オートマチック）が画面に入ってきた。それは高くふりあげられると、ハインリッヒのこめかみに力いっぱいふりおろされる。うめき声とともに、ハインリッヒの苦痛に充ちた顔がのけぞりながら画面から消え、つづいてどさりと身体が床に仆れる音。次の瞬間、若い男の顔が画面いっぱいにうつったかと思うと、電話が切られたと見え、画面は灰色に変ってしまった。

腰を浮かしたまま、日高は画面をくい入るようにみつめていた。今眼の前で行なわれたことは、俗悪なコミック・ブックじみた夢のつづきとしか思えなかった。

それから三十分後に、空港の国際線の待合室へ駈けつけた日高は鋭い視線を走らせた。しかし、待合室の中はここでほんの三十分前に強盗事件があったとは思われないほどいつもと変らぬ表情をしていた。見送り人の万歳や、迎えに来た人たちの派手な挨拶、スピーカーから流れる発着のアナウンス――ざわついてはいるが見なれた風景である。

（あるいは、ハインリッヒのやつ、まだ発見されずに電話ボックスの中に転がっているんじゃないか？）

電話の利用者の多い待合室で、そんなことはあり得ないと思いながらも、彼は壁際に並んでいるテレビ電話のボックスへ歩み寄った。十ばかりあるボックスのうち八割は通話中だった。残る二つのボックスを調べてみたが、ハインリッヒどころか、彼が吸っていた葉巻の吸い殻さえ残ってはいなかった。念のためにいちいち通話中の扉をノックして、中に人間がいるかどうかを確かめた日高は、長話を楽しんでいた女性にヒステリカルな罵声をあびせられていいかげんうんざりしてしまった。

ボックスにハインリッヒがいないということになると、あの事件はいったいどういうことなのか？――強盗に襲われたハインリッヒはいったん気絶したものの、あとで意識をとりもどし、ボックスから出たのか？

その可能性もないではなかった。それから、事件が起ったことがすぐ警察にわかり、ハインリッヒの屍体あるいは気絶した身体が救急車で運ばれたあとに日高が来たという可能性もないではない。

彼は空港の派出所へ寄ってその有無をたしかめようとしたが、それはすぐに思い止まった。派出所へ行けば、なぜそんなことを訊くのかとあやしまれかねない。そのあげく、秘密捜査官の身分を打ち明けねばならなくなる羽目になったりしてはやっかいだ。彼はふと思いついて空いている電話ボックスに入った。しかし、受話器にもダイヤルにも手は出さず、自分の左腕にはめた竜頭をまわした。これは腕時計型の超小型無線装置で、竜頭をオンにまわすと、メトロポリタン市にある国際警察機構第五部部長に直通で連絡できる。遠まわりの方法ではあったが、日高は部長に極東地区の今日の事件を調べてもらい、空港での事件が警察に報告されているかどうか確かめようと思いついたのだ。

やがて、おそろしくぶっきらぼうな部長の声が聞え、日高はさっきのできごとを詳しく説明して、調査を依頼した。

「よし、わかった。極東地区の報告書をとりよせよう」

部長のバスが響いて、いったん通信は切れ、十分後にはまた通信が入った。

「極東地区にそんな事件はなかったようだな。ハインリッヒに似た人物が入院したという報告も入っておらんぞ。まさか、レイ、きみはまた寝とぼけたわけじゃないだろうな？」

「寝とぼけたなんてそんな……。そりゃ、原色刷りの夢は見ましたが……」

「なんだって？」

「いや、こっちの話です。事件のあったことはまちがいありません。その犯人の人相もちらりと見ただけですが、覚えています」

「その人相を云ってみたまえ」

日高は考え考え、画面が消える直前にちらと見せたあの顔の特徴を云った。

「年齢はまだ二十歳ぐらいですが、骨太で大柄な男でした。眼は少し斜視で、右手の甲に深い傷あとがあります。髪の毛の色はテレビですから、よくわかりませんが、黒か濃い褐色と思われます。鼻がつぶれかけているところを見ると、ボクシングをかなりやったようですな」

「わかった。その少年なら、こっちにも極東課から報告がでている。そいつは通称をストレートのケンというやつだろう。本名は関口健一――中学時代から拳闘をやっていて、高校時代には極東地区の高校チャンピオンだったが、素行がわるくて放校になった。恐喝と強盗で、少年鑑別所を出たり入ったりしたあげく、今年の春には非行少年のグループ『イースタン・ウルフ』の番長におさまっている。こいつらは無鉄砲で生命（いのち）知らずのハイティーンばかりだから、極東課の少年係りも手こずっているらしい。現住所は、ええっと、ちょっと待ってくれ――東京の西二十一区の三七〇号にあるアパートになっている」

「わかりました」

と日高は云った。

「おそらく、そいつがハインリッヒを襲ったのにまちがいないでしょう。襲われたハインリッヒは意識をとりもどしたものの、警察に届けるわけにはいかず、姿を消した――こんなところじゃないですかね。わたしはとりあえず、そのケンというやつをあたって、なにか手がかりをつかんできましょう」

「気をつけるんだな。少年といっても、こいつはかなり危険で手ごわい相手だぞ。また調子にのりすぎてヘマをやらんように」

部長の声はいつもながら愛嬌（あいきょう）がなかった。

東京の西二十一区はまるでゴミタメのような街だった。繁華街のすぐ裏通りに沿って、ウナギのはらわたのように長くうねった街で、事実、この街へ入るとスラム街特有のなまぐさい臭いがプンと鼻をついた。三十年前までは超モダーンな建物だったアパート群も今は白蟻(しろあり)に食い荒された古材のように、うす汚れた白い地肌をむきだしにしてさむざむと空に突き刺さっている。

日高は三七〇号の番地を確かめるとアパートの中へ入っていった。アパートの玄関には居住者の郵便受けが並び、その中に関口健一の名前もあった。十二階のDがその部屋である。自動式のエレベーターに乗った日高は十二階へ着くまでに何度かガクンと身体をゆすぶられ、あやうく胃の中のものをもどしそうになった。それでも、途中でエレベーターが墜落しなかったことを神に感謝しながら、彼はD室の方へ向かった。

D室の扉は近頃流行のアパートのように、ベルを押すと同時に訪問者の姿が内部スクリーンに投影される装置のついていない、ただのスチール製だった。その方が今の日高には好都合だ。とにかく、この扉を開けさせて、じかにその少年と顔つき合わせるのが彼の望みだった。

扉が開き、日高は望み通り、少年と鼻つき合わせて向かい合った。秋だというのに――そして、あまり自動適温装置がうまく働いていそうもないアパートにいるのに、少年はうす汚れたTシャツ一枚に細い黒ズボンといういでたちだった。しかも、額にうっすらと汗さえにじませ、脂っこい体臭を身体から発散させている。

「なんだよ、おめえ……」

少し斜視の眼で日高をにらみ、少年は云った。

「新米のセールスマンかい？　なにを持って来たんだ？」

「新米のセールスマンしかこの扉をたたかないかね？」

と日高が訊き返す。

「持ってきた品物をおれがあらいざらいとりあげるんで、古手のセールスマンたちはここへ寄りつきゃしねえんだ。おっさんも、なにか持ってるんなら置いてってもらおうか」

「あいにくだが、おれは新米でもなけりゃ、セールスマンでもない。実は売るんじゃなくて買いに来たんだ」

「へえ、買いにねえ？　なにをよ？」

「情報だよ」

そう云いながら、扉に手をかけて大きく押し開き、日高は部屋の中へ足をふみ入れた。いきなり、汗に濡れた靴下に似た匂いが鼻孔に押しよせてきて、思わず顔をしかめる。

「えらく度胸のいいおっさんじゃねえか。この部屋の中におれはめったに人は入れないが、入ったやつもめったなことで出しゃしねえぜ」

少年は両手をだらりと垂らし、両脚を軽くひらいて、日高の前に立ちふさがった。その様子はいかにもだらしがなさそうに見えたが、いつでも攻撃の体勢にうつれるよう、腰のバランスを油断なくとっているのが日高にはわかった。

「だいぶ、拳闘に年季が入っているようじゃないか坊や、クラスはなんだった？」

日高は自分よりわずかに低い少年の眼をじっとみつめた。

「はじめはバンタムだったが、しまいにはライトでやっていたよ。このところ練習してねえが、おれのことを坊やなんて呼ぶやつなんか、左手一本で物も云えねえようにしてやれる自信はあるぜ」

少年ははげしい勢いで、両掌をうち合わせ、日高を見返した。

「わかったよ。ボクシングの話はいずれ聞くとして、おれが今訊きたいのは、おまえさんが一時間ほど前にやった仕事(ゴト)の話なんだ。たしか、空港でかなり厚そうな財布をせしめたようだったが……」

云い終らぬうちに、いきなり眼の前が真暗(まつくら)になり、日高は壁に背中をはげしくぶつけていた。少年が眼にもとまらぬ右のストレートを彼の顎にたたきつけたのだ。軽く頭をふり、意識をとりもどそうとしているところへ、左のジャブがとんできて、日高はあやうく身をかわしながら、身体を入れかえた。つづくストレートがこめかみをかすったが、それをウィーヴィングでやりすごし、相手の身体がバランスを崩したところを右でボディに決める。かなり強打したつもりだったが、少年の腹はボディ・ビルをやった馬みたいに固く、大してこたえた様子もなかった。軽やかな足どりで後退し、かまえをたて直すと、少年は左ジャブをつづけさまにふりながら襲ってきた。斜視の眼が少し血走り、生き生きと輝いている。日高はガードを固め、こっちも逆に相手の内ぶところに飛びこむと、向うのストレートがくりだされる前に相打ちを覚悟のストレートを打ちこんだ。全身の力をかけたその一撃は、たしかに効果があった。

少年は後ろへすっとぶとあおのけざまに床の上に伸びる。そこをすかさず日高は飛びこんで、少年の頭を蹴あげた。さすがの少年もいったんは意識を失ったが、十秒もたたないうちに身動きしはじめた。日高は上衣の内側に吊ったホルスターから熱線拳銃をだすと、その銃口をぴたりと少年の喉元に向けた。

「なんだよ。そんなものを向けやがって。腕だけじゃおれにかなわねえのかよ」

手の甲で唇からしたたったよだれをぬぐいながら、少年は軽蔑したように云った。

「子供の時間は終りだ。大人には坊や相手のボクシングをしているひまがないからな。それにおれはミドル級でおまえとはクラスがちがう。坊やを負かしたって、ランキングはあがらないんでね」

日高は左手で少年のシャツをつかみしぼりあげた。

「さあ、さっきの話のつづきをしようぜ。空港で強盗(タタキ)をやったのか、やらねえのか？」

「ああ、やったよ」

ふてくされたように少年は答えた。

「けど、あれはほんものの強盗じゃねえぜ」

「ほんものじゃないとはどういう意味だ？」

「八百長だってことさ。あの妙なおっさんに頼まれたんだよ。ボックスの中で強盗の真似ごとをしてくれりゃ礼はたっぷりするって云うからよ」

「なんだって？　ウソを吐くと承知せんぞ！」

「ウソなもんかよ。狂言強盗をやって電話を切ったら、あのおっさんのこのこ起きてきて、ご苦労さんって財布ごとおれにくれたっけよ。そうじゃなきゃ、誰があんな人目の多い待合室で危いことやるもんかよ？」

「ふうむ」

日高はうなってしまった。すると、ハインリッヒは日高を空港におびきだすために、このチンピラをやとったことになる。

（しかし、なんだってそんなことをしたんだろう？）

日高を空港におびきだしただけで、なんの利益があるというのだ？

「おっさん、話はしたんだから、こいつは退けてもらいてえな」

少年の声にふとわれに返り、日高は銃口を喉元からはずすと、立ち上った。

「よし、まんざらウソでもなさそうだ。それじゃ、おれはこれで失敬するぜ」

「待ちなよ」

少年は喉をさすりながら、日高の拳銃をみつめた。

「そいつはえらく調子のよさそうな拳銃（ハジキ）じゃねえか。そんな道具を持っているところをみると、おっさんもプロだな。どこの身内だよ。名前を聞かしてもらおうか？」

「名を聞いてどうする？」

「タイトル・マッチの申し込みに行くのさ」

少年はにやりと笑った。

「よかろう。おれはオクトパスKの身内で日高っていうんだ。会いたかったら、クラブ・コスモスへ来い」

「ふん、オクトパスKか、笑わせやがら」

少年は床に唾を吐いた。

「極東一の犯罪組織（シンジケート）だなどと大きな顔をしているが、今に見てろよ。おれたちが縄張り（シマ）をそっくりいただいてやるからな。おれたちだってそんな拳銃（ハジキ）さえ手に入りゃ、てめっちにでかい面させせやしねえ。とにかく、日高さんよ、あんたにはいつかたっぷり礼をさせてもらうぜ。これから街を歩くときはいつでも背後（うしろ）に気をつけな。おれたちの仲間（ダチ）がねらっているからな」

「背後に注意しなくたって、おまえたちがいるかどうかはすぐわかるさ」

と日高は云った。

「おれはチンピラのくさい臭いには敏感の方でね」

云い終ると、ゆっくりと扉を開けて、彼は廊下へ出た。

いったいなんのために、ハインリッヒが自分を空港に呼びよせたのか？——そのことで頭がいっぱいだった日高は、クラブ・コスモスの入口を無意識に通り、内部の異様な雰囲気には気づかなかった。いつもの通り、支配人室へ行こうとして、うす暗い廊下を通りかかると、いきなり後ろから固いものを背中に押しつけられて立ち止った。

「動くんじゃねえ」

低い声でそう云いながら、背後から日高の上衣をさぐりホルスターから拳銃をなれた手つきでぬきとったのは、やはりオクトパスKの用心棒をしているビッグ・リーという中国人だった。

「なんの冗談だ、リー？」

静かな声で日高は訊ねた。

「冗談をやらかしたのはあんたの方じゃねえか、兄貴」

大きな身体を物音ひとつさせずひっそりと動かして、日高の前へまわると、表情のないどろんとした視線でビッグ・リーは日高をみつめた。

「しかも、ボスは冗談が大嫌いだということをよく知っているはずなのにな。特に金がからんだ冗談はな」

「なんのことだ？」

「まあいい、ボスがお待ちかねだ。支配人室へ来てもらおうか。おっと、妙なまねをするなよ、兄貴の腕は先刻ご承知だから、こっちもその手配はしてあるぜ」

ビッグ・リーの言葉に周囲を見まわすと、日高はいつの間にかぐるっと銃口にとり囲まれていた。後ろの拳銃がそっと彼の背中をつつく。

「歩けよ」

日高はゆっくりと支配人室へ向かった。

支配人室の大きな金庫の横に、黒沢はソファからあふれんばかりの巨体をすえて、退屈そうに爪を噛んでいた。日高たちが入ってゆくと、蒼白く血の気のないむくんだ顔を心持ちあげて一瞥した。

「ぬけめのないおまえのことだ。もう少しうまく逃げまわるかと思ったが、案外早くつかまったもんだな……」

黒沢はだるそうな口調で云った。

「つかまったんじゃありません。わたしは遅れて出勤してきたら、ふいに拳銃をつきつけられて……」

「ほほう、そうすると、なぜここへ連れて来られたかわからんというのか？」

「そうです」

「ふうむ、こいつはいい度胸だ。それじゃあ話してやろう」

黒沢は太い指先で金庫を指さした。金庫の扉が開き、空っぽの中がまる見えだった。

「あの中には昨夜の売りあげが入っていた。総額で一億クレジットの大金だ。それはここのマネージャーであるおまえが一番よく知っているはずだな？」

日高はうなずいた。

「金庫を開ける合わせ番号を知っているのはわしとおまえだけだ。つまり、それだけわしはおまえを信用しとったわけだが、それがまちがいだった。おまえは今日の午後五時、いつもの通り出勤してくると、すぐ金庫を開け中の金をそっくり盗みだして、わしが六時にここへ来る前に逃ずらかろうとした。そして、ビッグ・リーにその現場をみつけられると、拳銃でおどかし、殴り倒してどこかへ逃げたんだ。どうだ？　想いだしたかな？」

それを聞いて、日高の頭にいっせいに血が上のぼった。ハインリッヒが空港に彼をおびきよせた意味が今ようやくわかったのだった。

ハインリッヒは日高にそっくりのロボットをつくったのだ。そして、そのロボットに盗みを働かせ、黒沢の手で日高を消そうとはかったにちがいない。空港で狂言強盗をやり、日高をおびき寄せたのは、そのひまに日高そっくりのロボットに金を盗ませ、用心棒たちに目撃させるためだった……。

「返事をせんか！」

黒沢は今までのだるそうな調子とはうってかわった大声で怒鳴(どな)った。日高の隣りにいたビッグ・リーの身体がその声でびくっとふるえる。

「それは、わたしのしたことじゃありませんよ、ボス」

と日高は答えた。

「ほう、おまえじゃない。すると、ビッグ・リーは誰に殴られたんだ。リー、日高を見たんだろう？」

黒沢の問いに、ビッグ・リーは顔を真赤にした。

「兄貴、そいつは下手な云いわけだぜ。おれが兄貴を見まちがえるはずがねえ。それに、あんたはクロークの女の子にも逃げるところを見られている」

「いや、それはおれじゃない。おれそっくりのやつだが、おれじゃないんだ」

日高の背に冷汗がにじみでてきた。自分を裏切った男に黒沢がどんな残酷な罰を与えるかはよく知っている。ハインリッヒの罠は今や日高の喉にがっちりとくいこんだのだ。これを逃れるためには、密造ロボットのことから、自分が秘密捜査官であることまでしゃべらなければ、疑い深い黒沢は許してくれないだろう。

「おまえそっくりのおまえじゃない男か」

黒沢は冷たく笑って、日高を見あげた。

「永いつきあいだが、おまえに双子の兄弟がいるという話は聞かなかったぜ、レイ。おまえもわしの部下なら、わしがそんないいかげんな寝言でごまかされる男かどうかわかっているはずだ。まあ、おまえほど有能な部下を失うのは痛手だが、規則は規則だ。きっぱりと度胸をきめるんだな」

そう云うと、かすかに眉をしかめ、黒沢はハエでも追うような手つきで手をふった。ビッグ・リーが銃口で日高の背中をつつく。裏庭にある射撃場で日高を射的がわりにするつもりなのだ。

日高は全身の筋肉をはりつめ、黒沢と自分の距離をはかった。その巨体はほんの三メートルほど先のソファにすわっている。飛びかかって、あのだぶついた喉をしめあげるチャンスもないではない。

しかし、背中を突ついているビッグ・リーの銃口がそれまで待ってくれるはずはなかった。おそらく日高が動くと同時に、その背中を熱線が焼き貫くだろう。

(それでもかまわん。今まで苦心して集めてきた、犯罪組織の実態は大部分部長に報告してある。いずれはこの組織にも手が入るだろうが、どうせ死ぬなら、その前に、このボスの首をしめてやる)

日高は身体中の筋肉をバネにして、黒沢にとびかかろうとした。

その時、どやどやと足音がして、血まみれの男が二人部屋に入ってきた。その一人――片手に金の入った袋を持った方の男が日高の姿を見て口を開けた。

「どうした、きさまたちは？」

黒沢が怒鳴ると、男たちはしきりに首をひねりながらしゃべりだした。

「おれたちは兄貴を探して、兄貴のアパートへ行ったんですがね。屋上へ行くと、兄貴はのんびり煙草をふかしてんですよ。ボスが呼んでるというと、別になんの抵抗もせずに来ると云うんですね。なんでも、日高と対決するチャンスだなんて、自分のことなのに妙なことを云ってましたっけ。それで、おれたちが屋上から降りようとすると、急にチンピラどもが屋上へあがってきて、兄貴に借りを返すってイキがりやがったから、おどかしたらいきなり殴りかかってきやがったんです。なにしろ大ぜいで、こっちは金を奪られないだけで精一杯でさ。でも、やつらのねらいは兄貴だけらしくて、何人も兄貴一人に向かっていきました。兄貴も五、六人はたたきふせましたが、チンピラの中でも一番柄のでかい、斜視のやつが兄貴の腰にしがみついて離れやしねえ、そのうち、屋上の端まで転がっていったかと思うと、組み合ったまま……」

男は唾を呑みこむと、右手で屋上から人間が落っこちるしぐさをした。

「そしたら、チンピラどももいっせいにひきあげたんで、おれたちも階下へ降りたんですが、二人の落っこちたところはどうも血まみれでひでえことになってました……」

それから、また日高の顔を見て、首をかしげる。

「しかし、兄貴はここにいるし、いったい、どういうことなんですかねえ」

「日高、どうやら、おまえの云う通り、おまえそっくりの男がいたようだな」

黒沢は男から金袋を受けとると、先ほどとはうってかわった上機嫌な口調で云った。

「わしも有能な部下を失わずにすんで、うれしいよ」

日高は筋肉の力をゆるめ、へたへたとその場に坐りこみそうになった。そして、緊張のあまりかすみかかった彼の頭に、あのタフで執念深い少年の顔と汗くさい匂いがなつかしくよみがえってきた。

老人と爆弾

日高嶺二はいつの間にかうろうろと部屋の中を歩きまわっている自分に気づいて苦笑をもらした。

このところ、なにをするにも根気がつづかず、妙にものうい気分になったり、いらいらしたりする。身体のシンが熱っぽく、その炎のかたまりのようなものがしょっちゅう身体のあちこちに移動していて落ち着けない気分なのだった。

彼は思いたって、シャツをぬぎ、ズボンをとってパンツ一枚になると、はげしいシャドウ・ボクシングをはじめた。汗がたくましい胸を伝わって床に落ち、突き出す拳の先から滴が乱れ散ってもやめようとしない。十五分ほど休みなく動きまわってからようやく動きをとめ、汗まみれの身体を浴室へ運ぶ。熱いシャワーと冷たいシャワーを交互に浴びてから、腰にタオルを巻きつけたなりの姿で出てきた彼の表情は、しかし、たいしてさっぱりしたものではなかった。

例の熱いかたまりは一向に溶けそうもなく身体のシンを燃えたたせている。せっかくのはげしい運動もなんの効果もなかったらしい。ただいたずらに筋肉を疲労させただけだ。溜息を吐くと、日高はソファにぐったりと横になった。

しばらくはそうしてぐったりしていたが、やがて猛然とはね起き、部屋の隅にある本棚の方へつかつかと歩み寄る、と云って、このいらだたしい気分を読書によって落ち着けようというつもりではなさそうだった。彼は本棚の一番下にあるかくしボタンを押す。そのとたんに、本棚の中段がくるりと回転して、本の代りに洋酒の壜（びん）の列が眼の前に現われた。しばらく、その壜の列をにらんだあげく、とりあげたのはジンの壜だった。どうやら、この身体の中に燃えている炎を消すには、それよりももっと強烈なものを注ぎこむ必要があると見きわめをつけたらしい。

グラスをとりに行きかけて、いらだたしげに足をとめると、日高はやにわに壜のコルクを歯でくわえてひきぬいた。無造作に床の上にそれを吐きすてると、そのまま壜を口の中に突っこむ。長い宇宙旅行を終えて、ようやく酒にありついたアル中の宇宙航海士みたいに、彼はその透明な液体をむさぼった。しかし、彼の喉が鳴ったとたんに、もうひとつかすかな音が、彼の注意をひいた。腕時計型の超小型無線装置が呼びかけている音だった。国際警察機構第五部部長がまた彼になにか文句を云おうとしているのにちがいなかった。

「チェッ」

舌うちすると、日高は竜頭をオンにまわした。

「はい、日高です」

しばらく間があってから、部長の皮肉たっぷりな野太い声が聞えてくる。

「レイか。機嫌はどうかね？」

「あまり、よくありませんな。どうも近頃妙にいらいらするようで……」

日高の言葉に、無線機からクックッという部長の人のわるい忍び笑いが返ってきた。

「そりゃあそうだろう。多分、そうなっているだろうと思っとったよ」

「部長にはわたしのこのいらいらの原因がわかっているんですかね？」

「わかっておる。おまえはタフで非情だからめったなことで精神のバランスをくずすことのない男だが、たったひとつ常人にはない弱味があるんだな。つまり、性欲が強すぎるんだよ。その点では、一歩まちがうと、秘密捜査官であるよりも、風紀係りのごやっかいになる人物にふさわしい性格と云えるだろう」

「人聞きのわるいことを云わんで下さい。それじゃまるでぼくが色情狂みたいじゃないですか……」

「まあ、その気は充分にあるな。おまえはその治療法として、今までに手あたりしだいに女性を誘惑してきた。まるで、麻薬患者がひとつまみの白い粉で発作を抑えるみたいにだ。ところが、この半年ぐらいの間、おまえが関係を持つ女性はことごとく例のハインリッヒ・クサカベのロボットか、彼が裏で糸をひく女性だった。おまえはそのたびに生きるか死ぬかというひどい目に会っておる。それで、ここ一ヵ月近く、おまえはもう女には当分手を出すまいと決心したようだ。おまえのそのいらいらは、つまり禁断症状というわけだな」

「冗談じゃない」

むっとして日高が云い返そうとした時、腰に巻いたバスタオルがはらりと解け、彼は思わず視線を下に向けた。そこで、思わず絶句する。たしかに、部長が云った通り、彼のある器官は禁断症状をありありと見せて、たくましく直立していたのだった。

「ああ」

と彼は情けない声をあげた。

「部長、この禁断症状をなんとかする薬はないものでしょうかね？」

「ないこともないが、いずれも一時的に症状を抑えるだけの効果しかないようだな。それに、中には副作用を伴うものがあるから気をつけて服用せねばならん」

「どんな副作用です？」

「いや大したことはない。ホルモン剤を基剤とした薬品では、連用すると次第に女性化するものがあるし、精神安定剤を基剤としたものでは、だんだん女嫌いになって同性愛者になったりする。そんな程度だな」

「そんな程度もないもんだ。そんな薬品を使うのはごめんをこうむりたいな」

「わしだって、おまえが女性化したりオカマになったりするのはごめんこうむりたい。想像するだにぞっとするからな。願わくば、薬品を使わずに禁断症状を治す方法を試みてほしいと思うよ」

「それはどんな方法です？」

「ハインリッヒ・クサカベを逮捕することだ」

部長は冷淡に云い放った。

「この前の報告では、ハインリッヒは極東地区に現われたと云うことだったな。みだらな空想をして身体をほてらせておる場合じゃなかろう。一日も早く、彼の居所を探りあてるか逮捕するかすれば、おまえもなんの気がねもなしに女と遊べるわけだぞ」

「それは、もちろん、わたしも八方手をつくして彼の居所を……」

云いかける日高の言葉を、部長がピシリと絶ち切った。

「秘密捜査官に云いわけは無用だ。おまえにできなければ、他の捜査官に潜入させる。できるのか、できないのか……」

「できます。あと一週間だけ待って下さい」

「結構だ。それからもうひとつ、おまえに調べてもらいたいことがある」

「なんでしょう？」

「近頃、極東地区の各犯罪組織に禁制の武器が出まわっているという情報が入っておるのだ。特にトーキョーの犯罪者――チンピラまでが、熱線拳銃や光線ライフルなどの高性能の武器を所持している形跡がある。こういう武器がやつらの手に渡るルートは、密輸によるものか、密造によるものか、あるいは警察や軍部からの横流ししか考えられんが、こちらの調査では、この三つのルートはここ半年ばかりの間に徹底的につぶされたことがわかっている。そこで考えられるのが第四のルートで、それは今までこの三つのルートからこういう武器をしこたまストックしていた犯罪組織がそれを吐きだしはじめたと推理される。そしてそのストックが大量にあるところ――チンピラの手にまで渡るほど大量にあるところと云えば、極東一のシンジケートと云われる黒沢の組織しか考えられん。つまり、おまえが用心棒として潜入しているおひざ元から流れだしておるんじゃないか、おまえが気づかないうちにな……」

最後の言葉が皮肉たっぷりに日高の胸に突き刺され、彼の顔をかすかに蒼ざめさせる。

「それは気づきませんでした。たしかに黒沢のところにはかなりの数の禁制兇器が集められています。その数は部長に報告した通りですが、その武器を持ち出す場合には、すべて黒沢かわたしの許可が要るはずです。第一、クラブ・コスモスの地下にある武器庫から外へ持ち出すには、表口か裏口から持ち出すわけで、そこには四六時中見張りが……」

「そこがどうなっておるかは、おまえから報告を受けてわしも知っておる。しかし、今度の場合はそこから横流しされたとしか思えんのだ。多分、その二つの出入口の他に秘密の出口があるんだろう」

「わかりました。早速調査します」

「黒沢の組織に武器が集っても今までこちらが知らん顔をしていたのは、やつの組織の犯罪証拠を集めて一挙にたたきつぶすためだ。それまでは見て見ぬふりをするつもりだったが、他の犯罪者に武器がわたっているとなると、極東地区の警察もだまっていまい。こちらとしても、その出動にあまり圧力をかけるわけにもいかんからな。下手をすると、おまえが今まで潜入をつづけていた苦労が水の泡になるぞ」

素裸(すっぱだか)のまま、日高は直立不動の姿勢をとった。

「うかつでした。すぐに手を打ちます」

「よかろう、その仕事にとりかかれば、おまえの欲求不満もいくらか他へ向くだろうからな」

たしかにその通りだった。部長にさんざん油をしぼられた日高がふと下を見ると、例の禁断症状はもうあとかたもなく消え去って、しょんぼりとうなだれていた。

うす暗くひんやりとした階段を通りぬけ、日高は地下の武器庫へ降りていった。そこから十メートルばかりが地下道になり、その先に鉄扉が見える。両側のペトンのコンクリート壁には『火気厳禁』の赤い文字がいくつも書かれてあった。

分厚い鉄扉の横にあるボタンを短く三度押すと、覗き窓が開き、しばらく日高の姿をみつめる気配があって、ようやく扉が開く。扉の向うに立っているのは、背の低い老人だった。

「やあ、じいさん、久しぶりに中を見せてもらうよ」

日高は気軽に声をかけて中へ足をふみ入れた。

「さあ、どうぞどうぞ」

老人はしばらくぶりで友人がわが家を訪れた時のようにうれしげに顔をほころばせた。実際、この老人にとって武器庫はわが家以上のようなものにちがいなかった。

老人は十八の時に国連の中央化学兵器庁に給仕として入り、それから四十二年間、六十歳の技官として停年退職するまで各地の支所でさまざまな武器と生活をともにしてきたのだった。細君に先だたれ、家族もない彼にとって、武器に手をふれることだけが生き甲斐だった。それらはもはや兇器ではなく、鉄とオイルの匂いのする息子たちなのだ。退職してから数週間、彼は呆然として過した。しかし、武器への愛着は絶ちがたく、やがて老人は自宅でひそかに拳銃を組みたてはじめた。もとより、売るつもりはなかったのだが、彼が拳銃を密造しているという噂がひろがって、暴力団が争ってそれを買いにやってきた。老人がはねつけると、彼らはそのことを警察に密告した。老人は兇器密造と不法所持の容疑で逮捕され、六ヵ月の刑を受けた。刑期を終えて釈放された彼を待っていたのが黒沢の組織だった。武器庫の管理という職場は彼にとってこの上もない魅力的な職場だった。彼はただ武器に手をふれていればそれでよかったのだ。なやんだ末に老人はその職場を自分のものとすることを決心した。

日高はこの老人が好きだった。武器を手にとる時の鋭さと愛着の入りまじった眼差しが好きだった。ひとつの細工ものに永い年月を打ちこんできた腕のいい職人の眼差しだった。

（武器さえいじっていれば欲も得もなさそうな実直なこの老人が、武器を横流しするような真似をするだろうか）

と日高は思った。

（たった一挺（ちょう）でも拳銃が失くなれば、わが子が誘拐された時のように半狂乱になるこの老人が……）

武器庫へ武器が入庫する時はともかく、黒沢や日高の許可を得て手下の誰かが武器を正式に持ちだすのさえ良い顔をしない老人だった。

「別に異常はないだろうね」

管理室へ入りながら日高は訊ねた。

「ええ、おかげさまで、毎日無事に過していますわ」

老人は歯のぬけた口をあけて笑った。その顔にはうしろめたい翳(かげ)はどこにも見えなかった。

「近頃はなにか面白いものを発明したかね？」

管理人室の隣りの部屋をのぞきこんだ日高は眉をひそめた。老人はこの部屋を研究室と称し、仕事の合間を見ては閉じこもって、さまざまな武器を解体したり組み立てたり、また奇妙な新しい武器を創ってみたりしているのだった。ところが今、その部屋は乱雑にとり散らかされたまま、あたりにはうっすらと埃(ほこり)さえつもっている。日高はデスクの横に転がっている、掌にすっぽり入るほどの大きさの丸い金属をとりあげた。これは老人がコバンイタダキと称している時限爆弾で、丸い金属の下に吸着板がとりつけてあり、どんな物体にも吸いつけることができる。表面のきざみに合わせて十分から一時間までの好きな時間に爆発させることが可能で、しかも手榴弾(しゅりゅうだん)の二倍の爆発力を持つという、老人の傑作だった。しかし、その愛着深い作品にも、埃がつもっていた。日高はなに気なくそれをポケットに入れた。

「どうした、じいさん。もう研究熱は冷めてしまったのかね？」

「いや、年齢(とし)ですなあ。このところとんと根気が続かなくなって」

老人は武器の在庫数を記したファイルを日高に手渡しながら答えた。いつもは老人を信用して、そのファイルにざっと目を通すだけで終るのだが、今日の日高はそれにちらと視線を投げながらすぐに云った。

「ごく近いうちに、拳銃が大量に要るようなことが起るかもしれんのだ。拳銃類だけ実際にあたっておきたいんだがな」

「そうですか、ご案内しましょう」


老人は鍵束を持って先に立った。武器庫は幾室にも分かれ、小火器の置いてある倉庫は左側の一番はずれ、試射場の隣りにある。そちらへ向かう猫背の老人の後ろ姿を鋭い眼で見守りながら、日高はゆっくり歩を運んだ。

試射場には五つの拳銃を持った人形が並んでいた。この人形はいずれも標的代りにつくられたもので、係りの発する電波によって人間そっくりの動作を自由にすることができる仕かけになっている。試射をやる人間はこの人形たちといわば腕を競い合うわけだった。

うす暗い試射場に無表情のまま身動きもせず立っている人形の姿は、どことなく不気味さを感じさせたが、老人は馴れた足どりでその前を通り、小火器保管室の扉を開けはじめた。日高は何気なく老人に近づき、しばらく考えていたが、ポケットからそっと例のコバンイタダキをとりだすと、気づかれぬよう老人の上衣のスソにくっつけた。

鍵をはずし終った老人は、小火器室へ足音もさせずにふみこむと、日高の方を見てにやりと笑った。つづいて中へ入った日高の頰がぴりりとひきつる。ファイルと実数をあたってみるまでもなかった。ずらりと並べられた拳銃のうち、あきらかに四分の一ほどの棚ががら空きになっている。

日高は黙ったまま、手近かにある熱線拳銃をとりあげ、弾倉を調べて、装弾をたしかめるやいなや、その銃口をぴたりと老人の方へ向けた。

「なにをする気だね、日高さん」

老人は冷ややかな眼で日高をみつめた。

「なにをする気かわかっているだろう、この化物め！」

と日高は云った。

「あの可哀想な老人をきさまはどうしたんだ？」

「あははは……」

老人は歯のぬけた口を開けて笑った。

「やっぱり、わしがロボットだということを見ぬいたとみえるな」

「あのじいさんは、武器きちがいだが金には眼をくれなかった。金のために武器を横流しするようなことはしないはずだ。それに、新しい武器を創ることは、じいさんの唯一の生き甲斐であり、楽しみだった。しかし、あの研究室には、もう永いこと使われなかったように埃がつもっていた。きさまはハインリッヒが造った密造ロボットにちがいない。じいさんそっくりに造ってはあるが、なにもかもそっくりというわけではないんだな。ロボットにはモデルの過去の記憶や能力を備えることはできるが、モデルの創造力まで備えることはできない。

じいさんそっくりに行動しても、武器を創る楽しみまで受けつぐことはできなかったんだろう」

「まあ、その通りだ。しかし、それがバレたからといって別にどうということはない。わしはいわばおまえをここにおびき寄せる囮の役目だったんだからな。あれを見ろ」

老人はしなびた手をあげて、保管室の隅を指さした。そこのコンクリートの床には大きな穴が口を開けている。

「あのじじいを始末してから、われわれはあの穴を掘りぬき、外へ武器を横流しするルートをつくった。金のためじゃない。武器を横流ししているという噂を聞きこみ、いずれおまえがここにやってくるだろうという見込みをつけてだ。案の定、おまえはここにやってきた。われわれのボスもさぞ満足のことだろう」

老人の言葉が終らぬうちに、その穴の中から手が現われ、それが穴のふちにかかると、身軽にそこから地上へ飛びだしてきた男があった。きれいになでつけた髪、太い角ぶちの眼鏡、冷ややかなブルーの瞳——ハインリッヒ・クサカベだった。ハインリッヒは細い赤の線がかすかに入ったしゃれたグレンチェックの背広についた泥を細長い指先ではじきとばしながら、日高の方へちらと視線を向けた。

「久しぶりだったな、日高くん。さすがのきみも、わたしがきみのおひざ元に巣くっていたとは思わなかったろう。燈台(とうだい)もと暗しというわけだな。きみと直接お目にかかるのはこれで二度めだが、きみは残念ながら、わたしがそうたびたび会いたい相手じゃない。もうこれっきりでおしまいにしたいと思うよ」

「それはこちらもご同様だ。今すぐこれで始末をつけてやる」

と日高は云って銃口をあげた。

ハインリッヒはその銃口をみつめ、唇のはしをゆがませた。

「残念だが、わたしはむざむざきみに射たれるために、ここへ姿を現わしたわけではない。きみを片づけるために来たんだ。背後を向いてみたまえ。自分がどんな罠の中におちこんでいるかがわかるだろう」

「誰がその手に乗るものか」

日高もにやりと笑い返した。

「おれが後ろをふり向いたすきにどうにかしようと云うんだろうが、その手には乗らんぞ」

「可哀想に。どうやらきみはくだらんチャンバラ小説やギャング小説を読みすぎたようだな。わたしはそんな見えすいた手を使いはせんよ」

ハインリッヒの言葉が終らぬうちに、日高はむんずと肩をつかまれて背後をふり返った。そこにはロウ色の顔とガラスの眼玉が彼の方を向いていた。さっき試射場に立っていた射的用の人形たちが五人、勢ぞろいして彼の方に拳銃を向けている。どれも同じ顔つき、同じ背丈、同じ服装だった。

「驚いたかね、日高くん」

とハインリッヒは云った。

「この人形どもはいままできみたちが射的の相手にしていたデクどもとはちょっと性能がちがうんだ。まあ、人間そっくりのロボットをいくつも創ってきたわたしの腕からすれば、ほんのお慰みみたいなもんだがね。この連中はわたしの声の音波を敏感に感じとって行動するように創られている。他の人間の声ではダメなんだな。それに、あのデク人形どもとは比較にならぬほど複雑な動作をすることができるし、持っている拳銃もほんものだ。ためしに人形どもを動かしてみせようか」

ハインリッヒは人形たちに命令を下した。

「その男の拳銃をとれ」

日高の肩をつかんでいた人形が腕を伸ばして無造作に彼の拳銃をとりあげた。おそろしい力で、とても抵抗できなかった。

「まあ、ざっとこういう具合いだ。さて、日高くん、これで自分がどんな立場にいるかがわかったろう。罠にかかったあわれなイタチみたいなものさ。どう料理するかはこちらの自由だ。拳銃で片づけるか、人形どもにくびり殺させるか――」

ハインリッヒのブルーの瞳が、澄み切った青空の色から深海を思わせるウルトラマリーンへと変っていく。その瞳をまたたきもさせずじっと日高の方に向けながら、ハインリッヒは抑揚のない声でしゃべった。

（この男は、おれがここで血を流し、のたうちまわりながら死んでいっても顔色ひとつ変えないだろう）

背すじを伝わる冷たい汗を日高は感じた。人形はしびれるほどはげしい力で彼の肩をつかんでいて、身動きできなかった。なんとかこの場を切りぬけなければいけない。彼はちらと視線を走らせ、腕時計を見た。

（さっきのコバンイタダキをじいさんの上衣にとりつけたのが十七分前だった。二十分で爆発するようにセットしておいたから、あと三分でじいさんそっくりのロボットは爆発するわけだ。ロボットの横でやにさがっているハインリッヒももちろん吹っとぶ。それから、あるいはこのおれも……）

それは覚悟の上だったが、万にひとつもチャンスが残っていれば、日高は生命を永らえたかった。今ここで死んでしまっては、せっかくここまで潜入して調べあげた黒沢のシンジケートをたたきつぶすチャンスが永久に失われてしまう。とにかく、あと三分だけはなんとか時間をひきのばし、爆発の瞬間にすべてを賭けるより仕様がない。

「まあ待て、待ってくれ。話がある」

と日高は云った。

「あんたのソンにはならん話だ」

「未練がましいな、日高くん、いまさらなんの話があるんだ」

ハインリッヒはせせら笑った。

「いや、おれの生命を助けてくれれば、あんたを黒沢に紹介しようと云うんだ。あんたの目的は黒沢のシンジケートに殺人ロボットを売りこもうというのであって、おれを殺すのが目的じゃあるまい。それなら、おれをその仲介に使ったらどうだ。どうせ、あんたがすぐに黒沢に会おうとしても、用心深い彼はなかなか会ってはくれんぞ。しかし、用心棒のおれが紹介すればすぐに会ってくれる……」

「なるほど」

ハインリッヒは首をかしげた。

「たしかに一理あるな。しかし、どうも腑に落ちんことがある」

「なにがだ？」

「有能な秘密捜査官であるきみが、そうも簡単にわたしの軍門に下るということがだ。黒沢に紹介すると云って、その途中でなにかやらかそうという下心なんだろう」

「おれになにができる。きみは人形たちにおれをとりまかせたまま、黒沢に会うんだ。妙なマネをすれば、その場でおれを射殺できるじゃないか。黒沢との会見は、階上のおれの事務室においてあるテレビ電話でやればいい。彼の秘密電話の番号はおれしか知らんのだ。まちがいなくおれが黒沢を呼びだしてやるよ」

「ふむ」

ハインリッヒはもう一度首をかしげてからうなずいた。

「わるい話じゃないらしい。それじゃこのままその事務室へ案内してもらおうか」

「話が決ったら、この人形の手を肩からはずしてくれ。バカ力で痛くてかなわん。これじゃ歩くどころか身動きもできやしないぜ」

日高は大げさに顔をしかめてみせた。

「よし、手を放してやれ」

ハインリッヒの命令とともに人形の手が離れる。日高はほっとしながら腕時計を見た。爆発十秒前だった。

「それじゃ、行くか……」

さりげなく云いながら、秒読みをはじめる。と同時に日高の眼は部屋の隅にある穴と自分との距離をはかった。

（十、九、八、七、六……）

扉の方へ足をふみだすと見せて、いきなりそばの人形を突きとばすと、日高は穴に向かってダッシュした。その間にも、無意識に秒読みをつづけている。

（五、四、三……）

ハインリッヒの言葉と共に、肩に焼けつくような衝撃を覚え、日高は頭から穴の中へ転りこんだ。

「畜生！　射て、射てっ！」

そのとたんに、すさまじい爆音が耳をつんざき、穴の中に木片や壁土がなだれこんでくる。日高は頭をかかえたまま穴の底で気を失ってしまった。

何分の後か、激しい肩の痛みに日高は意識をとり戻した。周囲はしんと静まり返っている。彼はよろよろと立ちあがった。左肩が人形の拳銃の熱線を受けたと見え、焼けただれていやな臭いをたてていた。彼は顔をしかめて穴のふちからはいあがろうとして、あわてて頭をすくめた。熱線拳銃をこちらに向けて、引金をひいている人形の姿が見えたのだった。しかし、頭をすくめしばらく待ったが、人形どもが襲ってくる様子も、熱線が発射されてくる様子もなかった。彼はおそるおそる頭をもたげた。人形は相変らず引金を引きつづけているが、もうとっくに熱線を発射しつくしたと見え、危険はなさそうだった。

（なるほど）

と日高は思いあたった。

（この人形どもはハインリッヒの声通りにしか動けないんだっけ。ハインリッヒが最後にこの人形どもに怒鳴った命令は、『射て、射てっ！』だった。だから、こいつらはその後の命令があるまで、拳銃を射ちつづけているんだ）

　ほっと一息つくと、日高は痛む肩をかばいながら、どうにか穴から這いあがった。彼があやうげな足どりでそばへ寄っても、人形どもは無表情に穴の方をみつめたまま、空っぽの拳銃の引金を引きつづけるだけだった。主人を失って、彼らはデク人形にも劣る存在になり下がったのだ。

　しかも、そうして拳銃をかまえて立っているのは二体だけで、あとの人形はコバンイタダキの爆発によって無惨な残骸を床にさらしていた。

　日高はゆっくりと床の上を見まわした。コンクリートがえぐれ、硝煙の臭いがプンとたちこめている。老人そっくりのロボットは、ばらばらになって四方へ飛び散ったらしく、あとかたもなかった。壁の方でうめき声が聞え、日高ははっとそちらをふり返った。壁にはりついたようなかっこうで、ハインリッヒがこちらをみつめていた。左腕と左脚が失われ、胸から絶え間なく血をふきださせている。血にまみれた右手をあげて、彼は手まねきをするように動かした。

　顔だけはなんの傷もなく、ブルーの瞳が相変らず冷たい光を放っている。彼は口を開け、なにか云おうとしたようだが、もう声にはならなかった。言葉のかわりに口からおびただしい血をあふれさせると、ハインリッヒはそのブルーの眼を閉じた。

　日高はゆっくりとそのそばへ歩いていった。そこに転がっている屍体は、彼をおびやかした天才的なロボット技師のものとは思えなかった。それは血にまみれたうす汚い屍体でしかなかった。

「皮肉なもんだな」

日高はその屍体に向かって呟いた。

「天才といわれたあんたが、天才でも英雄でもない職人気質の老人がこつこつと手づくりでつくりあげた小さな爆弾で復讐(ふくしゅう)されるとはな」

講談社文庫版『あなたに悪夢を』解説

星新一

　これは生島さんの短編集である。そして、みごとな、読みごたえのある短編集である。読者は充分に楽しまれたことと思う。

　生島治郎はなみなみならぬ短編の書き手であると、私は昔から主張してきた。その才能はただごとでない。しかし、世の人は多くが彼をハードボイルドの作家と思っている。そういう作品が多いし、本人もなにかというとハードボイルドについて論じたがるのである。また、短編をたくさん書かないせいでもある。それに、最近はだいぶ改まってきたとはいえ、長編すなわち力作としたがる傾向も残っているのだ。

　この『あなたに悪夢を』は、昭和五十二年に桃源社より刊行された。雑誌で未読のものも多く、私はすっかり感心した。ある雑誌の読書メモのページで触れたこともある。

　その時、特に印象ぶかい作品として「頭の中の昏い唄」と「誰……？」をとりあげた。いま読みかえしても、やはりすごい。彼は存在の不確実さのようなものが好きらしく、現代人の不安もそこにあり、共鳴現象を起させるのだ。いわゆるおどろおどろしい怪談とは別種の、えたいのしれない恐怖感をもたらす。これこそ〝奇妙な味〟の短編なのだ。

この名づけ親は江戸川乱歩さんだが、まさにぴったりの呼称である。乱歩さんには感覚的に、ずばり本質を見抜く才能があった。外国にはない形容ではなかろうか。

そもそもは、ジェイコブズの「猿の手」あたりがはじまりで、サキ、ジョン・コリアなど、私は翻訳で読み、うまいなあと舌を巻いたものだ。〝奇妙な味〟というのも、私はそのころに知った。

それにつづいて、ロアルド・ダール、スタンリイ・エリン、チャールズ・ボーモントなどの作品で驚かされた。そんなふうに読者を喜ばせた雑誌「エラリー・クイーンズ・ミステリ・マガジン」の編集長が生島さんだったのだから、こういう分野がうまいのも当然である。彼が藤子不二雄氏のホラー・ファンタジー劇画の解説で、そのころの思い出を書いている。

編集長としての仕事上、海外の短編を大量に読みあさらねばならず、やがて気がつく。本格推理小説を短編で書くのは不可能ではないが、かなりむずかしく、いわゆる〝奇妙な味〟のものこそふさわしいと知るのである。

おかげで、私たちはそれらの外国作品に接することができた。生島さんの功績である。藤子氏をはじめ、意外なところに〝奇妙な味〟のファンがいて、ひと飛躍があったのだなあと思う。日本においてミステリーのはばが広まり、短編がより面白いものとなったのである。

話はそれるが、昭和三十年代はテレビの普及の時代でもあった。番組も最近のように平均化していず、玉と石がまざっていた。そのなかで珠玉の番組が、毎週一回、三十分の「ヒッチコック劇場」だった。奇妙な味の短編をつぎつぎと映像化し、私など楽しむというより、むしろ感嘆に近い思いを抱いた。まったく、アメリカってすごい国だなあとため息をついたものだが、あとで過去の蓄積をヒッチコックが片っぱしから使っていたのだと知った。ヒッチコックは人がわるい。

そして、そのうち使いはたしてしまった。アメリカでそういう作品がなくなったというわけではない。月に傑作がいくつもと出なくなっただけなのだ。わりと最近、オーソン・ウェルズやロアルド・ダールが似たような番組を作ったが、そう長つづきはしなかった。

こうなると、奇妙な味への欲求は、日本産でみたす以外にない。考えれば、日本にその伝統がないわけではない。川端康成氏の『掌の小説』という短編集のうち、そのいくつかはさすがノーベル賞作家である。城昌幸さんの短編も、ふしぎなムードである。山田風太郎さんの初期の短編は奇妙な味そのもので、もっと評価されるべきではなかろうか。

というわけで、外国作品が紹介されて、それを受け入れる土壌はすでにあったのである。生島編集長のやったことで後世に語りつがれると思われるひとつは、故三遊亭圓生の「百年目」という落語をミステリ・マガジンにのせたことである。大胆なことをやったものだ。思考の柔軟さを示している。

そして、わが国でも奇妙な味を手がけ、個性的なものが書かれるようになった。吉行淳之介さんのにはすごいのがあるし、阿刀田高さんの最近の活躍はめざましい。また、私自身も奇妙な味は大好きで、そのたぐいをいくつか書いてきたつもりだが、そのたびにショートショートだ、ＳＦだと区分けされてしまう。レッテルというものは、やっかいなものですねえ、おたがいに。

　奇妙な味の説明と変遷とについてここまで書いてきたが、なぜか意をつくせない。本来、そういうものなのだろう。しいて定義をしようとすれば、余韻なのだろうが、これがまたやっかいな言葉なのだ。ほどほどにしておこう。実例で味わう以外にない。

　生島さんのこの短編集を読んで、物ほしげなところのないのに気づかれただろうか。人間の低俗な部分に媚（こ）びたところがなく、金（かね）のために書き流したといういいかげんさもない。自己の好みのものを作りあげ、それがおのずと読者を楽しませるという、小説本来の姿がここにあるのだ。もっと量産をと言いたいところだが、そういかないところが長所なのかもしれない。なにしろ欲のない性格なのである。

　あまりべたぼめもどうかと思うので、あえて書くが、ＳＦっぽいものとなると、もうひとひねりという感じのを読まされることがある。そういうのは本書に収録されていないが、ＳＦの依頼を受けても、今後とくに意識なさらないほうがいいと思う。ぜいたくな文句かもしれない。ＳＦ作家の看板を上げていない作家で、彼以上の水準のＳＦ短編を書ける人はいないのだが。

　付記になるが、同じ講談社文庫で生島さんが『黄土の奔流』という長編を出しており、その解説も私が書いている。これ以上となると重複のおそれがあり、このへんで終りとする。その作品の面白さも私が保証する。未読のかたはどうぞ。冒険小説で、この短編集とは別人の作とお思いになるかたも出よう。つまりは、彼の才能の多彩さのあらわれである。そのうち予想外の分野をも開拓し、またまたびっくりさせられそうだ。

昭和五十七年一月

（『あなたに悪夢を』講談社文庫／一九八二年二月十五日）

編者解説

日下三蔵

生島治郎と言えば暴力団と対峙する元刑事の孤独な戦いを描いた傑作『追いつめる』で直木賞を受賞した国産ハードボイルド草創期の立役者の一人であるから、この《異色短篇傑作シリーズ》に作品集が入ることを訝しく思う読者もいるかも知れない。

だが、生島治郎はハードボイルド・冒険小説だけでなく、ＳＦや奇妙な味――まさに異色短篇の大変な名手でもあるのだ。生島の最初の短篇集『東京２０６５』（66年5月）は早川書房のＳＦ叢書《ハヤカワ・ＳＦ・シリーズ》から出ている。

生島治郎、本名・小泉太郎は一九三三（昭和８）年、上海生まれ。四五年の終戦に伴って一家で日本に戻ってきた、いわゆる引き揚げ者であった。早稲田大学在学中に同人誌に参加するが、この頃から私小説や純文学には興味を示さず、ストーリーの面白さに重点を置いた「娯楽小説」を志向していたという。

英文科出身という経歴を買われて翻訳出版の老舗・早川書房に入社、「エラリー・クイーンズ・ミステリ・マガジン日本版（ＥＱＭＭ）」の編集者として海外の優れた作品に数多く触れ、六〇年からは都筑道夫の後を継いで編集長も務めた。

この時期の出来事を描いた自伝長篇『浪漫疾風録』はミステリの歴史に興味のある者には

見逃せない好著。続篇『星になれるか』と共に二〇二〇年に中公文庫から復刊されたばかりなので、お読みでない方は、ぜひ手を伸ばしていただきたい。

早川書房時代の小泉太郎の企画に書下し叢書《日本ミステリ・シリーズ》がある。これは第一線で活躍する作家に、さまざまなタイプのミステリを書かせたもので、佐野洋『第六実験室』はサスペンス・ミステリ、高橋泰邦『衝突針路』は海洋ミステリ、多岐川恭『孤独な共犯者』は倒叙ミステリ、結城昌治『ゴメスの名はゴメス』はスパイ・スリラー、鮎川哲也『翳ある墓標』は本格ミステリといった具合であった。

このシリーズは好評で二期十巻が刊行されたが、ハードボイルドとして予告された水上勉『鷹と森と』は未刊に終わった。このことでハードボイルドの書き手の層の薄さを痛感した小泉太郎は六三年に早川書房を退社。翌六四年に生島治郎のペンネームで『傷跡の街』を発表し、本格的に作家としての活動を開始するのである。

生島治郎のハードボイルド・冒険小説の分野での業績については、北上次郎、日下三蔵、杉江松恋の共同編集で二〇二一年に創元推理文庫から刊行予定の新シリーズ《日本ハードボイルド全集》の生島治郎集（この巻の編集担当は北上次郎さん）を、ぜひ参照していただきたい。

読売新聞社から刊行された『生島治郎自選傑作短篇集』（76年11月）の巻末エッセイ「私の推理小説作法」には、こんな一節がある。

> それ（引用者注：『傷跡の街』での作家デビュー）以後、私にはハードボイルド作家というレッテルがはられてしまったが、私はひとつの可能性として、ハードボイルドのジャンルに挑戦してみただけであって、なにも、ハードボイルド小説ばかりを書いていこうという気はない。
>
> ミステリのさまざまなジャンルの作品も書いてみたいと思っている。
>
> 特に、短篇の場合にはそうである。

さらに、「ロアルド・ダール、スタンリイ・エリン、ヘンリイ・スレッサー、チャールズ・ボーモントなどの奇妙な味を得意とする作家たちの短篇」に「脱帽せざるを得なかった」といい、実作においても「かなわぬまでも、そういう短篇を書いてみたいという衝動にかられた」と述べている。

こうした嗜好は「ＥＱＭＭ」の編集者として海外の優れた短篇を大量に読んだためであり、早川書房の名叢書《異色作家短篇集》（60〜65年）にスタッフとして関わったからであり（ロアルド・ダール「あなたに似た人」「キス・キス」の下訳を担当）、五九年十二月に創刊された「ＳＦマガジン」の福島正実編集長を手伝って、星新一や筒井康隆といったＳＦの書き手たちと親交を結んだからでもあるだろう。

怪奇幻想・SF系統の作品集については巻末にリストを付けておいたが、ハードボイルド系の作品集の中にも、奇妙な味の作品が、しばしば収録されている。『鉄の棺』（67年10月／ポケット文春）には「片眼の男」「蜥蜴（トカゲ）」、『淋しがりやのキング』（68年1月／徳間書店）には「男か？　熊か？」、『死者たちの祭り』（68年3月／東京文芸社）には「頭の中の昏（くら）い唄（うた）」、『日本ユダヤ教』（71年11月／東京文芸社）には「香肉（シャンロウ）」「冷たいのがお好き」「心の中に鏡がある」、前述の『生島治郎自選傑作短篇集』には「香肉（シャンロウ）」「夜歩く者」「前世」「エウゲニイ・パラロックスの怪」が、それぞれ収められている。

生島治郎にとっては、ハードボイルドか奇妙な味かというジャンルの区別はあまり意味がなく、「面白い作品」であるかどうかこそが重要であったのだ、と思われる。とはいえ、各ジャンルのファンとしては、傾向別にまとまっていた方がありがたいし、作品集全体の統一感、完成度が格別なものになるのも事実だろう。

『あなたに悪夢を』
桃源社

その好例が「生島治郎恐怖小説集」と銘打って七四年八月に桃源社から刊行された作品集『あなたに悪夢を』である。『東京２０６５』所収の十四篇に「香肉（シャンロウ）」「蜥蜴」「夜歩く者」「頭の中の昏い唄」「殺しあい」「誰……？」の六篇を加えて再編集したこの本は、日本人作家による異色短篇集としては、ベスト級の一冊といっていい。本書の第一部には、この本を初刊本そのままの配列で収めた。

また、本書の第二部には、『東京２０６５』の収録作品のうち、『あなたに悪夢を』に入らなかった六篇をすべて収めた。つまり、この一冊で『あなたに悪夢を』と『東京２０６５』の収録作品は、すべて読むことが出来る訳だ。

収録作品の初出データは、以下の通り。

PART1
香肉（シャンロウ）　「別冊小説現代」71年7月号
過去の女　「笑の泉」64年3月号　※小泉太郎名義
蜥蜴　「小説現代」66年4月号
遺伝　「新刊ニュース」63年5月15日号　※小泉太郎名義
夜歩く者　「小説新潮」73年4月号
念力　「新刊ニュース」65年9月15日号
頭の中の昏い唄　「勝利」67年10月号
ダブル・ショック　「新刊ニュース」65年2月15日号
殺しあい　初出不明
ヤブイリ　「サントリー天国」11号（65年11月）

世代革命　「SFマガジン」66年1月号　※小泉太郎名義
夢幻器　「笑の泉」63年12月号
誰……？　「オール讀物」74年5月号
名人　初出不明
前世　「SFマガジン」66年5月号
大脱走　「新刊ニュース」64年4月15日号
いやな奴　「SFマガジン」61年7月号　※小泉太郎名義
顔　「新刊ニュース」63年2月1日号　※小泉太郎名義
ゆたかな眠りを　「SFマガジン」66年2月号
暗い海暗い声　「海の世界」65年8月号

PART2
ああ、神様！　「新刊ニュース」62年5月15日号　※小泉太郎名義
恋の痛み　「新刊ニュース」63年9月1日号　※小泉太郎名義
哀しい道化（クラウン）　「新刊ニュース」62年11月1日号　※小泉太郎名義
しつこい男　「新刊ニュース」62年7月15日号　※小泉太郎名義
MAMMY-O　「宝石」60年7月号　※小泉太郎名義

東京二〇六五　「漫画讀本」65年7～12月号

掲載誌のうち、「勝利」は勝利出版、「海の世界」は海洋協会、「漫画讀本」は文藝春秋が、それぞれ発行していた月刊誌である。「サントリー天国」はサントリーのPR誌だが、書店で販売された雑誌ではなく、酒屋やバーなどで客に配布されたもの。そのため発行年月日の記載がないが、六五年の一年間に十二冊が発行されているので、十一号は十一月に出たものと推定される。

『あなたに悪夢を』は初刊本の後、七七年十月に桃源社の新書判叢書《ポピュラー・ブックス》に収められ、八二年二月には講談社文庫、九二年一月にはケイブンシャ文庫からも刊行されている。本書には、講談社文庫版に付された星新一氏による解説を再録させていただいた。星解説では『あなたに悪夢を』を「昭和五十二年に桃源社より刊行された」としているので、星さんはポピュラー・ブックス版でこの本を読まれたと思われる。

『あなたに悪夢を』
ポピュラー・ブックス

『あなたに悪夢を』
ケイブンシャ文庫

初刊本の帯のキャッチコピーが振るっているので、ここでご紹介しておこう。

覚醒めた途端に消えてしまった悪夢を、なつかしいとは思いませんか？　平凡な生活の隙間に、ふと忍びよる戦慄の幻想……平和な風景の片隅に、ひっそりと蹲る恐怖の陰翳……そんな悪夢の数々をあなたに……

『あなたに悪夢を』の特長は、ひとつひとつの作品の面白さもさることながら、短篇とショート・ショートを交互に配置して、目次を見ただけでそれと分かるように工夫した編集の妙にある。桃源社版の目次ではショート・ショートは短篇より一回り小さい活字で組まれていて、本文では二段組になっていた。講談社文庫版の目次ではショート・ショートのタイトルは一文字下げられていて、本文ではページの上下に余白を取った組み方になっていた。本書では、これらの既刊を踏襲して目次をレイアウトしてもらった。

『あなたに悪夢を』
講談社文庫

ただ、ケイブンシャ文庫版では、こうした趣向はまったく無視されて、単に二十篇の作品が入った短篇集になってしまっていた。この版で『あなたに悪夢を』を読まれた方は、ややお気の毒だったと言わざるを得ない。
国産恐怖小説アンソロジーの嚆矢『異形の白昼』（69年11月／立風書房、現在はちくま文庫）を編んだ筒井康隆は、同書に「頭の中の昏い唄」を収録し、巻末の「編輯後記」でこう述べている。

わが敬愛する先輩、生島治郎氏が、ハードボイルドの傑作長篇「追いつめる」で直木賞をとる、その直前の作品。氏には意外にも、こういった怪奇ムードの作品が多く、他には、病弱な少年の近親殺人を描いた「蜥蜴」、ユーモア・タッチのドッペルゲンガーもの「ユーゲニイ・パラロックスの怪」などがある。中でもこの「頭の中の昏い唄」は、不気味さ抜群の秀作であり、氏の自信作でもある。校正という仕事の単調さのため、主人公の正気が失われていく過程がみごとに描写されているのは、氏が出版社に勤務していた頃の経験によるものだろうか。
ぼくの知る限りでは、ハードボイルド作家には音感の豊かな人が多いようだ。音感にすぐれた人間にとって、単調なリズムとか、単純なメロディのくり返しがいかに怖いものか、これは容易に想像することができる。たとえ音痴であっても、単調な音のくり返しで発狂することがあるくらいなのだから。

単調さの恐怖を聴覚に結びつけた点ひとつをとりあげてみても、これは他に類のないユニークな恐怖小説になっているのだ。

「エウゲニイ・パラロックスの怪」のタイトル表記が違っているが、そんな些末事はどうでもいいと思えるほどの、見事な分析と紹介である。『あなたに悪夢を』桃源社版よりも『異形の白昼』の方が先に出ているのだから、掲載誌で読んでいるか、あるいはハードボイルド作品集『死者たちの祭り』東京文芸社版に一篇だけ入っていたこのニューロティック・ホラーを見逃さずにチェックしていたということで、アンソロジストとしての筒井康隆の目利きぶりには、本当に感嘆させられる。

なお、ハヤカワ・ＳＦ・シリーズ版『東京２０６５』では表題作の表記が算用数字と漢数字の二通りある。表紙、総扉、奥付の三ヶ所は横組のため算用数字、背表紙、目次、本文扉、作品自体の扉の四ヶ所は縦組のため漢数字なのだ。奥付に準拠という原則に従って、本書ではハヤカワ・ＳＦ・シリーズ版の書名は『東京２０６５』、ＳＦハードボイルド連作のタイトルについては「東京二〇六五」と表記していることをお断りしておく。

『東京2065』
ハヤカワ・SF・シリーズ

九三年三月に出版芸術社の《ふしぎ文学館》か

『冷たいのがお好き』
旺文社文庫

『28のショック』
双葉文庫

『28のショック』
出版芸術社

ら刊行された『28のショック』は出版芸術社で働き始めたばかりの私が編集した懐かしい一冊で、『東京2065』所収の全二十篇に、『あなたに悪夢を』から「頭の中の昏い唄」、『悪意のきれっぱし』から「タクシイ・ジャック」「アル中の犬」、『殺人現場へもう一度』から「すばらしい賭け」「つまらない賭け」、『冷たいのがお好き』から「暗殺」「エウゲニイ・パラロックスの怪」、個人短篇集に未収録だった「聞こえる?」の八篇を加えて再編集したものであった。

　全体を「SF」「ショート・ショート」「ハードボイルド」「奇妙な味」の四つのブロックに分け、タイトルは本家の《異色作家短篇集》のリチャード・マシスン『13のショック』を踏まえて付けた。いっさい口出しせずに若造の編集者に自由に本を作らせてくれた上、新たな「あとがき」まで書いてくださった生島さんには、本当に感謝している。

《ふしぎ文学館》はベテラン、大家の作品が対象のシリーズだったため、帯の推薦文は後輩に当たる作家の皆さんにお願いしていた。この本にいただいた大沢在昌さんの賛辞は、以下の通り。

> プロのもつ技、という奴がある。そのすごみは、かえって人目につきにくい。それは、あまりにさりげなく繰りだされるからだ。
>
> 私が小説家になりたいと願ったとき、目標は生島治郎さんだった。その頃、読みふけった、生島さんの技が、ここにある。
>
> 改めて読みかえし、出るのは溜息だ。
>
> 生島世界の奥行きの深さと、心憎いプロの切れ味が、いまだに追ってくる。
>
> やれやれだ。もうひとふんばりをしろ、といわれたような気がする。

星新一、筒井康隆、大沢在昌の各氏は、書き手としてだけでなく、読み手としても一流だと思うが、そうした作家たちがそろって手放しに称賛する生島治郎の異色短篇は、質・量ともにハードボイルド作家の余技というレベルを超えている。

翻訳ミステリ雑誌の編集長という立場で、海外の最良の作品を数多く紹介してきたために、目標とする水準も自然と高くなっていったのだろう。生島治郎の異色作家としての顔を知らなかった読者の方にも、この一冊は必ずや満足していただけるものと確信している。名手の手になるスマートな奇譚の数々を、どうぞじっくりとお楽しみください。

生島治郎怪奇幻想小説著作リスト

◉**凡例**　書名・収録作品・発行年月日（西暦）・出版社（叢書名）・判型・外装

1 **東京2065**
［前世／いやな奴／世代革命／ゆたかな眠りを／遺伝／念力／大脱走／ああ、神様！／ダブル・ショック／恋の痛み／顔／哀しい道化／しつこい男／ヤブイリ／暗い海暗い声／名人／過去の女／夢幻器／MAMMY-O／東京二〇六五］
66年5月20日　早川書房（ハヤカワ・SF・シリーズ3114）新書判

2 **あなたに悪夢を**
［香肉／過去の女／蜥蜴／遺伝／夜歩く者／念力／頭の中の昏い唄／ダブル・ショック／殺しあい／ヤブイリ／世代革命／夢幻器／誰……？／名人／前世／大脱走／いやな奴／顔／ゆたかな眠りを／暗い海暗い声］
74年8月15日　桃源社　B6判　カバー　帯
77年10月15日　桃源社（ポピュラー・ブックス）新書判　カバー
82年2月15日　講談社（講談社文庫）A6判　カバー　帯
92年1月15日　勁文社（ケイブンシャ文庫）A6判　カバー　帯

3 **悪意のきれっぱし**
［不完全犯罪／片眼の男／死ぬほど愛して／ぶうら、ぶら／時効は役に立たない／念姦／他力念願／アル中の犬／暗殺／蜘蛛の巣／タクシイ・ジャック］
80年7月15日　講談社　B6判　カバー　帯
83年9月15日　講談社（講談社文庫）A6判　カバー　帯

89年4月15日　勁文社（ケイブンシャ文庫）Ａ6判　カバー　帯
※講談社文庫版以降、「暗殺」を割愛

4

殺人現場へもう一度

［殺人現場へもう一度／息子の女／初恋とんぼ返り／伝染性睡眠症／すばらしい賭け／ダイイング・メッセージ／殺しのデイト／冷たくお眠り／因果はめぐる／つまらない賭け／好敵手／魔がさす］
83年1月15日　光風社出版　Ｂ6判　カバー　帯

5

冷たいのがお好き

［冷たいのがお好き／心の中に鏡がある／エウゲニイ・パラロックスの怪／暗殺／ああ、神様！／恋の痛み／哀しい道化／しつこい男／ＭＡＭＭＹ‐Ｏ／東京二〇六五］
83年10月25日　旺文社（旺文社文庫）Ａ6判　カバー　帯

6

28のショック

［前世／いやな奴／暗殺／世代革命／ゆたかな眠りを／すばらしい賭け／過去の女／遺伝／念力／ダブル・ショック／ヤブイリ／夢幻器／名人／大脱走／顔／暗い海暗い声／ああ、神様！／恋の痛み／哀しい道化／しつこい男／ＭＡＭＭＹ‐Ｏ／聞こえる？／つまらない賭け／東京二〇六五／エウゲニイ・パラロックスの怪／タクシイ・ジャック／アル中の犬／頭の中の昏い唄］
93年3月20日　出版芸術社（ふしぎ文学館）Ｂ6判　カバー　帯
96年3月15日　双葉社（双葉文庫）Ａ6判　カバー　帯

7 **頭の中の昏い唄**

［香肉／過去の女／蜥蜴／遺伝／夜歩く者／念力／頭の中の昏い唄／ダブル・ショック／殺しあい／ヤブイリ／世代革命／夢幻器／誰……？／名人／前世／大脱走／いやな奴／顔／ゆたかな眠りを／暗い海暗い声／ああ、神様！／恋の痛み／哀しい道化／しつこい男／ＭＡＭＭＹ－Ｏ／東京二〇六五］
20年11月23日　竹書房（竹書房文庫）Ａ６判　カバー　帯

※本書

頭の中の昏い唄

2020年11月23日　初版第一刷発行

著者 …………………………… 生島治郎
編者 …………………………… 日下三蔵
イラスト ……………………………… 佳嶋
デザイン ………………… 坂野公一(welle design)

発行人 …………………………… 後藤明信
発行所 ………………………… 株式会社竹書房
〒102-0072 東京都千代田区飯田橋2-7-3
電話：03-3264-1576(代表)
03-3234-6383(編集)
http://www.takeshobo.co.jp
印刷所 ………………… 凸版印刷株式会社

定価はカバーに表示してあります。
乱丁・落丁の場合には竹書房までお問い合わせください。

ISBN978-4-8019-2454-3 C0193
Printed in Japan